世界大历史
UNIVERSAL HISTORY | 历史，
让我们更好地了解当下

美国民族主义传统的起源与演进

—— 约翰·亚当斯、亚伯拉罕·林肯、林登·约翰逊

The American Nationalism
within the Framework of American Liberal Tradition:
John Adams, Abraham Lincoln, and Lyndon Johnson

付宇 著

天津人民出版社

图书在版编目（ＣＩＰ）数据

美国民族主义传统的起源与演进：约翰·亚当斯、
亚伯拉罕·林肯、林登·约翰逊/付宇著. -- 天津：
天津人民出版社,2010,9
ISBN 978-7-201-06388-1

Ⅰ.①美… Ⅱ.①付…Ⅲ.①民族主义－研究－美国
Ⅳ.①D771.2

中国版本图书馆CIP数据核字(2009)第200404号

天津人民出版社出版
出版人：刘晓津
（天津市西康路35号　邮政编码：300051）
邮购部电话：(022) 23332469
网址: http://www. tjrmcbs.com.cn
电子信箱: tjrmcbs@126.com

天津市方正汇智彩色印刷技术有限公司　新华书店经销
2010 年 9 月第 1 版　2010 年 9 月第 1 次印刷
787×1092 毫米　16　开本 13.5 印张
字数：260 千字

定 价：33.00 元

目　录

导　论

第一节　研究框架

　　倘若对美国的基本国家特性进行深入的分析,则会发现传统的民族主义理论未必能够完全适合于美国这个当今世界上最强大的国家。自 1648 年《威斯特伐利亚和约》达成以来,民族国家逐渐成为当今世界政治中的普遍国家形式。按照民族国家一般的经典定义,其基本特征乃是其内部的民众具有相同的历史背景与共同的民族血缘。① 然而,美国作为一个移民的国家,其基本性格与传统欧亚大陆的民族国家有着相当大的不同,并不存在共同的民族血缘与文化传统。那么到底是什么力量凝聚起如此众多且来自不同文化背景的族群?

　　与传统霸权国家不同,意识形态的考量往往在美国对外行为中占据着重要的地位,对自由主义意识形态的护持也被美国视为更重要的国家与民族利益之一。澳大利亚学者菲利普·达比在比较了英国霸权与美国霸权的不同之处后指出,对宏大道德原则的坚持是美国外交政策中最中心和最持久的特征之一。由于深受这种政治文化的影响,美国领导人的公开发言总是带有一种很特别的腔调。1919年,伍德罗·威尔逊向他的国民宣称:美利坚是这个世界上唯一的理想主义民族。将近半个世纪后,林登·约翰逊总统宣布,今天美国在这个世界上唯一的利益在于那些我们认为与我们对全人类道德责任密不可分的部分。如果不能理解意识形态在美国对外行为中的重要作用,就不能理解 20 世纪六七十年代美国在越南所进行的干涉与战争,也不能理解美国社会在对华关系上的复杂心态。② 时殷弘教授在

---

　　①　从 13 世纪中叶开始到 15 世纪下半叶,西欧地区的英法等国开始逐渐形成了现代意义上的民族国家,这些民族国家大体上以共同的民族血缘与文化传统作为一个重要特征。只是到了更加晚近的时代,现代民族国家才开始出现一些更加复杂的形式。关于这方面的论述,可参见宁骚:《民族与国家》,北京大学出版社 1995 年版。

　　②　Phillip Darby, *Three Faces of Imperialism: British and American Approaches to Asia and Africa*,1870—1970, New Haven: Yale University Press,1987.

评述越南战争时指出,越南被美国政府当做一个试验场和政治橱窗,在越南进行干预和打赢战争被认为是挫败和遏阻一切中国模式的解放运动的关键。① 20 世纪以来,从意识形态的视角出发,美国曾反复将某一场地方性冲突赋予世界性的意义。大致而言,美利坚民族主义在凝视整个世界时,常常带有两个基本特性。首先是普适主义,即认为美国的基本社会模式适用于全世界;其次是例外主义,即认为美国是独一无二的山巅之国,美国是指引整个世界前进的灯塔。正是由于这种特殊的国家性格,美国往往更倾向于在意识形态的催动下制定自己的外交政策。一位美国学者曾经写道,在里根政府时代,美国与"邪恶的"苏联作战;在克林顿时代,美国把"流氓国家"当成主要的敌人;而在小布什政权时代,"邪恶轴心"则成为最可憎恶的恶魔。②

自由主义意识形态也是美国社会得以整合的最重要因素之一,是形成美国民族主义与国家认同的重要基础。如前所述,美国并非一个经典意义上的民族国家,其内部的种族宗教构成可谓五光十色,十分复杂。近几十年来,随着多元文化主义在美国本土的兴起,美国社会的多元性与异质性也大为增加。然而,在另一方面,美国民众对社会主流文化与价值标准的认同又不可谓不整齐划一。正如共同的历史传统与血缘联系成为一般民族国家之国家认同的基石,对自由主义的认同也成为建构美利坚民族认同最重要的基石之一。美国著名学者汉斯·库恩指出,美国甚至没有一个自己的族名来凝聚国人的情感,它是历史上第一个把自己等同于一种理念和思想的民族。他认为美国这种自由主义的意识形态是一整套关于社会基本模式的论说,正如历史上曾经存在过的法西斯主义与欧洲旧大陆的集权主义一样。③ 自由主义意识形态已然成为凝聚美国社会最重要的黏合剂,成为美国民族主义最重要的合法性基础。美国众多的特殊性正来源于其民族主义与自由主义传统的独特关系。正是对自由主义传统的护持与追求建构了美利坚民族主义。恰如许多学者所指出的,美国的民族主义是和美利坚民族的形成相关的;由于美国人不是来源于同一种族、文化或宗教,共同的政治价值观就成为美国民族主义产生的基础。

本书将选取美国在三个不同历史时期的代表人物来进行研究。这三个历史人物是约翰·亚当斯、亚伯拉罕·林肯与林登·约翰逊。首先是约翰·亚当斯总统。

① 时殷弘:《美国在越南的干涉与战争(1954—1968)》,世界知识出版社,1993 年版,第 292 页。

② 可参见 Ahmad Faruqui, "The Apocalyptic Vision of the Neo-Conservative Ideologues", *Counter Punch*, November 26,2002.

③ 分别见 Hans Kohn, *American Nationalism An Interpretive Essay*, New York:Macmillan, 1957, pp. 3,8 − 9; Lipset, American Exceptionalism, A Doubled Sword, New York:W. W. Norton,1996,p. 31。

之所以选取其作为研究的对象,主要出于以下几个原因:第一,尽管约翰·亚当斯是美国建国时期的重要人物之一,但国内学术界对其研究相对不足,特别是对其与早期美国民族主义之间的关系缺少必要的关注。此外,以往的研究对其与汉密尔顿等联邦党人的复杂关系也没有给予应有的重视,而是常常将其完全等同于通常的联邦党人,忽视了其思想的复杂性。第二,约翰·亚当斯的个人经历与思想在相当程度上反映了那个时代美国社会的风貌。这不仅与其个人复杂独特的经历有关,也与其能够超越党派利益的行为风格有关。他的许多言行并非出于狭隘的一党之私,而是大多出于对公共利益的客观判断,这就使得其成为美国建国初期最重要的政治家之一。第三,选取约翰·亚当斯作为这一时期的研究案例,不仅由于其在美国历史上的重要影响,也是因为其与欧洲国家的深刻渊源。约翰·亚当斯实际上是美国早期对欧外交的最重要代表人物之一。佐尔坦·哈拉斯蒂(Zoltan Haraszti)指出,亚当斯也许是那一个时期对欧洲事务涉入最深的美国人之一。他待在欧洲的时间几乎超过被认为是对欧洲有深刻见解的杰弗逊总统的两倍;更重要的是,他长期对法国大革命的关注及其所留下的大量历史资料使得我们可以对其在这一方面的思想进行比较深刻细致的考察。①

作为美国的开国元勋中的一员,约翰·亚当斯的孤立主义外交理念备受关注。他对欧洲旧大陆的看法在相当程度上反映了早期美国民族主义的基本特征。正如美国学者爱德华·汉德勒所指出的那样,尽管美国的自由主义理念最初来源于欧洲,然而欧洲却被视为腐败专制的象征。美国作为在新大陆建立起来的人类第一个现代共和国,从一开始就与传统的欧洲大陆进行了自我区隔,从而形成了最初的美国民族主义传统。② 约翰·温斯罗普在 1630 年以新教教谕的形式提出,美国应该建立一个道德社会,以成为一个昭示教化旧世界的山巅之城。③ 由于这一时期美国在对外事务中所接触的主要对象是欧洲国家,"山巅之城"的概念就成为早期美国人区隔自己与欧洲旧大陆、建立美利坚民族主义的一项重要概念。1776 年,在其颇具影响力的《常识》一书中,托马斯·潘恩借用和发展了这一观点。他指出:"美国的革命将提供一个建立更好的全新社会的契机:在我们的能力之内,我们可以重新创造世界。自从诺亚以来,直到如今,从未出现过类似的情势。新世界的诞生日即将到来。"④从华盛顿到杰弗逊,几乎所有的美国开国元勋都受到这种思

---

① 可参见 Zoltan Haraszti, *John Adams and Prophets of Progress*, Cambridge: Oxford University Press, 1952。

② Handler Edward, *America and Europe in the Political Thought of John Adams*, Cambridge: Harvard University Press, 1966。

③ 参见 John Winthrop, *The History of New England from 1630 to 1649*, Salem, N. H.: Ayer Co., 1992.

④ Thomas Paine, *Common Sense*, http://www.constitution.org/tp/comsense.htm.

想的影响,约翰·亚当斯自然也不例外。而正是出于这一思想,约翰·亚当斯等建国之父们建构了最初的美利坚民族主义。

翻开约翰·亚当斯早期的论著,对于美国特性的论述成为最显著的一个特征。在他看来,北美的先民们开创了一个前所未有的伟大民主实践,而这一独特性足以使北美人民与英国的专制统治实现彻底的分离。正是在此意义之上,早在哈佛上学的时代,约翰·亚当斯就公开宣传主张北美独立的思想。在他的笔下,北美先民拥有无与伦比的政治智慧,并创造了世界上最伟大的政治民主模式。而这种对美国独特性的论述就构成了美国民族主义的早期基础。作为早期美国民族主义的代表人物,约翰·亚当斯不仅是美国独立思想的早期提出者,也是美国联邦主义思想的重要阐述者。他主张为了对抗来自欧洲旧世界的污染与侵蚀,北美大陆应该成立共同的联邦,以维护北美人民最珍贵的自由主义原则和生活模式。在这里,美利坚民族主义第一次被自由主义认同建构起来,成为日后影响世界政治变迁的重要力量。

其次是研究林肯总统。毫无疑问,林肯总统是19世纪美国最伟大的总统之一。他在很大程度上完成了现代美国的自我身份认定,基本完成了自由主义意识形态的美国建构,奠定了今天美国内外政治的基础。从19世纪30年代开始,黑奴制在美国的地位成为影响美国内政的重大问题,特别是在美国新并入的领土上是否实行黑奴制成为争论的焦点。围绕这一问题,美国的国内政治进行了重新组合。旧有的辉格党逐渐被挤出政坛,而共和党则成为美国政坛的一支新兴力量。林肯就是第一位当选美国总统的共和党人。

尽管也有着这样或那样的现实利益,然而有关黑奴废存的争论更多地是围绕自由主义与民主主义的理念进行的。也就是说,美国的自由主义已经发展到了这样一个阶段:旧有的主要以白人和新教徒为中心的自由民权越来越向有色人种扩展,民主和人权越来越不被认为是基督徒和白种人的专利。美国民主制度的发展已不能容许黑奴制度的存在。从这个角度来讲,美国的南北战争在相当程度上开始奠定了自由主义意识形态在美国的现代形态。尽管美国此时仍然奉行孤立主义的外交政策,然而随着自由主义意识形态本身的变化,随着自由民权越来越被普适到所有的人,当然也随着美国国力增强,美国人的对外审视必将越来越具有国际视野。

美国的内战时期恰恰是美国民族主义逐渐定型与固化的时期。自由主义理念、人权以及捍卫联邦的决心与努力交织在一起,成为重新建构美国民族主义的重要因素。这一民族主义不仅表现为对现世传统国家利益的追求,更表现为对彼岸意识形态乌托邦的执著。林肯总统在国家危难时期所阐释的一系列理念成为我们深刻了解美国自由主义意识形态与美国民族主义关系的重要依据。正是对内战时期美国民族主义与自由主义二位一体的论述,林肯总统重新阐发了美国民族主义的合法性。实际上,林肯总统所论述的自由主义理念已经成为理解美国民族主义的重要一环。

与林肯总统的时代不同,后世的美国民族主义与自由主义意识形态将在更广泛复杂的世界舞台上上演。而这也就带来了另外一个问题:以自由主义为底蕴的美国民族主义能否适应这个远为复杂的世界呢?而这也就构成了近世以来美国外交思想上现实主义与杰弗逊主义的争论,以及美国外交在此二者之间钟摆式的摆动。

最后是研究林登·约翰逊总统。从某种程度上讲,美国在越南所犯的一系列错误实际上反映了其在意识形态催动下所产生的民族主义狂热以及与此相伴的、改造世界的巨大冲动。在这里,越南战争被过度简化成共产主义与自由主义的对决,从而对第三世界民族主义运动的复杂性视而不见。就像曾经存在过的霸权国家一样,美国也试图在世界扩展自己的势力;然而不同的是,这种扩张在相当程度上是出于一种走向自我圣化的意识形态,而非旧式的殖民扩张和宗教狂热。

林登·约翰逊总统是美国当代最受争议的政治人物之一。这不仅仅因为其与美国在越南的军事干涉密切相关,也源于他特殊的性格特征和个人背景。林登·约翰逊出生于美国西南部德克萨斯州的一个没落贵族之家,从国会议员秘书的职位逐渐登上美国权力的顶峰。他29岁就成为联邦众议院议员,在此后的23年里历经了美国政治在20世纪的一系列重大转折,目睹了美国从参加第二次世界大战到冷战后美国内部政治的巨大变迁,可以说是美国霸权在20世纪兴起的重要见证人之一。1963年,在肯尼迪总统遇刺后的一片混乱中,他成为美国总统。在1964年的大选中,他又以压倒性的优势当选美国总统。

林登·约翰逊当选总统的时刻正是冷战时美国霸权在世界范围内日益达至顶峰的时刻,他身上更多体现的是美国社会对光明前途的信心以及美利坚民族主义的伟大抱负。他所推行的"伟大社会"的自由主义社会改革使得他在国内的政治生活中一度声名鹊起。他敏锐地看到了国内的种族分歧、贫富差距等一系列社会问题,希望通过自己的努力重新整合起美国民众的国家认同。他对自由主义理想充满信心,并将这种理想上升为整个国家的目标,认为实践、推广自由主义理想就是美国最伟大的民族抱负。这种信念不仅仅将美国社会纳入自由主义的社会改造模式之中,还延伸到了全世界,对南越政府的支持就成为检验这种信念的试金石。为了凝聚美国国内的政治支持,他操纵美国国内的政治议题,企图影响媒体的新闻报道。而这也使他在后来的国内政治生活中成为备受争议的人物。

他迷信于美国的政治军事权势,将美国冷战时代的军事干涉推向了一个新的高度。他将美国对外军事干预看成是检验美国信用的标准,并不惜为此在遥远的地区投入巨大的资源。他不顾自己西方盟友的反对,大大拓宽了美国对整个第三世界的军事干预。然而,美国对越南的军事干涉却让林登·约翰逊声名扫地,越南战争也成为美国现代史上最为惨痛的一页。重挫之下,林登·约翰逊的政治生命也走到了尽头,他宣布不再参加下一届的美国总统大选。1973年,在越南最终走向统一的时刻,他带着他的政治理想离开了这个世界,时年只有65岁。直到此时,他仍然不明白自己为什么会失败。

林登·约翰逊的美国民族主义思想代表了一种美国语境下审视世界的独特视角。在这里,美国的模式被放大到全世界,整个世界成为检验美国梦的试金石。在这种视界的审视之下,整个世界被简化为黑与白、专制与民主的对抗,在世界范围内维护、推广美国的基本生活方式就成为美利坚民族最难以割舍的民族抱负之一。

第二节　研究的意义

本书所要探讨的是以自由主义传统为底蕴的美国民族主义,它不仅涉及美国的对外行为,而且关乎美国社会的政治文化与政治运行方式。基辛格曾经指出:美国的一个显著特征就是其在对外行为中往往不把自身当做普通国家看待,而是自我想象成为引领世界的伟大国家。① 在美国建国初期,对于美国优越性的坚信导致了美国对外交往中的孤立主义倾向:在尽力不卷入欧洲旧世界的政治、军事权势斗争的同时,力图以美国自己的社会模式和行为模式去感召北美地区以外的人民。为此,华盛顿总统自诩道:"美国所做的是为人类树立了高尚而新颖的榜样。"②伴随国力的增长,在两百年后的今天,美国的干预和权势已近乎遍布全球,世界也被许多美国人当做了美国模式的实验场;"让世界美国化"——美国学者弗兰克·尼科维奇如此称呼这一审视外部世界的视角。③ 在美国两百多年的历史长河中,大多数美国人总是自发地视本国的社会模式为人类取得进步的根本之途。文化学者萨义德对此批判道,美国社会对外部世界的看法往往只是出于其自身的一相情愿,而非基于外部世界本身。④ 要探究萨义德所言说的这一现象,就必须深入剖析以

---

① 亨利·基辛格:《大外交》,海南人民出版社,1998年版,第26～27页。
② 乔治·华盛顿:《华盛顿选集》,聂崇信等译,商务印书馆,1983年版,第322页。
③ Frank Ninkovich, *The Wilsonian Century：US Foreign Policy Since* 1990, Chicago：The University of Chicago Press, 1999, pp. 21－22.
④ 参见 Edward. W. Said, *Orientalism*, New york：Pantheon Books, 1978。

自由主义传统为底蕴的美国民族主义。

1993 年,在一片争论声中,美国《外交》季刊夏季号发表了著名比较政治学家塞缪尔·亨廷顿的论文《文明的冲突》。在这篇文章中,亨廷顿教授写道,冷战结束以后,国际政治中的冲突将主要来自于各个文明范式之间的冲突,过去那种以意识形态画线的国际关系正在失去原本所具有的重要意义。亨廷顿教授将整个世界范围内的文化范式划分为七个部分,也就是西方文明、斯拉夫文明、伊斯兰文明、儒教文明(主要是中国)、拉丁美洲文明、印度教文明和日本文明;其中,儒教文明与伊斯兰文明的联合将会对西方世界构成最严重的挑战。文化学者萨义德指出,人类自古以来的各大宗教甚至各大思想体系,不但把自己的价值观看成是普适性的,而且也预设人性有统一的价值标准,近代以来的各种思想意识和价值体系自然也不例外①;亨廷顿在《文明的冲突》一文中,所展现的并非是对西方文明与价值体系的信心,而是对西方文明普适性的怀疑。这种怀疑与美国社会中普遍存在的自我想象大为不同,其中既包含了对美国霸权的忧虑,也在相当程度上包含了对以自由主义为底蕴的美国民族主义的反思,也就是说,在各种文明以及各种族群相互对立的情况下,作为美国民族主义合法性基础之一的自由主义传统并不能成为整合世界乃至于美国本身的普适性原则,从而对美国民族主义的认同基础提出了疑问。②在处于新初的今天,有关于美国民族主义与基本国家认同的研究又一次成为了国内外学术界的焦点之一。

首先,本书的研究将有助于我们对美国霸权和美国外交的理解。2001 年,当美国世贸大楼因遭受恐怖分子攻击而在瞬间化为废墟的时刻,许多美国人感受到的恐惧、疑惑、不知所措和震惊,由此而来的巨大孤立感和愤懑情绪达到了一个前所未有的程度。如果说二战期间日本帝国对珍珠港的突然袭击还可以被美国人归为专制主义政治体制天然的对外扩张性,那么美国人对"9·11"成因的反思则要复

---

① 参见 Edward. W. Said, *Orientalism*, New york: Pantheon Books, 1978。

② 在亨廷顿新近所出版的论著《我们是谁?》中,这种对于作为美国民族主义基础的身份认同的疑虑又一次明确地表现出来。在这里,亨廷顿似乎又回到了约翰·亚当斯在两百年前的观点;他认为,正是早期的定居者定义了今天美国的核心文化,而这种盎格鲁—萨克森文化正是美国自我身份认同的最主要来源,而它也就成为美国民族主义的基础。历史仿佛又拐了一个弯,亨廷顿对于美国特性的认同又回到了几百年前盎格鲁文化占据绝对优势的时代。亨廷顿对美国信条的坚信也大幅后退,因为在他看来,美国信条不足以提供当今美国人国家身份认同和民族主义建构的依据。这种思维的脉络大致复述了数年前他在《文明的冲突》中的基本脉络;所不同的只在于论文的演绎方式不同:一个是从美国国内向外推展,另一个则是从美国之外向美国国内推展。亨廷顿的这种观点与日裔美国人福山所提出的历史终结论形成了鲜明的对比:在历史终结论那里,自由主义不仅建构起了美国民族主义的合法性基础,也成为整合世界的基本范式,而这也成为美国社会中的主流共识。在这样的情况下,亨廷顿的观点注定将遭受更多的批评,尤其是来自于美国主流思想界的批评。相关内容可参见 Samuel P. Huntington, *Who Are We: The Challenge to America's National Identity*, New York: Simon & Schuster, 2004。

杂和辛苦得多。美国,乃至于普通美国人在一夜之间成为了攻击的目标,而他们受到攻击的原因仅仅在于他们是美国人,因为他们所代表的美国式自由主义与生活方式。反美主义在一夜之间突然成为了整个世界的时髦话题,而美国人在震惊之余也不得不开始关注于这个对他们来说颇带感情色彩的话题。"他们为什么要恨我们",这是当时许多美国人惯常发出的问题。那么,在这样一个全球化的时代,在这样一个日益纷繁复杂的世界,到底是什么促使了这些现象的出现?为什么美国的世界政策会导致如此激烈的反弹?要对这一问题作出深刻的回答与阐释,就必须深入探究美国对外行为背后的动因,就必须更加深刻地理解以自由主义传统为底蕴的美国民族主义。实际上,美国民族主义与自由主义传统的结合对于美国的现实国家利益来说,已经成为一把双刃剑。一方面,自由主义传统与美国民族主义的结合增强了美国对外行为的合法性基础,有利于整合美国国内的共识,大大提升了美国霸权在国际体系中的软权力基础;然而,另一方面,两者结合也导致了美国对外行为中的意识形态色彩过于浓烈,引起了世界政治中其他行为体的反弹,妨害了美国霸权和美国国家利益。对以自由主义传统为底蕴的美国民族主义的研究将有助于我们对于美国霸权的分析、评判和展望。

其次,从理论视角来看,加深对以自由主义为底蕴的美国民族主义的研究将有助于我们探讨美国国家的基本特性,加深我们对美国文化的把握,特别是对美国社会中国家认同和自由主义传统的理解。体现于《美国宪法》和《独立宣言》中的美国自由主义传统到底对美国民族主义的形成和嬗变有着什么样的影响?在此基础上,与其他国家相比,美国有着怎样的独特性?这种独特性对美国的对外行为有着怎样的影响?而这些对外行为又引起了外部世界怎样的反应?这些都是本书将要深入讨论的问题。

再次,本书的研究也将有利于对美国社会基本问题的理解。今天的美国社会又一次来到了大转折的路口;近三十年以来,伴随着多元文化主义和少数族裔人口的剧增,美国社会的基本结构正在或者说已经发生了巨大的变化。截至 2000 年,美国人口中每十个人就有一个是出生在国外。美国社会族群结构的巨大变化已经使族群问题日益成为美国国内最严重的社会问题之一。据不完全统计,自 20 世纪 60 年代以来,美国爆发的少数族裔暴动达到近百起。① 在美国早期的历史上,前往美国的移民大多来自欧洲。这些移民尽管分属不同的民族,但由于欧洲民族之间在长期历史中所形成的具有同源性的文化观和价值观,早期的美国并没有出现对

---

① 参见姬虹:"从 2000 年美国人口普查看美国人口状况",《国外社会科学》,2002 年第 4 期,第 73 ~ 77 页。

多元文化主义的严肃思考。在这一时期,美国社会中居于主导地位的观点是所谓的"熔炉理论",即无论美国社会中的各个族群源于何处,他们都应该认同美国社会中已经存在的主流价值观,而这也就成为建构美国民族认同的重要基础。然而,随着美国社会的发展,也随着新移民的大量涌入,这一理论受到了越来越强有力的挑战。二战结束以后,前往美国的移民结构发生了巨大的转变,拉美裔和亚裔成为新移民的主体,而由新移民所带来的文化、社会摩擦也大为增加。20 世纪 60 年代以来,随着美国国内民权运动的兴起,也伴随着少数族裔在美国社会中的力量日渐增强,文化多元主义在美国社会中的影响力越来越大。文化多元主义强调,美国是一个多元族裔的社会,不同族裔的文化传统和历史经历是不相同和不可通约的,美国文化不能以某一特定的历史经历和文化记忆为准绳来整合其他各个不同的族裔;文化多元主义的这一观点实际上已经对美国社会中国家认同的文化基础形成了冲击。在此背景下,对于以自由主义为底蕴的美国民族主义的探究将会帮助我们深入理解美国社会中的族群问题。

最后,本书的研究亦将深化我们对美国历史的研究和理解。长期以来,国内外学术界在此一领域的研究和论述往往流于大致简单的概括,缺少精细、完整的理论与实证探讨。本书选取了美国三个不同历史时期的总统作为研究的案例,以期刻画出一幅美国自由主义传统在美国国家认同和民族主义建构过程中所起作用的历史画面。这三位总统是建国时期的约翰·亚当斯、南北战争时期的亚伯拉罕·林肯和越南战争时期的林登·约翰逊。可以说,这三位总统在一定程度上代表了以自由主义为底蕴的美利坚民族主义在不同历史阶段的深刻演进,也是美国由立国之初的孤立主义逐渐走向世界主义的重要参与者。本书对这三位总统个人生涯和政治哲学的深入论说将从一个较新的视角来把握美国内政外交的发展脉络。

正如历史学家们反复指出的那样,历史往往会在一定的条件下重新上演,我们研究美国的历史,特别是研究美国自由主义传统与民族主义的历史,将会大有裨益于我们探讨美国今天的对外行为。不难发现,小布什政权在中东地区的政权更迭与国家重建,其外交理念及实际行为与林登·约翰逊政府有着诸多相似。一个显著的事实是,以自由主义为底蕴的美国民族主义往往在美国的对外行为中占据着突出的位置。正因为如此,这种对于美国根本政治信条与民族主义的研究就显得尤为重要:其不仅有助于我们对美国对外行为的判断,也将促使我们更深刻地理解美国社会与文化的智识历史。

第三节　国内外研究现状分析

整体而言,涉及这一领域的研究不乏影响深远的经典之作。然而另一方面,从历史和理论两个方面同时对以自由主义为底蕴的美国民族主义进行系统探讨的论述并不多见。不过,这也为本书的研究留下了较大的空间。应当指出,这里所探讨的自由主义传统并非国际关系理论上的自由主义流派,也并非美国两党论争中的自由主义取向,而是指关乎美国立国之本的美国信条(American Creed)。这套信条体现于《美国宪法》与《独立宣言》之中,成为美国社会运行的基础。美国学者西蒙·利普塞特将其概括为五个部分,即自由主义、平等主义、个人主义、平民主义与放任主义。① 本书所要探究的就是这一整套自由主义传统在构建美利坚基本民族认同和民族主义传统过程中所起的作用。也就是说,探讨自由主义传统是如何帮助将美国这个移民社会中众多不同的族群认同上升为国家的认同,上升为美利坚民族主义,并因而导致了美国民族主义怎样的特殊表现。大致而言,国内外学术界在这一领域的学术成果可评介如下。

一、关于美国文化、自由主义传统和民族主义的研究情况

国内外研究美国民族主义的著作很多,大体而言,对美国民族主义与国家认同的看法可以分成以下三类。第一种观点以西蒙·利普赛特与汉斯·库恩为代表,他们将美国看成是一个理念国家,认为与传统的民族国家不同,美国是通过一整套建立在自由主义政治原则之上的东西整合起来的,而这种对美利坚民族的建构尤其体现于《美国宪法》与《独立宣言》之中。相较而言,这一种观点目前居于美国学术界的主流地位。但这种观点带有浓厚的美国例外主义色彩,常常流于对美国民族主义的过度美化,而未看到美国民族主义的诸多负面效应。第二种观点则是以多元文化主义为代表,即不承认美国是一个经典的民族国家,将美国视为一个由白人、黑人、拉美裔、亚裔和土著美国人所组成的微型联合国。这一派的代表人物是米歇尔·林德,其代表作为《新民族主义和第四次美国革命》。该观点实际上根本否定了美国国家基本认同和民族主义的存在,因而不能很好地解释美国国家的一些内外行为,特别是美国在对外行为中所反复展现出来的典型的民族主义特征。第三种观点则认为,美国从来就是一个与任何民族国家没有不同的国家,不是政治意识形态,而是由共同的语言、文化习俗和共同的历史记忆所构成的普通民族国

---

① Lipset, *American Exceptionalism: A Double-Eedged Sword*, New York: W. W. Norton, 1996, p. 31.

家。这种观点忽视了美国民族主义的重要特征,也因而难以理解美国作为一个后起移民国家的特殊之处。概言之,此三种观点各有短长,并相互竞争,已成为美国学术界的一大景观。①

此外,近些年来学术界探讨美国外交思想与政策的著作也屡见不鲜,它们对于我们理解美国外交哲学与国家的基本特性也大有裨益。由于数量浩大、内容纷繁,此处仅以其中较为著名的沃尔特·拉塞尔·米德所著之《美国外交政策及其如何影响了世界》一书为例。该书作者将美国的外交思想传统划分为汉密尔顿主义(注重商业利益与全球自由贸易的传统)、杰斐逊主义(高度珍视美国民主制度,对过多涉入外部事务持克制态度)、杰克逊主义(带有明显的民粹主义传统,强调只有依靠军事力量才能更好地维护美国的国家安全)和威尔逊主义(带有一种传教士的道义主义取向)。作者认为,这四个学派相互补充并直接影响了美国外交政策的历史演进。所缺憾的是,虽然该书引证了大量宽泛的历史事实,却没有进行系统、全面、深入的历史研究。此外,作者没有对各种思想传统进行更加深入的理论挖掘,而仅是在政策探讨层面上将某一决策者冠以杰克逊主义者等等的称号,有将美国外交思想传统过于简化的可能。整体而言,该书议论广泛,引证庞杂,既是它的一大优点,也有可能给它带来美中不足之处;不过,这也正是近年来此一领域著述的一大共同特点。②

"9·11"事件发生以后,美国民族主义愈加成为学术界关注的焦点,而文化研究的范式也日益显赫。然而从整体上看,这些研究中真正能够将历史分析与理论阐述结合起来的著作并不多见。大致而言,美国民族主义与自由主义结合后所造成的美国民族主义的意识形态化特征,是近几年来诸多学术著作的关注焦点之一。其中较有代表性的著作有利恩·阿纳托在 2004 年出版的《美利坚的对或错:对美国民族主义的一个剖析》一书。该书从两个方面分析了美国历史上的民族主义,既指出其基本内涵在于坚持和扩张美国信条,也指出对所谓美国信条的过于执著给美国对外行为带来了种种负面影响,在一定程度上引起了"9·11"恐怖袭击;这本书也因此成为"9·11"事件后美国学术界反思美国文化与外交的重要著作之一。

---

① 对于美国民族主义的讨论一直是美国学术界的焦点问题之一。对于美国民族主义与国家特性研究的述评很多,其中较有代表性的文章可参见 John O' Sullivan, "American Identity Crisis", in *National Review*, Vol. 46, issue22, Nov 21, 1994. 关于西蒙·利普塞特与汉斯·库恩的著作,可分别参见 Seymour M. Lipset, *American Exceptionalism: A Double-Edged Sword*, New York: W. W. North Company, 1996; Hans Kohan, *American Nationalism: An Interpretive Essay*. New York: Macmillan, 1957. 关于米歇尔·林德的著作,可参见 Michael Lind, *The Next American Nation: The New Nationalism and the Fourth American Revolution*, New York: The Free Press, 1995.

② 参见沃尔特·拉塞尔·米德:《美国外交政策及其如何影响了世界》曹化银译,中信出版社,2003年版。

然而该书的批评有时过于尖锐,阅读时应当有所保留。此外,福斯克·约翰所著的《领导自由世界:美国民族主义与冷战的文化根源》则对冷战时期美国民族主义与意识形态结合所造成的影响进行了阐述。该书对美国民族主义、自由主义意识形态以及冷战起源之间的关系进行了剖析。在这部书中,作者试图回答这样一个问题:为什么美国国内关于冷战的共识会如此之快地形成,造成这一现象的根源到底是什么? 他深入到美国政治文化的底蕴当中,指出这种美国自由主义式的民族主义与杜鲁门当局种种政策相结合最终导致了美国在冷战的泥潭之中越陷越深,并在一定程度上导致了美国在世界范围内过度扩张以及世界的反弹。

另外一些著作则将关注的视角转向美国国内,具体探讨在美国这样一个多族群的国家,种类庞杂的族群认同是如何被凝聚、上升为美国民族主义的。雅各布森·马修·弗赖伊所著的《蛮荒的美德:当美国在国内外遭遇异服民族》,从美国社会与外部世界的互动来探讨美国民族主义的起源。在这部书中,作者用历史学的方法具体描述了在 1876 年至 1917 年间,各个不同族群的美国人在国内外是如何与外国人共处,并由此导致了美国民族主义与国家认同的加强。作者非常细致地描写了当时美国人在夏威夷、关岛、菲律宾等地与当地社会的互动,从一个侧面展示了这一时期美国民族主义的产生及其基本风貌。斯科特-奇尔德雷斯与雷诺等人编著的《种族与现代美国民族主义的产物》一书则分析了美国国内种族问题对形成美国民族主义与国家认同的影响。作者用编年体的形式从美国内战一直写到当代,其中选取了日裔美国人、华裔美国人等一系列案例,从实证的角度论述了美国国家认同形成的过程中美国国内种族因素的影响。梅林达在 2002 年出版的《爱国之火:在内战中的北方铸造新的美国民族主义》一书,则对美国内战时期自由主义意识形态的重建对美国民族主义的演变造成的影响进行了剖析。这也是第一部全景式展示、分析内战对于美国民族主义形成作用的著作,书中详细论证了内战时期联邦政府出于战时目的的一些措施实际上在相当程度上促成了美国现代民族主义的形成,对于我们研究这一时期美国民族主义的历史颇有裨益。沃尔德·斯特莱舍尔·大卫则在其所著《在永恒的圣宴之中:美国民族主义的构建1776—1820》一书中指出,民族主义并非一定基于先验的血缘与种族概念,而更多的是一种人为的建构;该书特别强调美国民族主义与公共仪式之间的关系,强调公共仪式在超越美国国内族群认同、建构民族主义中的重要作用,并着重分析了18世纪末

19世纪初美国的情况。① 大体而言,这些著作都从各个不同的侧面论述了美国民族主义的特性及其对美国内外政治的影响,成为"9·11"后美国学界反思美国文化与美国民族主义的重要组成部分。美中不足的是,在这一领域至今仍然缺少比较系统的长时段研究,特别是已有研究中所使用的概念体系较为混乱,对同一语词的界定往往存在多个不同的论说。

　　研究美国自由主义②传统的著作历来汗牛充栋,不胜枚举。这些著作从宗教学、历史学、文化人类学、社会学和政治学的视角探讨美国的自由主义传统,为我们理解美国社会的根本特性提供了很大的帮助。要探讨美国的自由主义政治哲学就必须谈到路易斯·哈茨(Louis Hartz)。哈茨在其具有奠基意义的名著《美国的自由主义传统》一书中将美国的政治传统描述为洛克式自由主义政治哲学的发展,他认为美国社会中没有封建主义的传统,也因此美国社会中缺少传统意义的保守主义和社会主义思潮。这本书具有开创性的意义,极大地影响了其后学术界对美国自由主义传统的研究;不足之处则在于过分强调洛克式自由主义传统的意义,在一定程度上忽略了公民共和主义以及基督教传统对美国自由政治哲学传统的影响。对此,一些学者指出公民共和主义从来就是美国政治哲学发展的一个重要脉络,特别是在某些美国社会转型的关键时期,这种倾向就特别明显。③ 另外值得一提的是美国学者小阿瑟·阿方斯所著的《美国自由主义的衰落》一书。该书自1955年出版以来,一直在美国学术界颇受争议,它挑战了美国学术界的经典观点,认为自由主义传统并非美国社会的核心价值观,美国历史上真正意义的自由主义实际上

---

① 分别见 Lieven Anatol, *American Right or Wrong An Anatomy of American Nationalism*, New York: Oxford University Press, 2004; Lawson Melinda, Patriot Fires: *Forging a New American Nationalism in Civil War North*, Lawrence: University Press of Kansas, 2002; Fousek John, *To Lead the Free World: American Nationalism and the Cutural Roots of the Cold War*, Chapel Hill: University of North Carolina Press, 2002 ; Jacobson, Matthew Frye, *Barbarian Virtues: The United States Encounters Foreign Peoples at Home and Abroad*, 1876—1917, New York: Hill and Wang, 2000; Reynold J. Scott-Childress, *Race and the Production of the American Nationalism*, New York: Garland Pub, 1999; David Waldstreicher, *In the Midst of Perpetual Fetes: the Making of American Nationalism*, 1776—1820, North Carolina: University of North Carolina Press, 1997。

② 实际上,自由主义本身在美国就发生着不断的演进。古典自由主义政治哲学认为,政府的职责在于支持个人,美国的强大与富裕来源于众多个人的努力。这种传统的自由主义政治哲学在20世纪的初叶开始发生转变。自西奥多·罗斯福开始,政府越来越被当成是国家公共政策的推动力,至富兰克林·罗斯福的时代,古典自由主义政治哲学开始越来越多地让位于新政自由主义政治哲学。20世纪60年代以后,新政自由主义的政治哲学开始受到越来越多的抨击,特别是认为其损害和抛弃了美国社会的传统价值观。因而,当代自由主义的政治哲学开始越来越多地强调社群主义以及繁荣、理性等传统的自由主义价值观。

③ 关于这方面的论述,较有代表性的可以参见 James A. Monroe, *The Democratic Wish: Popular Paricipation and Limits of American Government*, New York: Basic, 1985。在一些学者看来,美国民主本身存在难以调和的自我矛盾,因而美国公共政治哲学的发展要求两种或两种以上的线索互相加以补充。一方面,美国社会民主要求实现社会正义与平等;另一方面,美国社会中也存在着强调个人竞争的自由主义倾向,这种倾向往往带有很强的精英色彩与利益取向。在这种情况下,不应过多强调自由主义政治哲学在美国社会中的主导作用。

只有13年时间,即从美国大革命时期到采用美国新宪法为止。这本著作虽然在一些观点上失于偏颇,却为我们理解美国历史开辟了一个比较新的视角。对美国自由主义进行研究的另外一位著名学者则是约翰·罗尔斯,他的《正义论》一书至今影响广泛。在这部书里,罗尔斯批判了所谓的建立于最大多数人的最大福利之上的效益主义;在他看来,这种对于社会整体福祉的过分追求可能将会损害到少数人的利益和权利。罗尔斯强调正义对自由主义的奠基作用,反对社会由于某一种关于自由主义的理解而去凌驾于或损害个人或少数人的正当权利。由于该书写作于20世纪六七十年代黑人民权运动正在美国社会大行其道的时刻,罗尔斯的思想因此成为对当时美国社会与美国自由民主体制的一种反思。书中区分了形式的机会平等与公平的机会,强调在一个自由主义社会中,即使依靠个人禀赋与才能所获得的优先分配也应受到公平及平等原则的制约。正是通过这样的论述,罗尔斯重新定义了放任自流的古典自由主义传统,而这也恰恰来源于对美国社会本身问题的反思。在这个意义上,罗尔斯的研究将有助于我们理解整个美国信条与政治哲学变迁的历史脉络。①

"9·11"事件以后,对自由主义的反思又一次成为国外学术界的热点。其中较有代表性的著作有霍顿·卡罗尔著的《种族与美国自由主义的构建》一书,该书由牛津大学于2005年出版。作者指出,自由主义传统不仅仅像人们惯常所相信的那样,给美国社会带来进步与平等,也在相当程度上固化了美国社会的不平等,从而加深了美国内部的种族裂痕。该书对于我们了解美国社会的种族问题与美国国家认同的建构具有一定的帮助。此外,赫顿·威尔所著的《一个相互依存的宣言:为什么美国必须参与世界》一书则对美国社会提出了更加严厉的批评。在这部书的前五章,作者着重批判和分析了美国社会内部的不平等,后四章则对美国的新保守主义者输出美国社会模式的做法大加批判。该书指出,美国自由主义对个人的过分强调导致了美国内外的种种问题,要根除这一问题必须重回自由主义的欧洲源头。扬·詹姆士所著的《重审美国自由主义:自由主义观念中受困的奥德修斯》一书对美国自由主义的历史与现状进行了比较清晰详尽的阐释,并且探讨了美国自由主义传统的文化与清教根源。在书的后半部,作者论及了近年来美国学术界的论争,即美国社会的本真到底是什么以及自由传统的内涵。他着力于美国学界对自由主义的种种质疑,如社群主义、社会民主主义、民主大众主义以及后现代主义,

---

① 参见 John Rawls, *A Theory of Justice*, Cambridge, Mass.: Havard University Press, 1971。

14

并疾呼自由主义在美国的复兴。① 整体而言,关于美国自由主义传统的书籍近几年层出不穷,这些著作虽然有助于我们对美国社会文化的认识,但其对美国民族主义传统与自由主义意识形态两者之间的关系却缺少系统的研究。

此外,一些著作也从历史学的角度,探索美国的自由主义传统,为我们的研究提供了很好的历史素材,但这些研究同样缺少对于美国自由主义传统与民族主义二者之间关系的系统阐释。布兰兹·H. W. 所著《美国自由主义的怪异之死》一书出版。作为一名历史学家,作者细致地研究了 1945 年以后的美国历史,指出美国现代的自由主义更多的是来源于冷战建构,而这种自由主义理念的不同之处正在于强调大政府和国家干预。该书对于我们了解这段美国历史很有帮助,不过其基本观点大致沿袭过去的看法。格瑞斯·戴维斯所著的《从机会到权利:伟大社会自由主义的转变与衰落》一书分析了林登·约翰逊总统的"伟大社会"改革破灭的经历。作者指出,这种破灭实际上是美国社会对自由主义意识形态的重新建构,即从最初的强调个人奋斗与国家义务相结合到只强调国家对个人所负的义务。在这一过程中,作者认为,约翰逊总统在一系列政策上的失败,如越南战争以及国内的黑人民权运动,最终导致了自由主义在美国的重新定义。作者指出,正是由于美国在这一阶段的挫折,推动了自罗斯福新政以来美国内政的重新组合,促进了新保守主义在 20 世纪 70 年代后的上扬。该书对于我们理解美国自 20 世纪 70 年代以来的政治思想变迁有较大的帮助。罗伯特·弗勒所著的《经久的自由主义:19 世纪 60年代以来美国的自由主义思想》一书则探讨了 20 世纪 60 年代以来,美国自由主义传统所发生的变化。作者在书中所要回答的一个问题是,自从 20 世纪 60 年代以来,美国政治思想中的共识是否已经为冲突所替代。作者回顾了历史上对美国自由主义意识形态中主流共识的种种挑战,即从左派到女权运动再到后现代。在这里,作者主要检验了这一时期美国知识界所进行的三个大论争,即社会的基本内涵、市民社会的衰落以及环境问题的上扬。书中梳理了 20 世纪 60 年代以来美国公共知识分子对自由主义意识形态的种种疑惑,为我们全景式了解美国政治思想的变迁提供了难得的素材。与之类似的还有马特苏·艾伦所著《拆解美国:一部20 世纪 60 年代的自由主义史》一书。20 世纪的 60 年代恰恰是美国社会大转折的时期,随着美国国内民权和反战运动的开展,美国国内的主流政治思想经历了一次重新的建构,直接导致了后来新保守主义的诞生,对美国今天的内政外交依然有着

---

① 分别见 Ekirch, Arthur Alphonse, *The Decline of American Liberalism*, New York: Longmans, Green Corp, 1955; Horton Carol A. *Race and the Making of American Liberalism*, New York: Oxford University Press, 2005; Hutton Will, *A Declaration of Interdependence: Why America Should Join the World*, New York:: M. W. Norton, 2003; James P. Young, *Reconsidering American Liberalism: The Troubled Odyssey*, Boulder Colo. : Westview Press, 1996。

深远的影响。以上三部书对于我们了解这一时期的美国文化与政治思想提供了很好的研究资料。马克·A. 诺尔所著的《美国之神：从乔纳森·爱德华到亚伯拉罕·林肯》一书考察了美国早期的宗教状况及其对美国民主体制的影响。作者指出，从19世纪开始，美国的宗教逐渐走出过去所固守的欧洲窠臼，越来越具有本土色彩。在美国内战爆发前的125年，宗教在美国的公共生活和私生活中扮演着重要的作用，而宗教的变化也对美国人的自我定义产生了重要影响。这一时期美国宗教神学的重要特征在于强调自我内省和对个人理性的自信。宗教思想与早期的民主共和思想相结合最终造就了最初的美国自由主义雏形。然而也正是宗教加深了美国南北双方的分裂，敌对的南北双方都把上帝算在自己一边。这本书最大的贡献在于深入地考察了美国早期文化的一个重要来源，探讨了宗教与美国传统的自由民主思想之间的关系，其缺点则在于有时过分夸大宗教的作用。埃里克森·大卫所著的《塑造美国自由主义：围绕批准废除与奴隶制的争论》一书则具体记录了从美国建国初期到内战时期美国国内的政治思想辩论。作者指出，美国早期的政治思想格局中自由主义和共和主义是共通的。该书仔细研究了这一时期美国主要政治家的政治思想，是我们研究早期美国自由主义思想流变的重要资料。① 大体而言，上面这些著作主要是从政治思想史的角度出发所进行的研究，对于我们了解美国自由主义的历史流变不可或缺。

　　相比之下，国内学者在这一领域的论述还有一定的差距。其中较有影响并与本书论题较为密切的有王晓德的《美国文化与外交》（世界知识出版社2000年版）。这本书是近年来中国学者在这一领域的重要代表作。该书将美国文化传统与外交表现放在一定的历史条件下结合起来探究，并把美国政治文化主流的形成和发展，以及具有代表性的外交政策行为列为十个专题进行梳理。其他一些较有影响的著作还有：周琪的《美国人权外交政策》（上海人民出版社2001年版）。该书探究了美国人权外交的文化根源与现实原因，但历史资料似可更加丰富；刘建飞的《美国与反共主义：论美国对社会主义国家的意识形态外交》（中国社会科学出版社2001年版）。这本书是作者的博士论文，作者对意识形态因素在美国外交中的作用进行了论述。在论文方面，比较有代表性的是王缉思的"美国霸权的逻辑"

---

① 分别见 Brands H. W., *The Strange Death of American Liberalism*, New Heaven: Yale University Press, 2001; Gareth Davies, *From Opportunity to Entitlement: The Transformation and Decline of Great Society Liberalism*, Kansas: University Press of Kansas, 1999; Fowler Robert Booth, *Enduring Liberalism: American Political Thought since the 1960s*, Lawrence: University Press of Kansas, 1999; Matusow Allen J., *The Unravelling of America: A History of Liberalism in the 1960s*, N. Y.: Perenial Press, 1985; Mark A. Noll, *America's God: From Jonathan Edwards to Abraham Lincoln*, Oxford: Oxford University Prss, 2002; Ericson David F., *The Shaping of American Liberalism: The Debate over Ratification, Nullification and Slvaery*, N. Y.: New York University Press, 2000。

（《美国研究》2003 年第 3 期）。这篇论文论述了自由主义意识形态对美国内外政治的影响，对我们理解美国政治与外交有一定的帮助。其他一些较有影响的论文还有：王立新的"美国国家认同的形成及其对美国外交的影响"（《历史研究》2003年第 4 期），王立新的"意识形态与美国对华政策——以艾奇逊和承认问题为中心的研究"（《中国社会科学》2005 年第 3 期）等。整体而言，无论是从理论，还是从历史的研究层面，已有的中文论述大都沿袭、借鉴了国外学术界的研究成果。

二、关于约翰·亚当斯的研究状况

约翰·亚当斯是美国建国初期十分独特的一位政治家，他对美国独立思想以及孤立主义外交哲学的阐述，实际上论证了美国早期民族主义最初的合法性基础：即将美国与欧洲旧世界加以区隔的美国伟大与美国独特的思想。约翰·亚当斯虽然名列美国的建国之父，声名却远不如华盛顿、杰弗逊与汉密尔顿三人，然而其对美国历史的贡献却不逊于以上三人。他留下的大量著作在美国建国初期起到了不可忽视的作用，至今影响广泛。更为重要的是，约翰·亚当斯是一位非常矛盾的人物，在他身上突出地体现了那个时代美国政治的特征：他虽然是联邦党人，但却与汉密尔顿等人抵牾颇深，与杰弗逊却是多年的至交；他早期拥立州权，但随着形势的发展，却又转而坚定支持加强联邦政府的权力；在外交思想上，他与汉密尔顿分歧很深，坚决主张回避欧洲事务，实行孤立主义。本书的写作将围绕约翰·亚当斯的基本政治理念，探讨这一时期美国民族主义的基本形态。

一般而言，国内外学术界大多将约翰·亚当斯当成是早期美国保守主义政治思想的代表人物，但对其与美国民族主义形成之间的关系却很少有所触及。作为一个美国建国时期著作等身的著名政治家，约翰·亚当斯对美国国务活动的参与大致可以分为两个阶段，即大革命时期与亚当斯担任美国第二任总统的时期。在大革命时期，亚当斯作为派驻于法国与荷兰的外交代表，亲身参与了美国对欧洲的外交活动，也因而成为美国孤立主义早期的代表人物。对此，美国学术界有着非常详细的探讨。其中最著名的就是美国学者汉德勒·爱德华于 1964 年在哈佛大学出版社出版的《约翰·亚当斯政治思想中的美国与欧洲》一书，该书详细地论述了亚当斯出使欧洲的经历，分析了亚当斯对欧洲大陆和法国大革命的看法，指出与大多数美国领导人相同，亚当斯对欧洲旧大陆的民主政治较为悲观，并因此主张实行孤立主义的外交政策。此外，研究亚当斯在美国革命时期作用的论述中较为著名的还有美国学者凯瑟琳·德林克·鲍恩在 1950 年出版的《约翰·亚当斯与美国革命》一书。这本著作对于约翰·亚当斯这一时期的主要政治活动和政治思想有着比较详尽的记叙，但深入的分析较少。1980 年，美国学者詹姆士·休斯敦在肯塔基大学出版社出版了《约翰·亚当斯与美国大革命的外交》一书,这本书详细地论述了亚当斯在美国大革命时期的外交事务中所起的重要作用,不过观点上没有大的突破,特别是对约翰·亚当斯孤立主义外交思想与美国民族主义之间的联系基本没有触及。[①]

对亚当斯担任美国总统期间美国对外行为进行过较为系统分析的论著相对较多,它们对于我们理解这一时期的美国外交风貌颇有裨益,从而有助于我们深入探究这一时期美国对外关系中的民族主义。伊恩马·格里奇于 1982 年在纽约出版社出版了《华盛顿与亚当斯时期的美国对外关系:一个对于文本与来源的指南》一书。该书对亚当斯的外交政策评价颇高,认为其在很大程度上超越了政党之间的对立。整体而言,几乎所有探究早期联邦党人执政历程的著作,都或多或少地对这一时期美国的整体对外行为有所触及。在美国建国的初期,同欧洲国家的关系成为决定新生共和国命运的大事,而美法关系与美英关系则成为重中之重,成为影响美国国内政治走向的焦点论题,约翰·亚当斯作为早期孤立主义外交的代表人物自然会倍受关注。其中,特别对约翰·亚当斯当政期间美法关系进行较为系统论述的有亚历山大·德孔德所著的《准战争:与法国未宣之战的外交与政治 1797—1801》。该书于 1966 年出版,系统地论述了这一时期亚当斯政府同法国或战或和的微妙关系以及美国国内围绕这一问题所发生的种种争论。另一部比较著名的著作则是美国学者艾伯特·H. 鲍曼所著的《为中立而斗:联邦党人时期的法美外交》。这部著作也围绕这一时期,特别是约翰·亚当斯政府同法国的外交关系展开论述,从一个侧面体现了当时美国对外行为的历史画面。此外,美国学者尼尔森·乔纳森在 2000 年出版的《没有选择的路径》一书也对约翰·亚当斯的外交思想进行了较为深刻的论述,但却仅仅停留于孤立主义的表层,没有将其与美国民族主义传统联系起来。[②]

对约翰·亚当斯政府时期美国对外行为以及与此相关的国内论争进行论述的学术论文也比较多,但对其与早期美国民族主义间关系的论述却并不多见。其中

---

① 分别见 Handler Edward, *America and Europe in the Political Thought of John Adams*, Cambridge: Harvard University Press, 1966; Catherine Drinker Bowen, *John Adams and the American Revolution*, Boston: Little Brown, 1950; James Hutson, *John Adams and the Diplomacy of the American Revolution*, Kentucky: University of Kentucky Press, 1980。

② 分别见 Ian Mugridge, *United States Foreign Relations under Washington and Adams: A Guide to the Literature and Sources*, New York: Garland Pub., 1982; Alexander DeConde, *The Quasi-War: The Politics and Diplomacy of the Undeclared War with France*, 1797—1801, New York: Charles Scribner's Sons, 1966; Albert H. Bowman, *The Struggle for Neturality: Franco-American Diplomacy During the Federalist Era*, New York: Humanities Press, 1969; Nielson Jonathan M., *Paths not Taken: Speculations on American Foreign Policy and Diplomatic HistoryInterests, Ideals, and Power*, Westport, CT: Praeger, 2000。

较有代表性的有：刊登于 1965 年 12 月出版的《政治科学季刊》（*Political Scionce Quarterly*）上斯蒂芬·K. 库尔茨所写的"1799—1800 年的法国使命：约翰·亚当斯治国之术的最后篇章"。这篇文章高度评价了亚当斯政府超越党派利益而展开的对法外交活动；与之相对，雅各布·E. 库克所著"超越党派的国家：约翰·亚当斯于 1799 年的访法使命"则对约翰·亚当斯政府的外交活动颇多批评；另外一些文章则包括理查德·C. 罗尔所著的"联邦党与 1800 年的条约"，载于《外交史》[（*Diplomatic History*）] 1988 年夏季号，该文对这一时期美国国内政治中的政治争论有着较为详尽的论述，是我们了解这一时期美国政治思想的重要资料；E. 威尔逊·莱昂所著的"1800 年的法美条约"，刊登于《现代史杂志》（*Journal of Modern History*）1940 年第 12 期；诺布尔·E. 坎宁金所著的"1800 年的大选"。后面这两篇论文探讨了约翰·亚当斯与联邦党人之间的微妙关系，对于我们理解其政治思想很有帮助。①

　　作为美国的开国元勋，亚当斯与汉密尔顿等人一道为美利坚联邦的建立作出了巨大的贡献。国外学术界对于亚当斯在这方面的历史作用与政治思想也有着相当丰富的论述，这些论述对于我们理解美国这一时期民族主义思想也是不可或缺的。其中较有影响的有阿德勒·布尔在 2003 年出版的《美国的建国之父们：他们非比寻常的智慧与机智》一书。这本书梳理了这一时期美国国内主要政治家的政治思想，对我们了解这一时期整个的时代风貌大有裨益。类似的还有马普·阿尔夫·约翰逊 2003 年出版的《我们父辈的信仰：美国之父到底信什么》一书。托马森·C. 布拉德利在 1998 年出版的《约翰·亚当斯与自由主义之魂》一书则专门论述了亚当斯对自由主义的基本看法和政治哲学，及其对美国自由主义传统形成所做的贡献。专门论述亚当斯在美国建国时期重要作用的书还有理查德·阿兰·赖尔森在 2003 年出版的《约翰·亚当斯与共和国的建立》。此书集中记述了约翰·亚当斯的种种活动与论述，为我们全面展示了他对美国早期国家建构所作的贡献。②

　　① 分别见 Stephen G. Kurtz, "The French Mission of 1799—1800: Concluding Chapter in the Statecraft of John Adams", *Political Science Quarterly*, Dec. , 1965, pp. 543 – 558; Jacob E. Cooke, "Country Above Party: John Adams and the 1799 Mission to France", in *Fame and Founding Fathers*, 1967, pp. 53 – 79; Richard C. Rohrs, "The Federalist Party and the Convention of 1800", *Diplomatic History*, Summer, 1988, pp. 236 – 260; Noble E. Cunningham, "Election of 1800", In: Arthur M. Schlesinger Jr. Edited, *The Coming to Power: Critical Presidential Elections in American History*, New York: Charles Scribner's Sons, 1971, pp. 103 – 113。

　　② 分别见 Adlter Bull, *American Founding Fathers: Their Uncommon Wisdom and Wit*, New York: Taylor Trade Publishing, 2003; Mapp. Alf Johnson, *The Faith of OurFathers: What America Father Really Believed*, New York: Rowman & Littlefield Publishers, 2003; Thompson C. Bradley, *John Adams and the Spirit of Liberty*, Kansas: University Press of Kansas, Reprint edition, March 2002; Richard Alan Ryerson, *John Adams and the Founding of the Republic*, Massachusetts: Massachusetts Historical Society, 2001; Ralphy Adams Brown, *The Presidency of John Adams*, Kansas: University Press of Kansas, 1975; Diggins John P, *John Adams*, New York: Times Books, 2003。

作为美国早期著名的思想家和政治家,约翰·亚当斯留下的各类著述,为我们研究亚当斯政治思想中的民族主义元素提供了宝贵的素材。其中收录了约翰·亚当斯各类文章的著作有乔治·W.凯里在2000年编辑出版的《约翰·亚当斯的政治作品》、泰勒编辑的《约翰·亚当斯论文集》一书、L.H.巴特菲尔德编辑的《亚当斯的日记与自传》一书,以及乔治·A.皮克在1954年编辑出版的《约翰·亚当斯的政治作品代表集》一书。①

各种有关约翰·亚当斯的学术传记则为我们提供了全景式了解其政治思想与生活背景的绝佳资料和研究平台,从而有助于我们更加深刻地理解这一时期民族主义思想在美国社会中的形成与发展。这其中较有影响的有佩奇·史密斯所著的《约翰·亚当斯》两卷本,该书于1962年出版,成为研究约翰·亚当斯的重要学术资料。类似的还有拉尔夫·亚当斯·布朗在1975年出版的《约翰·亚当斯的总统之路》一书和迪金斯·约翰在2003年出版的颇带传记色彩的《约翰·亚当斯》一书。此外还有:斯蒂芬·G.库尔茨所著的《约翰·亚当斯的总统之路:联邦主义的垮掉1795—1800》,该书于1957年出版;1992年出版的约翰·费林所著《约翰·亚当斯的一生》一书则是所有约翰·亚当斯传记中比较成熟的一本,它比较详尽地记述了人物一生的历程和思想,对其所生活的时代背景与社会联系也有比较细致的描写,对我们研究约翰·亚当斯大有帮助。②

国内有关约翰·亚当斯的研究一直以来比较薄弱,且大多停留于传记性的历史叙事,真正深入的探究并不多见。至少近二十年来,国内还没有一篇博士论文深入细致地研究约翰·亚当斯,已经出版的著作也大多是一些传记性的译著,无论数量还是质量都不能令人满意。整体而言,国内学术界在这一领域的欠缺不能不说是一大遗憾,不过,这也为后来者的研究提供了比较大的空间。

三、关于林肯的研究状况

林肯是美国历史上最著名的总统之一,因而受到学术界的诸多关注。林肯身处美国历史的大转折时刻,对美国历史的发展起到了巨大的影响,对其的研究不胜枚举。概括而言,本书将主要关注林肯总统在以下方面的建树,即其对美国民族主

---

① 分别见 George W. Carey, *The Political Writings of John Adams*, New York:Hackett Publishing Company, New Ed edition,2003; L. H. Butterfield, *Diary and Autobiography of John Adams*, Cambridge, Mass.: The Belknap Press,1961; George A. Peek, *The Political Writings of John Adams: Representative Selection*, NewYork:Hackett Publishing Company,2003。

② 分别见 Page Smith, *John Adams*,2 Vol,New York:Doubleday,1962; Stephen G. Kurtz, *The Presidency of John Adams: The Collapse of Federalism* 1795—1800, Philadelphia: University of Pennsylvania Press,1957; John Ferling, *John Adams:A Life*, Westport Conn.:Owl Books, Reprint edition,1996。

义的重建与美国自由主义的再造（特别是林肯思想中自由主义与美国民族主义二位一体的思想）。本书将主要围绕这一主线展开论述。

要对林肯的民族主义思想加以深刻剖析，就必须深入探讨林肯对美国自由主义思想的重新定义，因为对美国自由主义的重构正是林肯论证美国民族主义的最重要的理论基点。在美国学术界，居于主流的观点一般将林肯视为理性主义的代表人物，即既肯定其身上的自由主义与理想主义色彩，又认为其能够为了实现一定的目标而适应现实政治的需要。从政治哲学思想的归属来看，林肯毫无疑问属于自由主义者，他对人权的强调，对民主自由的捍卫都无可置疑地是其政治思想的主流，而他也正是以此建构了美国民族主义的合法性基础。尽管 20 世纪五六十年代后，以修正主义为代表的史学流派对此进行了挑战，强调林肯行动背后的现实政治经济动因，然而林肯自身所具有的道德主义与理想主义色彩仍然是难以否认的。本书所要剖析的正是林肯的自由主义思想以及在此基础上所建构的美国民族主义思想，故而将在此进行比较详尽的梳理。由于国内外对于林肯的各种研究成果十分丰富，本处只列举其中重要的部分。

关于阐释林肯政治思想及其对美国历史影响的著作，其中较有代表性的有乔治·P.弗莱彻所著《我们秘密的宪法：林肯是如何重新定义美国民主》一书。这部书探讨了内战时期《美国宪法》所受到的种种影响，指出种种对宪法的冲击往往以目的正确性来加以辩护，即内战的需要允许美国社会因之发生种种改变。在这里，政府一改过去的消极形象而成为一个主动的联邦维护者与国民幸福的保护者。弗莱彻认为，林肯政府在相当大程度上重新定义了美国民主与自由主义。以平等主义为例，论者眼中的平等主义并非传统美国自由主义中的平等主义（也即体现于《美国宪法》第 14 条修正案中的法律面前人人平等），而是一种积极的平等主义，即政府应当充当积极的重新分配者。弗莱彻将 1789 年《美国宪法》描绘成有利于精英的宪法，而美国内战和林肯当政恰恰为克服这一弊病提供了契机。该书将南方各邦描绘成固守旧精英主义倾向并反对联邦政府获得更多权力以干涉社会中不平等现象的一方，而林肯则被描绘成执意使用和扩大联邦权力以消灭社会中的不平与不义的一方。在这里，从根本的政治哲学出发，作者探讨了美国内战双方的歧见。这部书为我们研究美国自由主义传统在这一时期的演进提供了很好的素材，也为我们研究美国自由主义的变迁是如何与美国民族主义以及国家认同的兴起相联系提供了很好的范本。所不足的是，此书对史料的使用有时不够细腻，将内战的起因完全归于对旧精英主义的否定似乎有偏颇之嫌。詹姆士·G.兰德尔的著作《林肯之下的宪法问题》也深入地检视了这一时期的宪法问题，从一个侧面反映了美国传统的自由主义已经不能再适应时代的变迁，并因之引起了美国民族主义中的认同危机。作者从美国战时的体制出发来探讨《美国宪法》在应对战争状态时的缺失，特别是联邦和总统权力的扩大对美国旧有体制与政治思想的冲击。作者考察了内战时期《美国宪法》在一些问题上的模糊态度。例如，如何认定南方的战争责任和性质以及军方权力的不寻常扩大等等。作者认为，这些模糊的态度实际上从一个侧面揭示了美国政治体制正在发生着的一系列转变，而这些又是与林肯总统的基本政治理念难以分离的。该书指出，在相当的意义上来说，林肯总统的努力和美国内战重塑了美国建国以降的传统自由主义理念，建构了现代美国的国家认同与民族主义。纳撒尼尔·W.斯蒂芬森所著《亚伯拉罕和联盟关于严阵以待的北方的编年史》一书则以历史学的研究方法探讨了林肯政府在这一时期内政与外交上的努力，反映了美国社会的变迁以及林肯本人的思想言行。格林斯通·J.大卫所著的《林肯的劝说：重塑美国自由主义》一书也是我们考察这一时期美国政治变迁不可缺少的资料。此书是作者的遗作，作者过世后该书还有两章未能完成。这部书详细论述了美国这一时期政治中的共识与例外主义，作者认为林肯的成功之处恰恰在于能够获得广泛的大众支持。该书比较详尽地论述了这一时期美国的民族主义认同与自由主义意识形态的重塑，是我们了解美国内战时期政治思想变迁的重要资料。[①]

美国学术界内部一直存在着反主流的学术流派，其最显著的一个代表就是修正主义学派。在这些反主流的学术著作中，林肯或是被视为一个实用主义者，或是被视为一个利用美国内战之机扩充自己权力的专制主义者。威廉·K.基林斯曼所著的《亚伯拉罕与通向解放之路 1861—1865》一书就是其中的一个典型代表。这部书主要关注林肯分别于 1862 年 9 月和 1863 年 1 月签署的《初步解放宣言》和《最终解放宣言》，同时也探讨了黑人士兵在美国内战中的作用。作者指出，林肯的个人权力随着战争的扩大不断增加，而其解放黑人的许多努力其实都不过是出于现实政治的需要。作者认为，林肯最初进行战争不过是出于保存联邦的需要，因而其在初期并不愿意完全同废奴主义者和共和党中的激进分子合作。然而随着政治压力的改变以及北方军队最初在战场上的失利，林肯发生了转变，并因此赢得了胜利。在作者笔下，林肯更多地被描绘成一个政客和实用主义者。这部书对美国学术研究中经典的林肯形象提出了挑战，对我们从另一个侧面了解这段大转折时

---

① 分别见 George P. Fletcher, *Our Secret Consititution：How Lincoln Redifined American Democracy*, New York：Oxford University Press, 2003；James G. Randall, *Constitutional Problems Under Lincoln*, Illinois：University of Illinois Press, June 3, 1997；Nathaniel W. Stephenson, *Abraham Lincoln and the Union：A Chronicle of the Eembattled North*, New York；Indy Publish Comany, 2001；Greenstone, J. David., *The Lincoln Persuasion：Remaking American Liberalism*, Princeton：Princeton University Press, 1993。

期的美国历史不无裨益。①

与修正主义学派相对，主流的学术界则一般从自由主义的视角来探讨林肯对美国民族主义的重建。哈里·V. 雅法所著的《自由的新生：亚伯拉罕·林肯与内战的到来》一书就是其中的典型代表。该书的作者是美国著名的历史学家，他的许多观点都在相当程度上反映了美国学界的主流共识。在这部书里，林肯被描绘成伟大的自由主义者，其对自由主义的坚持成为进行南北战争的主要原动力，也成为维护联邦和美国民族主义诉求的合法性基础。小马克·尼利也是一位持相同观点的学者。他的著作《世界的最后希望：亚伯拉罕·林肯与美国的承诺》秉承了美国学术界对林肯的经典观点，即将其看成是一个理想主义与道德主义结合的个人。作者仔细探讨了林肯是如何从一个辉格党人转变为一个共和主义者的，并将林肯对奴隶制的憎恶描绘成林肯进行内战的主要原因，而林肯其他的现实政治利益考量则被作者放到了第二位，从而为这一时期的美国民族主义打上了浓浓的理想主义和例外主义色彩。《自由的运命：林肯与民权》是小马克·尼利的代表作，并为其赢得了 1992 年的普利策奖。在这部书里，林肯被浓墨重彩地描绘成一个将美国民族主义与自由主义结合起来的伟大爱国者。作者认为，尽管林肯在内战时期采取的一些政策如冻结《人身安全保护法》在相当程度上侵害了美国传统的公民自由，但这些都不过是迫于形势的权宜之计。通过利用大量的法庭记录和罪犯的信件，作者惟妙惟肖地刻画了当时条件下美国国内的民权状况，也从一个侧面反映了处于大转折时期的美国，如何重塑自身的民主体制和基本的民族主义认同。②

关于林肯的传记数量宏大，它们对于我们了解林肯这一时期的民族主义思想风貌也颇有裨益。其中较有代表性的有：埃德加·帕里尼所著的《亚伯拉罕·林肯》，该书比较翔实地记录了林肯的一生，对我们了解林肯一生的生活状态与政治思想有一定帮助；英国人查伍德勋爵所著的《亚伯拉罕·林肯》，叙述较为平实，观点也比较客观，没有出现一些美国学者过分神化林肯的情况，使我们可以更加客观地理解林肯以及他所处的那个时代；本杰明·托马斯所著《亚伯拉罕·林肯传记》一书比较详尽地记述了林肯一生，大体上延续了美国学者对林肯的评价，将林肯描绘成一个懂得在理想与现实之间寻求平衡的人。

① William K. Klingaman, *Abraham Lincoln and the Road to Emancipation* 1861—1865, New York: The Viking Press, 2001。

② 分别见 Harry V. Jaffa, *A New Birth of Freedom*：*Abraham Lincoln and the Coming of the Civil War*, New York: Rowman & Littlefield Publishers, Inc., 2000; Mark E. Neely, Jr., *The Last Hope of Earth*：*Abraham Lincoln and the Promise of America*, Cambridge Massachusetts: Harvard University Press, 1995; Mark E Neely, Jr., *The Fate of Liberty Abraham Lincoln and Civil Liberties*, New York: Oxford University Press, 1991。

作为美国历史上最为著名的总统之一,林肯也留下了大量著作,他的论述目前大多已被收录,其中较有代表性的有日本林肯研究中心编辑出版的《亚伯拉罕·林肯文集》以及《亚伯拉罕与美国内战》。这两部书基本收录了林肯比较重要的文稿,对我们了解林肯政治思想的大致风貌颇有帮助。此外,维金出版社在1989年编辑整理的《1832年至1858年林肯讲话与论著集:演讲、信件与各种文章》和《1859年至1865年林肯讲话与论著集:演讲、信件与各种文章》两部书基本收录了林肯在其政治生涯中的各种言论,为我们研究林肯提供了宝贵的资料。[①]

国内有关林肯的研究相对较多,但绝大多数停留于传记性的叙事,其中较有代表性的是刘文涛的《伟大的解放者林肯》(中国社会科学出版社1999年版),对林肯的一生进行了比较详细的描述与阐释,全景式地展现了林肯的婚姻、家庭与政治生涯,对林肯的政治思想也有所触及,特别是比较详尽地阐释了林肯的民主主义思想以及林肯对于美国自由主义传统的影响,将林肯的思想更多地溯源于杰弗逊的自由民主思想。其他传记性著作主要有谈峰:《林肯总统和他的时代的历史记忆》(东方出版社2004年版)、王心裁:《林肯传》(湖北辞书出版社1996年版)、许学东:《林肯传》(内蒙古人民出版社,2002年版)。此外,由宋云伟博士撰写,何顺果教授指导的博士论文《论美国重建时期联邦体制的变化》对林肯时期美国自由主义传统以及联邦体制的变迁进行了比较深入细致的研究,为我们研究这一时期的美国政治史提供了一个比较好的视角。值得一提的是,由刘飞涛博士撰写,时殷弘教授指导的博士论文《美国现实政治思想及其实践——亚历山大·汉密尔顿、亚伯拉罕·林肯、西奥多·罗斯福》是近年来研究美国外交思想史的一篇难得力作,这篇论文对于我们研究林肯的政治思想与理念具有重要的借鉴意义;特别是该篇论文对于林肯思想中联邦与自由主义一体的政治哲学有较深刻的挖掘,对我们进一步探讨美国民族主义颇有帮助。其他一些论文如刘文涛的"论林肯反奴隶制思想的重要源头"(《史学月刊》,2001年第4期)等,也对林肯的自由主义政治思想进行了阐释。

---

① 分别见 Edgar Parin, *Abraham Lincoln*, New York: Beautiful Feet Books, 2003; Lord Charnwood, *Abraham Lincoln*, Lanham, Maryland: Madison Books, 1998; Benjamin Thomas, *Abraham Lincoln: A Bibliography*, New York: Modern Library, 1968; Tokyo: Tokyo Lincoln Center, *A Collection of Abraham Lincoln pamphlets & American Civil War*, Tokyo: Meisei University Press, 1982; Fehrenbacher, Don Edward, *Speeches and Writings 1832—1858: Speeches, Letters, and Miscellaneous Writings: The Lincoln-Douglas Debates*, New York: Viking Press, 1989; Fehrenbacher, Don Edward, *Speeches and Writings 1859—1865: Speeches, Letters, and Miscellaneous Writings, Presidential Messages and Proclamations*, New York: Viking Press, 1989。

四、关于林登·约翰逊的研究状况

在学术界，尽管林登·约翰逊是美国近三十年以来最受争议的总统之一，但对于他的民族主义思想的研究却可以形成基本一致的共识。林登·约翰逊在一片支持声中上台，在他的论述中处处可见对于美国国家能力的自信与着迷，他不仅将美国冷战时期的对外干预推向了一个新的高度，也在国内提出了一个规模空前的伟大社会计划，发誓要将美国社会建成前无古人的理想社会。在他的眼中，美国自由主义意识形态的优越性使美国肩负在整个世界扩展和保卫美国理想的重担，他对国际关系的看法也因而变得十分简单，整个世界仅仅被视为自由正义与邪恶的对决。他着迷于美国的军事政治权势，在远离美国本土的第三世界小国投入了巨大的资源，并不惜为此与英国等传统盟国发生争执，因为他害怕美国的军事失败可能会导致美国权势可信度的下降，并激发中国和苏联的进一步扩张。他的那种对于美国优越性的执著以及对于他国力量的轻视，造成他始终难以理解第三世界民族主义运动的特性，而仅仅将其视为美苏争霸大戏的一个小注释。所有这些无不处处体现出林登·约翰逊民族主义思想的基本风貌。

大体而言，美国学术界对于林登·约翰逊的评价主要有以下三种。第一种观点认为，约翰逊总统在人格上有一定的缺陷，加上个人背景的原因，热衷于阴谋诡计和腐败专权；他当政时期谋取私利和获得更大的权力成为其的主要目标，并给美国的民主体制带来了较大的伤害。这种观点的缺点在于忽视了林登·约翰逊思想的社会根源。第二种观点认为，约翰逊的种种悲剧实际上是整个大时代和他个人基本性格特征相互作用的产物。这一派认为，约翰逊在越南所犯的种种错误实际上是与整个美国社会大环境息息相关的，是美国以前历届政府越南政策累积的必然产物；而约翰逊作为一个在外交上并不在行的总统，其所起的作用并不如许多人所想象的那样大。第三种观点也主要是从约翰逊个人的性格特征出发进行阐发。与第一种观点不同的是，这一派认为，约翰逊的性格既有阴暗的一面，也有人道主义的一面，正是这两种截然不同特征的相互作用最终导致了约翰逊式的悲剧。

对林登·约翰逊美国民族主义思想的研究当然要阅读其本人所著的《有力的地位》(The Vantage Point)一书。该书于1971年出版，大体记录了约翰逊本人对美国内政外交的一些看法，为我们研究他的美国民族主义思想提供了很好的文本。还在1964年的总统大选期间，出生于德克萨斯州的美国学者艾特威斯·哈雷出版了《一个德克萨斯人看林登：在不合理权力下的肖像》。在这部书里，林登·约翰逊被描写为为了获取权力不惜出卖原则的政客。由于美国在越南战争中所受到的挫折，美国学者对约翰逊的负面评价较多；这些书正如上文所言虽然对我们了解林

登·约翰逊提供了较大的帮助，但却忽视了林登·约翰逊思想的社会根源。这其中最有代表性的学者是罗伯特·卡罗。从 1982 年到 2002 年的二十年间，他先后三次出版了有关约翰逊的著作。首先是在 1982 年，卡罗出版了其著作《通往权力之路》。在这部书中，作者主要记述了约翰逊从开始步入政坛到成为参议员的生涯，该书出版后在美国的史学界引起了较大的反响。此后，在 1990 年和 2002 年，卡罗又出版了他的第二本著作和第三本著作。在卡罗的著作中，约翰逊被描写为一个阴暗、专制和傲慢的政客。由于卡罗的文笔较好，该书的销量不错，在美国普通民众中具有一定的影响力。[①]

相比之下，更多的美国学者则是将约翰逊在越南所犯的错误与其所处的大时代联系起来，认为其在相当大的程度上是继承了肯尼迪时代的内政外交遗产，是美国民族主义在冷战时代发展的产物。约翰逊离任后，多丽斯·科恩斯在陪伴了他两年多的时间后出版了其著作《林登·约翰逊和美国梦》一书。她指出，约翰逊并非一个为了权力而追求权力的人，他的所作所为是为了实现他对美国社会的理想，而这种理想有着很深的社会根源，是美国民族主义在 20 世纪 60 年代的必然发展。1969 年，美国学者埃里克·戈德曼出版了其著作《林登·约翰逊的悲剧》一书，该书力图给约翰逊一个尽量公正的评价。此书出版之时正值约翰逊总统的声望在美国国内跌入谷底之时，作者仍然坚持约翰逊在美国历史上所作出的贡献应该得到公正的评价；另一方面，他也承认，约翰逊本人也犯有不可推卸的错误。1986 年，鲍尔·K.康金出版了其著作《从佩尔莱斯河畔走出的伟大长者：林登·约翰逊》一书。在这部篇幅不长的书中，康金指出，约翰逊是一个胸怀大志的政治家，他为了实现自己的美国民族主义抱负而努力工作，然而由于外部和自身的一些缺陷，最终酿成了悲剧。整体而言，这部书在学者中的口碑颇佳，成为研究林登·约翰逊的重要资料之一。[②]

20 世纪 90 年代以后，美国学术界又涌现出一批新的学术著作。其中较著名的有罗伯特·戴力克分别于 1991 年和 1998 年出版的《一颗孤独的新星的升起》与《有瑕疵的巨人》；约翰·安德鲁在 1999 年出版的《约翰逊和伟大社会》。整体而

---

① Lyndon Baines Johnson, *The Vantage Point: Perspectives of the Presidency, 1963—1969*, Holt: Rinehart and Winston Press, 1971; Evetts Haley, *A Texan Looks at Lnydon: A Portrait in Illegitimate Powe*, Canyon: Buccaneer Books, 1964; Caro, Robert A., *The Years of Lyndon Johnson: The Path to Power.*, New York: Alfred a Knopf Inc., 1982; Caro, Robert A., *The Years of Lyndon Johnson: Means of Ascent.*, New York: Alfred a Knopf Inc., 1990。 Caro, Robert A., *Master of the Senate: The Years of Lyndon Johnson*, New York: Alfred a Knopf Inc., 2002。

② Eric Goldman, *The Tragedy of Lyndon Johnson*, Lodon: Macdonald, 1969; Doris Kearns, *lyndon Johnson and the American Dream*, New York: St. Martin's Griffin, 1991; Paul Keith Conkin, *Big Daddy from the Pedernales: Lyndon Baines Johnson*, Boston: Mass, 1986。

26

言,这些著作对林登·约翰逊的评价都较为温和与客观,特别是对于约翰逊身上的美国民族主义思想都有较为深刻的挖掘。传统的观点往往将越南战争等同于约翰逊的战争,目前这一观点已越来越受到美国学术界的批评。客观而言,作为一个主要继承了前一届总统政治遗产的人物,其在"伟大社会"改革与印度支那战争中的挫折并不完全应当由其本人承担。当然应该承认,由于在国内社会改革以及越南战争中所遭遇的挫折,林登·约翰逊仍然是第二次世界大战结束以来颇受争议的美国总统之一。①

毫无疑问,对林登·约翰逊的研究也必然涉及越南战争这一历史事件。对越南战争的研究相对较多,其中较有影响的有理查德·迪安·伯恩斯与米尔顿·莱特·伯格合著的《关于在越南、柬埔寨和老挝的战争的传记 1945—1982》一书,该书于 1984 年出版。其他较有影响的著作有路易·斯皮克所著的《越南战争中的美国 1954—1975》(1986 年出版),以及约翰·希基等人所著的《越南战争传记》(1983 年出版)。有关越南战争的档案文件也十分重要,其中较为知名的如《五角大楼文件》等。然而这部分文件的叙述往往因涉及美国政府内部的权力之争而有所扭曲,因此在对其进行利用时必须十分审慎小心。其他一些较有利用价值的资料则包括加雷斯·波特等人于 1979 年编辑出版的《人的决定的权威纪录》两卷本以及杰佛里·金伯尔所著的《推论为什么:关于美国卷入越南的争论》。到目前为止,学术界公认在此领域内有较高学术价值的是威廉·阿普尔曼·威廉姆斯等人所编辑出版的《美国在越南一般纪实的历史》。②

大致由于越南战争的缘故,国内学术界对林登·约翰逊的研究相对比较薄弱,而其也是美国战后总统中唯一没有中文传记出版的人,目前只有复旦大学在 1973 年翻译出版的《约翰逊回忆录》可以为我们研究约翰逊提供一些参考资料,其他关于约翰逊的专著与译作也鲜有出版。值得一提的是时殷弘教授所著的《美国在越南的干涉与战争:1954—1968》一书,这本书通过对大量史料的分析整理,全面展示出了美国政府越南政策的变迁,对于我们了解肯尼迪总统与约翰逊总统等人的政治思想,特别是其中的民族主义元素具有很大的帮助。

---

① Robert Dellek, *Lone Star Rising: Lyndon Johnson and His Times*, New York: Oxford University Press, 1991; Robert Dellek, *Flawed Giant*, New York: Oxford University Press, 1998。

② Richard Dean Burns and Milton Leitenberg, *The Wars in Vietnam, Cambodia, and Laos, 1945—1982: A Bibliographic Guide*, Oxford, England: Clio Press, 1984; Louis Peake, *The United States in the Vietnam War, 1954—1975*, New York: Simon & Schuster, 2002; John Hickey, *Vietnam War Bibliography*, Lexington Mass.: Lexington Books, 1983 Gareth Porter, *The Definitive Documentation of Human Decision*, N. Y.: E. M. Coleman Enterprises, 1979; Jeffrey Kimball, *To Reason Why: The Debate About the Causes of U. S. Involvement in the Vietnam War*, N. Y.: McGraw-Hill, 1990.; William Appleman Williams, *America in Vietnam: A Documentary History*, N. Y. Anchor Press/Doubleday, 1985。

不过,对于这段历史,国内学术界往往将视角集中于越南战争以及美国的外交政策,而对美国国内政治思想与政治结构的变迁有所忽略。其中比较有代表性的有:唐小松的《肯尼迪和约翰逊政府的对华政策:1961—1968》(中山大学出版社2002年版)等著作。令人遗憾的是,近年来,国内学术界没有一篇博士论文,乃至于硕士论文专题研究约翰逊的政治思想,对20世纪60年代美国国内所发生的政治哲学的转向也没有深入的研究。不过,如前所言,中文研究的匮乏既给该方面研究的进行带来了一定的困难,也为后来的学术研究者提供了一块可供开垦的处女地。

第一章　民族主义的美国特性[①]：
概念、方法与理论

　　民族主义是现代政治生活中产生的一个新鲜事物,但凡现代政治史的重大事件几乎无不与之有关。从欧洲近现代史早期的法国大革命到晚近的德国纳粹主义运动,民族主义的身影几乎无处不在。大致而言,民族主义一般涉及的是这样一种社会现象:首先,它是指某一民族的成员在关注与探寻其基本民族身份时所表现出的一种态度;其次,它是指某一民族成员在寻求自决地位时所采取的行动。自从民族主义产生以来,它便与现代国家的增生、分裂以及成长形成了不解之缘。正如时殷弘教授所指出的那样,"民族主义在现代历史上的主要功能,是强有力地促进和加强现代国家,并由此导致了百余年来世界政治中的一个重大现象——民族国家的扩散和增生。民族主义作为一种超越地方和社会阶层的广泛的文化心理现象和政治现象,说到底是民族大众性质的,因而是高度情感化和非理性的"[②]。

　　与此同时,民族主义现象本身也是纷繁复杂,难以用一种模式加以概括的。在最初的阶段,民族主义作为现代政治的伴生物,发端于欧洲大陆的西半段。以法国大革命与德国统一战争为催化剂,民族主义意识迅速席卷了整个欧洲大陆。然而作为一个最早产生于欧洲的概念与模式,当它被移植到欧洲世界之外时就产生了不小的波折。以中国为例,传统中国社会内部流行的是"天下"观念,并不存在欧洲意义上的主权观念与民族主义观念。只是在近代欧风美雨的冲击之下,中国的民族主义思潮才在 19 世纪末 20 世纪初得以产生。即便如此,中国民族主义本身仍然有着它巨大的独特性。首先,中华民族作为一个近代化的概念,是由 56 个民族所组成,其从一开始就与欧洲普遍存在的单一民族国家大相径庭。其次,虽然中

---

　　① 美国华裔学者裴敏欣指出,民族主义往往被美国大众当成是旧世界的产物,被视为种族—民族优越感的同义词。尽管大多数美国学者承认美国民族主义的存在,但往往将其特殊化,认为其具有自己的特殊性。按照裴敏欣的归纳,这种特殊性主要表现在以下三个方面:第一,美国民族主义基于政治理想,而非文化与种族优越感;第二,美国民族主义是胜利诉求,而非中国现代民族主义产生于对抗外部世界的大规模进入与入侵;第三,美国民族主义带有一种向前看的历史风貌,而非其他国家民族主义对历史荣耀的沉浸。关于这方面的论述可参见裴敏欣著,门洪华译:"美国民族主义的悖论",《战略与管理》,2003 年第 3 期,第 51～55 页。

　　② 时殷弘:《国际政治——理论探究·历史概观·战略思考》,当代世界出版社,2002 年版,第 170 页。

国有着非常悠久的历史,但现代民族主义意义上的中华民族实际上是一个新生的概念,它本身的许多内涵还在随着历史的变迁而不断变化。此外,在美洲与非洲,也由于历史传统相异,各个地区的民族主义与国家认同时常表现出不同的特点。到目前为止,国际学术界已经普遍承认了现代民族主义的复杂多样性。那么,在这种情况下,对于美国这样一个由移民所组成的国家来说,它的民族主义与国家认同模式会表现出一种什么样的特点呢? 本章将就这一问题作一个比较初步的厘清与界定。

第一节　民族主义与民族主义理论

现代民族主义①产生于 18 世纪末与 19 世纪初的欧洲与美国。由于其发端于相对晚近的时代,学界对其的研究至今仍然颇显不足。② 美国现代著名民族主义理论研究家班尼迪特·安德森指出,与绝大多数其他的主义所不同的是,民族主义从来没有产生过自己伟大的思想家:没有霍布斯、托克维尔、马克思或韦伯。③ 相比于对其他社会现象的研究,西方学术界对现代民族主义的探讨始终没有产生过一个令人信服的相对独立的学术体系。在学术界,对于现代民族主义的研究往往只是分散地存在于一些学者非系统性的论述之中:尽管早期的卢梭、康德、穆勒和费希特等人曾经对现代民族主义有过一定的阐释,但这些论述仅仅是从属于其他的研究议程,很少有学术界的大师级人物能够专注于此一领域的研究。

然而,学术研究的滞后终究难以遮蔽民族主义的重大影响。从法国大革命开始,现代民族主义的扩张成为世界历史中最为鲜明的特点之一。从 19 世纪到 20 世纪的两百年中,现代民族主义从欧美扩展到整个世界,成为塑造全球格局的重要力量;在此过程中,民族主义与现代民族国家的建构紧密地联系在一起:它通过强

---

① 在我国,现代民族主义的产生是 19 世纪末 20 世纪初以后的事。一般认为,我国传统的民族观念往往与"华夷之辨"与"正邪之辩"联系在一起,是一种文化上的概念,强调儒家文化的重要作用;而我国的现代民族主义观念则主要是与所谓的利权意识联系在一起的,即其表达的是一种争取国家与民族的主权与利益的政治性概念。

② 在我国的学术界,关于民族本身的含义一直存在着争论。比如 nation 一词的译法就存在歧义,目前至少存在着三种翻译的方法,即①民族,②国家,③国民。一般而言,nation 一词在英文中强调的是与现代国家相联的政治性民族概念。由于我国的现代民族概念最早是受西方影响的产物,在将其应用到中国社会的实际时就往往发生这样或那样的问题。比如 ethnic 一词长期以来在我国学术界被译为民族,这就造成了其与 nation 一词的混淆,没有真正理解 nation 一词背后的政治性含义,特别是其与现代国家建构之间的关联性。在这种情况下,近年来部分学者倾向于将 ethnic 一词翻译为族群,以标识出这一词汇的所含有的特殊的文化与血缘内涵。

③ Benedict Anderson, *Imagined Commnities: Reflections on the Origins and Spread of Nationalism*, London: Verso, 1991, p. 5.

调本民族和本地区的独立自主,要求建立一个属于本民族的国家。按照历史学家的考证,民族主义一词在 19 世纪中叶才开始出现在社会文本之中。在近代历史上,现代民族主义的产生与扩展是与法德两国的政治实践密不可分的,正是在法德两国的资产阶级民主革命当中,产生了现代民族主义思想的最早萌芽。18 世纪中叶以后,在法国大革命酝酿发酵的激情岁月里,著名的启蒙思想家卢梭提出了影响深远的总意志论与社会契约论,从而为现代民族主义理论的肇始奠定了重要基础。在卢梭的论说中,每一个人出于自身的需要,将自己的人身和力量结合成一个不可分割的整体,这种通过契约组成的结合体就成为一个具有更高道德目标的存在。这个存在在被动的场合就被称为国家,在主动的场合就被称为主权者。在社会契约存在的情况下,人与人之间就进入了一个相互依赖的状态。这种相互依赖的状态就将以往松散的自然人转化为公民,而公民团体的存在则进一步催生了人们对于自己集合的爱。在此情况下,对公民集合的爱和依恋则演变成为爱国主义。这种爱国主义是出于所有公民理性和感性的共同需要,是建立在同一公民文化之上的。在卢梭看来,真正意义上的爱国主义是建立在自由选择的基础之上的,只有自由选择才能产生真正意义上的同一文化和总体意志。[①] 卢梭的理论对于后来德国所产生的浪漫主义具有很大的影响力,而他也在历史上第一次从哲学的角度论及了现代民族主义产生的机理。

18 世纪末叶以后,随着法国大革命的深入,现代民族和民主思想被逐渐传播到其他的欧洲大陆国家。特别是拿破仑战争的兴起,更进一步从正反两个方面导致了现代民族主义的产生。一方面,随着法军在欧洲大陆的推进,现代国家制度被强行移植到其他欧洲国家;另一方面,法军在欧洲的征服也从反面促使现代民族主义在欧洲大陆广为扩散,正是在对外来侵略的反抗当中,欧洲许多中小国家孕育出了现代民族主义的萌芽。

伴随现代国家制度和民族主义观念在欧洲大陆的扩展,到 19 世纪中叶以后,德国的统一问题日益成为影响欧洲国际关系的大事,普鲁士也因之逐渐成为欧洲大陆国际关系中的重要力量。在多种因素相互激荡、碰撞、融合的大时代,德国逐渐成为现代民族主义的发源地之一;而康德二元论哲学思想和浪漫主义则成为德国现代民族主义最直接的两个源泉。在康德的二元论哲学思想中,先验世界与经验世界被放置于同等重要的地位。在此基础上,康德认为,认识世界必须将人的先验内心世界与外部世界结合起来,特别是要探究绝对命令的存在。他写道,人只有服从内心之中的道德命令才能真正获得自由。康德指出,自由并非来源于上帝或

---

① 参见卢梭著,何兆武译:《社会契约论》,商务印书馆,2003 年版。

外部世界,而是来自于内心深处所产生的绝对命令。在此处,绝对命令被赋予了一个不亚于理性的地位,从而进一步为浪漫主义奠定了哲学基础。由于在康德的哲学中,服从于内心绝对命令的个人自决成为至善,而个人的整体又必然形成社会,那么一个社会的自决也因之成为至善。在此基础上,民族自决也就成为一个社会应该追求的至善。尽管康德本身并非民族主义者,但他的二元论哲学观却为现代民族主义理论奠定了理论基础。①

康德以后,他的学生费希特进一步发展了康德的主观唯心主义,把自我意识上升为本体的地位,将康德的二元论变成了主观唯心主义的一元论。在这样的一元论中,整个世界都变成了自我意识的产物,而自我和自我意识则要放到社会群体之中才能更好地体现。自我和自我意识组成了群体意识和群体,而离开了群体意识和群体,个人意识则最终将变为泡影。② 费希特的哲学思想是德国现代民族主义最直接的来源,也是日后德国纳粹主义理论的重要源泉。在实践上,费希特通过公开发表一系列《告德意志民族书》来鼓吹他的一元主观唯心主义和在此基础上衍生出的德国民族主义理论。

浪漫主义思潮是德国现代民族主义思想的另一个重要来源。大致从 18 世纪末叶开始,浪漫主义登上了德法两国的历史舞台。作为对理性主义与经验主义的一种反动,浪漫主义强调对先验事物的追求,崇尚个人理想与情感的实现,主张个人、集体的解放以及对世俗的破除。在从 18 世纪至 20 世纪的漫漫两百年历史中,法德两国的思想家相继对浪漫主义的演进作出了最重要的贡献。浪漫主义思想的发展最终导致了民族自决思想的产生,从而激发出现代民族主义的强大能量。③

康德之后,浪漫主义色彩成为德国现代民族主义理论的主色调。这其中最为典型的就是赫尔德的文化民族主义理论。赫尔德的理论认为,语言对于民族的建构具有十分重要的作用,他将民族看成是一个以文化和精神为基础的有机共同体。在他看来,语言是造就人和各个民族的基石,强调语言和文化在形成本民族特性中的作用。以此出发,他认为各个民族的特殊性要求各个民族实现真正的自我,而这种自我则体现在民族自决之中。从文化人类学的视角出发,赫尔德最终得出了政

---

① 参见康德著,关文运译:《实践理性批判》,商务印书馆,1960 年版。
② 参见梁治学等编:《费西特著作选集》,商务印书馆,2000 年版。
③ 一般认为,浪漫主义肇始于 18 世纪末 19 世纪初的欧洲。然而只有在德国才出现了强大的浪漫主义的哲学流派,并发展成为一种思想传统。这种思想强调对近代以来理性主义的反思与批判,指出人类无法依靠理性而成为万能,情感与爱是人不可缺之物;而理性世界中过分的功利主义只能造成人类灵性的丢失。德国浪漫主义的发展从强调人的主体中心地位开始,到后来越来越走向强调主观唯心主义的一元论,个人与民族英雄主义也因而被无限放大,在一定程度上助长了 20 世纪德国民族主义的狂飙突进。

治民族主义的结论。① 这种政治民族主义与浪漫主义思潮的紧密结合最终使得自我人格的解放与追求民族理想成为了一个有机的整体。在这样的民族主义和民族主义理论之下,德国现代民族主义表现出极其热烈的情感诉求。强烈的情感诉求既对德国的统一和现代化进程起到了巨大的推动作用,也在一定程度上埋下了极端民族主义的种子。也正是由于这个原因,第二次世界大战以后,德国的现代民族主义理论受到了诸多质疑。随着盟国对德国国家重建的进行,民族主义理论逐渐退出了德国政治与学术舞台的中心地位。然而,就在同一时刻,一个新的民族主义浪潮正在席卷全球。这就是从 20 世纪 40 年代以后,殖民地半殖民地日渐强大的民族独立运动和民族主义浪潮,而身处其中的中国也深深地卷入了这场影响广泛的世界性运动。② 第三世界民族主义运动的勃兴既使现代民族主义的影响日益扩展到全球范围,也使现代民族主义的内涵更趋丰富。

各国学者对不同历史环境与不同文化背景下的现代民族主义进行了深入的探讨。1991 年,任教于伦敦政治经济学院的英国著名社会学家安东尼·史密斯出版了《民族认同》一书。在这里,他将现代世界史中的民族主义与民族认同模式分为两类。第一类模式是所谓的市民的民族模式(a civic model of the nation),另一类模式则是族群的民族模式(an enthnic model of the nation)。第一种模式产生于近代的欧洲与北美,其强调的是市民社会在构建现代民族主义中的作用。在这里,共同的法律和政治意识形态在形成现代民族主义中起到了重要的作用。第二种模式则是以共同的血统和本土文化作为民族主义最重要的载体。按照史密斯的分类,20世纪 40 年代以后,在殖民地、半殖民地兴起的民族主义就属于这第二种模式。在这次民族主义浪潮中,追求民族独立成为运动的主流基调。这一时期也涌现出了诸如印度尼西亚的苏加诺、印度的尼赫鲁、加纳的恩格鲁玛等一大批杰出的民族主义者和政治领袖。这次民族主义浪潮中的诉求可以分为两个阶段。第一个阶段的特色是追求民族自决权和非殖民化。到 20 世纪 70 年代前后,世界范围内的殖民体系基本瓦解,民族自决权得到普遍承认,并被写入了《联合国宪章》。第二个阶段的特色则是追求国家富强。在这一过程中,以"亚洲四小龙"为代表的新兴国家和地区取得了长足的进步。然而对于新独立的第三世界国家来说,仍然普遍面临

---

① 参见李宏图:《西欧近代民族主义思潮研究》,上海社会科学出版社,1997 年版。

② 关于中国的近代民族主义,梁启超先生有过比较精辟的论述。他写道,民族主义者,世界之最光明正大公平之主义也,不使他族侵我之自由,我亦无侵他族之自由。其在于本国也,人之独立;其在于世界也,国之独立(参见《梁启超选集》,上海人民出版社,1984 年版,第 191 页)。后来,孙中山先生则将中国民族主义阐述为两个方面的诉求,即中国民族自求解放与中国境内各民族一律平等(参见《孙中山全集》第九卷,中华书局 1986 年版,第 118 页)。

着政治整合与发展国家经济的重任。这也将在未来很长的一段时间内成为第三世界民族主义运动最重要的诉求之一。①

1913年，斯大林在其《马克思主义与民族问题》中，结合当时俄国国内的民族情况和政治形势，提出了关于民族的定义，而这也成为我国政治教科书上所奉行的经典定义。斯大林认为，民族是人们在历史上形成的一个有共同语言、共同地域、共同经济生活以及表现于共同文化上的共同心理素质的稳定的共同体。② 从斯大林的民族理论出发，中国共产党建构了自己的民族政策。然而，必须指出的是，斯大林的民族理论是建立在苏联的历史经验之上，并不一定完全适合拥有不同文化传统的中国。特别是这一理论过于强调经济因素在民族形成过程中的作用，不免有以偏概全之嫌。对此，北京大学社会学系著名学者马戎指出，斯大林提出的定义，实际上也是他主要根据当时俄国民族关系的发展历史与现实状况并借鉴其他国家国情而作出的理论总结，可以看成是区域性"民族模式"之一。这个模式用于其他地区就可能出现许多问题，尤其是当教条化地生搬硬套这一定义时就更是如此。③

冷战结束以后，世界范围之内又出现了第三次民族主义浪潮。在这次浪潮之中，苏东社会主义阵营的一些国家发生裂解，一夜之间衍生出诸多的新生国家。究其根源，主要是由于冷战时期的世界政治架构在短期内瓦解，包括民族冲突在内的过去受到抑制的种种矛盾迅速凸显出来，从而导致了这一次民族主义浪潮。对于冷战后民族主义的兴起，研究民族主义的著名学者埃里克·霍布斯鲍姆指出，原来的生活不管是好是坏，毕竟是人们熟悉而且知道在里面生活的，如今这种结构全然瓦解，社会失序感也随之日益严重；当社会崩倒，民族便起而代之，扮演人民的终极保镖。④ 民族主义这个历史现象在新千年刚刚拉开大幕之际又一次成为人们关注的焦点。

---

① 参见 Smith, Anthony, *National Identity*, London：University of Nevada Press, 1991。
② 斯大林：《马克思主义和民族问题》，《斯大林全集》，第2卷，人民出版社，1953年版。
③ 马戎：《民族与民族意识》，载马戎、周星主编：《中华民族凝聚力形成与发展》，北京大学出版社，1999年版，第34~67页。
④ 参见埃里克·霍布斯鲍姆著，李金梅译：《民族和民族主义》，上海人民出版社，2000年版。

第二节　特殊的美国国家性格与美国民族主义①

美国思想家约翰·欧·苏利文写道:"美利坚民族来源于如此不同的众多民族,而我们民族独立的宣言就是直接建立在人类平等的伟大原则之上。这些事实表明我们与其他民族并不一样,我们是建立在不连贯历史之上的民族。实际上,我们与过去历史的联系并不紧密,无论是与它的光荣,还是与它的罪恶。恰恰相反,我们民族的诞生是历史的一个新纪元。在这里,形成了一个从未尝试过的政治制度,它使我们与过往分割开来,我们只与未来相连。无论是从人的自然权利的发展,还是从道德、政治以及民族生活方面来看,我们的国家都注定要成为面向未来的伟大之国。"②约翰·欧·苏利文的论述实际上从一个侧面触及了美国作为一个只有二百多年历史的国家的基本特性。正如英国著名社会学家安东尼·史密斯所提出的现代民族主义的分类模式,美国民族主义属于政治性的民族主义,在其形成期间,共同的政治模式与法律制度起到了至关重要的作用。与亚欧大陆拥有长久历史的民族不同,美利坚民族的各个部分来源于文化与种族背景都极为不同的地区,血缘与传统文化并非形成美国民族主义与国家认同的基石。正是对于自由的渴求,才带来了美国国家与美利坚民族的合法性基础。

许多学者反复指出,在美国社会,民众对于国家的认同达到了一个很高的程度。王缉思先生认为,大多数美国人对于国家的认同是真正地出于内心的自发情感,他们对于美国社会的自豪感绝不逊色于任何一个国家的民众。这种美国式的认同感和民族主义,它的基础既非血缘上的同一,也非长期的共同历史,而是建立在对自由主义的认同之上。③　在美国,这种对于自由主义的认同集中地体现于美

---

①　大致而言,目前学术界在美国民族主义这一概念的精确定义上仍然存在着一定的争议。究其原因主要存在着以下两点。首先是现代民族主义现象本身是非常晚近的历史现象,学术界关于其基本定义也存在着一定的争议。其次是美国非常特殊的社会文化历史范畴,即相当多的美国民众往往将民族主义视为旧大陆的权势政治,而仅仅承认美国主义或美国伟大主义的存在。然而,尽管存在一定的争议,但关于民族主义的基本内涵,学术界确有比较一致的共识。首先,现代民族主义与对国家的认同密切相关,即对民族与国家的忠诚与认同超越其他认同。其次,现代民族主义也是一种政治行为,该行为试图将某种政治理论与历史进程联系起来。再次,民族主义也是一种思想、理念与原则,其将本民族的种种行为神圣化。最后,民族主义也是一种维护和建立民族国家的历史进程。正是在此情况下,学术界一般认为,无论是美国主义还是美国伟大主义都符合现代民族主义的基本内涵。尽管学术界缺少比较明确与一致的关于美国民族主义的定义,然而对美国民族主义的研究却可以通过对其基本内涵的探索加以进行。整体而言,无论是在美国学术界,还是在欧洲学术界,其主流的理论一般都已经认定美国民族主义的存在。相关内容可参见 Carlton J. Hayes, *Essays on Nationalism*, New York: The Macmillan Company, 1928。

②　John O. Sullivan, "The Great Nation of Futurity", *The United States Democratic Review*, Volume 6, Issue 23, pp. 426-30。

③　参见王缉思:"美国霸权的逻辑",《美国研究》,2003 年第 3 期,第 7~31 页。

国社会对《美国宪法》与《独立宣言》的推崇。在这里,自由主义的意识形态被上升为美国的民族精神与国家信条;而美国信条这个词实际上也从一个侧面反映出自由主义意识形态在美国社会中的重要作用。

斗转星移,时光飞逝,美国民族主义本身的基本内容与形式也在发生着改变。在建国初期,美国民族主义更多地表现为一种对于欧洲旧大陆的厌恶,表现为一种迫切希望摆脱欧洲影响的世界观。在那时,美国社会对于外部世界的凝视更多地是寄希望于能够通过自身在北美大陆前所未有的政治实践来被动地影响外部世界,吸引旧欧洲的人们效仿美国所建立起的政治制度。19世纪60年代以后,美国的国力日益强大,美国也开始逐渐走上一条向外扩张的道路,美国对外部世界的省思也因此发生了重大的转变。美国不再被动地站在世界舞台的角落,而是要通过自己的主动追求和积极进取,彻底改变世界历史发展的脉络,打破欧洲历史中上千年的尔虞我诈。从威尔逊总统开始,美国提出了一系列新的国家构想,试图解除传统国际关系中的种种弊病。美国民族主义的指向也因之开始越来越带有世界的意义;在很大程度上,美国民族主义的抱负已经深深地与对世界格局的塑造联合在了一起。从早期的孤立主义到晚近的世界主义,美国民族主义的抱负发生了渐进而重大的变化,而对自由主义意识形态的护持却一直是美国民族主义最重要的合法性基础与追求的目标。

必须指出,美国民族主义与大多数国家的民族主义一样,也有追求私利的一面。在美国历史上,为了一己之私,美国曾经牺牲过许多弱小国家的利益。然而,与世界上大多数的民族国家相比,美国并非建立在血缘与种族之上,这就使得意识形态在美国内外政治中扮演了十分重要的角色。当法国人宣称要为伟大而历史悠久的法兰西而战时,美国人的第一反应则是要为自由民主而战。在这里,我们所要探讨的正是美国民族主义发展的历史轨迹,探讨其在人类历史发展过程中的特殊性,从而帮助我们更加深刻地认识美国与我们自己。

一、美利坚民族主义的雏形——山巅之城与天定命运

历史的巨变总是在平静中产生、酝酿,并最终爆发出来。18世纪中叶,在开发两百年后,北美十三州与英国本土在社会、经济生活领域的差异日益显露出来。由于远离英伦三岛,在英国遭受迫害的新教在北美社会迅速生根、发展,而大不列颠的王权却在这里处处碰壁。尽管英王颁布了加强控制海外殖民地的《航海法案》,然而因为受制于英法间的争霸,英王根本无力加强对北美十三州的控制。1763年后,英法在七年战争后签订合约,当时的英国首相乔治·格林委拉试图加强对北美殖民地的控制,然而他的一系列举措却在北美殖民地引起了轩然大波。此时的北

美社会已静悄悄地发生了变化,许多来自英国的移民经过在北美一百多年的生活,早已自认为是有别于母国的美利坚人。针对英国从 1764 年 4 月至 1765 年 3 月为强化税收控制先后颁布的《糖税法》和《印花税法》,以本杰明·富兰克林等人为代表,北美十三州的民众提出了"无代表不征税"的口号。他们尖锐地指出,尽管由于专制王权的戕害,英国本岛 90% 的民众都在议会没有自己选出的代表,但北美大陆各州的自治实践早已创造出"无代表不征税"的原则,英王无权将倒行逆施的专制枷锁强行戴到北美民众的身上。从"无代表不征税"开始,杰弗逊等人开始质疑英国对北美大陆的主权合法性;他们崇尚约翰·洛克、孟德斯鸠、詹姆斯·哈林顿等人著作中阐述的自由主义原则,这一原则也成为了他们区隔北美大陆与英国旧世界的分界线。冲破旧世界的束缚、不再受困于专制主义的罗网,成为新生的美利坚民族的第一声呐喊。

任何一个民族的民族主义理念都首先是对本民族进行区隔于其他民族的自我圣化;在美国历史上,"天定命运"一词是早期阶段美国民族主义者最经常使用的语汇,这一自我圣化的形式与美国最初的宗教传统密切相关。① 一位美国历史学家将"天定命运"一词所涉及的主要内涵总结为以下三个方面:第一,美利坚民族与美国社会体制所具有的无与伦比的优越性;第二,传播美国体制的使命感以及以此为蓝图重建与救赎世界;第三,由上帝所圣定的完成这项工作的命运。② 天定命运的一个基点是美国例外论,其与美国的清教徒传统紧密相连,最初由约翰·温斯罗普在 1630 年以训诫的形式提出。③ 早期的美国人相信,他们正在进行一项事关自由民主的特殊试验,这项试验将会彻底拒斥欧洲旧大陆的专制与腐败,从而具有

① "天定命运"一词带有十分浓重的宗教色彩,一般指涉美国本身肩负上帝的神圣天命与护佑。在美国历史的早期,"天定命运"常常被用来指涉美国拥有征服并使相应领土基督教化的神授天命。不过随着美国历史的发展,到 19 世纪 20 年代以后,"天定命运"开始越来越明确地与美国在北美大陆的扩张进程相联系,并被用以表示美国控制整个北美大陆具有历史的必然性。特别是随着西进运动的大规模展开,到 19 世纪 40 年代以后这一词汇的应用达到了美国历史上的一次高峰。不过,正如许多历史学家所指出的那样,"天定命运"一词此时带有十分明显的种族与宗教色彩,北美移民对土著印第安人的征服被认为是天经地义。其中最为典型的论述就是参议员 Albert T. Beveridge 在参议院所做的演讲:"上帝并非让讲英语民族和条顿民族上千年来无所事事,而沉浸于虚幻的自满之中。不!他使我们成为世界的主要组织者,凡是在蛮荒之地我们都应该这么做。上帝使我们精于治国之道,以治理那些衰老与野蛮的民族。"(见 www. cwis. org/fwdp/tribfrnt. html)

② 参见 Weeks,William,E,*Building the Continentai Empire:American Expansion from the Revolution to the Civil War Since* 1600;*Guide to the Literature*,Chicago:Ivan R. Dee,1996。

③ 约翰·温斯罗普(John Winthrop)是北美殖民地时期马萨诸塞的第一任行政长官,此时宗教在北美社会生活中具有十分重要的作用。还在前往北美新大陆的途中,他就以基督教训诫的方式,提出要在北美大陆建立一个用新秩序建构起来的山巅之城,他将此一使命与上帝的意旨联系起来,而这也就成为了北美大陆最早的关于山巅之城与美国例外论的论述之一。关于约翰·温斯罗普的训诫全文见 www. mtholyoke. edu/acad/intrel/winthrop. htm。

世界性的历史意义。1845 年,纽约记者约翰·苏利文在《民主评论杂志》(*Demo-cratic Review*)上第一次明确地使用了"天定命运"(Manifest Destiny)这一词汇。在这篇名为《兼并》(Annexation)的文章中,约翰·苏利文鼓吹将德克萨斯纳入美国新的领土,并将之视为美国的"天定命运"。① 美国内战爆发以后,南北双方都宣称自己是天定命运的护持者。此时作为联邦总统的亚伯拉罕·林肯宣称:美国是这个世界最后也是最好的希望所在,而联邦的存废则将在根本上决定自由民主的命运。在林肯总统著名的葛底斯堡演说(Gettysburg Address)中,他将美国内战诠释成一场决定美利坚理想是否能够存在下来的斗争。② 后来,许多美国的历史学家将林肯总统这一表述称为"关于美国天定命运与使命的最经久的宣言"③。这种将美国本身的命运与自由主义的命运联系在一起的自我诠释就成为早期美国政治家最经常使用的表述。对于正处在襁褓之中的美利坚共和国来说,天定命运成为美利坚联邦成立和生存下去的重要理由,也成为了美国民族主义最初的合法性基础。

尽管许多美国的民族主义者认为美国是受上天垂青的国家,但他们对于美国参与世界事务的具体方式却存在分歧。在建国的初期,孤立主义者反对美国过多涉入世界事务,认为美国应该做的仅仅是多关注国内问题,从而为整个世界树立一个榜样;而当其他国家观察到美国的成功之后,它们也就自然会追随美国曾经走过的道路。托马斯·杰弗逊曾经反对美国在北美大陆进行扩张,因为他认为,其他类似的共和国迟早要在这里建立,从而形成推崇自由的帝国。然而,在 1803 年美国收购了路易斯安那之后,随着美国的领土面积骤然扩大了一倍,以及大批探险家在美洲大陆所进行的横跨大陆的探险,杰弗逊改变了他的观点,转而支持美国的领土扩张。在托马斯·杰弗逊看来,美国的新使命就是要在北美大陆扩张自由的领地,北美大陆应该在未来成为美国的领土。④ 与此同时,随着美国领土的扩张,自由的扩张是否也意味着将奴隶制度扩展到新并入的土地成为影响美国政坛走向的争论。南北双方围绕这一问题的争论最终成为引发美国南北战争的一个重要因素。

---

① 约翰·苏利文(John O'Sullivan,1813—1895)出身于美国早期的一个外交官家庭,大学毕业后成为了一名记者,并受到杰克逊主义的影响加入了民主党。他积极主张美国在北美大陆的扩张,是这一时期美国社会中颇具影响力的社会活动家。他曾经与人密谋试图将古巴从西班牙的统治下挣脱出来,后因此而下狱。19 世纪 50 年代以后,他出任美国民主党政府驻葡萄牙的外交官;内战爆发后,他支持南部联邦的分离主义政策,反对解放黑奴的政策。1895 年,他在纽约去世。关于约翰·苏利文的研究成果,可以参见 Robert Sampson,*John L. O'Sullivan and His Times*,Ohio:The Kent State University Press,2003。

② 关于美国内战时期的这一段历史,可参见马克·A. 诺尔(Mark A. Noll)所著的《美国之神:从乔纳森·爱德华到亚伯拉罕·林肯》(*America's God:From Jonathan Edwards to Abraham Lincoln*,New York:Oxford University Prss,USA,2002)。

③ Hayes,Sam W. and Christopher Morris,eds. *Manifest Destiny and Empire:American Antebellum Expansionism.* College Station,Texas:Texas A & M University Press,1997pp. 18 - 19.

④ 孔华润著,王琛等译:《剑桥美国对外关系史》,新华出版社,2004 年版,第 174 页。

不过整体而言,这一时期美国国内关于"天定命运"的话语主要仍是集中于美国在北美大陆的扩展。① 而这一时期最有代表性的发言莫过于"门罗宣言"。②

南北战争结束以后,随着美国内部整合的完成以及美国国力的增加,"天定命运"这一语词开始有了新的内容。在1892年美国总统大选的竞选纲领中,共和党提出,我们重申对天定命运的确信并且相信在更广泛的程度上实现共和国的天定命运。伴随着这样的话语,美国的扩张开始迈出美洲大陆,向太平洋伸展。美西战争的爆发就是这一时期美国扩大自己世界影响的开始。③

然而,真正使得美国开始在世界范围内全面重新定义天定命运话语含义的却是在欧洲爆发的第一次世界大战。目睹了欧洲旧大陆所发生的一系列由权势政治与专制腐败所造成的人间惨剧之后,为了与列宁主义对抗也为了提出解救世界的美国药方,美国总统伍德罗·威尔逊满怀信心地宣称,美国肩负着上帝赋予的特殊使命和道义责任,"使全人类获得相同的解放,使所有人都成为公民,消除世界的特殊权利"④。对于美国来说,它的天定命运就是要引领这场伟大的精神尝试。随着美国与世界的发展,天定命运观已经突破了最初新教所赋予的含义,越来越与美国的自由民主主义意识形态结合在一起,成为影响塑造美国与世界走向的巨大力量。

在早期天定命运观的思维定式中,美利坚民族的抱负被赋予了浓厚的宗教色彩。许多美国人认为,正是上帝的青睐使得美国得以在美洲大陆进行民主的伟大实践,而这一实践也注定突破人类社会固有的局限,从而具有了世界的意义。在美

---

① 在早期的美国历史中,"天定命运"主要还是指美国在北美大陆的扩展,其中麦迪逊的论说第一次将领土扩张与共和民主制度联系了起来。按照早期思想启蒙家孟德斯鸠等人的观点,民主更多只能存在于小社会当中,他写道,专制政体是广大领土国家的自然产物,……在领土窄小的国家宜实行共和制(张金鉴,《西洋政治思想史》,台北三民书局股份有限公司,1976年版,第226页)。正是基于此,美国建国初期的反联邦党人对在一片广袤领土上实行民主制度心存疑虑。在这种情况下,麦迪逊重新提出了领土扩张与自由民主之间的关系。他指出,实行代议制的民主共和政体可以通过选举出的少数代表来管理国家,从而解决疆域扩大与实行民主制度之间的问题。他认为在一片广袤领土上的自由民主制度具有一定的优势,可以冲淡内部的派别斗争,并使民主制度具有多样性。麦迪逊的理论将领土扩张与自由民主制度联系起来,为美国在北美大陆的扩张奠定了理论的基石。关于麦迪逊的政治思想可参见 Clinton Rossiter, edited, *The Federalist Papers*, New York:Signet Classics,1999。

② 最早明确主张对北美大陆进行扩张的是约翰·昆西·亚当斯。在他看来,北美大陆天然的地理亲近使得这一地区迟早应该成为同一民族所控制的地区。此后,美国政府在西半球扩张一直是其外交史中的一个重要脉络;到美国内战前后,墨西哥近一半的领土被并入美国。门罗主义发表于1823年门罗总统在国会所做的年度报告,在这篇报告当中,詹姆士·门罗警告欧洲大国不要干涉西半球的事务,自此之后门罗主义成为美国处理西半球事务的重要坐标之一。门罗主义的相关内容可参见 The National Archives and Records Administration, *Milestone Documents*, Washington,DC:The National Archives and Records Administration,1995, pp. 26–29。

③ 关于共和党在1892年提出的政治纲领的全文,请见 http://www.presidency.ucsb.edu/showplatforms. php/platindex = R1892。

④ 转引自杨春龙:"美国自由主义传统与威尔逊国际政治理想的形成",《历史教学问题》,2005年第3期,第42~48页。

利坚民族主义看来,这样一个过程中唯一值得争论的是,美国到底是应该被动地成为一个吸引世界其他民族国家的山巅之城,还是应该做一个主动改造世界的全球主义者。

二、自我圣化与美利坚民族主义的发展:历史终结论

美国的综合国力与国际地位在 20 世纪发生了根本的变化,美国民族主义的表现形式也随之发生了改变。[①] 在此之前,孤立主义曾经盛行于美国国内。孤立主义者认为,美国作为一个独特的国家,其国内的民主自由是其他大陆的国家难以企及的,过多地涉入世界事务尤其是欧洲事务将给美国社会带来难以预料的影响。然而,在第一次世界大战以后,美国的自由主义意识形态实现了世界范围内的新扩展。尽管在 20 世纪的 20 年代,美国曾经一度退回孤立主义,但世界形势和美国社会的发展都使美国不可能再完全重回到孤立主义盛行的时代。

英国伦敦经济学院的学者玛丽·凯尔德指出,当代美国是一个富有扩展性的国家,这个国家建立的基础在于共同的信念,而非统一的民族身份;而这个共同的信念就是自由民主。更为甚者,在民主政治的催动下,美国这个国家不仅致力于保存美国国内的民主信念,也试图将其扩展到世界的其他部分。[②] 这种政治信念上的狂热在越南战争时期一度达到了顶点,成千上万的美国人在遥远的东南亚印支半岛为遏制共产主义的扩张而进行了一场残酷的地面战争。20 世纪以来,在美国的对外政策史上,曾经反复将某一场地方性冲突赋予世界性的意义;今天,美国对萨达姆政权的国家政权更迭战略,何尝不是这种思维的翻版?

美国民族主义今天的发展已经突破了传统新教徒观念与盎格鲁—萨克森文化所催生出的例外论和天定命运观,对美国自由主义社会模式的沉迷成为许多美利坚民族主义者在拓展美国霸权时的突出特征。在这里,美国的发展模式、发展经验成为实现人类历史发展的终极希望,美国的存在是世界福祉所系,整个世界则是验证美国自由主义体制的巨大试验场。美国不再甘愿退居于国内一隅坚守孤立主义;恰恰相反,美国将更加积极地在全球范围内扩展自由主义。美国的自由民主制

---

① 20 世纪以后,"天定命运"一词的含义发生了转变,不再与美国在美洲大陆的领土扩张紧密相连。甚至连西奥多·罗斯福也曾经公开拒绝领土扩张。在这一时期,对"天定命运"一词的使用大大减少。不过,一战之后,伍德罗·威尔逊试图对"天定命运"一词赋予新的含义。在他看来,美国必须通过自己的努力使这个世界对民主能够更加安全。此时,武力的领土扩张已被视为旧大陆的弊病,而美国应该坚持民族自决原则,并成为世界自由民主事业的领袖。相关内容可参见 Weinberg, Albert, K, Manifest Destiny: *A Study of Nationalist Expansionism in American History*, Baltimore: Johns Hopkins Press, 1935, p. 471。

② 参见 Mary Kaldor, *New & Old Wars*: *Organized Violence in a Global Era*, Stanford: Standford University Press, 2001。

度被认为是世界政治发展应当趋近的目标,美国所代表的道路被认为是唯一真正具有普适性价值的道路。二战结束后,美国以自身社会政治模式为蓝本对日本、德国进行了成功的国家重建,在马歇尔计划的实施中加强了对欧洲国家的民主输出;这些成功的取得都使得美国民族主义的自信情绪更加溢于言表。

美利坚民族主义的当代发展也体现在其对美国内部的整合之上。在美国国内,社会结构正在发生着意义深远的巨大转变。20世纪以来,伴随着多元文化主义的兴起和少数族裔人口的剧增,美国社会的基本结构正在和已经发生着巨大的变化。曾经居于美国社会主流的盎格鲁—萨克森文化正在受到越来越大的冲击。按照人口统计,美国公民中穆斯林的人数已经从1970年的50万人增加到700余万人,其中40%是黑人,阿拉伯人和南亚人则各占30%。到2002年,美国国内拉美裔人口已经达到3880万人,黑人人口则超过3660万,亚裔人口超过1150万。2004年,美国新增人口中大约一半是拉美裔人。由于白人的生育率多年来一直不高,以目前的趋势发展下去,到2050年左右,美国社会中非拉美裔白人的人口数量将不再占有优势。美国社会的种族结构正在发生着巨大的变化。①

据不完全统计,自20世纪60年代以来,美国爆发的少数族裔暴动达到近百起。2003年,美国密歇根州本顿港市一名黑人青年舒恩驾车时被白人警察追赶而丧命,引发了黑人社区的暴动,黑人青年在焚毁房屋和汽车时喊出了"无正义、无公平"的口号。1998年,美国著名华裔花样滑冰运动员关颖珊在冬季奥运会上输给队友而屈居亚军,美国三大电视台之一的全国广播公司(NBC)在一家网站上的报道标题竟然为《美国人击败关夺冠》。关颖珊尽管是土生土长的美国人,但由于她的华裔背景,仍然会受到不公正的待遇。1992年,美国洛杉矶还爆发了歧视亚裔的大骚乱,许多亚裔的店铺遭到了洗劫。② 1982年,华人陈果仁被仇视日裔的美国汽车工人用棒球棒打死。

然而,另一方面,美国社会内部在一些基本问题上又非常一致。正如许多学者所指出的,同国会议员一样,许多美国的非政府组织、前政要、外交智囊、军人、学者、教授、科学技术专家、商人、新闻媒体工作者以至普通公民都会自觉地为本国外交政策和国家利益辩护,从而加大了美国的外交活动范围。那么美国又是凭借什么实现这种国内整合的呢?毫无疑问,这就是以自由主义为底蕴的美国民族主义。应该看到,尽管美国国内的各个族群可能相互之间有着不同之处,但他们之间在对

---

① 参见姬虹:"从2000年美国人口普查看美国种族现状",《国外社会科学》,2002年第4期,第73~77页。

② 参见万晓宏:"当代美国社会对华人及亚裔的歧视",《世界民族》,2004年第1期,第46~52页。

自由民主的认同上却是相同的。不错,在现实生活中,少数族群在美国受着这样那样的不公,但却从未有人或很少有人对美国根本的政治制度设计提出具有实质意义的挑战。尽管许多美国人可能对美国的一些具体问题持有批评的态度,但却很少有美国人会认为存在一个比美国现存制度更好的选择。这种对美国自由主义制度设计的信心不仅来源于自由主义本身的魅力,更来源于美国为整个世界所提供的远远超过其他任何力量曾经提供的物质、精神财富。相比于世界其他部分的民众,美国人民所享有的远为丰富的物质和精神生活水准,成为美国人民族自信心与自豪感的重要来源之一,也成为美国自我圣化的意识形态最重要的合法性来源。正如一位学者所指出的那样,只有当各国的美国领事馆门前不再人头攒动时,当美国形成向外移民的风潮时,美国的霸权心态才会泯灭。①

　　然而问题是,美国的自我圣化和霸权心态真的符合美国与世界的现实吗? 20世纪90年代,苏联解体以后,著名的日裔美国学者福山公开提出历史终结论;在他看来,于冷战中占据上风的美国为整个世界的发展方向提供了一个终极答案,历史的发展到此终结了。美国人对于前途的信心以及美利坚民族的民族抱负也达到了一个新的高度。那么,这种乐观主义的心态真的会被历史验证吗?

第三节　东方主义视角下的美利坚民族主义

　　王缉思教授认为:"美国人眼中的世界一直就是两个,以美国为代表的'自由世界'和以美国的敌人为代表的'邪恶世界'。美国的使命就是'捍卫自由世界'和'消灭邪恶势力',灰色地带是不存在的。"②一方面,美国社会的多元化倾向日益加深,来自世界各地的移民大量涌入;然而,另一方面却是美国国内的思想意识形态整合越来越简单划一,美国式的自由主义意识形态越来越被认为是人类发展的终极目标。多元移民的大量涌入不仅没有促使美国社会在对外交往过程中采取一种更为开放包容的态势,反而在一定程度上促使美国社会更加自负于自己的生活方式及其背后的一整套意识形态,也使得美国在对外交往中更难于换位思考。

　　那么我们应该如何描述、分析和评判当今世界政治中美国民族主义及其影响下的国际体系的演变呢? 在这样一个时代,文化与文化之间的互动已经成为影响世界政治进程的重要因素之一。这种互动不仅深刻塑造了美国民族主义在世界中的基本境遇,而且造成了今日美国社会结构的深刻变化。

　　英国社会学派的重要代表人物赫德利·布尔在其《无政府社会》一书中曾经

①② 参见王缉思:"美国霸权的逻辑",《美国研究》,2003年第3期,第7~31页。

将现代国际社会的形成分为几个阶段。他认为,现代国际社会是以欧洲,尤其是西欧文化为起点而发展起来的。在最初的阶段,亚洲、非洲诸民族并不被认为是国际社会的成员。在这样的情况下,西方世界在同非西方世界进行交往时就不需要遵守西方世界(布尔将在这一时期的国际社会与西方世界等同起来。——笔者注)内部已经建立起的交往原则。所以当欧洲人和美国人在国内社会生活中普遍树立起民主、平等、自由和人权的观念时,他们却在广大的非西方世界进行着血腥的殖民活动。黑人被贩卖到美洲做奴隶,大批中国农民则被诱骗到美洲做苦力。布尔认为,在这一时期,东方人还不被认为是完整的能够享有与西方人平等地位的人。在他看来,现代化和全球化的过程,就是西方文化全球扩展的过程,就是广大非西方各民族普遍接受西方文化的过程。①

毫无疑问,布尔这种西方中心主义式的阐释在一定程度上的确反映了近两百年来现代化在世界范围内扩展的一些基本状况。然而,布尔是从西方世界的视角认识世界,并以此为基点构造了自己的理论框架。在他的眼里,西方成为了先进的代名词,成为了塑造整个世界的主动者,而非西方世界则成为了被动的接受者。那么,在这样一个全球化的时代,布尔所展现的西方中心主义是否有助于理解美国民族主义在国际社会中基本境遇的历史变迁? 美国霸权与传统的西方中心主义到底有什么样的关系?

与很多欧洲学者一样,布尔看到了近代欧洲对世界历史的巨大影响,但却忽略了其他地区的重要作用。实际上,20世纪以来的国际关系史恰恰是非欧世界迅速崛起的历史;这段时期内对世界历史进程产生巨大影响的两个超级大国苏联和美国,或是来源于欧洲的边缘地带,或是来源于远离欧洲的北美大陆,并且都提出了与欧洲经典社会政治模式不同的发展模式。在美国,三权分立、联邦制和深入乡村的各种市民自治,第一次在世界历史上被大规模地付诸实施。面对两次世界大战后疮痍满目的欧洲,美国人第一次提出了根治权势政治、化解法德对立、建设欧洲永久和平的美国药方。从威尔逊的和平建议到马歇尔计划、德国重建,美国实际上以自己的模式改变了"老欧洲"的基本风貌。如果说20世纪前是欧洲中心主义,那么20世纪后则是美国霸权主义。

更为显著的是,美国提出了一套大不同于传统欧洲的理念模式;在这套理念模式的叙事中,欧洲成为了需要改造的对象。正因为如此,才有了法国政治家戴高乐对美国中心主义的挑战。美国霸权主义也远不同于欧洲所存在过的霸权主义;美国霸权不是如曾经存在过的英法等老牌强国那般,惯常以权势均衡、秘密外交去追

---

① 参见赫德利·布尔著,张小明译:《无政府社会:世界政治秩序研究》,世界知识出版社,2003年版。

求各种地缘政治利益。在美国的外交政策中,当然有对现实主义政治的考虑,但其对自由主义理念的追求则同样难以忽视;这种审视世界的方式虽脱胎于欧洲传统文化,却又有着自身鲜明的特点。

1978年,巴勒斯坦裔学者萨义德出版了自己的著作《东方主义》(中译本名为《东方学》),从此,东方主义理论开始引起越来越多人的注意。随着对东方主义研究的深入,近二十年来,东方主义的批判逐渐转向了美国的世界霸权与美利坚民族主义。萨义德东方主义认为,在美国与东方世界的接触过程当中,美国开始了关涉东方的想象,并养成了一种姿态、一些思想以及一种操作手段,以之来解释、描述、建构和使用东方的思想。在这里,美国所关注的不是东方,其所关注的是美国关注的问题、恐惧以及欲望。在美国扩张的过程中,美国文化渗透到从属的东方国家,肢解当地的传统文化和民族文化体系,并以此建构和强化了东方在世界体系中的从属地位。①

萨义德东方主义理论的提出,实际上描述了美国文化与东方文化(此处的东方文化是广义概念上的东方文化,即包括中东文化、近东文化和远东文化群)在全球范围内互动的一种基本状态。在这种状态之中,美国文化作为强势的一方,对广大的东方世界的文化进行了以自我为中心的再建构。一方面,美国文化关照下的东方并不完全是真实世界中的东方,而更多地是美国对东方的一种想象,其中往往充斥了一相情愿;另一方面,美国文化对东方的传统文化产生了一种肢解的作用,并以此强化了自身在世界体系中的强势地位。

费正清先生在《美国与中国》一书中指出:"中国共产党在1949年起来掌权,使我们对自己的认识以及自己在世界事务中的地位产生了疑问。就我们过去的传教工作和提高中国人民的一般水平而论,它们表达了我们领导世界进步事业的信心,但现在我们的自信心理受到了一次惨重的打击。……我们感到我们的基本价值标准直接受到了威胁。如果中国人自愿选择共产主义,那就可以断定,人类的大多数是不会走我们的路——至少目前如此。"②

对此,北京大学的王立新教授评价道:"中国主要是通过它所提供的机会来帮助界定美国的。所谓的机会是指中国有着巨大的人口和悠久的文明,而自近代以来处于衰落之中,其可塑性似乎为美国提供了用美国的模式改造中国人的信仰、道德、制度和生活方式的巨大机会。还有什么比一个具有古老文明和庞大人口的中国被美国所改造,并在美国的监护下实现现代化更能证明美国制度和价值观的巨

---

① 参见 Edward W. Said, *Orientalism*, New York:Vintage Press,1979。
② 参见费正清著,张理京译:《美国与中国》,商务印书馆,1987年版,第334～335页。

大威力呢?"①在这里,中国不仅仅是本身的中国,而且已经成为证明美国文化具有普适优越性的角色,中国已然成为美国实现自身民族主义抱负、国家使命和树立美国国家威望的巨大试验场。美国人眼中的中国早已超出了中国自身,而更多地是一种一相情愿的塑造。

实际上,东方主义的批判锋芒又何止于适合美国与东方世界的互动,美国与欧洲、美国与日本的互动不也一样契合这一批判的锋芒吗? 尽管程度有所不同,但欧洲、日本不也都在近几十年来成为了美国人眼中需要改造的对象吗? 在这里,美国语境下的东方主义批判的是这样一种美利坚民族主义思想传统,这种思想传统建基于美国独特的历史文化积淀,它认定美国社会的主流文化具有普适性的价值,是其他非美国文化得以实现现代化的源泉;这种思想传统不仅反映在美国与其他国家的互动之中,也反映和建基于美国社会自身的内部结构,并最终通过美国霸权同国际体系的互动建构而成为整个世界政治中的主要流行话语,从而固化了美国的世界霸权和其他国家的从属地位,并导致了非美国文化的巨大反弹。这种国际体系中的民族主义表现为一种呈等级状态的梯形等级动力与结构,其最上层是美国本身,然后是欧洲国家和日本,最后则是广大的非西方世界。在很大程度上,美利坚民族主义关于美国主流文化的神话帮助美国界定了自身的国家身份。在其看来,美国作为山巅之国,具有推广美国价值观,改造世界的天定命运。1790 年,还在美国建国之初,美国第一任总统华盛顿就在自己的论述中多次骄傲地宣称:全体美国公民有权利因他们为全人类树立了自由的榜样而自豪,这种自由值得效仿;在这里,所有人都享有良心的自由和公民的豁免权;容忍不再会被认为是放纵一些人,而另一些人则必须承受煎熬;美国政府决不支持偏执、不协助迫害,仅要求生活在它保护之下的人们做好公民。② 美国文化虽然脱胎于欧洲,但在美国人看来,作为一块没有封建传统的新大陆,其文化价值与传统欧洲有着很大的不同。在美国历史上,传统欧洲往往被视为专制、腐败、压迫的象征。一战结束以后,美国总统威尔逊提出了 14 点和平计划以改造传统的旧世界;在他看来,发端于欧洲的国家主义和权势政治正是造成世界灾难的始作俑者,而要解决这些问题,就必须借助于美国式的自由主义改造世界。美国作为一个只有二百多年历史的国家,以其特殊历史文化渊源提出了一套与传统欧洲价值观大不相同的理念。美利坚民族主义就脱胎于这样一个独特的文化母体。

---

① 在此处,本书借鉴了王立新教授的观点;相关论述可参见王立新:"意识形态与美国对华政策——以艾奇逊和承认问题为中心的再研究",《中国社会科学》,2005 年第 3 期,第 177~191 页。

② 参见华盛顿著,聂崇信等译:《华盛顿选集》,商务印书馆,1983 年版。

美国语境下的民族主义有着自己显著的特点。美国是一个典型的移民国家,它的国家认同并非来源于国民共同的血缘和民族基础,而是来源于对共同意识形态和政治理想的认同,即建立在自由主义的基础之上。这种自由主义从其诞生之日起就与美国社会中特殊的宗教观联系在一起。在正统的美国历史叙述中,最早的美国移民来自于在欧洲大陆受到迫害的清教徒。这些美利坚的先民将实现古老《圣经》所描述的公正、充满怜爱与同情心的社会看做他们人生的最后的归宿和目的。在这些清教徒看来,他们要在北美这块新大陆建立起一座山巅之城,这座山巅之城将成为人们摆脱欧洲旧大陆专制迫害的伟大实验地。从一开始,美国式的自由主义就打上了乌托邦式的宗教色彩。而这种美国式的自由主义恰恰将欧洲也视为一块需要改造的旧大陆,这种思想在威尔逊改造世界的 14 点和平计划中表现得尤为明显。① 或许可以说,美国语境下东方主义所批判的内容已经不是一般意义上的美国民族主义,而是美国人分析和塑造整个世界的思想传统,是一种自我圣化的美国式自由主义;其与美国社会特殊的历史文化性紧密相连,这种思想传统将美国视为一座高高在上的山巅之城,从而在很大程度上造就了美国霸权的历史特殊性。这种霸权的特殊性不仅表现在二战后美国对欧洲和日本的重建,也表现在美国今日在中东所进行的国家重建,更表现在中美两国长达二百年的交往之中。

作为一个特殊的西方国家,虽然美国社会的主流文化脱胎于欧洲历史,但却聚集了来自于世界各地的众多民族,各种异质文化之间相互碰撞的图景在这里展现得尤为明显。随着世界各地移民的增加和文化多元性的强化,最初建立在基督新教基础上的天定命运也扩展为以自由主义为标识的历史终结论。在这种情况下,我们恰恰可以更好地考察各个文化在美国这样一个当今最强大的西方国家内部的生存状态,探讨美国民族主义的特殊形态。美国自身的特殊性正好为我们用文化的范式研究美国民族主义及其影响下的美国内外政治提供了极大的便利。

---

① 国内研究美国总统伍德罗·威尔逊外交思想的著述很多,其中较有代表性的可参见王晓德,《梦想与现实:威尔逊"理想主义"外交研究》,中国社会科学出版社,1995 年版。

第二章 约翰·亚当斯与美国早期的民族主义

本章将从约翰·亚当斯的人生经历和政治哲学着手,揭示其基本的政治理念及其与美国民族主义思想的内在联系。约翰·亚当斯是美国独立思想的最早阐述者之一,在他看来,北美大陆独特的自由主义政治实践已经将其与欧洲旧世界区隔开来;正是在此意义上,约翰·亚当斯论证了美国民族主义的合法性。约翰·亚当斯也是美国孤立主义政治哲学的重要代表人物之一,这一政治哲学不仅体现在其外交思想之中,也体现在他对美国基本政治体制的阐释当中。他将北美大陆的政治体制视为人类历史冲破旧世界束缚的希望,反对照搬法国与英国的政治体制;他承认美国力量的弱小,担心与旧世界的过多接触将会污染美国的社会政治体制,戕害美国的伟大政治实践。

在美国早期的建国之父中,约翰·亚当斯的著述十分丰富,被后人称为美国早期历史上最著名的政治哲学家之一。约翰·亚当斯身材矮胖,口才平平,常常隐没于华盛顿等人的光环之后,但他思想犀利,尤其长于哲学思辨,是推动美国民主制度建立的最重要的理论家。约翰·亚当斯一生波折起伏,经历过人生的诸多磨难。后来的历史学家对他是这样评价的,"他遭受过一个美国总统可能遭受过的最严酷的打击:每况愈下的身体状况、亲友的不忠、政治的背叛、亡母之痛、病妻之累以及丧子之痛"①。

1735 年 10 月 30 日,约翰·亚当斯出生在马萨诸塞州的一个富商家庭,从小即受到了良好的教育。1751 年,年仅 16 岁的约翰·亚当斯以优异的成绩考入哈佛。还在他就读于哈佛大学法学系的年代,他就表现出非常浓厚的北美独立的思想意识。毕业后,年轻的约翰·亚当斯成为一名律师。七年战争期间,约翰·亚当斯参加了英军对法作战,并积累起初步的军事和从政经验。1765 年,北美殖民地爆发了反对英国征收"印花税"的全国性运动。在这场运动中,约翰·亚当斯公开抨击英国政府,并在报纸上多次发表文章,论述北美人民斗争的合理性。许多日后独立战争的领导人,如华盛顿、富兰克林等人,都曾认真阅读过约翰·亚当斯的文章。

---

① David Mccullough, *John Adams*, New York:Simon&Schuster,2001,p.567.

也就是在这时,刚刚年满 30 岁的约翰·亚当斯开始成为北美殖民地的著名政治活动家。

莱克星顿的枪声打响后,约翰·亚当斯在大陆会议上力主北美各殖民地联合发表宣言,脱离英国的统治。然而,在此时的大陆会议,大多数代表都对与英国彻底决裂心存疑虑。是否起草一份独立宣言,依然是众人争论不休的话题。面对这一局面,约翰·亚当斯旗帜鲜明,多次在大陆会议上发表措词强烈的演讲,不断抨击大陆会议内部仍然主张与英国议和的代表,并首先提议尽快以北美民兵为基础组建大陆军,以抗衡英军日益加大的压力。随后,约翰·亚当斯还在大陆会议上提议由华盛顿出任大陆军总司令,并积极推动北美各殖民地建立联合海军。

在《独立宣言》的起草过程中,约翰·亚当斯虽然不是第一执笔人,但他无私地支持杰弗逊,并与富兰克林一道为《独立宣言》的起草进行辩护,成为宣言最后的签署人之一。在宣言提交大陆会议讨论后,约翰·亚当斯热情地发表演讲,呼吁北美民众团结起来,以军事行动的胜利争取独立。与大多数美国的建国之父相比,约翰·亚当斯的思想也更具预见性。还在独立战争初起时,约翰·亚当斯就提议北美各殖民地应建立更加稳固的联合,并授予大陆会议全权。尽管这一提议最终遭到否决,但约翰·亚当斯已经开始考虑在北美建立一个更紧密联邦的可行性。此时,在北美各殖民地,州权的重要性仍被广泛接受。作为马萨诸塞州的代表,约翰·亚当斯当然也不能违背这一社会现实。但他能够超越自身利益和地区利益,最早提出建立联邦的思想,充分体现出他作为国务家的远见卓识和无私精神。

包括华盛顿在内的许多领导人都由约翰·亚当斯推荐走上高位,但亚当斯却甘当副手,不愿将个人名利看得过重。作为大陆会议第一届和第二届的代表,他在北美独立运动中享有崇高的威望。在美国独立战争期间,作为美利坚早期最重要的外交国务家之一,他出使法国和荷兰,并最终达成了与英国的和平协议。华盛顿出任美国总统后,他历任美国两届副总统,随后又成为美国历史上第二位总统,是建国初期美国最重要的国务家之一。对他的研究必将有助于我们解读这一时期美国民族主义思想的基本风貌。

第一节 殖民地时期北美各殖民地自治实践的发展

时势造英雄,要探究约翰·亚当斯的思想,就必须将其放在美国独立战争的大背景之中。而对独立战争的研究,则必须从对北美殖民地的研究开始。

一、独立战争前北美殖民地的发展

独立战争前的北美各殖民地主要分布在现代美国的大西洋沿岸,包括西至阿巴拉契亚山脉,东到大西洋,南抵阿尔塔尔塔马霍河,北达圣科尔兹河的大片地区。一般认为,独立前北美殖民地的历史主要指从 1607 年至 1776 年的一百多年时间。由于远离欧洲纷乱的时局,北美各殖民地得以在数十年时间里,完成基本的社会、政治、经济建设。到 18 世纪初,北美各殖民地已经形成了自己独特的社会经济结构。首先,虽然各殖民地间的经济结构差异较大,且相互间的经济联系都小于各自与宗主国英国的联系,但到 18 世纪初已基本整合为一个相对独立的经济体系。在南部,由于气候温润、土地宽阔肥沃,从事大规模种植园经济的成本较低,所以到 1670 年前后,种植园经济已经成为南方最重要的经济形式。其中棉花和烟草成为南方种植园种植的主要农作物,且这些农产品大多被贩卖到英国和欧洲大陆市场。在北方,由于拥有大片森林和众多天然良港,木材业和捕鱼业成为最早的经济支柱。但相比于南方,因自然条件的限制,难以发展大规模的种植园经济。不过,北方特别是新英格兰地区也是英国移民的主要定居区。这些移民带来了英国的先进技术和理念,在北方各殖民地建立起初步的现代工业基础。到 1700 年前后,北方各殖民地的资本主义工业生产已经有了很大提高,成为世界上仅次于欧洲的工业发达地区。

其次,北美殖民地的教育发展迅速,在许多方面已经远远超过英国本土的水平。早期北美殖民地的居民大多是新教徒,他们重视教育和储蓄,愿意将收入的一大部分用于教育。到 1700 年前后,北美各殖民地已经基本建立起包括识字班、小学、拉丁文法学校和高等学院在内的四级教育体制。与欧洲所注重的经院式教育不同,北美各殖民地普遍更加重视应用型技术教育。而大多数高等学院则以传授工程技术为主要目标。这与英国同一时期大量存在的贵族式文理学院的教育体制形成了鲜明的对比。特别是,新教教会成为在美国推广教育的重要动力,许多刚刚踏足北美大陆的英国移民都参加了教会组织的识字班。在此情况下,大众教育的广泛普及,就为北美各殖民地实施最初的地区自治奠定了比较坚实的基础。

再次,从殖民地形成之初起,它们就与英国有着深刻的矛盾。特别是在北方,伴随人口的剧增,到 1700 年前后,已经逐步形成了向西部大移民的趋势。然而,为了加强对北部殖民地的控制,英国力图将殖民地限制在阿巴拉契亚山脉以东,严厉禁止向西移民。后来的历史证明,这一土地政策极大地激化了英国与殖民地的矛盾。此外,伴随北方各殖民地资本主义工业的发展,各殖民地与向殖民地倾销工业品的英国政府不断发生严重的摩擦。在殖民时期,英国的贸易政策带有非常浓厚的重商主义色彩。根据英国当时的规定,北美殖民地将主要作为英国的原料产地和商品倾销市场。在政治上,北美殖民地则被视为英国的自然延伸,成为"生活在遥远地区的英国臣民"①。在这样的情况下,北美殖民地从建立之初,就被牢牢地绑在英国商品经济的链条之上。北美殖民地的经济特征因而显示出了浓厚的外向型与依附性特征。然而,与英国在亚非拉所建立的广大殖民地不同,北美殖民地的人口构成主要是来自于欧洲的盎格鲁—萨克森人。从一开始,北美殖民地的人民就输入了来自欧洲的近代人权思想。由于英国重商主义政策建立的基础是对殖民地人民权利的侵犯,这就使其必然遭受到北美人民日益强烈的反对。

18 世纪以后,伴随北部资本主义工商业的发展,新兴的殖民地工商业资产阶级迫切要求保护国内市场,保护民族产业。这就使得英国推行的政策与殖民地人民的诉求进一步发生了矛盾。还在 1689 年,纽约长岛商人莱斯勒就因反对英国对殖民地的经济控制,组织当地民众起义,并将矛头指向了英王的殖民统治。尽管起义最终以失败告终,但却开启了各殖民地反抗殖民统治的先例。

尽管美国独立战争起源于多维因素。其中既包括殖民地人民对政治民主的追求,也包括殖民地社会经济发展所造成的社会变动。但归根结底,经济因素的影响更为根本。

最后,契约精神和自由民主理念在各殖民地的影响深入人心。路易斯·哈茨曾经指出,美国的资本主义制度从一开始就建立在存在很少封建残余的新大陆。②1620 年订立的《"五月花号"公约》表达了最初的民主契约和民主自治的精神。托克维尔认为,由于缺少专制主义传统,美国建立起共和主义体制和自由资本主义经济模式要比欧洲国家容易和彻底得多。③ 到 18 世纪初,北美各殖民地大多建立起以民主选举为基础的地方自治制度。特别是,自 1607 年第一批欧洲移民在普利茅茨登陆到七年战争前后,英国政府并未将北美大陆各殖民地自治的发展放在眼里。在政治上,英国政府允许北美各殖民地发展适应于自身情况的自治政体。在经济上,避免对北美殖民地直接征税。正是由于这种宽松的政治经济政策,北美殖民地在一百多年里得以迅速发展壮大。在英国需要历经数十年革命战争才能建立起的制度,却在北美大陆自然地生根、发展和壮大。到 18 世纪中叶,一些英国政治家已经开始担忧,伴随北美殖民地的壮大,英国将越来越难以对其实施控制。

① Merrill Jensen,Tracts of the American Revolution,1763—1776,Indianapolis: Bobbs-Merrill,1967,p. 102.
② 路易斯·哈茨著,金灿荣译:《美国的自由主义传统》,中国社会科学出版社,2003 年版,第 3～5 页。
③ 路易斯·哈茨著,金灿荣译:《美国的自由主义传统》(1991 年版引言),中国社会科学出版社,2003 年版,第 2 页。

二、独立战争前北美各殖民地民主自治体制的发展

早期北美各殖民地的建立方式主要有以下两种。一是英国政府向殖民者颁发特许状。特许状的授予方式也有两种,即向个人颁发和向几个合伙人同时颁发。颁发后,得到特许状的殖民者一般在英国发行股票,以筹集在北美大陆拓展殖民地的资金。同时,这些殖民者还向英王宣誓效忠,保证维护英国的利益。在最初阶段,获得特许状的殖民者在北美大陆主要从事一些以谋取经济利益为目标的商业活动。然而,伴随殖民者在北美大陆活动的扩展,为了加强管理,殖民者开始在北美大陆构建起初步的自治机构。这些自治机构的出现,标志着北美各殖民地开始拥有了自己的政治自治组织。但在这些殖民地,权力合法性的最初来源仍是英王的授予。另一种建立殖民地的方式是早期英国移民自发达成契约,联合对某一区域进行拓殖,并实施自治。如 1620 年在普利茅茨登陆的英国殖民者就签署了《"五月花"公约》,以保证在新大陆共同推进民主自治。这一部分殖民地的最初建立者主要是受到迫害的英国清教徒,并最终以新英格兰为中心,在美国东北部形成了大片自治区域。在这些区域,权力合法性的来源是当地居民共同订立的契约。不过,即使在这里,为了得到英国的帮助以应付各种来自外界的挑战,这些殖民地也宣布对英王效忠。

尽管早期的殖民活动大多在英国的赞助之下进行,但由于遥远的距离,英国对北美殖民者的控制实际上是难以实施的。所以,从一开始,各殖民地就开始了实际的自治。本来,根据英国法律的规定,所有殖民地的法律都必须送交英国政府批准,然而,事实上,在北美各殖民地普遍存在着自行颁布的法律与英国法律相互抵触的状况。在这样的情况下,由于通讯手段的严重匮乏,英国政府几乎对北美各殖民地的自治情况一无所知,甚至是漠不关心,更不用说依法纠正殖民地的立法。实际上,在整个 17 世纪里,英国对北美各殖民地的控制是懈怠的。在英国政府眼中,一方面,北美各殖民地的主要居民是对英王效忠的英国移民,不存在像其他殖民地居民那样对英国的普遍仇视;另一方面,早期北美的殖民活动大多被视为商业冒险活动,并没有被赋予太多的政治含义。

17 世纪中叶英国爆发资产阶级民主革命后,其与北美大陆的联系变得更加薄弱,绝大多数北美殖民地与英国的联系都被迫中断。在此情况下,一些北美殖民地暂时宣布脱离英王,联合起来进行自治,签订了最初的联合自治协议。一些协议还规定,凡签署协议的殖民地都有义务维护所有签约殖民地的安全和领土完整。直到 1680 年前,各殖民地的自治一直在不断发展。许多殖民地制定了自己的宪法。到英国斯徒亚特王朝复辟时,尽管英国开始试图加强与北美殖民地的联系,但各殖

民地的自治体制早已生根壮大。

在英国资产阶级革命的过程中,英国议会还颁布了《航海条例》,规定未经英国政府允许,各殖民地不得与外国人进行贸易。随后,还颁布了对北美殖民地发展制造业的一系列限制。然而,《航海条例》以及其他一些英国颁布的法令都未能在北美殖民地得到遵守。到英国内乱结束时,北美各殖民地的海外贸易与制造业都获得了长足的发展。

由于英国长期难以对北美实施有效统治。直到18世纪中叶前,在北美的十三个殖民地中,并不存在一个享有全权的政治权威。北美十三州更多地是一个地理概念,而非真正的政治实体。对于英国政府而言,北美殖民地的存在更多地是为了保障自身得到充足的原料供应和商品市场,而殖民地的政治意义则被严重忽视,在英国议会的政治地位甚至赶不上在印度的殖民地。到独立战争爆发前,英国议会中没有一个议员来自于北美殖民地。

在殖民地时期,北美十三州形成了各自大体近似,但又相互独立的政治架构。根据这一架构,北美各殖民地内部的政治权力分成了两大块相对独立的部分,即各殖民地自身建立的议会与由英国政府任命或批准的总督。而各殖民地自身建立的议会则成为制约英国在北美统治的重要力量。在日后的反印花税运动中,正是在各殖民地议会的鼓动、组织下,北美人民成功地迫使英国政府取消了征收印花税的念头。由英国任命或认可的总督是英国在各殖民地统治的代理人,拥有任命大多数行政官员和法官的权力。在特定情况下,总督还有权否定议会的议案。在殖民地早期,总督是十三州最重要的行政权力中枢。

然而,随着北美各殖民地的发展,议会的权力越来越大。议会与总督之间的斗争也开始成为各殖民地政治生活中的重要现象。一些殖民地的议会还明确宣布,议会的召开不应受到总督的干涉。特别是七年战争以后,英国政府为了改善自身面临的财政困难,试图加强对北美各殖民地的征税,更使得掌握殖民地财政审批权的议会的权力进一步增加。与各殖民地的行政机关不同,议会由殖民地人民投票选出,因而更多地代表了各殖民地人民自身的利益。到独立战争前,殖民地人口已经接近300万人,而其中拥有选举权的白人男子大约有100万人。这100万人通过选举议会议员,不断影响着北美各殖民地内部的政治、社会生活。

殖民地时期,议会与总督的斗争尤其表现在对司法权的争夺上。在殖民地的初创阶段,司法权主要被掌控在以总督为首的行政机关手中。在殖民地的权力等级中,法官必须由总督根据英王的意志加以任免。而在英国本土,此时的司法独立机制已经初见雏形。根据英国的《王位继承法》,法官必须以"行为端正"作为其任职标准,而非国王的意志。但为了加强对殖民地的控制,英国政府一直尽力阻止司法独立制度在北美殖民地的实行。不过,到 18 世纪以后,随着殖民地议会力量的加强,英国对殖民地司法机构的控制已经被大大削弱了。

首先是殖民地议会围绕法官任职标准与总督展开的斗争。为了维护殖民地的利益和司法公正,许多殖民地议会都明确要求取消以英王意志作为任命法官的标准。到 18 世纪中叶以后,围绕司法独立的斗争逐渐开始有利于殖民地议会。其次是殖民地议会对法官薪金的控制。北美殖民地建立后,逐渐形成了这样的传统,即法官的薪金由议会加以控制,并可在议会同意的情况下,由向殖民地征税的方式加以支付。然而,七年战争后,为了强化对殖民地司法权力的控制,英国政府于 1767 年通过了《唐森德法案》。该法案规定,殖民地法官的薪金由英国政府决定,且英国政府有权就此向殖民地征税。这一法案实际上剥夺了各殖民地长期以来对司法的控制,进一步激化了各殖民地同英国政府的矛盾。在各殖民地的强烈反对下,这一法令最终未能得以贯彻。

可以看出,在北美殖民地建立后的一百多年时间里,其内部制约、反抗英国统治的力量始终在孕育生长。当各殖民地变得更为强大,且各种内外条件变得更加成熟之后,独立战争几乎已经成为必然发生的历史事件。1776 年的莱克星顿枪声既有其历史的偶然性,更有其必然性。

三、殖民地时期自由民主思想的发展

殖民地时期也是美国自由主义信条奠基的时期。尽管北美人民大多来源于欧洲,特别是英伦三岛,但美国信条的哲学基础却由于北美殖民地的独特历史经历,带有了浓厚的自身特色。美国信条虽然脱胎于欧洲近代哲学,但其自由主义色彩和实用主义色彩明显更加浓重。早期北美社会的清教主义传统正是造成这一差别的重要因素。清教是欧洲宗教改革中加尔文教派的一个分支,发轫于 16 世纪的英国。清教要求去除天主教中的繁文缛节,提倡勤劳简朴的生活方式,反映了新兴市民阶层的生活态度与利益要求。17 世纪以后,英国国内的宗教、政治、社会矛盾日益激化,对新教徒的迫害不断加重。在此情况下,大批新教徒出走北美,并以东北部的新英格兰为中心,在北美不断拓展影响力。从英国传入北美后,殖民地的新教开始具有了自己的鲜明特征。其中最重要的就是对宗教多元性的包容。与英伦三岛和欧洲大陆不同,殖民地的新教教会虽然拥有巨大的影响力,却并没有全面排斥其他教派在北美的发展。

此外,早期北美的主要政治哲学家大多同时是最重要的国务家。与最早发端于经院中的欧洲政治哲学不同,从最开始,北美的政治哲学就与实践密切相关。富兰克林、杰弗逊、潘恩这些参与过日后《独立宣言》等重要政治文件起草的人,也是

当时美国最著名的政治哲学家。在这样的情况下,北美早期的政治哲学论著首先也是最重要的政治文件。而早期北美政治哲学也因而具有无可比拟的现实影响力。与18世纪的欧洲相比,尽管早期的北美政治哲学主要因袭了欧洲启蒙思想的框架,但其在政治实践中所取得的成就,早已远远超越了欧洲的先辈。

四、北美黑奴制度的起源

奴隶制度对美国的影响深远,日后受人唾骂的奴隶主在早期美国历史上却曾发挥过巨大的历史作用。在南北战争爆发前,大多数美国总统都拥有奴隶。独立战争期间,很多领导人都出身于奴隶主阶级。美国的建国之父华盛顿本身就是弗吉尼亚的一个大种植园主。在美国建国初期和殖民地时期,北美十三个殖民地都存在奴隶制度,这一点是在美国日后的发展进程中被逐渐改变的。

实际上,在北美殖民地最初出现的奴隶是白种人,他们被称为"契约奴"。在北美殖民地建立的最初阶段,一些英国人希望前往北美开拓新的生活,却缺乏必要的经济基础,因而与债权人签订契约。这些契约一般要求,借债人必须以奴仆的身份,自愿限制人身自由,为主人工作一定的年限。还有一些在英国或欧洲其他地区犯罪的白人,也被卖到北美殖民地,成为奴仆。实际上,在黑奴贸易兴盛以前,"契约奴"贸易在欧洲和北美殖民地已十分普遍。成为"契约奴"的人大多来自在英国圈地运动和产业革命中失去土地的贫民和城市流浪者。当这些"契约奴"被运到北美后,首先在市场上被出售。出售价格一般都比较低廉,或者可由小麦等实物抵价。如果"契约奴"逃跑则将受到严厉的处罚,甚至被判死刑。

比"契约奴"在北美出现的时间稍晚,黑人也来到了这块大陆。1619年,一艘荷兰商船将数十名黑人载往美洲大陆。此时,黑人尽管处于社会最底层,遭到上层社会的奴役,但北美洲的奴隶制度并没有真正形成。直到17世纪中叶,黑奴并没有成为北美社会生活中的一种固定身份,而仅仅是地位低下的代名词。就英国和殖民地法律而言,黑人的身份仍没有最终确定。这一点与同时活动于美洲大陆的西班牙及葡萄牙殖民者那儿的情况有着根本的不同。自15世纪以来,西葡两国就在中、南美洲地区普遍实施了奴隶制度。在那里,奴隶被视为主人的合法财产。

早期北美殖民地的黑人与大多数处于社会最底层的白人一样,被当成拥有一定人身自由的奴仆。伴随北美殖民地开发规模的扩大,劳动力的紧缺问题日益突出,为了确保获得长期固定的廉价劳动力,17世纪中叶后,在南部各殖民地,当地政府纷纷立法,将黑人强制变为没有选择权的终生奴仆。这一变化也就使得黑人与白人奴仆之间第一次有了明显的差别。到17世纪末,北美各殖民地纷纷进一步立法,将黑人视为可移动的财产。直到此时,北美的奴隶制度才最终形成。与17

世纪初相比,黑人的地位发生了以下几个明显的变化。首先,在宗教信仰问题上,早期的北美各殖民地一般规定,只要黑人接受了基督教洗礼,将得以脱离被奴役状态。而到了 17 世纪末,黑人已被强制剥夺了信仰基督教的权利。其次,在跨种族通婚问题上,殖民地开始明确禁止黑白通婚。而在 17 世纪初,黑白通婚在北美仍然是合法的。再次,为了解决劳动力问题,黑奴身份开始被强制规定为父死子继,而这在黑人最初踏足北美大陆时,是不存在的。最后,黑人还被强制剥夺了拥有财产的权利,成为没有任何财产的奴隶。

颇具讽刺意味的是,英国本土并没有实施奴隶制度的历史。然而,在以自由主义为信条的北美大陆却形成了困扰美国一百多年的黑奴制度。这到底是为什么呢? 首先,这与北美大陆所处的外部环境有关。在英国殖民者踏足北美大陆之初,美洲的奴隶制度已经形成了近二百年。在拉丁美洲,不仅黑人,破产的欧洲白人、摩尔人也都被迫卖身为奴。而大西洋上的黑奴贸易也已形成了一百多年。在这种情况下,北美各殖民地不可能不受到影响。其次,这也与北美大陆地广人稀的自然地理环境有关。从一开始,与拉丁美洲相比,北美的劳动力稀缺状况就要严重得多。而强制贩卖、使用黑奴恰恰是解决劳动力问题的主要途径。再次,早期来到北美殖民地的英国人虽然没有真正亲身经历过奴隶制度,却对黑人有着极强的种族偏见和优越感。由于在肤色、语言、生活习惯等方面的一系列差异,早期白人殖民者往往将黑人视为劣等种族与野蛮的化身。一些白人殖民者甚至有意夸大黑人的动物性。

在以上因素的影响下,北美殖民地上演了一出历史活闹剧。从未见识过黑人奴隶制度的英国殖民者在北美新大陆构建出了黑奴制度。而这一制度又和资本主义的大生产与商品经济密切相关。在资本主义生产关系的大框架下,由于对利润的贪婪,北美各殖民地出现了黑奴劳动制度。不过,伴随美国资本主义的发展,伴随自由主义与现代人权思想在北美大陆的传播,这一制度最终被彻底废除。

第二节　独立战争前北美殖民地的独立运动与美国民族主义的肇始

一、七年战争后北美殖民地内外环境的剧变

到独立战争爆发前,北美大陆上已经逐步形成了美利坚民族。而北美殖民地与母国英国之间的关系也因此经历着深刻的变化。各殖民地对独立自主的要求不断增强,并在七年战争期间进一步升级。七年战争是指从 1755 年至 1763 年,为争

夺北美大陆和印度控制权,英法两个当时世界上最强大的国家所进行的一场旷日持久的战争。为了在战争中取得胜利,英国政府不得不借重北美各殖民地,允许它们在军事、经济等领域获得更多自主权。

七年战争后,为了转嫁日益增长的海外殖民费用,英国开始对海外殖民政策进行全面的调整。在印度,英国政府推动海陆驻军与东印度公司的军队联合。为了将开支更多地转嫁给殖民地人民,东印度公司通过向孟加拉和卡拉蒂克属地征税来保证联军的日常开销。为了加强对印度的控制,英国还将印度最富庶的孟加拉邦划归英国的直接殖民统治。然而,在北美,英国所面临的问题要严重得多。首先,法国在失去了对新法兰西的控制后,正在积极筹备新的对英战争。西班牙则不断增兵佛罗里达边境,不断作出准备收复失地的姿态。在北美殖民地内部,北美人民自发组织的武装力量在战争中发挥了重要作用;战后它们虽然面临解散,但却始终成为阻止英国加强对殖民地控制的重要力量。后来成为独立战争中重要领袖的各殖民地领导人约翰·亚当斯、华盛顿等人都曾经参加过七年战争。更加严重的是,此时英国的"战债"已经超出了英国政府能够承受的限度。为了缓解财政危机,英国不得不试图加大对殖民地的征税。然而,在北美并不存在东印度公司这样的殖民机构。而北美各殖民地在一百多年的社会政治生活中,已经建立起了自己的自治机构。这些自治机构已日益成为殖民地人民抗衡英国统治的重要屏障。

尽管战争以英国的胜利告终,但为了加强对北美大陆的控制,英国在战后实施了一系列新的政策,并最终导致其与北美殖民地人民关系的全面恶化。首先是由七年战争的费用引起的征税问题。英国虽然在战争中取得胜利,但日益增长的北美防务费用却成为英国政府的一个沉重负担。此时,英国本身欠下的"战债"已超过了 1 亿英镑。[①] 为了缓解严重的财政危机,从 1764 年开始,英国加大了北美殖民地的征税力度,先后通过了《糖税法》等法案,取消了北美殖民地原先所享有的一些免税权利。到 1765 年,英国又开始在北美殖民地征收印花税。印花税是英国第一次向北美殖民地直接课税;它表明,英国在北美殖民地的政策正在经历重大的变化,已经开始试图限制北美殖民地一度享有的高度政治经济自治权。在此情况下,北美殖民地与英国的矛盾迅速激化。此时,征税问题已不再仅仅是一个简单的经济问题,而是成为一个严重的政治问题。对于大多数北美人民来说,在英国议会不享有代表权的北美殖民地没有向英国纳税的义务。到 1773 年,英国政府又颁布了《茶税法》;然而,这不仅导致了"波士顿倾茶事件",也成为催生第一次大陆会议的重要导火索。正是在反抗英国对殖民地征税的运动中,北美人民的民族意识开始

---

① 李剑鸣:"英国的殖民地政策与北美独立运动的兴起",《历史研究》,2002 年第 1 期,第 170 页。

加速成长起来。

其次是英国开始在北美殖民地增加驻军。七年战争后,英国开始在北美驻扎常备军,并在 1765 年通过了《驻军法案》。驻扎常备军的政策实施以后,殖民地人民与英国政府的矛盾更加激化。由于英国长期将北美视为低于本土的殖民地,北美驻军往往在与殖民地人民的交往中表现得十分傲慢无理。与此同时,为了维持日益扩大的日常开支,英军还试图从北美直接征收各种费用。这些行为都使北美人民与英国驻军的矛盾不断激化。

再次是英国为加强对西部的控制而实施的新的土地政策。18 世纪中叶以后,伴随北美大陆西部领土的全面开发,西部的战略、经济价值日益凸显。为了控制这一区域,英国在七年战争后明显加强了对这些地区的管控。根据 1763 年的"英王诏谕",英国开始在北美大陆的西部限制移民,并授权英国军队掌握这些地区的管辖权。这一政策的实施很快激起了北美人民的强烈反对。对于他们而言,背井离乡来到千里之外的北美大陆,就是要找寻一块可由自己自由支配的土地。可以说,"英王诏谕"的颁布使得占北美居民绝大多数的小资产阶级的利益受到了严重损害,进一步刺激了北美人民独立意识的发展。总之,七年战争后,英国在北美的政策调整,不仅没有强化对其的控制,反而进一步激化了英美矛盾,加速了北美人民争取独立的步伐。

与此同时,七年战争的结束还为北美殖民地最终赢得独立奠定了外部环境。首先,七年战争使法国与西班牙在北美的殖民势力受到重创,北美各殖民地的外部威胁因而大大减轻,它们对英国的安全依赖在一夜间大为削弱,这就使得北美各殖民地敢于同母国决裂。实际上,在七年战争前,北美各殖民地受到的最大外部威胁正来源于法国及西班牙殖民势力的侵扰,这些侵扰已经严重威胁了各殖民地的自治。为了维护自身的安全,从 18 世纪初期开始,北美各殖民地就自组军队与法国殖民势力作战。在 1745 年的对法作战中,各殖民地组织的军队还攻占了法国在北美的路易斯伯格要塞。七年战争爆发后,由于面临巨大的军事压力,英国政府被迫允许各殖民地进一步扩充、训练自己的军队。许多日后领导美国独立战争的领导人都曾亲身参加过七年战争。实际上,到独立战争前夕,大多数北美殖民地已经拥有了自己独立的武装力量。

其次,英国在七年战争中的胜利,从根本上打破了欧洲大国在北美的力量均势,不仅将北美各殖民地最可怕的外部敌人驱逐出去,更使法国、西班牙在一夜之间成为支持北美独立的重要外援。为了制衡英国在北美一家独大的势头,法国、西班牙转而有意推动、支持北美独立力量的发展。早在北美独立战争爆发前,法国就通过驻各殖民地的外交官,积极游说各殖民地争取独立。独立战争的重要领导人富兰克林等人就曾接受过法国的大笔馈赠。根据统计,独立战争期间,北美军队所接受的法国援助达到2.4亿美元。[①] 尽管七年战争后,欧洲各大国对北美各殖民地的援助,主要出自自身的地缘战略利益,但这些举动的直接效果,也是最重要的后果,就是导致了北美各殖民地的加速独立。历史往往以人们难以预料的形式向前发展。

历史往往以人们难以预料的形势向前发展。七年战争的胜利仅仅使英国在北美一家独大的局面维持了12年。从这个角度看,七年战争最大的赢家应该是北美各殖民地,而不是任何一个欧洲列强。

二、独立战争前北美殖民地内的大辩论

实际上,直到独立战争爆发前,北美殖民地内部始终存在着庞大的效忠英王的势力。效忠派认为,使用暴力手段争取北美独立,将颠覆现有的社会秩序,引起对现有社会生活方式的毁灭性破坏。他们希望,北美各殖民地可以在大英帝国的框架下,通过和平的手段,循序渐进地改善殖民地与英国的关系。到独立战争前,效忠派成为北美殖民地内部阻止独立的最强大势力。在南部的许多地区,效忠派的人口甚至占据了当地居民的多数。可以说,在战前的北美殖民地,效忠派与激进派的纷争已经造成了北美社会内部的深刻分裂。以至于独立战争胜利后,大批不愿在生活于十三州的效忠派涌入了英国控制下的加拿大。战争爆发后,一些效忠派甚至参加了英军对北美大陆军的作战。对于效忠派而言,他们民族记忆中的主要叙事文本都与英国有关:《大宪章》、英国女王、《权利法案》等等。在他们看来,北美殖民地与大英帝国有着天然的血亲联系,它们共享着所有英国历史上的荣耀。尽管效忠派也对北美殖民地本身有着深厚的感情,却始终难以抹杀他们对英国的认同。效忠派对美国独立后的前景持悲观态度,普遍认为摧垮英国在殖民地的统治,将只能让各个殖民地间的联系分崩离析,使北美形成一个诸侯割据的局面。对于战前和战争期间的北美人民来说,是否支持独立仍是他们不得不面对重大选择。

面对内外环境的剧变,北美各殖民地内部掀起了一场大讨论。而这次大讨论最终奠定了北美人民追求独立的思想基础。讨论从1764年至1775年持续了十多年时间。在这场讨论中,以约翰·亚当斯、杰弗逊为代表的独立派登上历史舞台,成为领导北美独立运动的重要力量。如前所述,引发辩论的最直接的导火索就是英国在殖民地施行的新的税收政策。特别是印花税的征收,更是引发了轩然大波。实际上,自17世纪初各北美殖民地纷纷建立以来,它们内部已经逐步形成了比较

---

① S. F. 比米斯:《美国外交史》(第一分册),北京商务印书馆,1983年版,第12页。

完善的自治体系。印花税的征收使英国的征税权利得以深入到各殖民地内部,严重威胁着各殖民地的自治权。这一试图加强对北美殖民地控制的举措,只能引起各殖民地的激烈反弹。对殖民地人民而言,问题的关键并不主要在于征税所引起的财政负担,而是由此所导致的对各殖民地自治权的侵害。尽管英国最终撤销了征收印花税的举措,但如何定位北美殖民地与英国的关系由此被提上了殖民地内部各派力量的辩论日程。

针对英王的统治权,殖民地代表提出的第一个论题就是“无代表权不征税”。根据英国的政治传统,征税必须得到人民及议会的同意。然而,长期以来,北美各殖民地在英国议会都没有代表权。特别是,各个殖民地早已形成了自己的独立的征税体系。围绕是否应该派殖民地代表参加英国议会一事,殖民地内部形成了截然不同的两派。一部分人认为,各殖民地应当派代表参加英国议会。然而,以约翰·亚当斯等人为代表的激进派则认为,北美人民在一百多年的社会实践中早已形成了自己的特点和习俗,拥有与英国完全不同的生活习惯,不应该也没必要向英国议会派出自己的代表;如果真的有北美代表参加英国议会,北美人民的命运将被迫掌握在对北美情况毫不关心、一无所知的英国议员手中。对这一问题的争论最终以激进派的胜利而告终。

伴随对英国征税权质疑的加深,激进派的论争矛头很快指向了英国在北美殖民统治的合法性问题。在辩论中,激进派的矛头首先指向了英国议会,也就是英国议会是否有权为殖民地立法。激进派认为,尽管一百多年来北美人民选择忠诚于英王,但这并不代表他们要向英国议会弯腰。如果英王与北美人民之间存在政治契约,那么这种契约在英国本土只关系英王一人,与其他英国人无关。富兰克林等人尖锐地指出,英国议会在本土所拥有的主权,在北美殖民地并不存在;北美与英国本土间的纽带,只有仅具名义主权的英国国王;除英王外,北美殖民地不服从任何来自英国的权威。[①] 此时,以汉密尔顿为代表的一批与中上层资产阶级关系密切的政治家仍寄希望于北美殖民地能和平地实现独立。他们呼吁,以英王为纽带,建立英国本土与北美殖民地间的平等同盟。这一建议的本意,实际上是试图以和平的方式谋求北美殖民地获得实质主权。

然而,激进派的希望却一再落空。试图通过仅仅否定英国议会权威来实现主权的想法,也遭到了英国政府的拒绝。此时,英国政策的失误已经成为导致殖民地内部大辩论日益转向民族主义一面的重要因素。面对北美各殖民地要求加强自治的呼声,英国政府并未采取疏导的政策,而是采取了更加强硬的高压政策。1774

---

① 李剑鸣:“美国独立战争爆发前的政治辩论及其意义”,《历史研究》,2000 年第 4 期,第 77 页。

年,英国政府颁布了全面加强对北美各殖民地控制的五项强制法令。这些法令一出,立即引起了北美人民的激烈反应,将其称为"不可容忍法令"。大陆会议成立后,虽然其发表的宣言一再表示不愿与英国发生决裂,但英国政府还是在1775年8月23日宣布北美十三个殖民地为"叛乱地区"。英国议会随后通过决议,将北美13州定性为叛逆,并开始全面禁止英帝国的其他地区与北美殖民地发展贸易。对北美殖民地合理申诉的粗暴拒绝实际上成为引发独立战争的直接原因。

失望之下,激进派的矛头开始指向曾被他们推崇有加的英王。以潘恩为代表的激进自由派尖锐地指出,英王是一切专制腐败的源头,北美殖民地要想取得真正的自由,必须将斗争的矛头指向英王。① 1770年以后,激进自由派的声音逐渐在美国国内占据了主导。从反对征税开始,殖民地人民的斗争锋芒终于转变为彻底摆脱英国在北美的殖民统治。此时,北美殖民地内部大辩论的话语体系已经开始带有另外一种色彩。这种话语体系严厉地批评王权专制,将北美各殖民地内部的自治实践视为实现洛克自由主义的路径。这一期间,激进派还对北美殖民地的历史进行重新阐释,将其更多地描述为一群追求自由主义的先民为躲避英国压迫,前往北美大陆寻找自由的历史。

在此情况下,权力契约论成为北美殖民地人民反对英国王权而提出的重要理论命题。根据这一理论,北美人民对英国存在的君主世袭制进行了无情的批判;他们指出,权力世袭将导致权力的腐败,以至于使其成为压迫民众的工具。人民是权力最初,也是最根本的来源;没有人民的信托,任何权力都属非法。政府本身只行使人民委托给其的权力;其充当的社会角色只是人民的代理人或仆人,而且是最难以令人信任的仆人。据此,新的宪政制的政府应该贯彻以下的行政原则。一是小政府原则。即政府不应获得过大的权力,且不应拥有数量庞大的常备军,并力行文官制原则。二是法治原则。即必须对政府任何行为立法加以监督,以防其侵害人民的权益。三是分权制衡原则。即任何一个政府部门都不应获得集中的权力,以防任何一个部门出现专制暴政的倾向,以致颠覆宪政的基本框架。到1775年独立战争爆发前,十多年的大辩论已尘埃落定。在这场的辩论中,美利坚的民族意识得以全面觉醒。

三、英国与北美殖民地经济摩擦的加深

到18世纪中叶,英国在北美殖民地实行的经济政策越来越成为推动北美殖民地独立的重要因素。从17世纪初开始,为了加强对北美殖民地的控制,奉行重商

---

① 潘恩:《潘恩选集》,北京商务印书馆,1981年版,第6页。

主义政策的英国政府规定,北美殖民地只能与英帝国的其他地区发展贸易。然而,从历史后来的发展轨迹看,这一政策最终反而为北美各殖民地突破英国的控制埋下了伏笔。首先,在北美各殖民地建立的最初阶段,各个行业的基础十分薄弱,英国的贸易保护主义政策反而保障了北美各殖民地的幼稚产业可以在英帝国内部找到销售市场,积累起发展所需的资本。以造船业为例,到18世纪中叶,北美各殖民地的造船量已经超过了整个英帝国造船量的一半以上。虽然英国政府严格限制各殖民地制造业的发展,然而在殖民地建立早期,北美根本不存在任何制造业的基础,只是一张白纸。集中力量发展种植业和造船业,为日后北美制造业的大发展奠定了基础。其次,在殖民者踏足北美大陆前,北美只存在自给自足的自然经济形式,并不存在现代意义上的商品经济。英国为了获取市场和原材料,从一开始就将北美各殖民地的经济与英帝国自身的商品经济流通联系起来。而这帮助北美各殖民地的经济实现了跨越式的发展,从一开始就建立起当时世界上最发达的商品经济。

18世纪中叶以后,随着北美各殖民地经济的发展,殖民地生产能力的发展,已经使其不能满足于英帝国内部的商品经济交换。寻求扩大海外市场成为北美各殖民地当时的重要政策。而这也就与英国的重商主义政策发生了根本的矛盾。18世纪中叶以后,北美殖民地在英帝国经济中的地位日益上升。为了加强对北美殖民地的控制,英国颁布了《殖民地通货条例》。条例宣布,殖民地发行纸币为非法行为,以控制殖民地本土经济的成长。然而,蓬勃发展的北美各个殖民地迟早会突破英帝国的殖民经济体系。18世纪以后,为了突破英国对北美各殖民地海外贸易的控制,海盗贸易在北美遽然兴盛起来。此后,北美殖民地与法国、荷兰的海外贸易也发展起来。尽管海盗贸易本身属于非法,但在北美殖民地时期,它却具有了重要的历史进步意义,成为各殖民地打破英帝国贸易限制的重要手段。

四、殖民地自身军事力量的发展

为了应对险恶的外部环境,各殖民地从一开始就建立了自己的民兵制度。尽管英国长期在北美殖民地驻扎海陆部队,但从17世纪开始,英国不断面临国内外的各种战争,不得不从北美抽调军队前往欧洲和其他殖民地作战。在这样的情况下,英国政府有意扶持北美各殖民地建立起自己的军事组织,将之作为抵御法国、西班牙的重要力量。17世纪中叶以后,各殖民地已建立起成熟的普遍兵役制。这一制度要求,凡年龄为17岁至60岁的男子,都必须承担服兵役的责任。在相当长的一段时间里,北美殖民地自身的军事力量甚至成为英国政府维护其在北美利益的最重要依靠。

根据北美各殖民地的军事制度,为了防止部队成为专制的工具,不设置常备军。而以民兵制度代替之。尽管民兵的高级指挥官大多由总督直接任命,但民兵的招募以及日常费用的获得,都必须得到殖民地议会的批准。到殖民地后期,由于掌握了对军事力量的拨款权,议会对民兵的控制不断强化。即使军事力量名义上的最高指挥官——各殖民地总督的薪金也由议会决定。此外,为了防止军事力量成为总督及行政部门控制人民的工具,各殖民地还创立了各种制度,加强对民兵的控制。独立战争爆发后,北美民兵最终成为埋葬英国在北美十三州殖民统治的军事力量。

第三节 自由主义新社会的创建者——约翰·亚当斯的基本思想风貌

18世纪末19世纪初正是现代历史的转折关头,北美新世界中诞生的具有革命意义的范式正在极大地动摇固有的旧秩序。正如约翰·亚当斯所指出的那样,这是一个革命和宪政的时代。1821年,当约翰·亚当斯回首往事,他不由感慨万分,他和他的同胞们所发动的革命运动直到现在也没有平息,他在写给本杰明·路斯的信中写道,"难道不正是美国革命催生了法国的革命?不正是法国的革命影响了从那以来的世界历史变迁?那些深深影响了我们这一代人的事件必将更加持续地影响以后的人们"①。作为美国的建国之父,约翰·亚当斯对曾经存在过的旧秩序深恶痛绝,并寄希望于美国的实践可以为欧洲旧大陆树立一个新的榜样。1790年9月,在一封私人信件中,他写道,一切旧的东西都将被推倒,新的秩序将被建立起来。② 那么,在这样一个大时代中,约翰·亚当斯到底处于一个什么样的位置,他的思想到底有着怎样的风貌呢?

长期以来,约翰·亚当斯一直被许多学者认为是美国保守主义的主要奠基人,

---

① John Adams: "Adams to Benjamin Rush, Aug. 28,1811", John A. Schutz, edited, *The Spur of Fame: Dialogues of John Adams and Benjamin Rush*, 1805—1813, San Marino, CA: Liberty Fund, 1966, p. 134.

② John Adams, Charles Francis Adams, edited, *The Works of John Adams, Second President of The United States*, VI, Boston: Little Brown, 1856, pp. 411 - 412.

并被他们称为美国的伯克。① 在他们眼中,埃德蒙德·伯克在相当程度上影响了约翰·亚当斯的思想,伯克与亚当斯也因而被视为是西方近现代史上两个主要的保守主义思想家。然而,如果对约翰·亚当斯的思想进行更加细致的探究,就会发现,其思想内涵其实远远复杂于人们最初的想象。② 美国著名学者克林顿·罗西特在其所著《保守主义在美国》一书中指出,约翰·亚当斯所处的美国社会大不同于英国,约翰·亚当斯的思想与伯克的思想有许多不同之处。③ 在此基础上,兰戴·B.雷波莱认为,约翰·亚当斯并非一般意义上的保守主义者。他写道,纵观伯克关于美国的论说,其基本主旨大多出于现实利益考虑的权宜之计,他所想要知道的无非是到底何等实际的行为能够帮助协调英国与北美殖民地的行为。而其也仅仅是出于这样的考量来敦促英国政府采取审慎的政策。与之恰恰相反,约翰·亚当斯更多地是以是否符合民主宪政的基本道德与原则规范来看待问题。在约翰·亚当斯看来,事物的是非曲直必须与最基本的民主自由原则以及美国宪政实践联系起来。实际上早在1775年夏天,约翰·亚当斯就提出北美十三州应该为整个北美大陆设计一个整体性的民主宪政架构。约翰·亚当斯更多考量的是到底何种路径更为符合实际,而非整个宪政原则是否合理。换句话说,约翰·亚当斯的基本理念仍然没有超出美国自由主义的基本范式,这与伯克等人对王权的歌颂有着根本的不同。④

要深入探讨约翰·亚当斯的政治理念就必须了解这一时期美国社会基本图景与欧洲旧大陆的不同。正如许多学者指出的那样,这时,一个崭新的社会正在北美

① 长期以来,许多学者将约翰·亚当斯与伯克等同起来。其中最有典型性的是克林顿·罗西特(Clinton Rossiter),在他的著作《保守主义在美国》中,明确将约翰·亚当斯的政治思想与伯克等同起来,将他们视为同一政治哲学的流派。然而,也是在同一本书中,作者又承认两人在许多非常重要的方面明显不同。这种观点上的模糊与自相矛盾,实际上是学界在这一领域不足之处的真实写照。关于这方面的情况可以分别参见 Clinton Rossiter, *Conservatism in America*, New York:Knopf,1955;Russell Kirk, *The Conservative Mind:From Burke to Eliot*, Chicago:Regnery Publishing, Inc.,1953;Peter Viereck, *Conservatism from John Adams to Churchill*, Priceton:Priceton Univ. Press,1956.

② 一个长期以来存在的观点是,约翰·亚当斯深受英国政治架构模式的影响,特别是其三权分立的制衡思想更是因袭英国的政治传统。这一观点自然有其合理的一面;但另一方面,它也忽略了双方的重大差别,即约翰·亚当斯所赞成的仅仅是具体的政体组织形式,在根本政治原则上双方存在着重大的差异,这一点特别体现在对待英国王权问题上。

③ Clinton Rossiter, *Conservatism in America*, New York:Knopf,1955,pp.129,300.

④ 一般认为,另一个约翰·亚当斯与伯克的共同之处则在两者对待法国大革命的态度问题上。然而如果细加考察,则会发现两者之间实际上存在着很大的差异。在伯克看来,任何一项民主制度不可能人为地在短时期内建立起来,恰恰相反,要依靠长时间历史的熏陶;而对约翰·亚当斯来说,美国的政治实践证明一个更好的政治架构可以通过人为努力建立起来,他对法国大革命的批评只是出于对实现目标的具体手段的不赞成。此外,两人另一个不同之处则表现在对待法国旧王权的态度之上。相关论述可参见 Randall B. Ripley, "Adams, Burke and Eighteenth - Century Conservatism", in *Political Science Quaterly*, Vol. 80, No2., Jun, 1965,pp. 216 - 235。

大陆被建立起来。尽管早期的移民大多来自于西欧，但他们不可能将故地的基本社会政治架构全盘移植到新大陆。正是在这样的情况之下，一个新的秉承自由主义的社会被建立了起来。这个社会的阶级结构与政治机制都大不同于以前的旧世界。在北美十三州，由于拥有充足而廉价的土地，人们往往更容易成为中产阶级，也因此在北美大陆造就了一个远比欧洲庞大的中产阶级。在北美大陆，贵族政治的影响被大大减低，经济上更多的平等也造就了更大的社会平等。在这里，社会流动的频率要远远高于欧洲旧大陆，各阶层之间的界限也更为模糊。美国民众，除了奴隶之外，大多可以获得进入上流阶层的机会。不名一文的平头百姓可以成为家资巨富的商人，曾经显赫的名流也可能因经营不善流落市井。在这里，并不存在这一时期普遍困扰欧洲旧大陆国家的阶层对立问题，对于崇尚个人主义的美国社会来说，阶层差别只在个人生活当中占有不大的分量。与在英国普遍存在的贵族制不同，北美十三州只在部分地区存在一些贵族制的残留。这种社会基本结构的独特性就在相当大的程度上造就了北美大陆基本政治机制上的独特性，也成为孕育美国民族主义思想的肥沃土壤。

无论是在殖民地时代，还是在新生的共和国时期，北美十三州的政治运行情况都与欧洲旧大陆有着很大的不同。这一不同突出地体现于双方对代议制的不同理解之上。根据美国民众的普遍观点，代议制中的代表更多地是其选区中选民的代理人。在通常情况下，选民与代表都应该生活在他们专属的政区之中。而在旧欧洲，候选人们往往在理论上代表整个国家或某一个特定的阶层，在此情况下，选举人与被选举人的居住地并不具有实质的意义。相比之下，美国的代表更多地体现了地方的特殊利益，代表也因此更多地受到地区差别的限制。在此基础上，美国与旧欧洲立法机构的结构也有着显著的不同。在旧欧洲，立法机构中的代表更多地代表了阶层的利益，贵族因此往往在法律制定过程中拥有绝对的优势地位；而在美国，由于中产阶层在美国社会中始终居于主导地位，立法机构代表很少受制于各个阶层之间的冲突与协调。在这一时期的美国，选举权也被更为广泛地赋予国民。只要拥有一定的财产额度，大多数美国国民都可以获得选举权，而不受出身门第之限。而在英伦三岛，即使到了 1832 年，每 30 个英国人当中也只有一人拥有选举权。更为重要的是，在美国的代议制当中，人民可以拥有更多的渠道影响立法机关的行为，而在旧欧洲这些渠道往往并不存在。与旧欧洲的行政机关相比，北美新大陆行政机关的权力要小得多。由于存在长期集权的历史，旧欧洲国家往往拥有一个强有力的行政中心。[①]

北美大陆在基本社会政治结构上的独特性、开创性，必然影响到约翰·亚当斯政治思想的基本风貌，从而孕育出约翰·亚当斯最早的美国民族主义思想。他写道，"我总是以敬佩与赞叹的情绪来看待对北美大陆的拓殖，其正如上帝为拯救这个为愚昧与无知所笼罩的大地上的人类所设计之大戏的一幕伟大开幕式场景"[②]。约翰·亚当斯并非一个旧欧洲式保守主义思想家。[③] 恰恰相反，他的思想带有比较明显的自由主义倾向。从一开始，他就热情地赞扬北美十三州抛弃了戴在自己身上的封建枷锁。他反对英国以任何名义将自己的意志强加于美国民众。他将自己视为一个崭新制度的设计者。在给自己妻子的信中，他写道，"潘恩的《常识》一书可能会更好地摧毁一个旧制度，而我所要做的可能更为重要。这就是建立起一个新的制度"[④]。在著作中，约翰·亚当斯展现了他对一个崭新政治制度的设计。他主张实行分权制衡的基本宪法，从而调节美国社会中各个相异的利益和诉求。正如他自己所宣称的那样，他所做的并非是要在美国重申保守主义政治，而是要设计一个理性的新制度框架。此时的美国正如一块空白的画布，各种政治理念都可以在此找到自己发展的空间。在约翰·亚当斯看来，上帝为美国社会提供了千载难逢的机会来进行一项前无古人的伟大实验。1775 年在一封信中，他写道，我们正在拉倒专制主义的大厦，我们更要建立一个理性的新的架构。[⑤] 1776 年，在描述美国社会这时所处的巨变关头时，他写道，没有一个民族在如此之好的基础上获得一个机会来建设新的事物。[⑥] 1787 年，他又写道，美利坚民族在他们的手上掌握着最好的机会和信赖；上帝从未如此青睐过如此之小的一群人，美利坚现在所建立起的机制必将历千年而不朽。在亚当斯看来，美国当然会从旧欧洲继承一些老的传统，然而美国的实验仍将是一场人类历史上最为崇高的实践。在这其中，宪政的建构和新国家的建设将是他们这些人所面临的主要任务。[⑦] 在约翰·亚当斯看来，

① Randall B. Ripley, "Adams, Burke and Eighteenth – Century Conservatism", in *Political Science Quaterly*, Vol. 80, No2. , Jun, 1965, p. 226.

② 转引自 Clinton Rossiter. , "The Legacy of John Adams", *Yale Review*, XLVI, 1955, p. 549.

③ 由于美国的历史文化传统与欧洲有所不同，美国并没有封建的传统，其所谓的保守主义也大不同于欧洲的保守主义。在美国的政治语境中，自由主义与保守主义并没有本质的区别，更多的只是在具体环节上的争论。在许多方面，美国的保守主义可能比现代自由主义更加接近经典的自由主义。

④ Gilbert Chinard, *Honest John Adams*, Boston: Little Brown, 1933, p. 89.

⑤ John Adams, Charles Francis Adams edited, *The Works of John Adams*, *Second President of The United States*, IV, Boston: Little Brown, 1850 – 1856, p. 187.

⑥ Correa M. Walsh, *The Political Science of John Adams: A Study in the Theory of Mixed Government and the Bicameral system*, New York: G. P. Putnam's sons, 1915, p. 1.

⑦ John Adams, Charles Francis Adams edited, *The Works of John Adams*, *Second President of The United States*, IV, Boston: Little Brown, 1856, pp. 290, 298.

他们的所有任务都将围绕于实现早已天定的伟大原则,而这伟大的原则正是民主主义的美国宪政。正是在此基础上,约翰·亚当斯论证了美国早期的民族主义思想,即美利坚民族的独特正来源于其对民主原则的追求。在一封写给杰弗逊的信中,他写道,"你的偏好在于喜爱更好的未来之梦胜过历史与过去。在此原则之上,我预言,我和你将一拍即合,并成为前所未有之好友"。①

与大多同一时期的美国思想家不同,约翰·亚当斯是审慎而乐观的,一方面,他相信即使是普通民众也有能力实现自己的梦想,然而,另一方面,他也强调人性的弱点,强调制度对于人性的引导与规制。在他看来,任何人,无论其出身与财富,都有着自己难以克服的弱点。② 正是基于对人性弱点的认识,约翰·亚当斯把美国所建立起的新的社会政治制度当成人类有史以来无前例的伟大实验。他尤其推崇《美国宪法》中的三权分立架构,认为其有助于克服人类的弱点。他认为,在现代社会中,一个一直以来存在的危险是,精英往往会利用自身的一些优势来误导民众。约翰·亚当斯多次指出,暴民本身并不可怕,而只有当他们受到居心叵测的精英操控时,事情才会变得非常危险。③ 与旧欧洲的思想家们不同,他不认为人性的弱点只存在于或更多地存在于普通人之中,社会的精英们也一样会腐化堕落。因此,亚当斯将人民主权思想视为理所当然。在他看来,所有的人都一样不是完美的,美国社会不应该像旧欧洲那样人为地将社会中的一部分人置于他人之上。在一封写给约翰·泰勒(John Taylor)的信中,他批评英国这一时期最著名的保守主义思想家伯克道,"谁是你所谓的群氓? 所有你的形而上的辨析都不能得到合理的论证"④。在约翰·亚当斯看来,所有的人,包括精英在内,其生活中第一必需的东西都不外乎食粮和女人。在他的描述中,贵族精英被描绘成一群冷酷奸诈并且常常毫无原则的人;相比之下,普通大众却要好得多,他们唯一的缺点仅在于易受贵族精英的利用与蒙蔽。亚当斯将这一认识融入了对新生共和国的设计当中,即将参议院和众议院分别设计为代表贵族精英和普通大众的机构,二者互相牵制,彼此

---

① Cappon Lester, edited, *The Adams-Jefferson letters*, North Carolina: North Carolina Press, 1959, pp. 487.

② 约翰·亚当斯对人性弱点的认识实际上也在很大程度上源自于他本身对卡尔文主义的宗教信仰。约翰·亚当斯出身于马萨诸塞州,那里曾是北美新大陆卡尔文新教徒的重要基地。卡尔文主义相信,人性都是有其难以改变的弱点的,正义和秩序最大的敌人恰恰就来源于人性的弱点。所以从一开始,法国大革命中彻底解放人类的主张就一直受到约翰·亚当斯疑虑,因为在他看来,不受制约的人性将导致人类社会的巨大灾难。

③ Randall B. Ripley, "Adams, Burke and Eighteenth-Century Conservatism", in *Political Science Quaterly*, Vol. 80, No2., Jun, 1965, pp. 229 - 231.

④ John Adams, Charles Francis Adams edited, *The Works of John Adams, Second President of The United States*, IV, Boston: Little Brown, 1850 - 1856, p. 496.

制衡。① 他将政党政治视为理所当然，并且预测在更长时段内，美国社会将会形成一个贵族精英式的政党和一个更加大众化的政党。他相信，美国将形成历史上第一个真正成熟的民主政党政治。另一方面，约翰·亚当斯并不喜欢美国政治中过于党派化的倾向，并将美国社会中的政党恶斗视为幽灵。而要克服这一政治中的局限，约翰·亚当斯认为，必须提倡社会政治生活中的美德，社会中最有教养的人应该尽力超脱于派阀利益之外，真正以社会的公共利益行事。②

　　不可否认，约翰·亚当斯的政治思想曾经备受争议，他在 1787 年所发表的《为美利坚诸宪法申辩》和他在 1790 年所发表的《论达维拉》(Discourses on Davila) 更是引起了广泛的争议，他也因此被许多人视为伯克式的保守主义者。不仅仅共和党人对他进行了激烈的批判，即使是一些曾经与他志同道合的联邦党人也和他发生了种种争论。然而，正如他所辩解的那样，如果那些批评者更加细致地分析其著作，就会发现，约翰·亚当斯并未像他们所指责的那样背叛了美国大革命最初的理想。他所希望的仍然是美国自己的一个三权分立制衡之下的共和民主政治。正如约翰·亚当斯自己所反复强调的那样，他的思想底蕴与伯克式的保守主义有着本质的不同，而这种不同实际上正来源于北美大陆独特的政治实践。这种独特的实践，实际上也就成为了以美利坚独立与孤立主义为特征的早期美国民族主义最重要的土壤。

---

　　① 由于强调精英在美国政治生活中的作用，约翰.亚当斯备受批评，被认为是对英国政治模式的照搬；然而他所说的精英的政治参与是与英国政治模式中的贵族精英政治完全不同的。关于这方面的论述，可参见 Randall B. Ripley，"Adams，Burke，and Eighteenth – Century Conservatism"，in Political Science Quarterly，June，1965，pp. 216 – 235.

　　② 约翰·亚当斯对公共政治生活中的美德极为强调。在他看来，处于美国这样的社会，民主制度面临的最大威胁在于对权势与财富的追求，而这将使美国民主面临如古希腊时代后期那样的解体危机；在约翰·亚当斯看来，人性都有追求利益的一面，既有对物质利益的追求，也有对社会承认的追求。在这种情况下，美国社会所要做的一件事情就是要创制一整套的机制以鼓励社会精英对公共承认的追求，而这种公共承认的前提在于每个人为社会作出贡献的多少及他本人在社会生活中所展现出的个人美德。约翰·亚当斯希望通过这样一种对公民美德的建构来更好地维持美国社会的民主共和精神。关于这一方面的相关论述可以参见 Andy Trees，"John Adams and The Problem of Virtue"，Journal of Early Republic，Autumn 2001，pp. 393 – 412.

第四节 约翰·亚当斯思想的基点:美国伟大的来源①

"你和我都不应该在使对方真正了解自己之前死去"②,这是 1813 年约翰·亚当斯在给他多年老友杰弗逊的一封信中所写的话。实际上,约翰·亚当斯与杰弗逊是相交数十年的好友,那么为什么直到此时,双方还会发出如此的感叹呢? 要了解这一情况,就必须深入到两人的基本政治思想当中,也必须从两人在二十多年前的一场政治论争谈起。从那时开始,两人逐渐成为不同政治派别的领袖。然而,正如许多历史学家们所指出的那样,两人之间的争论主要集中于实现美国自由主义信条的具体路径之上,而非根本的原则之争。那么导致两人发生分歧的政治论争到底是怎么一回事呢? 这还要从《美国宪法》对美国基本国家政治制度的设计说起。从 1787 年到 1789 年的两年间,约翰·亚当斯连续出版了三卷本的著作《为美利坚诸宪法申辩》,这三本著作也是他本人基本政治思想的总结。③ 此时,一场新的资产阶级民主革命潮流正在席卷整个欧美世界。以法国大革命和美国独立战争为代表,世界历史正在进入一个崭新的阶段。而此时,作为两个新生的民主力量,也作为两个不同民主模式国家的代表,法美两国的思想界内部展开了一场激烈的辩论。而这场辩论反映到美国国内政治生活内部,就出现了以杰弗逊和潘恩等人为代表的支持法国民主模式的一派和对法国大革命有颇多保留意见的约翰·亚当斯等人。从 1786 年开始,出于对法国激进民主思想的担忧和对美国外交政策的反

---

① 独立战争与此后的政治实践第一次真正在历史上吸引了欧洲人对美国的关注,美国大革命所代表的政治理念与模式第一次在欧洲引起了广泛的讨论。然而讨论的焦点并非是对新生美国与英国的争论,而是对美国温和的宪政模式与法国大革命时期革命传统的争论。争论的一方支持,法国激进的革命方式与理念,主张通过激进的手段铲除社会中存在各种不平等(其中的代表人物是法国思想家杜尔哥和他的学生皮埃尔·塞缪尔·杜邦以及马奎斯·孔多塞);而另一方则支持美国所崇尚的洛克式的温和的三权分立的宪政模式。这场跨海的政治哲学论争也影响到了美国国内,以杰弗逊为代表的一批人同情法国大革命,主张实施更加彻底的人民主权,并引起了美国社会内部的争论,雅各宾派的政治主张也在 18 世纪的 90 年代成为美国社会关注的焦点之一。关于这段历史可参见 Joyce Appleby,"The New Republican Synthesis and the Changing Ideas of John Adams",*American Quarterly*,Dec,1973,pp. 578 – 595。

② J. Andrew,A. Lipscomb edited,*The Writing of Thomas Jefferson*,Vol. 13,Washington D. C. :Thomas Jefferson Memorial Association,1903,p. 135.

③ 这部书实际上是美国早期历史上最重要的政治学论著之一,它的许多观点至今影响广泛。可惜的是,我国学者对它的研究还十分不够。这部著作的第一卷共分三个部分。第一部分检视了当时世界上所存在的 25 个不同的民主、精英和王权政体。在书的第二部分,作者探讨了波利比奥斯、迪奥尼修斯、孟德斯鸠、柏拉图以及马基亚维里等人的政治观点与哲学。在第三部分里,作者又探讨了古代世界曾经存在过的 17 个民主政体、王权政体和贵族政体。在第二卷和第三卷,作者则对中世纪时代意大利的一些共和国以及尼德汉姆(Marchamont Nedham)的论文进行了探讨。参见 John Adams,"A Defense of the Constitutions of Government of the United States of America",in Adrienne Koch,edited,*The Selected Writings of John and John Quncy Adams*,N. Y:A. A. Knopf,1946.

思,约翰·亚当斯写作了这一时期唯一一部全面阐释美国宪政民主的著作《辩护》。在这部书里,约翰·亚当斯批驳了法国学者对于美国宪政体制的批评。然而,他的矛头并未停留在法国大革命中出现的一些问题上,而是进一步指向了此时美国国内的一些鼓吹法国模式的美国人。他指出,美国社会本身所具有的独特性是美国民主宪政体制赖以生存的基础,没有必要照搬法国的模式。他特别珍视美国宪政中的三权分立思想,强调美国政治生活中制衡原则,反对法国大革命中出现的多数人暴政。在这部书里,约翰·亚当斯使用历史学的方法,探讨了历史上曾经存在过的种种政体,特别是古希腊与古罗马时代的政体。他指出,毫无疑问,在欧洲大陆,旧的秩序正在被打破,然而更加关键的问题并不在于此,而在于能否建立一个更加合理的新的制度。约翰·亚当斯多次在书中发问,法国大革命是否昭示了建构民主宪政的普遍原则? 如果有,它们又是什么? 在一封信中,约翰·亚当斯批驳了一些人照抄法国民主启蒙思想的做法,他写道:"卢梭和伏尔泰是否掌握了这些政治原则? 他们的那些门生们是否掌握了这些政治原则? 洛克曾经教会了他们关于自由的原理。但我却怀疑他们并没有掌握政府运行的一般原则。欧洲现在所发生的争斗会不会只是一场骗子和骗术的改变?"[①]

那么,在约翰·亚当斯眼中,法国大革命时期的政治设计与美国的宪政实践到底有着什么不同呢? 一般而言,18世纪末的革命者们大多都赞成洛克所阐释的自由主义原则,但他们却在具体的政体安排上存在巨大的分歧。争论的焦点则集中于到底是实行彻底的人民主权,还是实行有贵族、精英参与的混合制民主政体? 在早期的启蒙思想论争中,孟德斯鸠的《论法的精神》与卢梭的《社会契约论》就成为其中最显著的代表。[②] 18世纪末,资产阶级民主革命在欧美社会展开以后,论争再次浮出水面,这次辩论的焦点则是法国大革命的政治设计与美国的宪政实践到底谁优谁劣的问题。还在1789年法国三级会议召开之前,大西洋两岸的两位政治思想家就围绕这一问题展开了一场关于民主宪政的大辩论。这两位政治思想家就是约翰·亚当斯和法国著名哲学家孔多塞(杜尔哥最得意的弟子),而《辩护》一书则在这场大辩论中有着举足轻重的作用。正是在这场辩论中,约翰·亚当斯论证了美国民族主义思想的基础。

---

① John Adams, Charles Francis Adams edited, *The Works of John Adams*, *Second President of The United States*, VI, Boston: Little Brown, 1856, pp. 411–422.

② 这种分歧主要表现在对待贵族与教会的态度之上。伏尔泰认为,贵族和教会可以成为王权与百姓之间的缓冲者和调和者,因而可以起到一定的积极作用。这一思想实际上影响到了约翰·亚当斯对美国政治体制的设计。而卢梭以及其后的杜尔哥等人则主张实行彻底的人民主权,对贵族和教会持否定态度。这一思想脉络一直影响到后来的巴黎公社,而在具体的政治设计上则主张实行人民主权专政下的一院制。

实际上,从 1776 年开始,这场深刻影响大西洋两岸的政治哲学大辩论的预演就已经在美国国内拉开了帷幕。当时,托马斯·潘恩出版了他的《常识》一书,在这部书中,潘恩主张进行更为激进的自由民主革命。仅仅过了几个月,为了回应潘恩的观点,约翰·亚当斯出版了《关于政府的一些想法》一书。在书中,他指出,美国大革命的结果不仅仅要推倒一个旧的制度,更要建立一个新的制度,潘恩等人仅仅关注于如何用革命的手段推倒旧的制度是远远不够的。随着资产阶级民主革命在西欧与北美的扩展,1784 年,已经去世的法国著名重商主义政治经济学家杜尔哥生前讨论《美国宪法》与政治体制的著作被公开出版,在书中,杜尔哥批评美国当时的宪政在许多地方都对英国的体制进行了不必要的模仿,特别是三权制衡思想更是对英国的传统精英主义政治哲学的亦步亦趋,并非彻底的民主宪政实践。杜尔哥等人向往和赞扬卢梭所提倡的一院制思想,主张人民主权和立法机构的绝对权威。① 尽管此时杜尔哥已经去世三年,但他的著作还是在大西洋两岸的思想界引起了巨大的反响。约翰·亚当斯的《辩护》正是从哲学与政治思想的角度回应杜尔哥所提出的理论,从而论证美国自由宪政的独特性与伟大。②

约翰·亚当斯的著作很快引起了反响,杜尔哥的学生、法国哲学家孔多塞等人公开著文批评美国宪政中的三权分立思想,在杜尔哥等人看来,立法主权和一院制是保证人民主权最有效的途径,美国应该模仿法国大革命的模式进行政治设计。由于孔多塞等人的极力主张,《辩护》一书一度在法国被禁止发行。在这场近代西方政治思想史上影响深远的辩论中,美国国内的政治论争也分成了两派,一派是以潘恩和杰弗逊等人为代表的亲法的激进自由主义者,另一派则是约翰·亚当斯等人。在这场辩论的最初阶段,杰弗逊原本赞成约翰·亚当斯的观点。1787 年 2 月 23 日,杰弗逊在给约翰·亚当斯的信中写道,"这部书将对美利坚大有裨益,对它的阅读将会老少皆宜"③。然而,由于受到孔多塞等人的影响,杰弗逊转而批评约

---

① 参见 C. Bradley. Thompson,"John Adams and the Coming of French Revolution",*Journal of Early Republic*,Vol. 16,No. 3,pp. 361 – 387.

② 实际上约翰·亚当斯在早期,也倾向于接受卢梭的人民主权理论,但这一思想随着他日后对法国大革命近距离的观察发生了转变。在这种情况下,他接受了出生日内瓦的政治流亡者德·洛尔默的思想,越来越倾向于实行一种多元制衡的民主体制。这种多元制衡思想已经从过去的强调政府部门与机构之间的制衡转向强调社会内部各阶层之间的制衡,强调精英阶层与大众之间的相互制衡。这种思想实际上是对卢梭人民主权观念的一种辩证否定。相关论述可参见 Joyce Appleby,"The New Republican Synthesis and the Changing Idea of John Adams",*American Quarterly*,Dec,1973,pp. 578 – 595.

③ Joyce Appleby,"The Jefferson-Adams Rupture and the First French Translation of John Adam's Defence",*The American Historical Review*,Vol. 73,No. 4,Apr,1968,pp. 1084 – 1091.

翰·亚当斯的思想。① 1791 年,潘恩出版了《人的权利》一书,在为这本书所写的前言中,杰弗逊公开批评约翰·亚当斯等人的思想是民主时代的异端,没有看到民主原则的共通性,并过分强调美利坚民族的独特性。从此,杰弗逊与约翰·亚当斯在政治思想上的分歧开始日益表面化。

这场发生于 18 世纪末 19 世纪初的政治思想大辩论不仅仅在相当大的程度上影响了美国建国初期的历史,也在一定程度上影响到了法国的革命。法美两国的资产阶级民主革命正代表了当时世界历史舞台上两种不同的理论范式与实践模式,对于本方模式优越性的论证也因此成为关乎法美两国各自政治体制合法性的大事。约翰·亚当斯在这场大辩论中无疑处于十分显著的地位,他的论述在相当大的程度上奠定了美国早期民主宪政的理论基础,也阐释了美国民族主义思想的最初萌芽,这就是:北美大陆有着与欧洲根本不同的政治实际,北美人民只有采取建立于自身基本特性上的政治模式,独立发展,才能真正走出一条可持续发展的道路。

然而,让约翰·亚当斯感到担忧的是,这一时期,法国的政治思想在美国社会有着巨大的影响力,法国大革命倡导的人民主权思想一直在美国被很多人奉为信条。在这种情况下,一个问题出现了。这就是:对于新生的美国来说,如何建构起美国民众对自身特性的自豪感以及对美国发展模式的巨大信心呢?

为此,约翰·亚当斯将美国的政治实践与新生美利坚民族的使命联系了起来,将美国视为引导整个世界发展的山巅之城;在他看来,上帝为美国提供了一个特殊的位置来完成拯救人类的重任,而欧洲旧大陆则由于千年来存在的种种弊病始终难以依靠自己的力量摆脱专制主义的桎梏。实际上,早在 1755 年,约翰·亚当斯在一封写给他哈佛大学同班同学的信中,就曾经写道,"宗教改革后不久,一群人出于良心的缘故,来到了这个新世界。也许这个小小的事件将会使整个帝国的宝座被转移到美利坚来。在我看来,在另一个世纪,我们的人民必将超过英国本身。如果这一理想变为现实,即使整个欧洲的力量联合起来也不能使我们屈服"②。当约翰·亚当斯写下这段话的时候,距离美国大革命还有整整二十年时间。在约翰·亚当斯的《辩护》一书中,对过往历史探究就成为其中的一个主要内容。在他对历

① 实际上杰弗逊深受法国大革命思想的影响,他本身与孔多塞等人就是非常好的朋友。从内心深处,杰弗逊就对约翰·亚当斯的政治思想有疑虑。特别是当约翰·亚当斯提出实行终身总统制的设想时,这种疑虑就更加明显。相关的论述可参见 Joyce Appleby," The Jefferson-Adams Rupture and the First French Trans-lation of John Adam's Defence",*The American Historical Review*, Vol. 73, No. 4, Apr, 1968, pp. 1084 – 1091.

② John Adams, Charles Francis Adams, edited, *The Works of John Adams*, *Second President of The United States*, I, Boston:Little Brown, 1856, p. 23.

史的阐释中，美国的独特性早在其先民来到北美大陆的第一天就被注定下来。在他的笔下，北美先民来到北美大陆既非为了商业利益，也不是出于宗教的狂热。他们汇聚到北美大陆仅仅是为了躲避任何一种形式的专制。为了躲避查理一世的专制迫害，人们从四面八方汇聚到了北美新大陆。约翰·亚当斯热情地赞扬这些北美的先民，他写道，没有任何对刑罚的畏惧，甚至是最为残酷的死刑也不能使他们放弃对专制的反抗。① 在如此浓厚的感情色彩之下，美国固有的风物被约翰·亚当斯描绘成最为珍贵的东西。他相信，这一时期美国本土所形成的各种社会机制是美国最大的财富，而他也把建国前后的美国社会看成是当时的最佳社会。他相信，美国人民在这里形成了自己的自由民主习惯，而不是听命于来自英国王庭的颐指气使，他也特别推崇美国历史早期的城镇自治。出于这种对美国社会优越性的信念，他坚信美国社会的优点只能通过忠实地坚持于美国社会这些固有的教育与政府机制来发扬光大。

在约翰·亚当斯的著作中，一个反复出现的主题就是对北美最早的定居者们的热情讴歌。他写道，"他们中的领导者都是富有学识和理念的牧师和世俗百姓。他们中的许多人对古希腊与罗马的历史学家、演讲家、诗人和哲学家都耳熟能详。他们中的一些人所留下的图书馆中保留了大量各个时代人类思想者们留下的宝贵著作。这些书对于那些即使今天在欧洲最好的大学中接受教育的才子们来说，恐怕也是难以读懂的"②。在约翰·亚当斯看来，由于了解专制的基础来源于无知，这些北美殖民地的早期创建者们从一开始就非常重视教育的作用，而这也奠定了北美人民和社会独特的优越性。约翰·亚当斯深深地自豪于北美先民们的努力，他在一篇文章中自豪地宣布，"我们的民众，无论其来自于何种阶层，都是智慧和富有成就的。一个不会读写的美利坚人就像彗星那样少见"。同时，他也警告，这种优良的传统正在面临危险的处境。他告诫道，我们中的一些人，正在试图改变那些一直以来存在于美利坚社会中的宝贵遗产。实际上，早在美国大革命爆发的前夜，约翰·亚当斯就在一篇文章中公开指出，欧洲旧世界的一些危险元素正在试图颠覆北美大陆长期存在的种种传统和风物，所有有理性的美利坚人都会对这样的危险保持高度的警惕。③

---

① John Adams, Charles Francis Adams edited, *The Works of John Adams*, *Second President of The United States*, III, Boston: Little Brown, 1856, p452.

② John Adams, Charles Francis Adams, edited, *The Works of John Adams*, *Second President of The United States*, III, Boston: Little Brown, 1856, p. 451–452.

③ John Adams, Charles Francis Adams, edited, *The Works of John Adams*, *Second President of The United States*, III, Boston: Little Brown, 1856, pp. 456, 464.

约翰·亚当斯认为,北美大陆的最早定居者们充满了政治智慧,他们成功地躲避了欧洲国家所犯的一系列错误。他赞扬道,"先民们了解政府是一个建立于自然与理性之上且普通、简单和能够被常识所理解的事物,而美国社会所形成的制度与风物也最能适应于人性的尊严"①。正是出于这一原因,约翰·亚当斯反对依照法国的民主模式对美国社会固有的传统进行实质性的改变。当他对马萨诸塞州所形成的基本政治运行机制进行考察时,他自豪地写道,全体人民定期从他们中选择能够代表他们的最优秀的代表。这个代表机构拥有天然的对抗欧洲专制王权的倾向性。在约翰·亚当斯看来,外部对于北美大陆的干预不仅仅威胁到了人的自然权利,也威胁到了北美大陆所形成的天然风俗。② 早在 1765 年,在一本小册子中,约翰·亚当斯写道,正是为了逃避斯图亚特王朝的野蛮专制,北美最早的先民背井离乡,来到了北美大陆这一尚未被文明开垦的土地。然而,现在这一切都受到了来自于欧洲旧世界的野蛮干预和侵害,而且其大都出于欧洲旧世界的专制主义王权。1771 年,约翰·亚当斯又一次指出,当如此之多的欧洲旧世界的习俗被引入北美之时,毫不奇怪,人民的权利将会受到侵蚀与危害。第二年,在一次演讲当中,约翰·亚当斯批评道,正是那些来源于欧洲旧世界的陈风败俗在危害北美社会,它们包括阴谋诡计、虚情假意、做作和各种偏见。当察觉到欧洲旧世界可能对北美社会所产生的危害时,约翰·亚当斯从一开始就敦促自己的同胞采取最有效的措施立刻行动起来。③ 他热情地讴歌北美人民对于欧洲旧世界的抵制,认为只有这样做才能真正无愧于北美大陆的先民们。

观其一生,在约翰·亚当斯的思想中,有两点最为鲜明。第一是,他坚持认为民众有权反抗侵犯他们权利的统治者;第二是,他始终推崇北美大陆自己所孕育出的民主共和政体。在他的一篇文章中,约翰·亚当斯宣称,北美大陆的先民们从一开始就破除了专制主义的迷信,并且反对任何盲从,而这种盲从的危险现在尤其表现于对法国政治模式的过分崇拜。在约翰·亚当斯早期的著作中,北美大陆的政治机制总是具有着不言自明的优越性。他认定,对北美政治机制最大的威胁来源于欧洲旧世界,特别是英国的专制主义传统和对法国大革命的过分崇拜。④ 还在

① John Adams, Charles Francis Adams, edited, *The Works of John Adams*, *Second President of The United States*, III, Boston:Little Brown,1856,p. 451 –452

② John Adams, L. H. Butterfield edited, *The Diary and Autobiography of John Adams* I, Cambridge, Mass:The Belknap Press,1964,p. 327.

③ L. H. Butterfield,editedr, *The Diary and Autobiography of John Adams* I, Cambridge, Mass:The Belknap Press,1964,pp. 3,58.

④ John Adams, Charles Francis Adams, edited, *The Works of John Adams*, *Second President of The United States*, III,Boston:Little Brown,1856,p. 462.

《独立宣言》正式发表的前夜,在写给自己妻子的一封信中,约翰·亚当斯写道,"此时此刻,当我回首来时路,回首这十几年来北美大陆所走过的道路,我不由惊诧与喜悦于即将爆发的革命"。在他看来,《独立宣言》实现了他多年来的梦想。他接着写道,"也许正是上帝的意旨,美利坚还将遭受更多的痛苦、彷徨和灾难。而只有通过这些灾变的考验,北美大陆即将建立的新政府才能在各个方面都摆脱人类的缺陷并且大大提升美国人民已有的美德"。① 终其一生,约翰·亚当斯都对外宣称建立于三权分立之上的美国政体的优越性。1790年,在写给本杰明·雷斯的信中,他写道,"我始终坚信美国自己的三权分立机关,它们是我一生的信条"②。约翰·亚当斯在这一问题上的论说不仅在相当大的程度上奠定了美国自由主义的宪政基础,也在很大程度上建构了美国思想界最初的民族主义基石。1814年,约翰·亚当斯在给约翰·泰勒的信中写道,他所要坚持的是北美大陆自始所流传下来的传统机制,而非要对外国进行做作的模仿。③

第五节　山巅之城——指引世界前进的美利坚

一般而言,约翰·亚当斯往往被人们描绘成一个对人类进步不抱希望的保守主义者。一位历史学家在这方面的论述颇有代表性,他写道,"约翰·亚当斯整体而言,是一个悲观主义者;由于他从未指望过人性会有什么大的进步,他花费一生的时间设计和保护能够制衡人性弱点的政治机制"④。对于许多学者来说,约翰·亚当斯的这样一幅画像绝对是有其道理的。然而正如本书先前所论述的那样,如果仅仅关注约翰·亚当斯对于人性的悲观,则会大大忽视他思想中的乐观主义与理想主义的一面。如果我们对约翰·亚当斯的著作进行更加深入的研读,就会发现理想主义实际上是其思想最重要的一个特点。他对人类智识在社会生活中的作用始终坚信不疑。与他人不同,约翰·亚当斯的乐观主义思想主要体现在他对人的理性与尊严的肯定,而绝非盲目迷信人性的乐善好施。在约翰·亚当斯的著作中,反复存在的一个主题就是对人类经验的肯定。他始终坚信没有一个人是彻底

---

① John Adams, Charles Francis Adams, edited, *The Works of John Adams, Second President of The United States*, IX, Boston: Little Brown, 1856 p. 418.

② John Adams, Charles Francis Adams, edited, *The Works of John Adams, Second President of The United States*, IX, Boston: Little Brown, 1856, p. 566.

③ John Adams, Charles Francis Adams, edited, *The Works of John Adams, Second President of The United States*, VI, Boston: Little Brown, 1856, p. 487.

④ H. Trevor. Colbourne, *The Lamp of Experience: Whig History and Intellectual Origin of American Revolution*, Chapel Hill, N. C. 1965, p. 87.

邪恶的。在他看来，即使最堕落的恶棍也不可能完全丧失他的良知。在写给杰弗逊的信中，他宣称道，"人类的前景从最古老的记录到现在，确曾使我的灵魂倍感憔悴。但我却从未是一个悲观厌世者。如果我要痛恨别人，那么我首先应该痛恨自己——然而这恰恰是我不能也不想去做的事情"。① 尽管深刻地认识到人性的弱点，但约翰·亚当斯却从未改变道德与宗教上的信条，将做一个公正和善良的人作为人生的主要目标。他对古典欧洲哲学的精通更加使他对人类本性的论述显得深邃而博大。在他看来，历史曾经一次又一次地告诉人类社会，如果良心的自由可以被确立起来，那么很多战争完全可以避免，因为人类的本性使之可以坦然面对世上的各种争端。他认为，社会的和平完全可以受到良心的自由保障，而这比教皇和一切权力的行使都更加有效。

整体而言，约翰·亚当斯的思想反映了 18 世纪自然神论者所带有的谨慎的乐观主义色彩和洛克式的实用主义。这种对于世界的理解并未将人类的智力置于整个世界等级结构的顶端，而是使之从属于造物主和其他更高的存在。人类因而应该使其理性与能量适应于这一世界，只有如此才能更好地践行其在自然中的位置。在他看来，正是人类自己的自负常常使他们迷失了行进的方向。约翰·亚当斯批判神学家和形而上学主义者，认为人类社会的进步应该更多地建立于对实在之物的理解，并且应该放弃对于迷信的幻想。他指出，在这一问题的根源之处，正是神学家与哲学家的争论。在一篇文章中，他写道："何必要为灵魂而争论不休？我们根本不知道它是怎样的一个事物。我们每个人的能力都无法作出客观的判断。对于我们的感官而言，这是一个太广泛，也是太深奥的问题。与其向教皇倾诉，还不如直接面对上帝。完成你面前明白无误的职责。不要作恶。行你所能之善。唾弃自己的弱点并且纠正它们。向永恒的智慧与基本之善低头。"②

此时，在欧洲大陆，学界所流行的哲学观点继承了古希腊形而上学思想中的二元论划分。这种二元论将世界划分为物质与意识。在欧洲中世纪的经院哲学中和基督神学中，往往将宇宙中的善归因于意识，而将恶归因于物质的诱惑。约翰·亚当斯反对这种两分法，他写道，"所谓世界是由同等的善与恶所组成之物只是一个谎言。宇宙中的善要比恶多一千倍。许多人仍然认为上帝创造了邪恶。当柏拉图宣称这个世界的恶一点也不比善少的时候，他就诽谤了上帝和宇宙。恰恰相反，宇宙中的善要比恶强胜百倍"。与那个时代大多数美国的精英们不同，约翰·亚当斯

① Lester Cappon, edited, *The Adams – Jefferson Letters: The Complete Correspondence Between Thomas Jefferson and Abigail and John Adams*, II, Chapel Hill, 1959, p. 509.

② Constance B. Schulz, "John Adams on The Best of All Possible Worlds", *Journal of the History of the Ideas*, Oct-Dec, 1983, p. 574.

的思想带有一种审慎乐观的风貌。他是这样描述欧洲旧大陆的历史的："对欧洲历史中的灾难的描述并非夸大其词,也许它们与历史正相吻合。但是,这难道就能够推出在过去两百年中,欧洲的邪恶与苦难超过美德? 在这过去的两个多世纪中,欧洲的苦难与痛苦真的超过快乐? 其实,实际存在的快乐可能要比苦难多上千倍。也许这一时期的欧洲,没有哪一个个人,其所经历的快乐不是十倍于苦难。这是唯一对这个问题进行合理阐释的说法。在我看来,即使在欧洲这样一个被邪恶与悲惨环绕的世界里,美德与快乐仍然要超过邪恶与苦难。"①

约翰·亚当斯的乐观主义深深地扎根于他对北美大陆民主制度和美利坚民族的信心,也来源于早期美国社会那种积极向上的文化氛围。他批评悲观主义者,用一种略带讽刺口吻的笔触写道:"如果根据你们的原则,人类中的每一个个人还不如直接自杀算了,因为这样做更加聪明和符合他们的哲学原则。通过这样做,人类就可以逃脱这个不能再坏的世界,并从无穷无尽的正不胜邪中解脱出来。如果你们愿意,你们随处都可以获得各种手段,帮助你们从这个邪恶的世界中解脱出来。"值得指出的是,约翰·亚当斯的乐观主义和理想主义是一种审慎地乐观,是建立在对邪恶和人性有所认识的基础之上的。他的论说曾经反复地触及了这一问题。他写道:"我们只是一个蠕动于尘埃的幼虫,却要臆想发现太阳的本质和光的理论;我们只是一只尘世中的小蚂蚁却要探求天狼星的本原;我们只是极端微小之颗粒,却要探索无限大之宇宙。"

约翰·亚当斯承认人性的弱点和人类能力的局限,因而只对这个世界保持一种谨慎的乐观。既然如此,那么人类应该如何突破自我的局限,实现自我的超越呢? 他把这一希望寄托于他所说的将来之国。他写道,面对今世的邪恶,一个将来之国的信条是也应该是对当下所存在种种邪恶的一种慰藉和超越克服。在他眼中,相信希望之国就是要相信邪恶终将有报,宇宙的终极仍是善和美好的。在无限的宇宙之中,这一希望之国的代表是上帝;而在这个纷扰的世界之中,美利坚则是超脱欧洲旧大陆的希望之国。②

在约翰·亚当斯看来,无论是这一时期的英国,还是处于大革命时代的法国都不足以向整个世界提供一个新的摆脱人性弱点的模式,而美国独立的实现使得他坚信人类实现自我超越的希望在于美国。翻开约翰·亚当斯的著作,从一开始他就热情地赞颂北美人民的智慧和勇敢,将他们当成是人类民主的希望。他热情地

① Constance B. Schulz,"John Adams on The Best of All Possible Worlds",*Journal of the History of the Ideas*,Oct-Dec,1983,p. 575.

② Constance B. Schulz,"John Adams on The Best of All Possible Worlds",*Journal of the History of the Ideas* Oct – Dec,1983,p. 576.

讴歌北美大陆最早的定居者,将他们当成是打破欧洲旧世界专制愚昧的先锋。在他的著作中,曾经多次指出,北美大陆具有得天独厚的天然优势,使得它可以从一开始就建立远优于欧洲旧世界的制度。他特别珍视北美大陆自己所形成的社会机制,把它们看成是北美先民最宝贵的遗产。因此,他反对同英国和法国等欧洲国家发生过多的联系,因为他害怕同这些欧洲国家过从甚密可能会给美国的民主制度带来不好的影响,会伤害北美大陆纯粹的民主制度。

这些思想一直在约翰·亚当斯的思想中占据十分重要的地位。在早期,约翰·亚当斯的这一思想主要体现为坚决要求同英国划清界限,要求北美十三州从英国的王权统治中脱离出去。在他看来,如果仍然同英国保持联系,迟早有一天,英国那些肮脏的专制主义思想沉渣会污染北美大陆。在后期,他坚决主张实行一定程度的孤立主义政策,反对美国政府过多参与欧洲事务。他既反对汉密尔顿等主流联邦党人同法国交恶的主张,也对杰弗逊和潘恩等人同情法国大革命有一种深深的忧虑。他害怕美国过多涉入欧洲事务,从而给美国这个世界民主的希望带来不可预料的灾难。

不可否认,约翰·亚当斯这种孤立主义的政策取向与美国这一时期整体实力的弱小有着必然的联系,但是美国社会此时的基本政治文化也是影响其外交政策的重要因素。对于约翰·亚当斯来说,由于人性自古以来就有的弱点,只有北美大陆的政治社会实践才代表了人类最终发展的希望;代表了破除王权专制与愚昧的希望,因而,北美大陆的民主制度被赋予了世界的意义。只不过,这种对于美国民主制度的期许与信心是建立于对人性弱点的坦承之上的。在约翰·亚当斯看来,正是由于人类自身的弱点,美国民主制度才更显出其在世界中的重要性,才更显示出其作为山巅之城引领人类进步的重大意义。

第六节　联邦主义:实现美国梦的载体

一、美国政体的嬗变:从邦联到联邦

在最初的政体设计中,美国被设计为一个松散的邦联制国家。1781年,由约翰·迪金森起草的《邦联条例》正式生效。根据条例,美利坚邦联由十三个州组成,各州保持自己的主权,以及一切未明文授权给邦联的权力。但未经邦联批准,各州不得擅自与外国缔结条约、征收关税。邦联国会实施一院制,各州在国会的地位一律平等。条例第9条还特别规定,除非获得十三州中至少九个州的同意,邦联不得擅自实施事关重大的各类政治、经济、军事措施。《邦联条例》实际上确定了

1775 年第一届大陆会议以来,北美各殖民地逐渐走向联合的趋势,保证了独立战争的顺利进行。

然而,战争结束后,北美各殖民地面临的内外形势依然十分严峻。在北部边境上,英军仍旧虎视眈眈。在国内,历经八年战争,经济凋敝,人民生活困苦。由于没有强制征税权,到 1787 年,邦联所实际获得的税收远远不及应获数额,连维持邦联政府的正常运转都有极大的问题。① 此外,一些州还擅自印发本州货币,严重冲击了美元的地位,导致美元不断贬值。更为严重的是,新生的美利坚还面临着巨大的贸易压力。由于各州对不同的商品实行不同的税率,大批欧洲商品得以选择税率最低的口岸涌入美国市场,使美国的民族工业遭受重创。在各州之间,还经常发生由于划界不明导致的纠纷。由于深知邦联的软弱,英国对 1783 年签署的《巴黎条约》中的许多条款也拒不履行。在内外交困中,1785 年马萨诸塞州终于爆发了由丹尼尔·谢司领导的农民大起义。起义持续了整整两年,彻底暴露出邦联体制的无能。

在此情况下,美利坚邦联未来的走向就成为必须面对的重大问题。1787 年 5月至 9 月,各州代表在费城召开了制宪会议。以汉密尔顿、约翰·亚当斯为代表的联邦党人在会上占据了主动。在会议上,各州代表展开了激烈的争论。最后根据各方达成的妥协,国会由一院制改为两院制。为了平衡大州与小州的利益,各州在上院(参议院)的代表数相同,在下院(众议院)的代表数由各州人口决定。在黑奴问题上,南方各州要求黑人不纳入征税人口,并要求继续维持黑奴贸易。这些要求引起北方各州的反对。最终,宪法规定黑人的代表权与征税权重按 3/5 个美国公民加以计算。同时,对黑奴贸易的地位问题作了模糊处理。通过在黑奴制等问题上的让步,联邦党人最终使南方各州同意了 1787 年宪法的基本原则,联邦制开始在北美大陆建立起来。

毫无疑问,1787 年《美国宪法》对代议制民主原则进行了开拓性的发展。尽管现代意义上的民主概念起源于欧洲,然而自诞生起,这一概念大多停留在哲学家之间的讨论中,真正将民主概念转化为现代政治生活中的具体实践,仍然需要经历长期的历史实践。17 世纪中叶,英国的大革命在世界近代史上第一次掀起了将现代民主理念付诸实施的浪潮。然而,英国的革命毕竟很不彻底,依然保留了大量君主制、贵族制残余。在北美大陆,独立革命一开始就将矛头指向了英王,第一次倡导建立彻底的现代共和制。历史证明,独立革命是世界历史上一次真正将洛克的自由主义理论付诸实施的伟大运动。

---

① S.F. 比米斯著,叶笃义译:《美国外交史》,(第一分册)商务印书馆,1985 年版,第 72 页。

然而,直到独立战争胜利后很长一段时间,北美殖民地的人民虽然已经明确了要在北美大陆努力构建现代民主政体,但对如何实施仍然缺少明确的规划。根据古代政治学的经典概念,"民主"一词主要指代人民的直接统治。在两千多年前的古希腊时期,在以雅典为首的一些城邦内也确实存在过基层人民进行直接统治的治理方式。不过,这在北美殖民地内部又引起了激烈的争论。在英国大革命的实践中,君主制与直接民主制都被证明存在相当的缺陷,因而采用了结合两者优点的代议制民主制。而现代政治体制发展的一个特点与结果就是,民主制的含义不再局限于人民直接行使权力,而是将人民通过代表行使权力的政体也包含了进去。在制定1787年宪法的过程中,以杰弗逊、约翰·亚当斯为代表的美国政治思想家在争论中明显分成了两派。约翰·亚当斯、汉密尔顿一方主要强调新生的美利坚政体应该实施间接民主制,也即所谓的代议制,并加大行政机关及社会精英在决策中的作用和影响力。杰弗逊、潘恩等人则主要强调应坚决贯彻人民主权的思想。

经过争论,美国最终确立了在三权分立体制的代议制政体。在这一政体中,几乎各方的诉求都得到了体现。首先,根据三权分立原则,美国实行联邦与州的分权。在州一级以及地方自治的行政单位中,人民可以享有更多的民主,直接管理自己身边的事务。其次,在联邦一级,则更多贯彻间接民主制原则,以制定能尽可能照顾绝大多数人的政策。再次,三权分立原则还设定了行政、司法、立法的分立制衡,以防止任何一个机构独断专行,在贯彻人民主权原则的同时,加以制约。美国宪政体制的建立、发展无疑是人类历史上的一次重大创新,它使北美大陆的政治实践从一开始就带有了世界意义。

二、约翰·亚当斯对美国联邦体制的设计

约翰·亚当斯的民族主义思想首先体现在他对美国联邦主义的论述之中。大体而言,约翰·亚当斯对美国政治体制的基本设计主要体现在他所著的三部作品之中。这三部作品是《关于政府的一些想法》、《1780年马萨诸塞宪法草案》和《为美利坚合众国诸宪法申辩》。以1780年为界,约翰·亚当斯的政治思想实现了从邦联制向联邦制的转变。在前期,约翰·亚当斯的政治思想主要以州为出发点,关注的是对州权的维护;之后,约翰·亚当斯的思想则越来越转向联邦主义,强调对联邦的维护。在约翰·亚当斯的主要作品中,《关于政府的一些想法》和《1780年马萨诸塞宪法草案》带有很明显的邦联主义色彩,而后来的《为美利坚合众国诸宪法申辩》则是约翰·亚当斯思想日趋走向成熟的标志。

从约翰·亚当斯的思想脉络中可以明显地看到从早期州权主义向联邦主义发展的趋向。在前两部作品中,约翰·亚当斯都是从州权入手来探讨未来北美十三

州的政治架构。约翰·亚当斯写道,无人会主张于如此广袤领土之上建立一个国家政府。我们应当效仿希腊,荷兰和瑞士,建立一个每个邦都有自己独立政府的邦联。[①] 直到美国独立战争已经胜利后的很长一段时间,约翰·亚当斯始终将大陆政府的组建视为战争的临时需要,而非与人民生活需要息息相关的长久之计。约翰·亚当斯为北美大陆的政体确立了四大原则,即分权制衡、民兵武装、在年轻人中普及教育和提倡节俭。在这四项原则之中,分权制衡和法治原则被视为一切民主共和制的基石。所谓分权制衡原则,其不仅仅包括了行政、司法与立法机关之间的制衡,也将各州对联邦的制衡视为应有之意。这种制衡思想超越了传统制衡理论对各国家机构与社会阶层之间分立制衡的重视,强调州权对联邦的全面监督与控制。从《关于政府的一些想法》到《1780 年马萨诸塞宪法草案》,约翰·亚当斯的基本政治思想没有大的变化,仍然以邦联制为其基本的思想立足点。在约翰·亚当斯主持起草的《1780 年马萨诸塞宪法草案》中,州被视为拥有主权的政治实体。在这份影响广泛的文件中,亚当斯明确写道:"该共和国——一个自由拥有主权和独立的国家,享有唯一的和排他的自治权利;它们现在和将来所行使和享有目前没有,以及将来也不大可能明确授予以大陆会议为组织形式的合众国所有的权利:裁判权和权力。"[②]直到此时,在约翰·亚当斯的政治设计之中,大陆政府的权威还是要远远低于各州的。

然而,随着政治实践的发展,约翰·亚当斯的宪政思想发生了巨大的转变。这主要体现于他在 1786 年至 1788 年间所出版的《为美利坚合众国诸宪法申辩》之中。在这部著作中,约翰·亚当斯的思想出现了两处非常重大的变化。第一是约翰·亚当斯开始越来越推崇联邦制的政治设计,第二是越来越推崇混合政体。这一时期,美国的内外环境发生了巨大的变化。首先,北美十三州之间的各种联系日益紧密,建立一个强大的联邦政府已经成为美国社会内部的普遍共识,然而各州州权的强大却使新生的美利坚共和国政权面临全面弱化的危险。对此,约翰·亚当斯反复指出,民主社会的一大潜在危机就在于出现权威的沦丧。他写道,民众往往易受激情的操控,若不受制约,则他们的不公平、残暴与野蛮绝不亚于暴君与贵族院,[③]从而危害北美人民实现自由民主理想的天定命运。在这样的情况下,约

① L. H. Butterfield, *The Diary and Autobiography of John Adams*, III, Cambridge, Mass: The Belknap Press, 1961 p. 352.

② John Adams, "The Massachusetts Constitution of 1780", in Stephen L. Schechter. *Roots of Republic*. Madison, Wisconsin: Madison House, 1990, pp. 195 - 226.

③ John R. Howe, *The Changing Political Thought of John Adams*, Princeton: Princeton University Press, 1966, pp. 166, 170.

翰·亚当斯主张应该建立一个稳定有力的联邦政府,以巩固美国自由民主体制。其次,此时在美国社会以外的欧洲大陆,民主革命正在越来越激烈地进行着。在约翰·亚当斯看来,北美大陆的政治实践可以突破时间与空间的限制,在一个前所未有的广泛区域内实现自由民主的伟大理想。他曾经长期出使欧洲,对欧洲的情况十分了解。在他的内心深处始终对于法国大革命有一种根深蒂固的不信任感。约翰·亚当斯反对潘恩等人对法国大革命的推崇,而把美国社会的基本制度当成是人类实现自我超越的最佳途径。正是基于这样一种理想,约翰·亚当斯主张实行一种基于美国社会特性的稳定的自由民主政体。

但是一个问题出现了,在人类历史上从未有过在北美大陆这样一个如此广袤的土地上建立民主宪政的实践,得到加强的联邦权力会不会危害到自由民主的运行?在这种情况下,约翰·亚当斯提出了混合政体的思想,以保障联邦制之下民主体制的顺利的运行。他发展了传统的分权制衡思想,强调联邦体制之下州权与联邦之间的相互制衡。此外,他还提出了平等保护原则,指出宪法应使各个阶层与机构之间有一种平等有效的权利保障。基于此,约翰·亚当斯设计了新的混合政治体制,使得其中任何机构、阶层和个人都无法取得专制的条件,各个机构相互制衡和监督,从而防止得到加强的联邦权力危害自由民主的基本真义。

对司法权力的加强正是约翰·亚当斯在这方面进行的一项重要工作。实际上,在美国形成的三权分立体制中,司法权的独立是最后一个实现的。独立战争爆发后,各殖民地议会纷纷将司法机构置于自己的控制之下。大陆会议在战争期间先后成立了"大陆会议上诉委员会"与"捕获物案上诉法院",以作为这一时期的国家法院。此时,议会成为各殖民地的权力中心,被视为人民意志和权利的唯一代表。但司法与立法的斗争也在此时开始显露出来。为了加强对立法权力的制衡,一些殖民地开始实行司法审查制度,即司法机关有权否决被认定为非法的议会法案。独立战争后,以约翰·亚当斯、汉密尔顿为代表的联邦党人开始对议会立法权至上的情况感到担忧,质疑这将使美国的权力架构过分倾向于平民,导致"暴民政治"。在当时的情况下,加强司法权力的独立性,使之得以制衡立法权,就成为联邦党人的主要政见之一。经过约翰·亚当斯等人的努力,1787年《美国宪法》正式承认了司法独立权。随后,在1789年,美国又通过了《司法条例》,对司法独立机制的建立、运行作出了进一步的具体规定。1790年2月,联邦法院在纽约正式开庭,标志着美国现代司法体制开始建立。

正是通过对新的联邦主义的论述,约翰·亚当斯阐明了美国民族主义的最初轮廓。实际上早期的约翰·亚当斯仅仅把邦联政府看成是维护各殖民地权益的手段,其关注的焦点仍然是州权的维护。这一思想在1780年之后发生了明显的变化。他认识到,旧有的邦联政府和以议会为中心的政治运行模式已经不能够再适合美国社会的基本政治与经济状况。此时,他把美国政治运行的中心由各州转移到了联邦政府。在他看来,美国人民无论其来自于何处,都应该服从于联邦的权威,因为这不仅是现实利益的需要,也是实现自由民主理想所必需。在美国建国初期,这一转变具有划时代的意义,它反映出一种新的国家认同正在超越过往的地域界限被建立起来,尽管此时这种国家认同还远不那么显著强烈,在未来的日子里它也还将遭受各种各样的考验。

第七节　孤立主义的缘起[①]
——约翰·亚当斯的外交哲学与实践

一、奠基:约翰·亚当斯在大革命时期的外交思想与活动

毫无疑问,在美国建国初期的领导人中,没有人比约翰·亚当斯更多地涉入美国外交政策的制定,而约翰·亚当斯对美国外交哲学的论说也在相当程度上体现了美国最初的民族主义思想风貌。在他的一生当中,曾经多次出访欧洲,并且留下了大批有关美国对外政策的著作。早在约翰·亚当斯还在为大陆会议服务的时候,他就已经成为北美十三州中最享有盛名的外交家之一。1776 年,来自于纽约州的大陆会议代表詹姆斯·杜安(James Duane)是这样评价约翰·亚当斯的外交才能的,"我们从未听说过在这一领域还有其他人比约翰·亚当斯更为深思熟虑"[②]。正是在这一年,约翰·亚当斯与富兰克林等人一道成为大陆会议中起草外交文件的小组成员。同年,他被委任为同英帝国和平谈判使团的代表之一。两年后,约翰·亚当斯又被国会任命为驻法外交官,开始了他在欧洲十多年的外交官生涯。

---

① 关于约翰·亚当斯与美国孤立主义外交之间的关系,学术界近年来的研究已经很多。不过值得指出的是,仅用孤立主义并不足以理解约翰·亚当斯时代美国全部的外交关系以及约翰·亚当斯全部的外交思想。特别是当涉及对外贸易领域,约翰·亚当斯一直主张发展同欧洲国家之间的自由贸易。他承认,美国的生存与经济依赖于同欧洲国家之间的经济往来。与此同时,约翰·亚当斯也看到了美国市场对于欧洲国家的重要性,主张发展同欧洲国家之间平衡的外贸关系,以获取美国的最大国家利益。实际上,即使是在约翰·亚当斯成为美国内外政治最重要决策者的时代,孤立主义、对自由贸易的渴求以及权势政治都是交织在一起的,缺少对它们其中任意一个的理解都不能真正理解当时的美国对外关系。关于这方面的论述,可参见 Gerard Clarfield, "John Adams Marketplace and American Foreign Policy", *The New England Quarterly*, Vol. 52, No. 3, pp. 345 – 357.

② James, H. Hutson, *John Adams and the Diplomacy of American Revolution*, Kentucky: University Press of Kentucky 1980, p. 28.

经过数个星期的长途跋涉，1778年4月约翰·亚当斯抵达法国。此时，在北美大陆的领导人之中，围绕美法关系正在发生着激烈的争论。以约翰·亚当斯与乔治·华盛顿等人为一方，一些日后的联邦党人主张对法国采取更加现实主义的外交政策；在他们看来，任何欧洲旧世界的国家都不值得信任，只有北美人民自身的强大与自立才是取得独立战争的最重要保证。而以富兰克林和托马斯·杰弗逊为一方的另一些北美大陆的领导人则对法国等欧洲盟国抱有深深的好感，并将与法国等欧洲盟国的合作当成是实现美国国家利益的关键之途。北美大陆领导人的分歧自然也就反映到了此时北美十三州在欧洲的外交使团之中。[①] 尽管对美法关系怀有根深蒂固的不信任感，但亚当斯还是清醒地认识到，相比于英国的专制王权，同法国的合作仍然是一个两害相权取其轻的现实选择。他认真地阅读了前任留下的各种外交文件，英国在欧洲的外交处境和法国对美国政策成为他主要关注的重点。为了维系、推进美法关系，约翰·亚当斯每隔数天就要与法国海军大臣会谈，探讨英国海军可能的动向，并向法国政府提供了大量英国海军动向的情报。[②]

1778年2月6日，法美签订了《友好通商条约》和《有条件防御联盟条约》。在此情况下，独立战争期间，法属与荷属岛屿成为向美国运送违禁品的集散地。由于以西印度群岛为基地的英国海军对前往美国港口的商船不断加强盘查，法国等中立国与英国的海上摩擦持续增加。尽管对于英国政府而言，其欧洲外交的重点依然在于防止法国与殖民地结盟参战，但英国对北美实施的海上封锁使其与欧洲国家发生海上摩擦的概率大大增加。到1780年，英国已先后与瑞典、丹麦、荷兰等欧洲国家发生十多起海上摩擦事件，使其在欧洲日益陷于孤立。1780年后，这一趋势更加明显。此时，法国、西班牙的参战使得英国的海上封锁难以为继。实际上，在第一次工业革命启动前，18世纪中后期的英国尚未确立起其在海上的霸权，海洋秩序仍然处在多强并存的阶段。在各大国间，英国仅仅拥有实力的相对优势，尚

---

① 刚到巴黎，约翰·亚当斯就敏感地发现早已在这里的美国外交官员之间并不能很好地合作，特别是富兰克林同另一名美国外交官阿瑟·李（Arthur Lee）之间矛盾颇深。刚一见面，富兰克林就向约翰·亚当斯抱怨他的一些同事难以让人信任以至于很难进行工作上的合作。这种情况使得约翰·亚当斯清醒地认识到了美国在外交上所面临的窘态。此时，北美独立战争已经逐渐进入关键时刻，为了争取法国的同情，美国国会对约翰·亚当斯等人寄予了厚望。然而，刚一到法国的约翰·亚当斯不仅要全力争取法国的同情，还不得不花费大量时间来调和自己人内部的矛盾。相关内容可参见 James, H. Hutson, *John Adams and the Diplomacy of American Revolution*, Kentucky: University Press of Kentucky, 1980, p. 38。

② 为了加深对欧洲事务的理解，从1778年开始，已经43岁的约翰·亚当斯甚至开始学习法语。仅仅一年之后，他就可以顺利地与法国官员交流。然而，在欧洲多年的外交经历不仅没有使得他改变对欧洲旧世界的疑虑，反而更加坚定了他的信念。而这种对欧洲旧世界的反感最终使他成为美国建国之后孤立主义外交政策的主要奠基人之一。L. H. Butterfield, edited, *The Diary and Autobiography of John Adams* IV, (Cambridge, Mass: The Belknap Press, 1964), pp. 99 – 164;. L. H. Butterfield, edited, *The Diary and Autobiography of John Adams* II, Cambridge, Mass: The Belknap Press, 1964, p. 354。

不拥有 19 世纪后的海上独霸地位。法、西参战使海上作战的形势发生了很大逆转。此前，北美大陆军的活动范围被限制在陆地之内，难以涉足海上，法国的参战使得法美得以组织起有效的联合作战体系，进一步冲破了英国的海上封锁。到 1781 年以后，英国已越来越难以维系对北美殖民地的海上封锁。

此时，美国使团内部发生了非常激烈地争论，这一争论主要围绕是否应该敦促法国在法美关系中承担更多的军事义务。争论的双方是约翰·亚当斯与富兰克林。在独立战争的最初阶段，约翰·亚当斯曾对于美国独立战争持有一种更加乐观的态度，特别是在 1777 年秋天美军取得萨拉托加（Saratoga）大捷之后更加明显。在他看来，随着英国在欧洲的日渐孤立，伦敦很有可能会很快寻求和谈。然而，随着战争的继续与深入，这种乐观情绪日渐消失。在这种情况下，法国的重要性日益凸显出来。此时，约翰·亚当斯写道，"我在欧洲待得越长，考虑我们的事越多，就越觉得法美同盟对我们的重要性"。① 然而，另一方面，对于美国人来说，作为一个相对弱小的力量，一个可怕的噩梦始终让约翰·亚当斯挥之不去。这就是，美国的利益会不会成为欧洲列强的交易筹码，欧洲数百年来的权势政治中牺牲弱国的悲剧会不会又一次在美国身上重演。让约翰·亚当斯感到不安的是，法国政府的一些官员往往只是把美国当成一个二流的盟国，并未对美法关系给予足够的重视。对此，约翰·亚当斯写道，"这真是一个微妙而又危险的关联（指美法关系）"②。实际上从一开始，约翰·亚当斯就对欧洲国家保有一种深深的不信任感。在他看来，实力和权术是欧洲国家最重视的东西。在一封写给友人的信中，他这样描述他对英美和谈前景的看法，"你们只有杀死、饿死或是将他们全部捕获，才能让他们真正回到和谈桌前"③。在对法政策上，约翰·亚当斯则更加强硬，他主张应该促使法国在法美同盟中承担更多的义务。

---

① John Adams, Robert J. Taylor, edited, *Papers of John Adams*, VI, Cambridge, Mass: Harvard University Press, 1977, pp. 348 – 349.

② John Adams, Robert J. Taylor, edited, *Papers of John Adams*, VII, Cambridge, Mass: Harvard University Press, 1977, p. 234.

③ John Adams, Robert J. Taylor, edited, *Papers of John Adams*, VII, Cambridge, Mass: Harvard University Press, 1977, p. 254.

然而,约翰·亚当斯的这一主张受到了富兰克林等人的激烈反对。① 在他们看来,这样做只能使美法关系面临更大的问题,害怕因此失去法国这样一个关键性的盟友。约翰·亚当斯的意见最终还是占了上风,美国政府向法国提出照会,催促其向北美派出更多的海上力量。此时,由于同富兰克林等人的矛盾日益尖锐,约翰·亚当斯在一份报告中直接批评富兰克林并不适合担任外交官。他写道:"也许他是一个哲学家。但据我所知,他并不胜任国务家的职责。"②然而,国会最终却改变政策,推翻了约翰·亚当斯提出的政策主张。怀着失落的心情,这一年约翰·亚当斯返回了北美大陆。尽管如此,约翰·亚当斯并未在美国停留很长时间就回到了欧洲大陆从事他的外交官生涯,美国国会很快又一次委派他代表北美十三州与英国政府进行和平谈判。1780 年 2 月,约翰·亚当斯再次回到巴黎。

　　约翰·亚当斯没有改变他对欧洲国家的看法,坚持认为应该更多地通过强硬手段促进法国承担更多的外交义务,而不能对欧洲国家抱有太大的幻想。此时,美国独立战争已经进入了更加艰苦的阶段,英军在北美大陆发起攻势,占领了萨凡纳(Savannah)。北美十三州的经济也面临严重的困难,通货膨胀严重,物价飞涨,粮食和御寒的燃料严重不足。1779 年和 1780 年的冬天成为美国独立战争史上最难挨的冬天。尽管北美十三州的人民仍然士气高昂,但毫无疑问,独立战争已经进入了双方你来我往的拉锯阶段。令约翰·亚当斯感到一丝快慰的是,他的努力取得了成效,法国与西班牙决定进一步支援北美的独立战争。法国向北美大陆增派了海上力量,加强了对英国军队的打击力度。为了加深英国国内在战争问题上的分歧,约翰·亚当斯还试图首先提出与英国缔结和平协定的建议,以此来进一步分裂英国国内的主战派,并给英国政府以难堪。不过这一想法引起了法国政府的忧虑,害怕因此软化北美十三州在战争中的坚定态度,约翰·亚当斯不得不修正了他的这一设想。③

---

　　① 实际上法国政府在相当大的程度上卷入了这场美国政府的内部纷争。当时主管法国外交事务的是韦尔热纳伯爵,他对约翰·亚当斯并不信任,并因此公开表示只希望与富兰克林打交道。当得知美国使团的内部纷争以后,韦尔热纳伯爵原本打算通过法国在美国的使节说服美国政府撤销约翰·亚当斯的职务,而将全权交给富兰克林。只是在其他人的反对下,他才指示当时法国驻美国的外交官员要求美国政府向约翰·亚当斯施加压力,以使其能够更好地理解法国政府的意图,从而加强双方的合作。此外,韦尔热纳伯爵还有意将约翰·亚当斯在同法国政府打交道时的外交文件转给富兰克林,希望可以借此向约翰·亚当斯施加压力。相关内容可参见 John Ferling, "John Adams:Diplomat", *The William and Mary Quarterly*, April, 1994, pp. 227 –252。

　　② L. H. Butterfield, edited, *The Diary and Autobiography of John Adams*, II, Cambridge, Mass: The Belknap Press, 1961, pp. 367, 391; L. H. Butterfield, edited, *The Diary and Autobiography of John Adams*, IV, Cambridge, Mass: The Belknap Press, 1961, pp. 118 – 120.

　　③ L. H. Butterfield, edited, *The Diary and Autobiography of John Adams*, IV, Cambridge, Mass: The Belknap Press, 1961, pp. 243 – 251.

尽管取得了一些进展,约翰·亚当斯所担心的事情还是发生了。虽然法国向北美大陆派出了自己的海军,但却不愿意为此与英国发生大的军事冲突。此时,英国已在北美大陆大大加强了自己的军事力量。亨利·克林顿在南加利弗尼亚登陆,并一举俘虏了 5000 名美军士兵。面对如此困局,约翰·亚当斯愈发担心北美大陆的战局,害怕会因此使他们与英国政府的谈判陷于不利境地。在法国国内,要求与英国议和的压力越来越大。西班牙则已经开始偷偷地与英国进行谈判。在这样的情况下,约翰·亚当斯对他的欧洲盟友更加怀疑。他写道,"法国人的意图只是让我们保持羸弱,同时又要让我们对他们感激涕零"①。

不过,尽管存在诸多不满,为了获得法国更多的帮助,约翰·亚当斯还是加强了他同法国政府的协作。他向法国当局指出,只有美法联合起来,才能真正保证给予英国军事力量以致命打击;如果法国不采取进一步的行动与美国合作,很难想象英国会真正坐到谈判桌前。与此同时,约翰·亚当斯也越来越明确地在他向国会的报告中提到,美国必须减少对法国的依靠。②

为了寻求更多的帮助,1780 年 7 月 27 日,约翰·亚当斯离开了法国巴黎,前往荷兰的阿姆斯特丹。此后,他很少再回到法国。这时美国使团的内部也发生了进一步的分裂,以约翰·亚当斯为首的一派人主张不要过分依赖法国的力量,而以富兰克林为代表的另一派人则主张采取更加友好的对法政策。在他的文章中,约翰·亚当斯言辞激烈地批评富兰克林,称他是法国人心甘情愿的附属品。更令约翰·亚当斯感到担忧的是,此时北美大陆的战局正不断恶化。这年 8 月,美军又一次在卡姆登(Camden)遭到惨败。弥漫于北美军民中的悲观情绪也越来越浓烈。一位朋友在给约翰·亚当斯的信中写道,"我们破产了"③。

1780 年底,事情突然发生了变化。这年 12 月,英国突然授权皇家海军追捕荷兰的商船。当约翰·亚当斯获悉了这一情况之后,他敏感地察觉到欧洲战事有进一步扩大的可能性。他指出,为了保护海上贸易,俄罗斯、瑞典、西班牙将有可能会扩大它们同英国的战争。他此时也密切地关注英国国内政局的发展,并且越来越坚信英国国内反战的势力正在日渐壮大。1781 年年初,北美军队重创英军。这一胜利使得约翰·亚当斯备受鼓舞,他清醒地感到,由于战线拉得过长,随着时间的推移和欧洲战事的升级,英国的军事力量在北美大陆将会越来越捉襟见肘。此时,

---

① L. H. Butterfield, edited, *The Diary and Autobiography of John Adams*, IV, Cambridge, Mass: The Belknap Press, 1961, p. 446.

② James, H. Hutson, *John Adams and the Diplomacy of American Revolution*, Kentucky: University Press of Kentucky, 1980, p. 73.

③ John Ferling, "John Adams: The Diplomat", *The William and Mary Quarterly*, April 1994, pp. 227 – 252.

他进一步加强了同欧洲各国政府的沟通,法国政府的合作则是他争取的重点。

到1781年底,形势对英国越来越不利,英国海军在法、荷、西等国的骚扰下,越来越难以将补给与兵员运往北美战场,而北美大陆军却趁机集中兵力向英国远征军发动了大规模的反击。这年11月26日,约翰·亚当斯终于收到了他盼望已久的好消息,华盛顿所统率的大陆军在约克镇重创英军,取得了军事上的决定性胜利。之后不久,英国开始与北美十三州的代表进行非正式的和平谈判。1782年4月19日,在约翰·亚当斯的努力之下,荷兰正式承认了美国。同年秋天,约翰·亚当斯正式代表美国与荷兰签订了贷款与商业协定。1782年11月30日,约翰·亚当斯与富兰克林一起同英国代表草签了初步的和平协定。

综观这一时期的约翰·亚当斯的思想和活动,尽管他曾经是北美十三州同欧洲盟国联系的最重要联络人,但其从未真正完全信任过法国等欧洲盟国。在他留下的文稿中,不止一次提到要对欧洲盟国,特别是法国保持警惕。即使在美国最需要法国的时刻,约翰·亚当斯也不断地指出,过分的依靠法国的帮助将给美国带来巨大的灾难。从一开始,约翰·亚当斯就对欧洲国家有一种明显的不信任感,这种不信任感一直影响到他担任美国第二任总统时期的外交政策。

正如上文多次指出的那样,约翰·亚当斯是美国早期孤立主义的代表人物之一,他的外交活动和思想实际上奠定了美国建国初期孤立主义外交的基本风貌。约翰·亚当斯亲身经历了法国大革命和这一时期欧洲的动荡局势。在他的描述中,既有对欧洲资产阶级民主革命的同情,更有对欧洲国家的深深疑虑,实际上他从内心深深地厌恶法国大革命的方式和方法。在他看来,只有美国才拥有得天独厚的条件建立起真正意义上的民主国家。约翰·亚当斯深谙自己国家的弱小,他不厌其烦地指出,只有获得其他国家的援助,美国独立战争才能更快地获得胜利。然而与这一时期许多美国领导人不同,他始终对美国的欧洲盟国有一个清醒的认识。他写道,对于美国来说,他的士兵就是最好的外交官;只有美国在战场取得更多的胜利,才能获得更多的外交援助。在他看来,美国与欧洲国家的交往只是出于利益的商业交换。作为一个新生之国,美国鄙视旧欧洲的专制与阴谋诡计;正如约翰·亚当斯所说,美利坚人民早就受够了欧洲的权势政治与战争。①

二、远离欧洲权势斗争:约翰·亚当斯与孤立主义的起源

(一)美国在建国之初所处的外部环境

独立战争后,美国依然面临着严峻的外部环境。作为一个新生的共和国,美国

---

① John Ferling, "John Adams : The Diplomat", *The William and Mary Quarterly*, April 1994, pp. 252.

必须小心地与欧洲列强周旋,以免国家的安全与独立受到侵害。实际上,直到1812年第二次英美战争之后,美国所处的国际环境才开始有了明显的改善。独立之初,新生的美国仅仅包括北美十三州的土地。在十三州之外,大多数区域都处在欧洲列强的控制之下。独立战争虽然使美国成为美洲第一个独立的民主国家,却也使北美十三州在国际舞台上常常陷于孤立。

在美国的西北部,英国依然驻扎了强大的军事力量,对美国的安全形成了严重的威胁。在东南部,西班牙仍然试图控制俄亥俄州以南的土地,并禁止美国公民在密西西比河上自由航行。为了控制美国西南各州,西班牙还秘密在这些州收买当地居民,希望他们转而效忠西班牙。即使是将美国视为牵制英国霸权重要棋子的法国,也不愿美国过分强大,希望美国长期受其控制。

在经济上,北美十三州长期依赖欧洲市场与海外贸易,特别是与英帝国的贸易。然而,独立战争后,美国在一夜之间失去了这些依靠。由于当时世界上最强大的海上力量——英国海军不再向美国商船提供保护,美国商船常常成为海盗洗劫的对象,与法国等其他欧洲国家的贸易因此也大受影响。在美国国内,战前大受英国青睐的造船业一夜之间受到重创,由于英国限制购买美国生产的船只,与造船业相关的其他产业也陷入萧条。此外,由于对欧贸易严重受挫,小麦、烟草、稻米等重要农产品的出口也一落千丈。

法国大革命的爆发,大大减轻了外部世界对美国的压力。美国在对外贸易暂时受挫的情况下,得以将主要精力集中于国内市场的构建和对统一的维护。为了避开法国大革命后欧洲列强的纷争局面,华盛顿总统于1793年发表《中立宣言》,实际上废除了独立战争时期与法国签署的1787年同盟条约。为了获得密西西比河的航行权,美国利用西班牙忙于欧洲事务,无暇西顾之机,软硬兼施,于1795年与西班牙签订了《圣洛伦佐条约》(又称《平克尼条约》),取得了密西西比河的航行权。在圣路易斯安那,美国通过外交谈判,从忙于自保的法国处购得了大片土地。到1812年英美第二次战争前,美国的领土已经比独立战争结束时的面积扩大了一倍。

1793年,英法之间爆发战争。作为曾经的盟友,法国一度指望美国能对法国在西印度群岛的殖民地负起防卫义务。当时的法国政府虽然没有要求美国协助防卫西印度群岛,但希望美国能向法国海军的船只开放港口。为了避免给英国干涉美国的借口,华盛顿政府再次明确宣布将禁止美国公民参与欧洲战事。

（二）约翰·亚当斯的孤立主义外交

正如约翰·亚当斯后来所写的那样,他在美国的政治生活中曾经历颇多坎坷。[①] 在他出任美国第二任总统之时,美国正面临一个非常严峻的国内外环境。此时,在美国国内,经济情况不佳,通货膨胀严重,党争不断。而在欧洲,英法战争也如火如荼,双方在海上的争夺已经严重地伤害了美国的对外贸易。

同英法两国的外交关系此时已经成为影响美国前途命运的大事,也因而成为当时美国国内党争的焦点议题。[②] 汉密尔顿等联邦党人主张对法采取更加强硬的外交政策,甚至不惜与法国开战。而杰弗逊等人则坚决反对,双方互不相让,成为美国国内政治动荡的根源之一。[③] 身为联邦党人,约翰·亚当斯并未盲从于党派利益。他敏锐地看到,此时美国根本无力与欧洲列强争雄,与法国的战争只能给美国带来巨大的灾难。他顶着党内巨大的非议,坚持与法国谈判。然而令局势更加复杂的是,法国政府不仅拒绝接受美国的使团,而且断绝了同美国的商业联系。

正如后来历史学家反复指出的那样,约翰·亚当斯此时的表现足以使他成为美国历史上为数不多的杰出国务家之一,而不仅仅是关注个人利益与党派得失的政客。在巨大的压力之下,约翰·亚当斯仍然坚持自己的外交政策。他明确指出,新生的美国只有退出欧洲肮脏的纷争,才能真正获得机会在北美大陆建设起人类

---

① 实际上,此时的约翰·亚当斯在美国内部面临着巨大的困难。在联邦党人内部,汉密尔顿获得了华盛顿的支持,威望远远超过约翰·亚当斯,而汉密尔顿却并不信任约翰·亚当斯。当时,联邦党人控制了美国参议院,但由于汉密尔顿的影响,参议院却经常与约翰·亚当斯相持不下。在总统大选中,约翰·亚当斯仅仅是以非常微弱的优势当选,这也使得时任副总统的共和党人杰弗逊对约翰·亚当斯颇多微词。关于此时约翰·亚当斯所面临的困境,可参见 Jeans S. Holder, "The Sources of Presidential Power: John Adams and the Challenge to the Primacy of Executive Primacy", *Political Science Quarterly*, Vol. 101, No. 4, pp. 601 – 616.

② 1794 年,美国与英国签订了《杰伊条约》之后,美国在欧洲的外交政策就成为联邦党人与共和党人的争论焦点。此时,整个欧洲由于法国大革命正处于战火之中,而英法则成为两个敌对的国家。以汉密尔顿为首的联邦党人将对英贸易视为美国经济必须依赖的基础,主张维持华盛顿时期的基本外交政策,从而希望尽可能地维持同英国的和平;而以杰弗逊等人主张应该加强同欧洲其他国家,尤其是法国之间的关系,以制衡英国在海上的霸权。联邦党人与共和党人的这种分歧直接导致了美国国会内部的尖锐对立。与此同时,《杰伊条约》的签订使得美国与法国之间的关系迅速恶化,而这也进一步加速了联邦党人与共和党人之间的争论。实际上,约翰·亚当斯面临双重的难题。一方面,他既要处理华盛顿所留下的外交遗产;另一方面,他也要面对因此所导致的内部党派斗争。关于美国内部此时在外交问题上的争论,可参见 Jonathan M, Nielson, *Path Not Taken: Speculations on American Foreign Policy and Diplomatic History, Interests, Ideals, and Power*, London: Praeger, 2000, pp. 13 – 29。

③ 实际上,约翰·亚当斯在对法政策上的基本取向已经造成了联邦党人内部的公开分裂。特别是约翰·亚当斯与汉密尔顿等人的分歧直接造成了联邦党人在 1801 年美国总统大选中的失利。在这里,约翰·亚当斯并未局限于党派利益,而是从整个国家的利益出发。正如他自己后来所说的那样,履行总统的职责是他最大义务。约翰·亚当斯的作为实际上为美国两党政治作出一个最好的诠释。可参见 Stephen G. Kurtz, "The French Mission of 1799 – 1800: Concluding Chapter in the Statecraft of John Adams", *Political Science Quarterly*, Dec. , 1965, pp. 543 – 557。

独一无二的民主之邦，而这也是人类超越自身局限的唯一希望。[①] 他反对与法国交恶，主张超然于欧洲政治军事事务之外，同时发展美国与欧洲各国的贸易，促进美国经济快速好转。为了推动美、法和解，约翰·亚当斯坚持再次向法国派出三位特使。令约翰·亚当斯感到沮丧的是，1798 年春季，消息传来，法国人拒绝立即与美国特使展开谈判；而造成这一情况的原因竟然是前往接洽的美国外交代表拒绝给相关法国官员一笔价值可观的贿赂。不得已之下，约翰·亚当斯向国会报告了这一事件，并在报告中隐去法国索贿官员的姓名，将他们称为 X、Y、Z。消息传出，美国举国震惊，将此视为难以容忍的外交羞辱。

在此危机之下，约翰·亚当斯展现了高超的政治手腕。一方面，他利用美国国内的反法浪潮，多次公开抨击法国政府的傲慢，以此向法国施压；另一方面，他继续与法国政府进行谈判。[②] 不过，最令他感到头痛的却是美国国内的巨大压力。[③] 一方面，共和党人公开抨击政府的外交政策；另一方面，美国国会也日渐强硬。为了准备假想中的与法国的战争，国会拨款增建新的护卫舰，并且授权增加美国军队的数量。此时，美国国内的排外情绪达到了一个高峰，国会通过了《外国人与妨害治安法》，以此限制外国人在美国的活动。约翰·亚当斯此时受到巨大压力，但他仍然力图避免与法国公开发生冲突。

为了进一步向法国政府施加压力，约翰·亚当斯命令美国军舰开始为商船护航。这项政策很快取得了不小的成果，到 1800 年初，在海上骚扰美国商船的法国海盗大部被肃清，美国的海外贸易又开始活跃起来。此时，拿破仑法国在欧洲战场上正面临越来越大的压力。为了缓解自身的困境，法国政府最终同意开始与美国谈判，并结束了双方敌对的局面。在法美交涉期间，美国国内的好战主义势力与约翰·亚当斯政府的矛盾继续激化。以杰弗逊为首的共和党人公开指责约翰·亚当斯政府出卖美国的利益；而在联邦党人内部，汉密尔顿等人也对约翰·亚当斯的行为大加指责，认为其做法损害了联邦党人的声誉。

---

① 实际上，从一开始，约翰·亚当斯就意识到美国此时的海军力量还难以同欧洲大国对抗，而他本人也对欧洲国家的意图怀有深深的疑虑。相关内容参见. Jonathan M. Nielson, *Path Not Taken: Speculations on American Foreign Policy and Diplomatic History, Interests, Ideals, and Power*, pp. 13 – 29。

② 此时，法国政府主管外交事务的官员是著名的外交家塔列兰，在内外因素的推动下，他决意同美国结束半战争的状态，而这也就为法美两国签订条约奠定了基础。关于这方面的论述可参见 Jonathan M. Nielson: *Path Not Taken: Speculations on American Foreign Policy and Diplomatic History, Interests, Ideals, and Power*, London: Praeger, 2000, pp. 13 – 29。

③ 对于约翰·亚当斯来说，他所受到的最大压力实际上来自于联邦党人的内部。特别是汉密尔顿等人的反对给他带来了巨大的压力。为了寻求帮助，他转向乔治·华盛顿。然而他没有想到的是，乔治·华盛顿也站在汉密尔顿一边，这就使得约翰·亚当斯的处境更加艰难。相关内容可参见 Jeans S. Holder, "The Sources of Presidential Power: John Adams and the Challenge to the Primacy of Executive Primacy", *Political Science Quarterly*, Vol. 101: No. 4, 1986, pp. 601 – 616。

尽管在外交上取得了巨大的进展,但在美国国内政治斗争中,约翰·亚当斯却因坚持己见陷入了空前的孤立。1800年,美国总统大选终于以约翰·亚当斯的失败而告终。尽管如此,约翰·亚当斯在外交上所取得的成就却为美国赢得了数十年宝贵的和平时光,而后人也因此高度评价他的贡献:"为了美利坚人民的利益,他尽自己所能扑灭了战争之火,而且没有对国家的声望造成任何伤害;这真是一个英雄般的勇敢做为。"①

正如后世历史学家所指出的那样,约翰·亚当斯是美国建国初期美国外交政策的主要奠基人之一。尽管曾经饱受批评,他所提倡的孤立主义外交政策却在往后的几十年中成为美国对外政策的主轴。实际上,这种孤立主义的思想正是美国民族主义传统区隔自己与欧洲旧世界的一种表现;正如我们反复论述过的那样,无论出于何种目的,这种思想将美国视为远优于欧洲旧世界的山巅之城,从而奠定了美国独立与美国民族主义的最早基石。离开白宫以后,约翰·亚当斯来到了他在昆西的农场。在这里,他与自己几十年的老朋友,也是最大的竞争者杰弗逊通过信件探讨美国几十年来所走过的道路。这些信件被后人所收录,并最终被汇编为美国历史上最重要的政治学著作。1826年7月4日,在美国独立日的这一天,约翰·亚当斯离开了这个他亲手参与创造的"北美新世界",享年91岁。

(三)结语:第二次美英战争的胜利与美国孤立主义外交的全面确立

约翰·亚当斯的孤立主义政策使新生的美国获得了迅速提升自身实力的时机。实际上,政治上的孤立主义并未带来美国在经济上的闭关锁国。相反,在建国的最初几十年里,美国实行的是鼓励出口、限制进口的民族主义经济政策。尽管在政治上,此时美国最大的敌人是英国,但从经济上看,英国仍是美国最大的贸易伙伴,是美国最大的出口市场,也是美国联邦政府财政收入的最大来源。在此情况下,在建国的最初几十年里,美国在对英政策上一直维持着小心翼翼的平衡。一方面,美国有意与法国、西班牙等英国在欧洲的对手维持较为密切联系,以抗衡英国在美国与加拿大边境长期驻扎的强大军事力量;另一方面,美国也小心翼翼地与法、西等国保持距离,防止过度激怒英国。外交上的孤立主义与经济上的民族主义就成为美国内外政策的主要特征。从1793年开始,拿破仑执政下的法国与英国在欧洲、北非展开了一系列大规模的争霸战争。欧洲列强这一时期的无暇西顾,使得新生的美国获得了加速发展自己的天赐良机。为了集中精力对付拿破仑法国在欧洲的咄咄逼人,英国政府在贸易问题上对美国采取了相对忍让的态度。在英法战争期间,美国利用交战双方对粮食等战争物资的大量需求,大发战争财。到拿破仑

---

① David Mccullough,*John Adams*, New York:Simon&Schuster,2001 p.567.

战败,新生的美国已经日益成为在西半球最强大的非欧国家之一。

到19世纪初,美国的实力有了很大的增强。此时,宿敌英国深陷欧洲战事难以自拔。在美国国内,主张与英国作战,并夺取英国在美洲殖民地的呼声日益高涨。从1807年开始,杰弗逊政府就积极扩军备战。麦迪逊上台后,进一步加快了扩军步伐。而美国国内要求向西部和加拿大扩张的呼声也不断高涨。此时,在美国国内,好战乐观主义情绪充斥朝野。大多数美国人认为,在美国优势兵力的打击下,占领英属加拿大只是时间问题,因为美国此时所拥有的兵力已经远远超过英国在加拿大的驻军。[①] 在各种乐观情绪的鼓舞下,1812年美国正式向加拿大宣战,拉开了第二次美英战争的序幕。

然而,历史总是螺旋式地向前发展。战争初期的进程对美国并不有利。到1812年底,训练有素的英军不仅在战场上连续取得胜利,而且开始逐步收复被美军所占领的区域。此后,美军被迫转入防御作战。到1814年,战局持续恶化,英军发起的夏季攻势很快突破了美军的防线。在突破三道防线后,英军攻占华盛顿,并焚毁了当时的国会大厦。

不过,对于此时的英军来说,欧洲大陆的战事已成为严重的负担。为了集中兵力应付拿破仑法国,英军不得不减少了对加拿大的支援。虽然占领了华盛顿,但美军仅给英国人留下了一座空城。到1814年底,面对严寒与北美各地此起彼伏的游击战,英军速胜的希望实际上已经落空,并开始陷入困境。到1815年1月,在兵力上占据明显优势的美军终于在新奥尔良重创英军,取得了第二次美英战争的决定性胜利。

第二次美英战争的胜利使得美国得以逐步控制北美大陆的主导权。在此后的数十年内,历届美国政府一直奉行孤立主义政策,将主要精力集中于在北美的扩张。孤立主义也因此成为美国建国初期的基本国策。孤立主义最鲜明地体现了美国早期民族主义的特征:将欧洲列强视为腐朽的专制主义的化身,并将驱逐欧洲列强在美洲的存在、扩张美国在美洲的势力范围,视为美国的天定命运。

---

① 雷·埃伦·比林顿著,周小松等译:《向西部扩张:美国边疆史》,(上册),商务印书馆,1991年版,第369页。

第三章 亚伯拉罕·林肯与
美国民族主义的新生

亚伯拉罕·林肯是美国的第 16 位总统,他带领美国度过了历史上最艰难的岁月——美国内战,并在相当大的程度上重塑了美国民族主义。直到今天,他仍然被许多历史学家看做美国历史上最伟大的总统之一。大体而言,林肯对美国民族主义的重塑主要体现在两个方面。首先,美利坚民族主体的扩大。伴随美国内战过程中黑人解放运动的深入发展,美国民众的国家认同、民族认同开始日益摆脱种族主义的窠臼,包括黑人在内的少数族群被整合入美国的主流社会之中,美国民族主义的社会基础被大为拓宽。其次,美国民族主义的重塑还体现在美国联邦主义的重新建构,尤其明显地体现于林肯自由主义与联邦一体的国家主义思想之中:在同南方分离主义势力斗争的过程中,正是通过论述联邦的存亡是维系、拓展自由主义原则的根本基础,并把对自由主义的护持与美利坚民族的使命相关联,林肯重新论证了已在南北对抗中被严重动摇的美利坚民族主义。

与以往一样,内战时期美国民族主义的哲学根基是进步主义。进步主义是美国建国初期至内战前后,美国社会流行的主要政治思潮。根据进步主义,人类历史将在历经三个不同的阶段后,不断向前发展。第一个阶段是生产力和经济的进步。即通过技术的进步与生产的发展,推动社会的前进。与 17 世纪末至 18 世纪中叶的欧洲相比,美国人普遍更加重视实用性生产技术的应用。美国当时一个流行的社会观念是,通过工业技术的创新和广泛应用,美国的社会生产力和经济将会不断得到提高。第二个阶段是道德的进步,即人类的道德水平必将伴随生产力的提高,不断趋于至善。内战前后,在美国社会内部广泛兴起了女权主义、人道主义等社会运动。要求升华人与人之间的关系,实现所有人的全面发展,开始成为美国社会乃至于整个西方社会新的社会诉求。第三个层次是社会的整体性进步,即整个社会关系的进步。要求消灭剥削与种族歧视,消灭美国社会中不尽如人意的社会现象,实现社会的全面进步。进步主义思潮的信奉者大多相信,奴隶制度的存续、蔓延,阻止了美国社会的整体性进步,是美利坚民族实现伟大抱负的最大绊脚石。作为一个进步主义的一贯秉持者,林肯成为了这一时期实现美利坚民族之梦的首要开拓者。

1809 年 2 月 12 日，林肯出生于肯塔基州乡村的一个圆木小屋中。作为一个早期拓荒民的后代，他的祖父很早就死于同印第安人的冲突之中。这也使得他的父亲托马斯·林肯不得不在流浪中度过了自己的幼年时代。亚伯拉罕·林肯是他父亲的第二个孩子，也是当时家中最大的男孩。年少时期的林肯外表斯文，内心却充满了对权威的反叛精神；他常因不愿受到过多的管束而同父亲发生争执，并因此与父亲的关系十分紧张，以至于在他成年后对往事的回忆中，提及父亲的文字少而又少。① 由于出身一个浸礼教徒②的家庭，还在童年时期，林肯就对奴隶制度深恶痛绝。后来，林肯写道，"我天生就是一个反对奴隶制的人"③。林肯的一生充满着浓重的悲剧色彩，家庭生活的不如意以及政治生涯中所面临的种种挫折与险阻曾使他一度患有中度的抑郁症。④ 在他的政治生命中，曾经先后八次参加国会和总统的选举，但八次落第。用屡败屡战、愈挫愈勇来形容林肯的政治生涯，真是再贴切不过。然而，正是这样一个曾多次遭遇命运之神不公平对待的人，改变了美国历史发展的历程。在此，本章将通过对林肯政治思想与生活经历的揭示，来展现美国民族主义在这一时期的基本风貌与变迁。

---

　　① 历史学家们普遍认为林肯的反奴隶制思想与他早期的生活背景有较大的关系。著名历史学家本杰明·托马斯曾经指出，林肯幼年时代生活坎坷，母亲很早就离他而去，曾经相依为命的姐姐很年轻就离开了人世。林肯的父亲托马斯性格暴躁，经常对林肯进行殴打，并且竭力阻止林肯进入学校接受正规教育。在这样的情况下，林肯从小深知底层人民生活的艰辛，对身处于社会底层的穷苦百姓有一种天生的人道主义关怀。所以，他在很年轻的时候就对黑奴所遭受的非人待遇有一种深深的同情。这种同情也极大地影响到他以后对奴隶制度的基本看法。相关内容可参见 Benjiamin P. Thomas，*Abraham Lincoln*，New York，1952；迈克尔·格林盖姆，盛秉林译：《林肯的内心世界与情感生活》，海天出版社，1998 年版。
　　② 林肯的宗教信仰对他日后的生涯影响巨大。由于受到家庭的影响，林肯是一个典型的自然神论者。他坚信有一种必然性的铁律在支配人类的前途命运；人类只有去认识与顺从这种必然性的铁律，才能使社会不断向前发展。而这种必然性的铁律在美国这样的民主社会中主要通过人民的民主意志与活动表现出来，任何对其的违背都会造成难以预计的恶果。关于这方面的论述可参见 Richard N. Current，*The Lincoln Nobody Knows*，New York：Greenwood Press，1980。
　　③ Abraham Lincoln，Roy. P. Basler，edited，*The Collected Works of Abraham Lincoln*，VII，New Brunswick，N. J. ：Rutgers University Press，1953，p. 281.
　　④ 林肯一生充满坎坷，在他成年之后也是如此。在年轻时代，他曾经热恋的对象因病身亡；结婚后，又与妻子不和，四个孩子有两个夭折。这一切打击使他养成了宽厚的心胸，能够直面种种不平，也能够在逆境的时候，懂得采取现实主义的务实态度。这些都影响到他日后对待奴隶制度的基本方法，使他能够将自己的理想与现实结合起来，而绝非一个简单的理想主义者。可参见迈克尔·格林盖姆著，盛秉林译：《林肯的内心世界与情感生活》，海天出版社，1998 年版。

第一节　自由主义的重新定义与美利坚民族主义的转变

终其一生,林肯思想最突出的特点就是对美国民族主义与美国信条①的重新定义,而这也明显地表现在他对待废除美国奴隶制度的态度之上。② 美国独立战争以后,奴隶制度在美国社会中实际上处于一个未加明确的灰色地带。翻开美国建国之父们的著作,对于美国自由民主制度的赞扬比比皆是,然而其中对于美国自由民主基本内涵与奴隶制度存废的争论却从未停息,以致酿成了美国社会内部的巨大分裂。19 世纪初叶以后,在美国国内,沿着北纬 36 度线形成了南北对峙的局面:在南面是蓄奴州,在北面则是自由州。在美国国会,来自于南部诸州的代表与北方的代表针锋相对、互不相让;与此同时,南部诸州与联邦政府的矛盾也愈演愈烈。还在 1830 年,来自南方的州权论者卡尔洪就公开主张各州握有主权,可以在必要时行使退出联邦的权利。到了内战的前夜,这一分裂就更加严重,对于当时的情景,一则新闻报道真实地进行了刻画,它写道,“在处于废奴斗争焦点的堪萨斯州……当陌生人相遇时,第一个见面礼就是询问对方是拥护自由制还是拥护奴隶制;若观点相异,紧接着的第二个行动就是开枪射击”③。针对这一时期美国社会的分裂,研究美国内战史最著名的学者哈里·雅法曾经分析道:与哈茨及托克维尔等人的论述恰恰相反,美国信条的本身实际上存在着难以解决的内在矛盾;对于内战时期的南方各州而言,它们反对联邦政府对州权的干涉正是在维护《美国宪法》的精神;而对林肯政府来说,奴隶制度的扩展是如此邪恶,以至于联邦政府应该采取行动对其加以遏制;与此同时,无论是南方,还是北方,它们都认为自己代表了美国信条的未来。在这种情况下,林肯对于美国自由主义具体内涵的论说就不仅仅

---

① 林肯的思想深受杰弗逊的影响。他特别推崇由杰弗逊所起草的《独立宣言》,认为其反映了美国的基本特性和根本政治原则。特别是《独立宣言》中对“人人平等”思想的论说,更是被林肯看做美国民主制度独特性和优越性的基础,而这也成为了林肯反对奴隶制度的重要理由。这一时期围绕《独立宣言》的基本含义,美国社会进行了激烈的争论。1857 年 3 月,联邦法院最高大法官坦尼对《独立宣言》的解释就曾经引起了美国国内的轩然大波。相关内容可参见理查德·霍夫施塔特著,崔永禄等译,《美国政治传统及其缔造者》,商务印书馆,1994 年版,第 102～103 页。

② 值得补充的是,正如他那个时代的所有人一样,林肯的平等主义与废奴思想也有着一定的局限性。在他的一些论述也承认,黑人与白人在一些领域是不平等的。在 1858 年与道格拉斯的大辩论中,林肯就曾讲过,“他(黑人)与我们在许多方面不与我们平等——在肤色上确实是不平等的。……我相信这个差别将永远禁止两个种族在社会和政治平等的两个条件下生活在一起”。相关内容可参见刘祚昌:《美国内战史》,人民出版社,1978 年版,第 143 页。所以要理解林肯的废奴思想还应该探究其自然法权利思想,这一思想认为,每个人都应该可以自由劳动,并获得自己相应的报酬;这一思想也对林肯的废奴思想形成起到了十分重要的作用。

③ 刘祚昌:《美国内战史》,人民出版社,1978 年版,第 112 页。

关系到自由主义本身,也关系到美国国家的统一。正是在这个意义上,林肯政府在内战时期的作为重新整合了美利坚民族共同信仰的基础,通过对美国自由主义与国家主义的论证,林肯重新建构了美国民族主义思想的基本内涵。①

造成美国国内政治分裂的论争首先从是否应将奴隶制度扩展到新并入的美国领土开始。从19世纪初叶开始,针对这一问题,美国各派政治家纷纷根据自己眼中美国信条的本义提出了己方的见解,林肯自然也不例外。1854年,美国通过了《堪萨斯—内布拉斯加法案》,该法案允许新拓殖的领土实行奴隶制度。林肯对此十分失望,在他看来,美国建国之父们所提倡的美国信条正在受到侵蚀。他写道:"渐渐地,但却难以逆转地,正如人们总要走向坟墓那样,我们放弃了一些旧有的转而接受一些新的东西。大约在八十年以前,我们就已经开始宣称所有的人都生来平等;但是现在我们却接受了另外一些东西,那就是允许一些人奴役另外一些人是地方自治政府的神圣权利。这种新的东西不可能与美国固有的信条相共存,它们之间正如同上帝与贪欲之魔一样对立。任何一个坚持其中之一的人都必然对另外一个满怀鄙夷。"②在林肯看来,人人平等原则是共和制度的基石,并且是《独立宣言》中最珍贵的部分。在一次讲演中,林肯宣称:"对于奴隶制度的扩展,我只能痛恨。我之所以恨它是因为它剥夺了我们共和制在世界应有的正义影响。它的存在将使那些自由体制的敌人有理由嘲笑我们的伪善,而又使自由主义真正的朋友怀疑我们的真诚。特别是它将迫使我们中一些本来善良的人与自由主义的一些基本原则相冲突,损害《独立宣言》中的基本价值。"③

在这场重新界定美国信条的争论中,林肯不仅从《美国宪法》和《独立宣言》中寻找自己的论据,也常常从道德主义视角阐发自己的观点。林肯写道,在基督的名义下,"如果奴隶制度不是错误的,那么还有什么事情是错误的? 我实在想不出我有何时不是这样认为和感觉的。当然我知道,总统的权力并未使得我不受任何约束来按照自己的理念废除奴隶制度"④。由于出身低微,林肯对于劳动者有着一种天生的同情心理,他写道:"那些蚂蚁,它们辛辛苦苦地将面包屑拖回自己的巢穴,将会毫不犹豫地保护自己的劳动果实。正像这些事实一样显而易见,那些即使是

① 相关论述可参见 Harry V. Jaffa," Conflict within the Idea of Liberal Tradition", *Comparative Studies in Socitiy and History*, Apr. ,1963, pp. 274 – 278.

② Abraham Lincoln, Roy. p. Basler edited, *The Collected Works of Abraham Lincoln*, New Brunswick, N. J. : Rutgers University Press,1953, VoL. II, p. 257.

③ Abraham Lincoln, Roy. P. Basler edited, *The Collected Works of Abraham Lincoln*, New Brunswick, N. J. Rutgers University Press,1953, VoL. II, p 255.

④ Abraham Lincoln, Roy. p. Basler edited, *The Collected Works of Abraham Lincoln*, New Brunswick, N. J. : Rutgers University Press,1953, VoL. VII, pp. 281.

最麻木和愚蠢的奴隶也知道自己受到了不公正的待遇。也正是如此地显而易见，没有人，无论其地位高低，无论其如何公开称赞奴隶制度，愿意使自己成为一个奴隶。"①1858年，在芝加哥的一次讲演中，林肯大声地宣称："如果我们不能将自由扩展到所有人，那么我至少也不应该将奴隶制度强加到更多人身上。"②在一篇讲话稿中，林肯写道，"我总是认为所有的人都应该是自由的。每当我听到有人赞成奴隶制度的时候，我总是感到一个强烈的冲动：想要亲眼看到当奴隶制度被强加于他们自身时将会怎样"③。内战爆发后，林肯总统废除奴隶制度的态度日益坚决，他坚决反对因南方奴隶主的武装叛乱而妥协："总有一些如此卑劣的人劝我重返奴隶制的老路，以重新赢得奴隶主的支持。倘若我真的这样做了，那我就真应该被时间永远地诅咒。无论发生何事，在我的朋友和敌人面前，我都将坚持自己的看法。"④

实际上，19世纪60年代的美国社会已经发展到了这样一个新的阶段：对于自由主义和美国信条本身的重新定义已经在所难免。与此相应，美国民族主义思想的基本内涵也将发生重大的改变，其过去的种族与宗教基础正在让位于真正普适性的政治认同。在早期的建国阶段，那些草拟《独立宣言》的美国元勋们很多本身就是奴隶主。那时，有色人种并不被认为是理所当然的美利坚民族的平等一员。然而到了林肯的时代，这种情况正在发生巨大的改变，过去那种仅仅被局限于少数人的人权开始被普适化到更多人的身上。因此，对自由主义基本范畴和美国民族主义的重新定义成为林肯时代的一个重要特征。林肯写道："世界从来没有对自由这个词有过一个很好的定义，而现在的美国人尤其需要这样一个定义。我们都以自由的名义宣称自己的理念，但在使用同一个词时却不意味着同样的意义。对于一些人来说，自由这个词意味着任何人都可以做他自己喜欢的事，也可以处理自己的劳动成果；而对另外一些人来说，自由这个词仅仅意味着他们可以任意享有他人的劳动成果。这不仅是两个不同的事物，更是两个难以相容的事物。"⑤毫无疑问，这场争论将彻底修改美国信条的基本内涵，黑人以及以后其他来到美国的有色人

① Abraham Lincoln, Roy. p. Basler edited, *The Collected Works of Abraham Lincoln*, New Brunswick, N. J. : Rutgers University Press, 1953, VoL. II, p. 222.

② Abraham Lincoln, Roy. p. Basler edited, *The Collected Works of Abraham Lincoln*, New Brunswick, N. J. : Rutgers University Press, 1953, VoL, III.

③ 参见 Abraham Lincoln, Roy. p. Basler edited, *The Collected Works of Abraham Lincoln*, New Brunswick, N. J. : Rutgers University Press, 1953, VoL. VII.

④ Francis B. Carpenter, *The Inner Life of Abraham Lincoln*, *Six Months at White House*, Nebraska: University of Nebraska Press, 1995 pp. 307 – 308.

⑤ Abraham Lincoln, Roy. P. Basler, edited, *The Collected Works of Abraham Lincoln*, New Brunswick, N. J. Rutgers University Press, 1953, VII, p. 302.

种都将因此成为美利坚民族中的平等一员,而实现这一转变的基础恰恰来自于对自由主义本身的重新建构。大致而言,自由主义内涵的这一变化主要体现在两个方面。第一个方面是自由主义本身的内容有所扩大,即联邦政府不应仅仅承担"守夜人"的职责,它还负有维护、扩展自由主义的责任;第二个方面就是自由人权适用的范围比以前更加扩展。

在林肯刚刚成为美国总统的日子里,美国社会在奴隶制度上的分歧是如此之大,以至于联邦本身的存废已经成了一个问题。对于这一问题,林肯坚持认为联邦的存在是维持美利坚自由民主的先决条件。在美国内战全面爆发之前,出于维护美利坚联邦的现实需要,林肯并没有在已经存在奴隶制度的各州立即推行废除奴隶制度的措施。[①] 内战爆发后,维护联邦的存在与废除奴隶制度成为一枚硬币的两面。在林肯此时的论述中,作为世界上自由民主政治的最后希望,如果美利坚联邦不能够继续生存下去,那么整个人类将失去一次以自由主义原则改造世界的机会,而要打赢战争、维护联邦的存在,就必须推进奴隶制度废除的进程。在此基础之上,林肯将美利坚民族的命运、对自由主义的护持以及废除奴隶制度联系了起来。

从美国历史来说,正是美国内战前后的历史重新定义了美国民族主义的含义,将一个已经将要分裂的国家重新整合起来。一位美国历史学家对此评论道:"林肯使美国信条的正确定义不再留有疑问。作为一个装备了当时世界上最先进武器的百万大军的统帅,他拥有巨大的权势。在 1864 年 4 月,这支部队即将发起一场新的攻击,并在这个国家的历史上造成史无前例的伤亡,以至于其所造成的死亡超过了历次其他战争的总和。然而,这些不都是以自由的名义而实施的吗?因为在林肯看来,美利坚民族成为了自由的保护者。"[②]正如本书在后面将要反复论证的那样,就像烈火中重生的凤凰,内战重新定义了美利坚民族本身的含义,使得它拥有了更广泛的基础和更高的道德标准。

---

① 整体而言,正如我们后面所要指出的那样,林肯与废奴主义者的区别主要在于如何废除奴隶制度的具体方法上,而林肯对这一问题的看法主要是由现实的政治演变所决定的。在这一时期,有两件事情特别影响到林肯的基本观点。第一件事情是《堪萨斯—内布拉斯加法案》的通过,另一件事情则是南部诸州所采取的一些分离主义举动。

② James M. Mcpherson, *Abraham Lincoln and the Second American Revolution*, New York: Oxford University Press, 1991, pp. 136 - 137.

第二节 林肯早期的思想与实践

一、年轻的辉格党人①:林肯最初的政治思想与实践

要理解林肯在美国历史上的重要作用,就必须了解奴隶制度在美国早期社会生活中的地位。实际上,奴隶制度在北美的存续时间要远远长过美国本身。早在杰弗逊起草《独立宣言》的第一稿时,由于提交的稿件中含有谴责奴隶制的词句,就被迫进行了修改。包括美国开国总统华盛顿和之后约翰·亚当斯总统在内,此时大多数的独立战争领导人都拥有大批属于自己的奴隶。在此情况下,《美国宪法》虽然为美国确立自由民主的政治体制,却在奴隶制的正当性问题上含糊其词,为日后美国的国内政治斗争留下了巨大的隐患。19世纪初叶以后,是否在新增领土上实施奴隶制度,成为美国国内政治斗争的焦点。

实际上,建国伊始,美国向外扩张的步伐就从未停止。早在《美国宪法》诞生的1787年,美国就通过谈判从英国取得了五大湖区的西北领地。1803年,美国从法国购得路易斯安那。在西南方向,美国通过战争手段和不平等的廉价购买,从墨西哥得到大片领土。到19世纪早期,美国已拥有22个州;经过激烈的讨价还价,自由州和蓄奴州各占一半。尽管如此,由于建立了先进的资本主义劳动制度,北方各州的经济增长速度要远快于南方。而北方吸引新移民的数量以及自身居民的增速,也要大大超过南方。在此情况下,自由州在联邦众议院的影响力早已超过蓄奴州。仅仅靠了参议院,蓄奴州的影响力才得以在联邦国会勉强维持。到19世纪30年代,蓄奴州与自由州的矛盾已日益激化。

19世纪30年代正是林肯登上美国历史舞台的时刻,此时他已经展现出了对奴隶制度的厌恶之情。在内战之前的岁月,关于奴隶制度的争论正在成为美国政治生活中的一件大事。林肯传记的作家塔贝尔写道,"逃跑的奴隶,地下火车站,追踪黑奴的奴隶主与时不时被捕回南方的男人和女人,以及对逃亡者的审判——在那

① 美国辉格党与辉格主义是在19世纪30年代所兴起的一股政治潮流。其起因在于反对美国总统安德鲁·杰克逊及其创建的民主党所订立的党纲与政策。具体来说,其政策主张就是支持国会立法权高于总统行政执行权,同时主张建立现代化的经济体系,如银行、工厂和铁路体系来加速美国的现代化,反对民主党所遵循的杰弗逊式的平等农业社会理想(这一理想希望通过传统农场生活保持共和政体的简朴)。在辉格党人的基本政治理念之中,崇尚自由与权威的协调相处的共和主义,反对过分的个人自由主义。此外,辉格党人崇尚简朴与勤劳的生活方式,主张节制的社会生活方式,对普通大众的生活比较同情。1854年《堪萨斯—内布拉斯加法案》通过以后,该党在对待奴隶制度的问题上发生了分裂。相关内容可以参见 Michael F. Holt, *The Rise and Fall of the American Whig Party Jacksonian Politics and the Onset of the Civil War*, New York: Oxford University Press, USA, 1999。

些年里,已经成为林肯在那些靠近蓄奴州的领土上时常看到的日常景象"①。这一时期,美国对于得克萨斯的兼并正在使是否应该允许新并入领土实行奴隶制度成为摆在美国政坛的一个重大问题。在这种情况下,废奴主义的主张又一次成为美国国内重要的议题。对于林肯来说,他并非第一次接触到废奴主义的主张。1838年,林肯曾在一次演说中公开抨击暴徒们对于废奴主义者的迫害。1837年11月,就在林肯所在的伊利诺伊州发生了暴徒公开杀害著名废奴主义者伊莱亚·佩利许·洛夫乔伊的事件。当时,一群暴徒围攻了著名废奴主义者伊莱亚·佩利许·洛夫乔伊的寓所,并将其枪杀,而其寓所内用来制作宣传用品的印刷机也被抛入河中。林肯严厉地斥责这种行为,他写道:"每天都会传来暴徒所犯种种罪行的新闻。而且这种罪行充斥了整个国家,从新英格兰到路易斯安那到处都是——它们既不专属于蓄奴州,也不专属于非蓄奴州。"②

此时,对于所有的美国人来说,奴隶制度所造成的国内分裂正在侵蚀美利坚民族赖以存在的合法性基础。那么,美国到底是应该继续维持现存的状态,还是应该通过一场巨大的社会变革来彻底重塑美国信条的基本内涵? 这时的林肯对于废奴主义的主张还心存保留。在他看来,眼下的当务之急应该是阻止奴隶制度向新并入的领土扩张,全部废弃已存的奴隶制度很可能造成美国现存社会政治结构的彻底破裂。对于林肯来说,他清楚地明白美国社会中大多数公众还不能很快接受废奴主义的主张。著名历史学家哈里·雅法 (Harry V. J affa)是这样描述林肯的,"林肯从来不肯提出过于超前于绝大多数公众看法的建议。然而,另一方面,林肯却总是能在适当的时机提出新东西引导公众前行"。③ 虽然此时林肯仍然试图与废奴主义者保持距离,然而当25年后林肯发布《黑奴解放宣言》时,废奴主义者的主张大多数都得到了实现。与这一时期美国社会的大多数政治家相比,林肯能够将现实的情况与理想的原则结合起来,这一点在其早期的政治生涯中就已经有所展现。

随着美国国内关于奴隶制度的争论愈演愈烈,林肯的政治主张也变得更加激进,尽管此时他还无法想象通过战争手段来重塑美国自由主义及国家认同的基本内涵。这时,美国国内的政治分裂也已经反映到了他所在的伊利诺伊的立法机构之中。当时,在州议会当中,对于奴隶制度持同情态度的力量仍然居于主导地位。在此情况下,对于一个只有28岁的州议员来说,林肯最经常做的事情就是与同情

① Ida M. Tarbell,*The Life of Abraham Lincoln*,Volume I,New York:Macmillan,1923,p. 222.
② Ida M. Tarbell,*The Life of Abraham Lincoln*,Volume I, New York:Macmillan,1923,pp. 108 – 115.
③ Harry V. Jaffa,*Crisis in the House Divided*,Chicago:University of Chicago Press,1982 p. 386.

南部各州的人辩论。后来的历史学家在评论这一时期的林肯时写道:"关于他的言行的记录表明,林肯不仅在口头上表示对奴隶制度的不满,也曾投票抵制这一制度,而此时这样做并不受到人们的欢迎。在 28 岁的年龄,他就在伊利诺伊的州议会中与南部各州的同情者辩论。当国会中几乎所有的参议员和众议员都支持蓄奴权的时刻,只有两个人仍然对此公开表示保留。他们是丹·斯通和亚伯拉罕·林肯"。对于这段时光,林肯后来回忆道,"从 1836 年到 1840 年这段时间,奴隶制度问题就开始困扰我。我时常对这个问题感到困惑与悲伤"①。

1847 年,林肯当选美国国会议员,他的生活也因此开始发生改变。尽管憎恶奴隶制度,林肯依然寄希望于维持美利坚民族与联邦的统一。作为一个资历尚浅的议员,林肯在工作中勤奋努力,赢得了不少人的赞赏。他的一位朋友写道:"林肯工作时既勤奋又谦虚。在那里,林肯积极地为改善黑奴生活环境而工作。不过另一方面,他也反对立即采取比较激烈的举措取消奴隶制度。"②对于林肯此时的基本政治立场,大多数历史学家是这样描述的,林肯结合了两种态度。一方面他激烈地反对奴隶制度的扩展,另一方面他又对已经存在的一些具体制度采取一种比较保守的态度。不过总的来说,随着时间的流逝,林肯的态度越来越具有进步性。这一点在林肯对待哥伦比亚大区内奴隶制度的基本态度上比较明显地表现出来。在林肯所提出的提案中,哥伦比亚大区应该逐步废除奴隶制度;不过,与此同时,林肯也给这一步骤规定了许多先决条件,特别是强调要采取补偿和奴隶主自愿的原则。

二、林肯的转变

(一)19 世纪 50 年代的美国宪政危机

从一定意义上讲,美国内战前的国内政治危机实际上就是一场宪法危机。一般认为,宪法危机的产生主要有两个原因:一是宪法本身的模糊性导致争论升级;二是有关宪法的争论与国内政治斗争联系起来,以致在现有宪法框架内难以解决争端,催生宪法危机。美国作为一个多元性的民主社会,其国内政治发展的路径特征一直表现为多元利益主体间的相互博弈、妥协,并不断由此推进美国宪政体制的循序调整,以最终实现各方利益的平衡。1787 年《美国宪法》实际上是当时各派政治势力相互博弈、妥协的结果,因而未对奴隶制度在美国社会的地位进行明确的规定。

---

① Abraham Lincoln, Don E. and Virginia E. Fehrenbacher, coedited, *Recollected Words of Abraham Lincoln*, Standford, CA: Standford University Press, 1996 p. 61.

② William H. Herndon and Jesse W. Weik, *Herndon's Life of Abraham Lincoln*, New York: Da Capo Press, p. 143.

在历史上，美国政治的传统一直崇尚通过妥协解决彼此的分歧，反对以激烈的手段化解争端。然而，与以往不同，奴隶制度在美国的存废由于牵涉到众多社会阶层的根本切身利益，因而难以通过理性的途径加以逐步解决。内战爆发前，联邦政府与南部各州围绕奴隶制问题曾经发生过三次大的争论。第一次争论是围绕密苏里加入联邦后，是否应保持蓄奴州的身份。南部各州最终与北方州达成妥协，形成《密苏里妥协案》，将划分南部蓄奴州与北部自由州的界线从北纬39度43分调整至36度30分，并允许大多数领土在界线以北的密苏里以蓄奴州的身份加入联邦。第二次争论则围绕着进口关税。1824年，联邦国会在北方工业资本家的提议下，决定将进口关税提高至40%，从而引起了南部各州的激烈反对。此时，在美国南方与北方，已经形成了针对自由贸易的不同立场。出于向欧洲出口棉花等农产品、进口欧洲工业品的需要，南部各州积极响应英国的自由贸易呼吁，要求将关税维持在较低水平。而在北方各州，由于已经建成了大批近代大工业，新生的工业部门急需国家实施一定的保护关税措施，为民族工业的发展创造较为宽松的环境。针对联邦国会提高关税的举措，南卡罗莱纳州率先宣布，联邦国会提高关税的举措违反宪法，南卡罗莱纳将不予以遵循。此后，围绕关税升降问题，南北双方发生了激烈争论，并最终使联邦国会重新调低了进出口税率。第三次争论发生在1850年，主要围绕美墨战争后，是否应使新增的加利福尼亚、得克萨斯、新墨西哥等州以蓄奴州的身份加入联邦。根据南北双方最终争论的结果，加利福尼亚以自由州的身份加入联邦；得克萨斯、新墨西哥则由本州人民自由决定奴隶制度的去留。然而，根据各方达成的妥协，南部各州的奴隶主第一次被允许到自由州抓捕逃亡的奴隶。

伴随时间的流逝和美国经济的发展，奴隶制度越来越成为美国社会各阶层争论、斗争的焦点。首先是长期保留奴隶制度的南部各州一直顽固抗拒联邦政府限制奴隶制度的政策，从而引发了州权与联邦权之争，即在美国联邦体制下，州权到底能够在多大程度上制衡、抵消联邦的权力。由于《美国宪法》最初来源于北美十三州让渡的部分州权，在内战爆发前的七十多年里，美国政治生活中始终存在州权与联邦权的激烈斗争。特别是，在建国初期，美国各州间的经济联系并不密切，各州对外经济联系的首要对象依然是欧洲国家。各州之间的相互往来反而相对缺失。十三州的联邦在很大意义上是为了应对外部挑战的政治联盟。在此情况下，各州经济上的相对独立，必然造成联邦的相对松散以及联邦权的相对羸弱。然而，随着经济和社会的发展，联邦对州内事务的干涉不断加强。到19世纪中叶，对于各州而言，联邦的干预已经成为其应对各种问题时，必须借助的重要依靠。然而，在此过程中，联邦与州的矛盾也有所发展。

其次是如何看待奴隶制度与自由主义理念及美国共和制的关系，即奴隶制度能否与洛克式的自由主义价值观及制度设计相容。《美国宪法》曾规定,联邦各州应实行共和政体,但对共和政体的具体含义却未加说明。实际上,在建国初期,美国各州的政治制度是相当复杂的。根据统计,到1820年,南部仅有佐治亚、亚拉巴马和路易斯安那三州的地方政府由民选产生,仅占南方各州的1/5。在弗吉尼亚,法官由州长任命,甚至还没有建立起稳固的三权分立体制。此时,在大多数南方州,都规定了成年男性选民必须拥有的财产数量,从而使真正能够在美国政治生活中发挥作用的阶层集中在上层社会。这些对选举的限制,直到美国内战前后才逐步取消。实际上,从美国独立到内战前,相比于18世纪的北美大陆,美国各州(特别是南部各州)由于联邦宪法的约束,已经在建立自由民主体制这一进程中取得了比较大的进展。到19世纪中叶,在联邦的推动下,蓄奴州与自由州一样,接受、容纳了北美大陆的政治民主化,以分立制衡原则为特征的共和政治体制才开始全面在北美大陆建立起来。在此情况下,当涉及奴隶制度存废这样一个关乎南方各州根本经济利益的争论不断激烈之时,尚处于青少年时期的美国共和制能否承受这一考验,成为决定美国命运的大事。

再次是如何看待公民权利普适化的问题,即黑人是否应被视为美国公民,并因而享有相应的公民权利。

可以看出,由于《美国宪法》在其起草完成的最初阶段,主要基于各个利益集团间的妥协,并由此对奴隶制度的存废预留了许多模糊的空间。在内战爆发前的一百多年时间里,南北双方围绕奴隶制度的争论、斗争,尚能在宪法的框架内,通过和平、合法的途径加以解决。但在这一过程中,围绕是否在新增领土上实行奴隶制度的问题,南部各州与联邦政府的矛盾不断激化,最终导致了在现有宪政框架下难以解决、缓解的政治危机。

(二)林肯的转变

1854年,由参议员史蒂文·道格拉斯提出的《堪萨斯—内布拉斯加法案》得以通过,①而这也标志着《密苏里妥协案》的寿终正寝。② 对于年轻的林肯来说,这一事件有着非比寻常的意义。从那以后,他开始从一个温和的辉格党人变为一个坚定的共和党人。③ 在此之前,尽管林肯反对将奴隶制度扩展到新的领土之上,但他在奴隶问题上大体上是偏于保守的,反对因此导致美国国内政治的分裂与联邦的解体。此时,林肯所在的伊利诺伊州的共和党刚刚成立,在大多数人的眼中,它是一个激进的要求彻底变革奴隶制度的组织。为了在未来的国会选举中取得胜利,也为了获得更多人的支持,年轻的林肯一直以来都与共和党保持着一定的距离。而绝大多数共和党人与废奴主义者也对林肯心存芥蒂。当时的一位共和党人曾经这样写道,"我不能全力支持林肯和他阵营中的人。我对他们反对奴隶制度的热情不抱有太大的信心"。④ 为了能够在这一年年底的选举中进入美国参议院,林肯力图取得伊利诺伊州议会中一些政治立场较为温和的民主党人的支持。

这时,由于《堪萨斯—内布拉斯加法案》的通过,美国国内的政治分裂与对立更加严重,同情奴隶制度的民主党正在受到越来越广泛的批评。林肯原本希望可以与民主党中主张限制奴隶制度的温和派加强合作,但他的想法却落了空。当时,大多数民主党人将林肯看成是一个激进的废奴主义者,而推动《堪萨斯—内布拉斯加法案》的通过也使得民主党在废奴问题上的最后一块灰色地带化为乌有。在这

① 1854 年,美国国会取消了限制奴隶制度扩展到西部新开发地区的禁令。此后,位于这一地区的堪萨斯—内布拉斯加地区人口日益增多,要求以州的身份加入联邦。由于该州在北纬 36 度 30 分线以北,按照《密苏里妥协案》,应该以自由州的身份加入联邦。但此时,南部蓄奴州的力量在联邦政府中占据优势;1854 年 1 月 23 日民主党参议院党魁道格拉斯向参议院提交了新的法案,要求废除《密苏里妥协案》,将新开发地区实施何种制度交由当地居民公投决定,即所谓的平民主权原则。该法案通过后,奴隶制度不再受到地区限制,不断向北发展,并因此导致了美国国内政治的分裂。1854 年 7 月,反对这一法案的政治力量结成新的共和党,美国国内的政治生态更加分裂,为美国内战的爆发埋下了伏笔。相关内容可以参见 Kansas-Nebraska Act,*The Columbia Encyclopedia*,The Columbia University Press,2001。

② 所谓《密苏里妥协案》指的是 1820 年美国国会就密苏里地域成立的新州是否采取奴隶制度所通过的妥协案。1818 年,密苏里的居民人数达到 6.6 万人,符合建立新州的条件。在此情况下,当地政府申请以自由州的身份加入联邦。但由于密苏里大部分地域都位于梅松狄克线以南,南部蓄奴州的国会议员希望密苏里以蓄奴州的身份加入联邦。此时,在联邦内部,自由州与蓄奴州的数目相等,在参议院的席位也相等。密苏里的去向将直接决定双方的力量对比。经过一番讨价还价,最终决定允许从马萨诸塞州划出的缅因地区以自由州身份加入联邦,而密苏里则以蓄奴州身份加入联邦。此外,还规定北纬 36 度 30 分线为蓄奴州与自由州的分界线。《密苏里妥协案》在一定程度上缓和了蓄奴州与自由州之间的矛盾,使得联邦体制又得以平稳运行下去。《密苏里妥协案》的相关内容可参见 Missouri Compromise,*The Columbia Encyclopedia*,The Columbia University Press,2001。

③ 实际上《堪萨斯—内布拉斯加法案》通过后,辉格党发生了分裂。南方的部分辉格党人逐渐转向支持这一法案,而包括林肯在内的大多数辉格党人则对这一法案持批评态度。由于内部的分裂,辉格党在美国的选举中屡遭重创,支持度一路下滑,以至于当时辉格党在伊利诺伊州的政治领袖林肯也一度退出政坛,重操律师旧业。正是在这种情况下,林肯成为了一名共和党人。相关内容可参见 Michael F. Holt,*The Rise and Fall of the American Whig Party Jacksonian Politics and the Onset of the Civil War*,New York:Oxford University Press,USA,1999。

④ "A. S. Miller to Washburne,Dec. 18,1854",*Elihu B. Washburne papers*,Library of Congress。

种情况下,林肯很难再同时获得辉格党人与民主党内温和派的支持。① 不得已,在选举的最后关头,林肯转而支持共和党的候选人。

正是在此时,林肯的政治思想越来越转向彻底地废除奴隶制度以重塑美国信条与民族主义的内涵,而这种重塑首先意味着使黑人成为美利坚民族的平等一员。1855 年,林肯在一封信中写道:"从那时开始,我们已经有了整整三十六年的经历。我想,那些经历告诉我们,不可能有和平根除奴隶制度的前景。在自由这个原则性的问题上,我想,我们已经不是曾经的我们。当我们都还是英王的政治奴隶时,当我们自己想要获得自由之时,我们把人人生来平等这一原则当做不言自明之物。可是当我们变得更加强壮,并且不再恐惧会成为奴隶之时,我们却不再相信这一原则。7 月 4 日这一天还没有消逝,它仍将是伟大的一天。随着大革命时的人和事的逝去,那种可以促使奴隶制度和平消解的精神也没有了。在那个时代,大约一半的州自愿采取了解放黑奴的政策。然而,自从那以后,不再有其他任何州还愿意放弃奴隶制度。就算沙俄所有的贵族自愿放弃自己的特权,也很难想象美国的奴隶主们会自愿放弃特权。我们现今的政治问题是,作为一个国家,我们是否还能允许半是奴役、半是自由的并存?"②

此时,由于堪萨斯州的并入,是否在新的领土上实行奴隶制度又一次成为美国国内争论的焦点。在另外一封信中,林肯完整地表述了自己对于这一问题的看法。在信中,他写道:"你认为在赋予黑奴法律权利之后,联邦必然就会解体。我却不这样认为。我承认,我不愿意看到那些可怜的人们受到种种的虐待。那种悲惨的景象对于我来说,是一种痛苦的折磨。然而,每当我走近南部诸州的时刻,我总要碰到这样的景象。你应该欣赏北方的人民,他们为了维持联邦的存在,付出了多少情感与道德的代价。我反对奴隶制度的扩大,因为我的判断和情感促使我这样做。你说堪萨斯如果公投想成为一个蓄奴州,就应该尊重它的选择;否则,联邦就应该解体。然而,如果这种公投本身所用的方式就是不公正的,那么应该怎么办呢? 在你的设想中,堪萨斯州的奴隶制度问题可以通过《堪萨斯—内布拉斯加法案》得到公平的解决,我的想法却与你大相径庭。在我看来,《堪萨斯—内布拉斯加法案》本身就是一个暴力的产物。在我看来,按照已然存在的《美国宪法》,堪萨斯州的黑奴都应该获得自由。然而那些立法者却罔顾这些。在我看来,《密苏里妥协案》的精神应该得到尊敬。我反对堪萨斯作为一个蓄奴州进入联邦。在我反对堪萨斯

① Reinhard H. Luthin," Abraham Lincoln Became a Republican", *Political Science Quarterly*, Vol. 59, No. 3, pp. 420 –438.

② Abraham Lincoln, RoyP. Basler, edited, *The Collected Works of Abraham Lincoln*, Volume II, New Brunswick, N. J.: Rutgers University Press, 1953, pp. 317 –318.

并入的过程中,我会有很多志同道合的同伴,可能我们会遭受迫害。如果我们有此遭遇,也不会试图使联邦解体。恰恰相反,我们中的许多人都会尽力维持联邦的存在。你想知道我的基本立场,我觉得我是一个辉格党人,不过也有人觉得我是一个废奴主义者。当然我现在所做的事情已经不仅是要阻止奴隶制度的蔓延。"[1]

这一阶段,面对美国国内政治生活的巨大变化,年轻的林肯也开始重新思索一些美国的政治议题。由于林肯越来越清醒地看到,在当时的美国内部,已经越来越难以通过和平与渐进的手段来限制奴隶制度。他的政治思想也因此变得更加激进。1855 年,在写给朋友的一封私人信件中,林肯写道,"我相信,对于我们来说,和平消除奴隶制度的前景正在变得晦暗"。他激烈地批评美国《独立宣言》中基本思想受到了难以容忍的践踏,"《独立宣言》中人人生而平等的信条不再是一个显而易见的事实,而是成为了一个显而易见的谎言"。[2] 从这时起,关于奴隶制度的问题越来越成为林肯在政治生活中关注的焦点。一方面,这与当时美国整体的社会环境有很大的关系,另一方面这也与林肯自身的思想有密不可分的联系。在年轻的林肯看来,美国信条与自由主义传统正在受到侵蚀。

此时,刚刚成立的共和党也开始大力吸收民主党人中的温和派与辉格党人。在这种情况下,辉格党与共和党之间的合并开始被人们提上议事日程。随着 1856 年的到来,美国政坛又酝酿起新的分化组合。此时随着总统大选的临近,各个政党之间的关系又变得微妙起来。就在这一年,共和党人在邻近伊利诺伊州的威斯康星与密西根取得了选举的胜利。同时,共和党人在美国国会中取得了多数。这一切都促使辉格党人重新思索自己未来的走向。为了能够在当年 11 月举行的总统大选中崭露头角,1856 年 1 月 17 日来自全国的共和党的领袖们在华盛顿聚会,共同商定将在 6 月举行党内提名的大会。为了得到更多支持,美国国内各个反《堪萨斯—内布拉斯加法案》的力量开始结合起来,而林肯与共和党人的关系也日益密切。此时,共和党也修改了自己的政治主张,抛弃过去彻底废除奴隶制度的政纲,转而寄希望于遏制奴隶制度在美国的蔓延。这也就为辉格党人与共和党之间的合作奠定了最坚实的一块基石。

1856 年 5 月 29 日,在印第安纳的布鲁明顿召开了辉格党人同共和党人共同参加的全国性代表大会。在这次大会上,伊利诺伊州的辉格党人最终决定同共和党进行合并。出于对奴隶制度在美国进一步扩大的共同担心,辉格党人终于同共和

① Abraham Lincoln, Roy P. Basler edited, *The Collected Works of Abraham Lincoln*, Volume II, New Brunswick, N. J. : Rutgers University Press, 1953 pp. 320 – 323.

② Abraham Lincoln, Roy. P Basler, edited, *The Collected Works of Abraham Lincoln*, Vol. II, New Brunswick, N. J. : Rutgers University Press, 1953, pp. 279 – 280, pp. 280 – 281.

党人走到了一起,美国历史上最重要的政党——共和党也因此开始走上美国政治舞台的中心。在这次大会上,林肯对《堪萨斯—内布拉斯加法案》的通过进行了猛烈的抨击,他指出任何新并入美国的领土都不应该再实行奴隶制度。[①] 在这一年11月底的美国总统大选中,林肯积极地支持共和党的候选人,这时他已经成为了共和党的一员。尽管此时林肯仍然不赞成共和党在废除奴隶制度这一问题上采取过于激烈的政策,但历史的演变却使他不得不在这一问题上采取更加强硬的态度,而共和党也在未来的十年中迅速成为美国近现代史上最具影响力的政党。

然而,黎明到来前的黑夜依然漫长。1856 年的大选依旧以民主党的获胜告终。此后,利用总统职权,民主党政府重新任命了联邦最高法院的大法官,使同情、支持奴隶制度的人掌握了最高法院的控制权。1857 年,以首席大法官罗杰·坦尼为首的联邦最高法院宣判黑人奴隶不是美国公民,并宣布限制奴隶制扩张的《密苏里妥协案》无效,裁定国会无权干涉联邦领地上的奴隶制度问题。该裁决实际上宣布了奴隶制度的长期合法地位。此时,正值美国国内关于奴隶制的争论愈演愈烈之际,判决一出顿时掀起轩然大波。林肯指出,这是美国民主的严重倒退,是法律史上"一件令人吃惊"的事。

然而,仔细研究美国国内展开的辩论却会发现,辩论大多围绕是否应允许联邦国会干涉奴隶制度进行,对将黑人奴隶视为非美国公民几乎没有异议。北方资产阶级民主派仅仅关心的是,不应允许奴隶制度继续向联邦的其他地区蔓延,对于废奴并没有明确的要求。实际上,包括林肯在内的共和党人一再保证,只要奴隶制度控制在南部各州,联邦政府就不会加以干涉。不过,1857 年判例却进一步堵塞了和平解决南北争端的途径。因为在美国宪政框架内,最高法院的裁决就是最后裁决,在南北双方在国会势均力敌的情况下,国会与总统都难以干涉。以共和党为代表的资产阶级民主派要改变判决的结果,只有改变最高法院的人员构成,通过改判来废除 1857 年判例。而要改变最高法院的人员构成,共和党就必须赢得 1860 年总统大选。但共和党一旦赢得大选,南方势力所取得的成就将面临被彻底逆转的危险。在此情况下,1860 年大选顿时成为南北斗争的焦点。大选中,林肯与共和党没有获得南方的一张选票,而在北方却获得了压倒性的胜利,南北方的紧张对立正日益导致美国社会的深刻分裂。对于南方各州而言,此时摆在它们面前的一个根本性挑战是,伴随自由资本主义经济的发展,奴隶制度在美国的影响力日益式微,通过宪政途径维护、拓展自身利益的可能性正日益缩小。时间并不站在南方与

---

① Reinhard H. Luthin, "Abraham Lincoln Became a Republican", *Political Science Quarterly*, Vol. 59, No. 3, pp. 437 – 438.

奴隶制度一边。

综观这一时期林肯的政治主张，他越来越坚定地认为应该重新定义美国的基本信条，而这也将使美国民族主义的基本内涵在未来发生巨大的转变。这一时期，整个美国社会都已经深深地陷入分裂之中，政治的论争和党派竞争正在进入越来越难以控制的局面，而美利坚联邦本身的前途也变得更加难以预料。正如历史学家们所反复指出的那样，这种分裂的根本原因在于对美国信条深层看法的不同，根源于对美国民主制度根本不同的认知。至少到此时，林肯仍然采取了靠近中间的立场，一方面他反对奴隶制度在美国继续扩张，另一方面他不希望由于对奴隶制度的论争导致大规模的内战。这一时期的所有美国政治家，都或多或少地同时面临着两个问题的挑战：第一是奴隶制度在美国的前途问题，第二则是联邦本身的前途。对于林肯和新生的共和党来说，能否通过和平手段同时解决这两个问题已经成为越来越紧迫的议题。

时势造英雄，林肯此时已经越来越坚定地成为一个反对奴隶制度的人。尽管直到内战的爆发他才公开主张废除美国的奴隶制度，他的思想却越来越接近于废奴主义者。在林肯早期的论述中，我们可以发现大量对美国信条的论述。在林肯看来，美国信条本身由于奴隶制度的存在和蔓延已经受到了巨大的伤害。尽管美国早期的许多建国之父们很多都是种植园的奴隶主，但此时在林肯等人的眼中，他们已经被描绘成为坚持自由主义的典范。随着美国领土的扩张和国力的急剧增强，美国来到一个新的社会革命的临界点。在这样的一场革命中，美国信条本身的定义将会被重新界定，美国民族主义的基本内涵也将随之发生变化，而林肯则将成为这场革命中最具影响力的领袖。从 19 世纪 30 年代末到 50 年代末，林肯的政治思想逐渐成熟，而他也从一个身无分文的青年成为一名颇具影响力的政治家。就在林肯不断走向历史舞台中心位置的时刻，美国的内部矛盾也已发展到了全面爆发前的最后阶段。时钟即将指向美国历史上又一个大动荡的激情岁月。

第三节　战争岁月：为自由而拯救联邦①

对于内战前美国南方种植园经济的社会性质，在我国学术界历来众说纷纭。至今，我国的历史学教科书依然沿袭以前苏联的看法，认为南方种植园经济的性质

---

① 对于林肯来说，实际上他此时面临两个议题。第一个是联邦的存亡问题，第二个则是奴隶制度的前途问题。这两个问题的解决在相当程度上反映了林肯政治现实主义思想与自由主义理念之间相互碰撞与融合的过程。

应为封建奴隶制。在此,本书谨以马克思在美国内战期间的论述为依据,界定种植园经济的性质。马克思指出,南方种植园奴隶主实质上是将"自己的经济建立在黑人奴隶劳动上的资本家"①。根据这一论述,南方种植园经济在基本性质的认定上,应为资本主义经济,但其是与黑人奴隶劳动制度相联系的资本主义经济。实际上,在南方生产的棉花等初级农产品中,百分之八十是为了前往欧洲市场进行大规模的商品交换,而这是与封建奴隶制经济中自给自足的特性根本不同的。② 由此推之,美国内战的性质应是资产阶级内部两大利益集团围绕具体劳动制度(即奴隶劳动制度)的战争,而非两种性质完全不同的社会制度对立、冲突的结果。

1861 年 4 月 12 日,南部联盟叛军向联邦军队驻守的南卡罗莱纳州查尔斯顿港口发射了第一颗炮弹,南北战争由此爆发。在整个战争年代,林肯不得不始终面对两大相对独立的任务:拯救联邦与解放黑奴。正是在这一过程中,林肯进一步阐述了那个时代的美国民族主义思想。在林肯看来,美国伟大的政治实践要求美国能够继续存在下去,因为自由主义与美国国家的命运已经融为一体。在葛底斯堡的演讲当中,林肯宣称:"我们在此下定决心,决不使先烈们的鲜血白流;我们的国家将在上帝的护佑之下实现自由的新生,我们这个民有、民治、民享的政府将获得永生。"林肯认为,自由主义的新生与联邦的维护是一个硬币的两面,联邦的前途正蕴涵在自由主义的新生之中;没有自由主义的新生,没有奴隶制度的彻底废除,联邦很难在这样一场巨大的战火中生存下来。③ 1863 年 1 月 1 日,当《解放黑奴宣言》得以发表之际,他的助手在一篇文章中写道:"在经历了种种考验之后,亚伯拉罕·林肯,美利坚合众国的总统,终于获得了曾经受人鄙视的种族的感激,受到了一个饱受折磨的国度的喝彩,他的功业将铭刻于历史永不磨灭。"④两年后,美国国会以 119 票赞成,56 票反对通过了第 13 条宪法修正案,明确禁止在美国领土上存在任何奴隶制度。正是对南方奴隶制度的摧毁,使联邦获得了新生,美利坚民族也在理念与政治实践上实现了真正意义之上的统一。

然而,林肯作出废除奴隶制度的最终决定却经历了一个曲折的过程。在内战初期,颁布《宅地法》是林肯政府为应对内战所采取的一项重要措施。这项法律充

---

① 《马克思恩格斯全集》,第 26 卷(第二册),人民出版社,1980 年版,第 339~340 页。

② M. P. 科萨列夫:《美国种植园奴隶制的产生》,世界历史译丛,1980 年版。

③ 实际上正是美国内战的爆发使得林肯最终下决心废除美国的奴隶制度。1862 年林肯作出了为许多历史学家所乐道的论述,他写道,"我要根据宪法所允许之最佳捷径拯救联邦。在这样一个危机的时刻,我所关注的并非摧毁奴隶制度,我所关注的是拯救联邦;在奴隶制度与有色人种的问题上,大凡有利于拯救联邦的举动我就会去做"。相关内容可参见 Abraham Lincoln, Richard Current, edited, *The Political Thought of Abraham Lincoln*, New York: Indianapolis, Bobbs-Merrill, 1967.

④ John G. Nicolay, Michael Burlingame, edited, *With Lincoln in the White House: Letters, Memoranda, and Other Writings of John G. Nicolay*, 1860 – 1865, Carbondale: Southern Illinois University Press, 2000, p. 102.

分展现出林肯政府此时的主要依靠力量依然限于白人中小资产阶级。长期以来，是否通过《宅地法》一直是奴隶主与中小资产阶级间的斗争焦点。从 19 世纪 40 年代开始，代表奴隶主利益的蓄奴州代表与代表中小资产阶级利益的自由州代表围绕是否通过《宅地法》在联邦国会展开了一系列激烈的斗争。此时，伴随美国领土的扩张，美国西部国有土地面积已经达到 10 亿 4800 万英亩，超过全国面积的一半。① 广大中小资产阶级民主派希望，可以将西部新并入的土地进行无代价地分配。然而，这种分配土地的方式触及了奴隶主阶级的利益，因为他们试图通过自身占优势的经济、政治地位，获取在土地分配中的优先权，并将奴隶制度移植到西部。在由南方占优势的参议院的操控下，《宅地法》多次未能通过。1860 年林肯当选总统后，共和党政府立即着手推动《宅地法》生效。内战爆发后，尽快颁布《宅地法》从政治上打击南部奴隶主，就成为林肯政府的当务之急。为了团结美国中小资产阶级和新移民，阻止奴隶制度向西部新拓展领土的扩张，1862 年 5 月 20 日，林肯政府正式签署颁布了《宅地法》。根据该法案，任何年满 21 周岁的美国公民，只要不反对联邦政府，从 1863 年 1 月 1 日起，只需交纳 10 美元登记费，就可以登记不超过 160 英亩的尚未分配给私人的国有土地。《宅地法》的颁布使美国普通的白人中下阶层民众更加踊跃地参加联邦军队，因为他们意识到，只有联邦军队取得胜利，才能最终保证《宅地法》的顺利实施。此外，由于大批中下层民众以自耕农的身份获得土地，从根本上阻止了未来南方种植园经济向西部拓展的步伐。而白人自耕农在西部经济中的主导地位，也使西部各州再难以蓄奴州的身份加入联邦。正如马克思所指出的那样，《宅地法》实施后，伴随时间的流逝，即使蓄奴州在参议院的优势地位也难以保全，奴隶制度在美国的寿命已经没有多长了。②

尽管如此，《宅地法》的颁布仍主要是着眼于阻止奴隶制度在美国领土上的进一步扩张，对南方的奴隶制度并没有触及。特别是《宅地法》的着眼群体依然是中下层的白人小资产阶级，回避了此时对参加内战最坚决、最踊跃的数百万黑人，从而使该法案的革命意义大打折扣。南方奴隶主依然可以从容地组织、利用黑人奴隶，为其战争目的服务。

实际上，在内战初期，由于林肯政府根本没有预见到战争可能的残酷性，军事上、财政上的准备都远为不足，对解放黑奴的紧迫性也没有足够的认识。由于依然寄望于同南方达成妥协，在林肯当选总统之初，他并不愿意在废除奴隶制度的道路上采取激烈的举措。这一时期，林肯的手稿和各种公开发表的讲话，都明确地反对

① 刘祚昌：《美国内战史》，人民出版社，1978 年版，第 373 页。
② 《马克思恩格斯全集》第 15 卷，人民出版社，1963 年版，第 559 页。

废奴主义者的主张。可以说，至少在 1863 年之前，林肯还是试图将南北争端控制在《美国宪法》可以解决的框架以内。在就职演说中，林肯花了很大的篇幅安抚南方各州，他公开保证道，"我没有直接或间接地想要去干涉蓄奴州内部已经存在的机制。我没有这样做的打算，也没有这样做的法律权利"①。此时，由于对奴隶制度的争论，美国国内已经陷于四分五裂的状态。在林肯看来，维持联邦的存在已经成为美国总统的当务之急。② 直到内战的初期阶段，林肯仍然寄希望于将南北双方的矛盾控制在一定的范围之内，从而继续回到旧有的状态，拯救联邦与解放黑奴这两大任务也因此并没有被视为一体，而是被当做两个难以同时达到的目标。对于此时的林肯政府来说，其所面临的最大挑战在于如何协调对奴隶制度的反感与维护联邦及宪法的完整性。此时的林肯承认，《美国宪法》本身也只不过是妥协的产物，它允许了奴隶制度在南方的继续存在。在这种情况下，直到 1862 年，林肯并未明确提出要在美国彻底废除奴隶制度。在一次谈话中，林肯说："任何过于超前的举动都未必有利。如果人们认为我会立即废除奴隶制度，也许我根本不会当选总统。"③当时伊利诺伊州的一位参议员在日记中记录了林肯当时的思想："他的观点与我不谋而合。由于现在黑奴前来投靠北方的速度远远超过我们所能承受之限，这种情况对政府来说已经成为一个大问题。至少在目前，黑奴不应该被大量武装起来。如果我们现在就这么做了，很有可能在军队中产生危险和致命的不满情绪，造成远大于利的危害。目前，国会还无权对蓄奴州的内部事务说三道四。"④正如林肯对一位马萨诸塞州参议员所说的那样，废除奴隶制度必须与维护联邦的努力相契合，"而现在必须等待，因为时机还远未成熟"⑤。

这一阶段，林肯政府依然幻想因袭有限战争的模式，在维护美国基本社会政治

① Abraham Lincoln, The First Inaugural Speech, March, 4, 1861, http://www.bartleby.com/124/pres31.html.

② 关于这段历史，历史学家有过比较详尽的论述。一位历史学家写道，尽管奴隶制度是如此的罪恶，但林肯仍然对其予以容忍。究其实，大概有这样三个原因。第一，宪法并未授权联邦政府干预各州内部的奴隶制度。实际上早在《美国宪法》生效之前，一些州的内部已经存在奴隶制度了。这些州如果认为奴隶制度在联邦体制内不能得到保存的话，也许根本就不会加入联邦。第二，即使联邦有权干涉各州内部的奴隶制度，即使这样做不会危及联邦的存在，立即废除奴隶制度也有可能带来许多新的问题。立即使奴隶获得自由并不能使这数百万人马上获得赖以谋生的手段，反而有可能给政府带来新的负担。第三，如果奴隶制度可以被限制在蓄奴州内，并不一定需要马上采取手段废除奴隶制度。Abraham Lincoln, Richard Current, edited, *The Political Thought of Abraham Lincoln*, New York: Indianapolis, Bobbs-Merrill, 1967, p. xvi.

③ Abraham Lincoln, Don E. and Virginia E. Fehrenbacher, edited, *Recollected Words Of Abraham Lincoln*, Stanford, CA: Stanford University Press, 1996, p. 295.

④ Orville Hickman Browning, Theodore Calvin Pease edited, *The Diary of Orville Hickman Browning*, Volume I, Springfield, Ill.: Trustees of the Illinois State Historical Library, 1925, p. 555.

⑤ Abraham Lincoln, Don E. and Virginia E. Fehrenbacher, edited, *Recollected Words Of Abraham Lincoln*, Stanford, CA: Stanford University Press, 1996, p. 434.

结构的情况下,通过小规模的速胜,威慑、制止南部各州的分裂行为。然而,战争的进程很快打破了林肯的期望。对于在南部当权的奴隶主而言,这场战争被视为决定南部基本社会制度生死的决战。马克思曾经深刻地剖析了南方奴隶主在内战中试图达成的目标:"(南方所要求的土地)包括了联邦迄今所拥有的领土的四分之三以上。他们所要求的领土有很大一部分仍在联邦手中,首先必须从联邦手里夺过来。此外,所谓边界州,包括那些现在被南部同盟控制的州在内,都从来不是蓄奴州。……因此,南部同盟所进行的战争并不是一个防御战争,而是一个侵略战争,是一个为了扩展和永保奴隶制度的战争。"①实际上,早在1855年,南部著名的政治活动家詹姆斯·梅森就公开鼓吹,要维持南方的基本生活方式,只有一条路可行,即"彻底脱离联邦",而这只有通过在战场上彻底击败联邦才能做到这一点。②为了与联邦军队决一死战,还在1860年以前,南部诸州就建立了庞大的志愿军;至1861年7月,南方叛乱政府仅招募的志愿兵数量就达11万人,动员力度远远超过联邦政府。③

林肯却对这一严峻的形势缺少充分的准备,仍然希望劝说南部诸州留在联邦之内;他多次表示,联邦政府无意干涉蓄奴州的奴隶制度。然而,早已做好大战准备的南方诸州,对联邦政府的示好无动于衷,并在战场上多次重创联邦军队。根据南方叛乱政府的计划,最快将在1862年7月攻陷华盛顿,逼迫林肯政府签订城下之盟。在如此严峻的形势下,林肯政府不得不承认,战争已经演变成为一场决定联邦命运和美国宪政制度存亡的生死决战。在对国会提交的国情咨文中,林肯无奈地承认,联邦政府已没有其他的选择,唯有进行一场生死攸关的大战。尽管如此,林肯政府依然希望以有限方式进行战争,不愿战争对美国的基本社会结构产生大的影响。在林肯看来,内战是一场为维护宪法而进行的战争,不需要,也不应该为了进行战争,而对美国社会的固有生活方式进行大的改革。实际上,直到此时,林肯的内心对黑人奴隶始终怀有一种深深地不信任感。对于一些军事将领提出要解放、武装奴隶的建议,林肯表示了反对,因为他认为黑奴很难成为合格的战士,因而也难以在维护联邦的战争中发挥积极的作用。

林肯此时的心理集中体现在他对待废奴主义者的态度之上。一位当时的美国官员是这样描述当时的情境的,"废奴主义者很明显地不能满意于林肯所作出的解

---

① 卡尔·马克思:"美国内战",《马克思恩格斯全集》第15卷,人民出版社,1963年版,第358页。
② 莫里森等:《美利坚合众国的成长》,天津人民出版社,1980年版,第861页。
③ 莫里森等:《美利坚合众国的成长》,天津人民出版社,1980年版,第832页。

释。在他们的刊物上,充满了对林肯当局最强烈的批评和抱怨"①。然而正是林肯总统,在此后短短的五年时间里,出于维护联邦的需要,推动实现了废奴主义者的所有重要政治诉求。有意思的是,林肯在当选总统之初曾经与废奴主义者有过一次比较深入的讨论,其内容也许会有助于我们理解林肯当时的心境。下面就是林肯同废奴主义者之间的对话,大体摘录如下:

林肯:你们为什么对我有如此之多的不满?

回答:你应该发表宣言宣布立即废除奴隶制度。

林肯:假设我现在就这样做了,那么我们军队中曾经与敌人奋勇作战的两万名肯塔基人很有可能为此军心涣散,甚至投靠敌人。

回答:让我们现在就这样做。就算肯塔基也分离出去,我们的事业只会变得更加壮大。

林肯:在我看来,你的看法是不可想象的,因为我们首要的任务是维护联邦。②

然而随着南北战争的升级,林肯的思想开始越来越明显地倾向于在美国彻底废弃奴隶制度。特别是战场上军事形势的变化更加使林肯坚信这么做已经成为联邦政府必要的一项政策选择。此时,由于战场上的失利,联邦政府正面临越来越大的窘境。林肯敏锐地观察到,联邦政府在这场战争中所面临的是与以往大为不同的战争形势:总体战争。在这样的战争中,如果联邦不能取得胜利,美利坚民族将遭受难以接受的重创,国家将陷于分裂。林肯写道:"《解放黑人奴隶宣言》也许是我最后的一张牌。我必须善加利用,只有这样我才可能取得胜利。"③林肯越来越清醒地认识到,这样一场南北双方围绕不同理念原则而展开的血腥战争根本不可避免,因而在废奴问题上也日益坚决起来。如果说在南北战争的初期,林肯还曾经对南方抱有幻想,指望通过渐进的手段消灭美国的奴隶制度,那么到了1862年7月以后林肯的思想已经发生了根本的转变。在林肯的论述中越来越明确地将南北战争描绘成一场总体战争,一场民主与专制之间的生死搏斗,一场关乎美利坚民族

① 实际上此时,林肯并不愿意在废除奴隶制度的问题上走得太远,这一点突出地表现在林肯对国家重建问题的看法中。这一时期,在已经被联邦军队恢复秩序的地区,林肯试图通过在奴隶制度上的妥协,稳定这一部分地区,巩固联邦的权力。林肯多次许诺,如果叛乱州放弃叛乱回到联邦中来,它们将得以合法地保留原有的奴隶制度。只是在1862年以后,随着战争形势的展开,林肯才逐渐放弃了这种政策。相关内容可参见 William C. Harris, *With Charity for All-Lincoln and the Reconstruction of the Union*, Kentucky: The University of Kentucky Press, 1997, pp. 37。

② Allen Thorndike Rice, edited, *Reminiscences of Abraham Lincoln by Distinguished Men of His Time*, New York: North American Publishing Company, 1886, pp. 87 ~ 88。

③ Abraham Lincoln, Don E. and Virginia E. Fehrenbacher, edited, *Recollected Words of Abraham Lincoln*, Stanford, CA: Stanford University Press, 1996, p. 360。

前途命运的决战。当他正式签署了《解放黑人奴隶宣言》之后,林肯的决心更加坚定。他宣誓道:"我们必须通过战胜敌人使得《解放黑人奴隶宣言》更加有效。如果我们不能使之得到光大,那它就顶多只是一件纸制的武器。"①在一次谈话中,他表明了自己的决心,"上天比你我都要强大得多。当我发表《宣言》时,我曾经对自己产生了很大的怀疑。我相信许多人未必能够完全懂得其中的含义,而且我也担心它对那些接近蓄奴州的地区的影响。但我相信这样做是对的,而它会有助于我们的国家统一。我相信上帝,所以我作出了这一决定"。② 在这里,美国自由主义的新生与维护联邦存续的美国民族主义再一次开始重合起来。对此,林肯进一步宣称:"实际上,《解放黑人奴隶宣言》非常接近于长期以来我内心的想法。还在我正式将其变成文书之前,我就已经很长时间地对其有过深入的思索。……发表《宣言》主要有两个原因。第一个原因是,我感到应该还那五六百万黑人以公道,因为这是自由主义原则的本身之义;第二个原因也许更为重要,那就是,我认为这将成为我们手中打击叛乱的一个大棒。换句话说,它将缩短战争,保卫联邦。我相信,在宪法授权之下,我有权发表《宣言》,因为这么做是战争的需要。"③

1862 年以后,南北战争进入残酷的相持阶段。为了在军事上压倒联邦政府,南方叛乱政府进行了近乎疯狂的战争动员。根据统计,在仅有 550 万居民的南方,有 90 万人相继应征入伍。④ 尽管联邦政府在人力、物力上原本占有较大的优势,但因战争初期动员的强度严重不足,直到 1864 年初,联邦军队的总数才超过南方。特别是林肯政府迟迟不愿颁布解放黑奴的法令,使许多黑人民众难以投入到对叛军的作战当中。不过,随着各种解放黑奴措施的施行,从 1863 年开始。联邦军队的动员速度明显超过了南方,并逐步扭转了战争的基本态势。到战争结束,联邦军队总共动员兵力 276.5 万人,总数达到南方的 3 倍。⑤ 特别是,联邦政府颁布解放黑奴的法令后,南方的大量黑人逃往北方,严重打击了南方的经济、军事实力。而联邦军队却由于战争目的的转变,获得了越来越多民众的支持,到 1864 年底,联邦

---

① Abraham Lincoln, Don E. and Virginia E. Fehrenbacher edited, *Recollected Words of Abraham Lincoln*, Stanford, CA: Stanford University Press, 1996, p. 387.

② Abraham Lincoln, Don E. and Virginia E. Fehrenbacher edited, *Recollected Words of Abraham Lincoln*, Stanford, CA: Stanford University Press, 1996, p. 314.

③ Abraham Lincoln, Don E. and Virginia E. Fehrenbacher edited, *Recollected Words of Abraham Lincoln*, Stanford, CA: Stanford University Press, 1996, p. 455.

④ T. Harry. Williams, *The History of American Wars from 1745 to 1918*, New York Affred A. Knopf, 1983, p. 225.

⑤ 拉塞尔·韦格利:《美国陆军史》,解放军出版社,1989 年版,第 228 页。

军队共解放了 100 多万黑人奴隶,仅在联邦陆军中服役的黑人就将近 20 万人。[①]

此时,与联邦政府解放奴隶的举措形成鲜明对比,南部各州依旧坚持以白人作为部队的主要兵源。根据种族主义者的理论,黑人等有色人种只能从事粗重的体力劳动,难以成为合格的战士。尽管伴随战争的深入,越来越多的南方官员希望征召黑人入伍,但出于奴隶制度的局限,南方部队始终未能大规模使用黑人。

即使到了此时,在彻底废除奴隶制度这一问题上,林肯政府依然是审慎而克制的。1863 年底以后,美国的内战逐渐进入了决定胜负的关键阶段。为了稳住国内的政治格局,林肯宣布《解放黑人奴隶宣言》将不被适用于靠近南部各州的边疆地区。由于许多人对此感到难以理解,林肯进行了多次辩解。他指出,"我们想稳定住边境各州的局势,保住那些没有参加叛乱的地区。要达到这些目的,我们只有使《解放黑人奴隶宣言》目前不要适用于这些地区"。[②] 当时的美国海军部长威尔斯(Gideon)也谈到了这一问题,他指出,"在边疆各州解放奴隶的运动将会大大削弱联邦的力量。重拳应该首先并且主要地落在南部叛乱各州的身上。这场由奴隶主所挑起的战争将会最终消灭奴隶制度,但首当其冲的不应该是边疆各州"[③]。

历史的发展最终一步步地推动林肯在美国废除了奴隶制度,走向自由主义理念。1864 年,在同一位黑人废奴主义者的谈话当中,林肯承认,他是美国历史上第一位有机会用自己的能力帮助黑人的总统,而正是历史和时势赋予了他这样的机遇。[④] 正如历史学家们已经多次指出的那样,林肯在奴隶制度存废问题上所采取的政策一直根据历史环境的改变而不断作出调整。正如前文所指出的,对于林肯而言,当时的美国面临两个最主要的问题:第一个是联邦未来的命运,即联邦是否还能够存在下去;第二个则是黑奴制度的存废。当林肯看到,立即废除奴隶制度有可能导致联邦的解体时,他的目标仅仅是限制奴隶制度在美国的扩展,防止将奴隶制度引入新并入的领土。然而,随着美国内战的深入,随着美国内战越来越转变成为一个决定联邦生死存亡的总体战争时,解放南部各州奴隶的努力也越来越与保存美利坚联邦的战争目标重合起来。林肯和北方政府的官员们开始清醒地意识到,解放南部诸州的奴隶将会对挫败目前的叛乱,从而保证联邦的存在有决定性的

———

① Russell F. Weigley, *A Great Civil War: A Military and Political History, 1861 – 1865*, Indiana University Press 2000, p1. 90.

② Abraham Lincoln, Don E. and Virginia E. Fehrenbacher, edited, *Recollected Words of Abraham Lincoln*, Stanford, CA: Stanford University Press, 1996, p. 455.

③ Abraham Lincoln, Don E. and Virginia E. Fehrenbacher, edited, *Recollected Words of Abraham Lincoln*, Stanford, CA: Stanford University Press, 1996, p. 470.

④ Abraham Lincoln, Don E. and Virginia E. Fehrenbacher, edited, *Recollected Words of Abraham Lincoln*, Stanford, CA: Stanford University Press, 1996, p. 116.

帮助。正是在此意义上,林肯论述了他那个时代美国民族主义的特征,即解放黑奴实现自由主义理想与维护国家统一的民族主义诉求的一致性。也就是说,在林肯的时代,解放黑奴、维护联邦最终都被归结、统一到实现美利坚民族理想的旗帜之下。在此情况下,美国民族主义开始冲破最初的种族藩篱,奴隶制度的废除将使有色人种逐渐被整合到美利坚民族之中。

对于林肯在内战时期的做法,他的一位朋友是这样评析的,林肯实际上一直在彻底废除黑奴制度这件事情上相当谨慎,因为其直接关系到联邦和美利坚民族的前途。由于在当初的大选中林肯仅仅获得了 39% 的支持,他并不是一个具有压倒性优势的总统,而他也清楚地知道他的绝大部分支持者都不可能赞成废奴主义的主张。在这种情况下,为了获得更多的支持,他不可能过多地公开强调对奴隶制度的憎恨。这一点在他对待边疆各州的态度上尤为明显,虽然他多次表达过对奴隶制度的憎恨,他还是不愿意在此问题上刺激边疆各州,从而引起更多的叛乱。然而当时机成熟,林肯就会毫不迟疑地推进自己的理想。战争爆发以后,林肯克制了18 个月而没有发表解放奴隶的宣言,这是因为他觉得这样做可以在当时的情况下更好地保持联邦的存在。当他确信保存联邦的努力已经和废除奴隶制度的努力重合时,经过长期和审慎的思考,便终于决定发表《解放黑人奴隶宣言》。① 与大多数当时的美国政治家不同,林肯始终没有让情感的因素成为影响自己决定的主要因素。也正是因为如此,林肯比大多数的美国政治家都取得了更大的成就。正如许多人所预料的那样,《解放黑人奴隶宣言》发表以后,南方各州的战争能力迅速下降。南方的许多种植园与军队都出现了大量的黑人逃亡,原本就相形见绌的整体实力更加难以支撑一场与北方的长期战争了。

伴随局势的演进,林肯一步步地实现了自己内心期望却又不敢言明的目标,许多在数年前还被认为是根本无法完成的工作,都被顺利达成,影响世界历史和美国社会发展的剧变就在这样情况下发生了。1862 年 6 月,在战争开始几个月以后,林肯政府宣布禁止在新并入美国的领土内实行奴隶制度,而这正是几年前林肯所极力主张却受到层层阻力的政策。紧接着,1863 年 1 月 1 日,林肯政府正式发表《解放黑人奴隶宣言》,宣布解放南方各州的黑人。

对于美国社会来说,内战既是一场灾难,也是一个机遇。正是美国内战重新改组了美国社会政治生活的版图,也使得林肯等人得以实现自己心中埋藏已久的政治理想。在林肯当选总统之前,虽然他曾多次表示了对奴隶制度的不满,但始终不

---

①   Alexander K. McClure, *Lincoln and Men of War-Times*, Nebraska: University of Nebraska Press, 1996, p. 107.

敢公开推动废除奴隶制度;在内战爆发之后,林肯得以将维持联邦的存在与废除奴隶制度联系起来。历史学家们是这样评价林肯的,尽管恢复和维持联邦的存在是他的第一要务,但废除奴隶制度已经与维持联邦的努力密不可分地联系了起来;在历史的洪流中,林肯完成了连他自己都难以想象的目标。伴随历史的发展,废除奴隶制度既是进行战争的手段,也成为战争要实现的最终目标。《解放黑人奴隶宣言》就是林肯在此方向上迈出的决定性一步。正如林肯所承认的那样,它既是出于军事的必需,也是出于基本的自由原则。

与此同时,也应该指出,由于林肯政府对待社会革命的相对保守性,曾使联邦在战争中一度陷入困局。对于林肯政府在内战期间奉行的大战略,马克思最早进行了深刻的剖析。马克思写道,联邦军队之所以难在战场上取得决定性的胜利,最根本的在于对奴隶制度的怯懦态度,"一直削弱着(联邦政府)在内战中的原则性锋芒,可以说夺去了它的灵魂"①。不过,随着战争的深入,迫于局势的发展,林肯政府一步步地改变了其对待废除南方奴隶制度的态度。以1862年9月22日林肯政府宣布将从1863年起废除叛乱各州的奴隶制度为标志,南北战争进入了新的阶段。此后,战争的性质开始从维护国家统一与宪法完整,转向通过废除奴隶制度重新建构美利坚统一的基础。内战开始越来越成为一场"以革命方式进行的战争"。正如马克思所说,在此情况下,内战对于美国社会基本结构的影响,已经远远超出了独立战争。②

内战对于美国政治结构的影响,尤其体现在联邦权力的空前加强上。随着战争的继续,林肯政府开始在国内实行越来越多的国家干预,而这也使得其因此饱受抨击。林肯政府不仅仅将一部分原属于各州的权力集中到中央政府,也使行政机关的权力越来越超过司法机关与立法机关。联邦政府在内战期间不仅没有受到消弱,反而成为美国建国以来最为强大的国家机器。作为美国历史上最具影响力的总统之一,林肯是一个典型的理性主义者。一方面,他坚持自己的原则,并且能够为之作出不懈的努力;另一方面,他也能够采取务实的态度来处理具体的问题。联邦政府权力的扩大已经引起了越来越多人的非议,林肯面临着巨大的国内压力,但林肯始终坚持自己的信念,他写道,"我不知道将来的结果会是什么。也许我们会被击败,也许我们难以成功。但我们仍将坚持自己的原则。我决不会改变这些原则"③。

---

① 马克思:《论美国内战》,人民出版社,1955年版。

② 马克思:《论美国内战》,人民出版社,1955年版。

③ Douglas L. Wilson and Rodney O. Davis, edited, *Herndon's Informants: Letters, Interviews and Statements about Abraham Lincoln*, Urbana, I: University of Illinois Press, 1998, p. 562.

内战期间,面对战场上的节节失利,联邦政府被迫通过行政命令加强了国内的战争动员。为了加强军需生产,保证粮食供应,联邦政府于 1862 年成立了农业部。联邦政府还强化了对国内经济生活的控制,命令大批工厂转产军服、鞋帽、弹药等军需用品。到 1862 年底,联邦政府辖下军火厂枪支的生产量已经从战前的 5 万余支,猛增至 20 多万支。① 为了应付日渐扩大的内战,联邦政府还集中力量,在全国范围内大修铁路,批准成立了"联邦太平洋铁路公司"和"中央太平洋铁路公司"。这些措施的实施,进一步整合了各州的经济资源,使联邦在社会政治生活中的作用明显上升。这种政府权力的空前加强,实际上就使得美国政治生活中原本所奉行的以自由放任为特征的传统自由主义日益让位于同时强调自由竞争与国家干预的现代自由主义。

林肯是幸运的。美国内战的爆发使他得以同时重新塑造美国民族主义传统与自由主义传统。对于林肯在美国历史上的贡献,一位曾经严厉批评过林肯的黑人废奴主义者在林肯遇刺 11 年后写道:"林肯同那个年代所有的白人一样,都曾经怀有对有色人种的偏见。当我们回望他所处的那个时代和国家所在的环境,我们不得不承认,正是林肯的努力使得那时的人们得以抛弃这种偏见,从而帮助美利坚人民在众多考验面前组织起来并且度过了那场冲突。他完成了两个伟大的使命:第一,将自己的国家从解体和废墟中解救了出来;第二,帮助自己的国家从奴隶制的巨大罪恶中解脱出来。要全部完成这两项任务或是其中之一,林肯都需要自己同胞最真挚的同情与强有力的合作。倘若缺少这项最基本的条件,他的努力将会变得徒劳和白费。如果他当初真的将废除奴隶制度摆在拯救联邦之前,他将从自己的身边赶走一大批最有力量的人,并且使反抗暴乱变得更加不可能。从一个废奴主义者的角度来看,这样做也许显得迟缓、冷漠、单调和缺少同情心;然而从整个国家的角度来衡量,他是一个值得人们记住的国务家,是一个敏捷、热情、彻底和坚定的人。"②

第四节 为维护联邦而战:内战期间林肯政府的对欧外交

与建国初期的美国不同,尽管内战爆发前后,美国对外伸展势力的范围仍局限于北美大陆,但美利坚民族主义的自我想象已开始迈出北美大陆。作为林肯政府

---

① David Lindsey, *American in Conflict: The Civil War and Reconstruction*, Boston Houghton Mifflin Company, 1974, p. 125.

② Frederick Douglass, *Life and Times of Frederick Douglass*, New York: Collier Books, 1962, p. 485.

对外政策的主要实施者,时任国务卿的西沃德多次阐释了他眼中美国对外战略的拓展方向:美国应拓展为一个囊括北美、南美以及加勒比群岛的国家,并在此基础上成为一个可在全球范围内扩张美国自由主义价值观与商业利益的大国。为了实现这一目标,美国必须推动自由主义价值观对美国社会的重新构建,排除奴隶制度对美国统一的阻碍。在包括林肯在内许多北方领导人看来,消除奴隶制度将彰显美国自由主义价值观与体制的优越性,加大美国对外国的吸引力,促进美国价值观与商业利益在全球的和平扩展,甚至可以在某一个可以期待的未来,让加拿大和墨西哥自愿成为美利坚合众国的一部分。

然而,内战的爆发却使美国自身的生存都成为了问题。美国的外交政策不得不将维护联邦的存在作为头号目标。战争期间,在国务卿威廉·亨利·西沃德的协助下,林肯为防止欧洲大国的干预,进行了一系列外交斡旋和运作。当时,南部同盟认定,由于英、法等欧洲工业化大国非常依赖美国南部种植园出产的棉花等初级农产品及海外自由贸易,欧洲大国将对美国内战加以干预。然而,与战前的普遍预期不同,英、法等主要欧洲国家大体保持了中立态度,从而使美国内战的形势不断向有利于联邦政府方向发展。一般认为,造成这一情况的因素主要有以下三个:林肯政府成功的外交政策、欧洲各国对奴隶制度的普遍反感以及美国自身的强大。

内战前,在对欧关系上,美国内部分成了截然对立的两派。一派以南方的种植园主为代表,他们主张,美国应坚持、发展自由贸易,允许农产品及工业原材料自由流出。另一派以北方工商业资本家为代表,他们反对实行无限制的自由贸易,要求联邦政府限制棉花等农产品及工业原材料的出口,增加工业品的进口关税,保护美国的民族产业。林肯当选后,南部同盟一度希望以和平方式实现分离,并派出克劳福德(Crawford)、福赛斯(Forsyth)、罗曼(Roman)三人作为代表出访华盛顿,但林肯政府拒绝了南方代表希望直接谈判的请求。随后,南部同盟又向英、法、俄、比利时等国派出使团,并与相关国家官员进行了私下的接触。尽管英、法等国普遍向南部同盟表示了同情,但都不愿为此开罪美国联邦政府,纷纷表示要继续坚持中立。此时,南部同盟的访欧代表团由扬西(Yancey)、罗斯特(Rost)、曼恩(Mann)三人带领,当他们意识到英、法等国不愿公开对南方表示支持后,针对英、法两国的国会与上流阶层展开了一场大规模的游说,以赢得更多支持。不过,整体而言,英、法等国政府在当时的情况下,仍主要采取了静观美国政局走势的政策,不愿过多与正日益强大的美国发生冲突。

对联邦政府而言,直至1861年内战爆发前,林肯和他的团队都竭尽所能,为将南部诸州挽留在联邦之内,力图阻止外部势力进一步干预美国内部纷争。在就职前,林肯就通过各种途径向欧洲各国驻美国的使节表示,美国将不会容忍任何一个外部势力插手美国内部事务,一旦发生叛乱,联邦政府将在尽可能短的时间内彻底消灭南方叛军。西沃德甚至在林肯的授意下威胁一些欧洲国家,如果它们敢于插手美国内政,联邦政府将采取一切手段对这些国家在北美的利益加以报复。此时,由于美国内部政治斗争已日益激化,各种流言四起。一些人传言,英、法、西班牙为维护在北美的利益,正积极酝酿武装干涉美国内战;作为先期行动,法国和西班牙已做好了干涉墨西哥的准备。面临重大的国内危机,林肯的执政内阁发生了严重的分歧。国务卿西沃德主张,美国应对欧洲采取更加强硬的外交政策,但他的意见受到了大多数内阁成员的反对。在对各方意见进行了综合与对比之后,林肯最终决定,在内战彻底爆发之前,应继续维持美国同欧洲大国及南部蓄奴各州的交往,防止矛盾升级导致各方加速摊牌。

实际上,到内战爆发前夜,由于经济的迅速发展,美国已日益成为一个令人瞩目的大国。美国市场与其销售的原材料已经成为英、法等欧洲大国维持正常经济生活的重要因素。在此情况下,欧洲列强普遍希望美国的内战能以协商的途径加以解决,并最终实现南部各州的和平分离。与此相应,南部同盟也寄望于实现和平分离,因为它们认识到,从长远看,南北双方的实力对比并不有利于己方。南部同盟"总统"戴维斯与"国务卿"罗伯特·图姆斯在内战爆发后,曾多次向北方和欧洲派出使节,以说明本方和平解决争端的希望。南方希望,借助英、法等欧洲大国的干预,使南北不平衡的力量对比得以向南方倾斜。这就使得在内战爆发之初,联邦政府面临严重的内外压力。而英、法等国政府也普遍相信,美国的分裂将难以逆转,并不顾联邦的反对,不断与南部各州发展非正式关系,同时游说联邦政府接受南部各州的和平分离。

随着内战的进行,为吸引英、法等欧洲大国的注意和干预,南部同盟宣布,将授权本方的武装民船攻击北方商船。对此,林肯政府立即作出了针锋相对的反制,下令封锁南方的主要港口。由于英国与美国南方的贸易长期以来严重依赖海运,英国政府与联邦政府就对南方港口的封锁一事进行了谈判。在谈判中,林肯政府希望,英国政府不要承认南部同盟为交战方,并将劫掠北方商船的南方武装民船认定为海盗。然而,这一希望最终落空,考虑到英国在美国南方的经济利益,英国正式认定了南部同盟的交战方地位。

更令联邦政府感到紧张的是,由于英国等欧洲大国正式承认了南方的交战方地位,南部同盟得以在欧洲筹集战争所需资金,并购买武器,甚至合法地在公海上拦截、检查来自北方的商船。承认南部同盟为交战方后,英国等欧洲国家还正式宣布,在美国内战中维持中立。然而,这一中立毫无疑问地有利于南部同盟。对南方棉纺、农产品和各种工业原材料的高度依赖,使得英国不可能真正在美国内战中置身事外。由于联邦军队对南方港口进行了封锁,南方与欧洲的贸易受到较大影响,一些欧洲大国国内要求对美国内战实施干涉的压力正不断增大。此时,在法国执政的拿破仑三世政府多次向英国表示,希望英法联合干涉美国内战。仅仅是由于国内的政治压力,英国巴麦尊政府才最终放弃了联合干涉美国内战的打算。

面对来自英、法、西班牙等国的干涉危险,林肯政府被迫作出了外交上的妥协。此时,英、法、西班牙正在墨西哥扩张势力,并已严重威胁到美国的安全。然而迫于内战的压力,联邦政府没有强硬坚持门罗主义,对欧洲大国在美洲的扩张采取了较为温和的态度。西班牙占领墨西哥城后,林肯政府仅仅发出了一个措辞温和的抗议照会。1863 年后,西班牙与英国的军队渐渐撤出墨西哥,但法国军队却不愿撤离,并占领了墨西哥城,在墨西哥扶植起亲法的傀儡政权。此时,尽管美国国内舆论大哗,但林肯政府为保障在内战中取得胜利,依然决定在内战结束前,不会在墨西哥问题上与欧洲列强轻启战事。针对欧洲列强趁美国内战之机在拉美加紧扩张势力范围,联邦政府更多的是以外交手段加以制衡。从 1861 年开始,联邦政府多次向墨西哥派出使节,表示美国愿与墨共同协调应对欧洲大国的入侵,并成功地阻止了南部同盟与墨西哥发展更为紧密的关系。

由于内战初期南方节节胜利,英、法等欧洲列强越来越大胆地加强同南部同盟的关系。在此情况下,美国与英国之间终于爆发了一次激烈的外交冲突。1861 年11 月,由南部同盟"总统"戴维斯委派的两名特使詹姆斯·梅森和约翰·斯莱维尔乘坐英国邮轮"特伦特"号前往欧洲活动时,被联邦军队发现,并在公海上被联邦军队捕获。指挥这场行动的联邦军官威尔克斯上校事先并未得到林肯政府的授命。然而,这起事件却迅速演变成英美两国间的外交争端。在美国北方,威尔克斯被民众和媒体赞誉为国家的英雄。而在英国国内,英国首相帕麦斯顿与外交大臣罗素不仅公开抨击联邦军队的行为违反国际法,且将联邦军队的行为看成是对英国的侮辱。一时间,英国国内舆论沸腾,叫嚷与美国开战的呼声不绝于耳;英国政府还威胁性地向加拿大增兵,公开声称已为未来的英美军事冲突做好准备。与此同时,法国、普鲁士与奥地利也趁火打劫,纷纷照会联邦政府,要求其释放被捕的梅森和斯莱维尔两人。在巨大的压力下,林肯虽然对威尔克斯的举动抱有同情甚至赞赏,但他最终决定向英国妥协。他指出,联邦军队已无力同时从事两场战争。最终,林肯政府决定释放两名南方特使,并向英国作出赔偿。尽管这一决定在当时令许多美国人感到难以理解甚至屈辱,但最终它消除了英国对美宣战的严重危险。

1862 年以后,内战的延长,使南部同盟原本有限的军事工业能力难以支撑。在此情况下,南部同盟不断扩大在英国订购军火的数量,并再次引起了英美之间激烈的外交冲突;其中,由英国生产的"阿尔巴马"号军舰,尽管遭到联邦政府的一再抗议,仍于1862年底被交付南方军队。针对英国对南部同盟的军售问题,当时在英国的联邦政府外交官亚当斯对英国政府展开了一系列游说活动,以英国在北方的经济利益为筹码,最终劝说英国外交大臣罗素决定不再向南方同盟交付新建造的军舰。出于对英国政府的失望,南部同盟最终将获得欧洲列强援助的希望转移到了法国身上。戴维斯政府甚至命令其英国特使梅森关闭了在伦敦的办事处。

进入1863年,随着战争的深入,南部同盟败象渐露,越来越多的欧洲国家开始担忧,联邦政府在控制了南部以后,美国将统一为一个可能对欧洲大国利益构成威胁的强大势力。另一方面,战场上的变化,也使英、法等欧洲大国不敢再轻易公开干涉美国内战。由于联邦政府的坚决要求,1863年底以后,英国逐步减少并取消了对南部同盟的军售。在四年内战期间,林肯政府在面临国内外双重巨大压力下,恩威并举,纵横捭阖,充分利用了欧洲国家间的矛盾纠葛,创造出美国外交史上的一段得意之作,最终确保了美国内战免遭欧洲大国干涉。

可以看出,联邦政府在南北战争的外交战中取得先机,主要有以下几个原因。一是联邦政府在内战中,迫于战争压力,日益明确地反对奴隶制度的立场,赢得了国际社会民众尤其是欧洲各国民众的广泛同情。对于内战的性质,马克思曾经作过一针见血的深刻分析:"(林肯政府)开始并不是为了消灭奴隶制度,美国当局也不辞一切烦劳来否认任何这类看法。但是另一方面也应该看到,发动这次战争的不是北方,而是南方;前者只是防卫的一方。如果说北方是在长期犹疑,表现了欧洲历史上前所未有的忍耐之后,最后才拔出刀剑……那么,南方在发动战争时,则是高声宣布它举行叛乱的唯一的和主要的目的是为了维护'特殊的制度'。南部承认它是为了争取奴役另一个民族的自由而战。"①内战期间,由于南部同盟致力于在境内保存奴隶制度,其在国际社会,尤其是英、法等欧洲国家遭到了普遍的谴责。此时,在英国早已废除了黑奴贸易,现代人权思想正不断深入人心。尽管南部同盟的官员在外国游说时,竭力想把己方在内战中的立场描绘成保卫州权免受联邦权力侵蚀,但谁也不能否认,维护奴隶制度的努力正在遭致越来越多人的鄙夷。在大西洋两岸,各国的废奴主义者正日益活动起来,并不断向本国政府施加压力,要求它们不要向南方奴隶主提供帮助。面对国际废奴运动的兴起,林肯政府也修改了对外宣传的腔调,将自己更多地描绘成正在为废除奴隶制度而战,而非仅仅出于维护联邦统一的需要。

对于南部联盟而言,整个时代的发展,正使得其维持、推进战争的努力变得日益困难。不得已,为了减弱国际社会对奴隶制度的批评,戴维斯政府开始软化了其

---

① 马克思:"美国问题在英国",《马克思恩格斯全集》第15卷,人民出版社,1963年版,第322页。

在奴隶制度上的立场,允许奴隶在南方军队服役后,可以获得解放。戴维斯还秘密派遣使节前往欧洲国家,向它们保证,只要南方各州能获得承认,将着手逐步限制奴隶制度。然而,由于奴隶主的反对,这些努力大多最终流于无功。尽管欧洲各国政府及其本国的上流社会普遍同情南部同盟的处境,但真正在内战中对南方给予大力支援的势力仅有欧洲各国纺织业等行业的工商巨头。这就使得南方同盟在内战的后期日益处于孤立的状态。林肯政府颁布《解放黑人奴隶宣言》以后,南部同盟在国际社会的地位更加孤立;各国舆论纷纷批评南方同盟坚持奴隶制度的立场。美国驻英大使亚当斯在信中写道:"宣言在这里产生效果,比我们所进行的外交活动要大得多……罗素(时任英国外交大臣)被迫对我们采取了一个同情的态度。"①

内战期间,许多欧洲国家的普通民众出于人道主义的考虑,自发地组织起来,进行游行、示威等多种活动,要求本国政府支持废除奴隶制度。英、法等国的反对党也纷纷向政府施加压力,使得本国政府不敢公开支持南方的奴隶制度。1864年《解放黑人奴隶宣言》发表后,联邦政府的立场更加得到各国民众的支持,而南方同盟则愈加孤立。此时,在欧洲国家,除了上流社会的贵族、皇室之外,知识分子、下级平民普遍对美国的黑奴制度深恶痛绝。而林肯政府的战争目标也开始从最初的制止南部各州分裂、维护联邦统一,转变到彻底消除南部奴隶制度上来。美国社会的大变革和奴隶制度的废除,终于成为历史的必然。

二是美国北方自身实力的强大。到1861年内战爆发前夕,美国已成为仅次于英、法的世界第三大经济体,而北方各州则集中了美国绝大多数的工业能力和人口。尽管南方与欧洲各国长期保持了大规模的棉花贸易,但从整体看,欧洲各国更加依赖于同北方各州的经济联系。此时,伴随美国经济的发展,英国在美国北方的投资日益增加,并广泛集中于银行、铁路、证券等领域。英国对美国北方的经济依赖已经大大超过了对南方的依赖。特别是,伴随农业机械化的推广和新农场的大量拓殖,美国北方已经成为当时世界小麦最重要的产地。而欧洲各国在19世纪60年代初期普遍遭受了严重的自然灾害,小麦产量的大幅下降,使欧洲对北方农产品的需求急剧增加,也成为推动欧洲各国力图改善与美国北方关系的重要因素。从军事上看,尽管在内战早期联邦军队一度遭受重创,但伴随战争的延长,联邦政府在经济等方面的巨大优势日益凸显。到1863年底,联邦军队的数量、质量都已大大超过南方叛军。在此情况下,欧洲各国自然不敢轻易作出干涉美国内战的决定。

三是联邦政府实施了正确的外交政策。战争初期,面对战场上的不利局面,林肯政府采取了灵活的外交策略。既坚决反对欧洲国家干预美国内战,也在具体问

---

① Carl Sandburg, *Abraham Lincoln*, *The War Years*, Vol. 2, Harcourt Brace&World Inc. ,1939,pp. 22 – 23.

题上灵活作出妥协，防止对外关系出现严重倒退。特别是利用英、法、俄等国间的矛盾，多次打破了一些欧洲国家试图干涉美国内战的图谋。林肯政府有意加强了同俄国的关系，利用俄法、俄英之间的争霸态势，力争在外交战中取得主动。尽管作为世界上最大的农奴制国家，俄国对美国北方抱有一种天然的疑虑，但利用欧洲国家间的争夺，联邦政府最终与俄国维持了较为密切的联系。

第五节　美国宪政与美国民族主义的统一与重塑

内战以及奴隶制度的存废对美国宪政的冲击，在美国历史上可以说是空前的。一方面，南方同盟为维护奴隶劳动制度，主动向联邦发起了进攻，使美国陷入了严重的战争灾难中。美国面临着巨大的分裂危险。为维护联邦的存在，联邦军队与南方叛军进行了一场美国历史上最为严酷、血腥的战争。根据统计，在内战中丧生的美国人，甚至要远远超过两次世界大战所导致的美国人的伤亡。另一方面，由于因内战陷入混乱，联邦军队在内战前后颁布了一系列军管令，对一些地区的行政、司法、立法行使统一的军事管制。这种情况的出现，既严重违背了《美国宪法》中的文官治理原则，更对美国分权制宪法中所贯彻的三权分立原则构成了巨大的冲击。实际上，在内战前后的很长一段时间里，美国政治形成了总统、国会、军队、法院的四重政治运行与制衡机制。此外，从美国的立国原则来看，1787 年《美国宪法》并未对奴隶制度的存留、发展作出明确的界定，但内战却使用暴力手段将《美国宪法》中的这一模糊性彻底抹去，从而使美国旧有的社会政治平衡面临剧烈的重组。

在这样的情况下，林肯生活、工作的时代，正是美国社会经历着前所未有的大分化与大组合的时代，整个社会的政治思潮也因而被一次一次地重塑。对于林肯来说，在新的条件下，将美国社会整合起来，维持联邦的权威就成为一个最重要的任务。从美国建国之父们发表《独立宣言》开始，黑人乃至所有的有色人种，就被排除在美国宪政的基本人权与民主之外。美国内战爆发后，对于林肯政府来说，为了维持美国联邦的延续就必须彻底击败南方各州，而要击败南方各州就必须依靠黑人的力量，就必须赋予黑人以更大的权利。正如历史学家们所反复指出的那样，没有南方诸州黑奴的广泛支持，联邦军队同叛军的战争很有可能还将持续一个更长的时间。于是，在美国内战当中，维护宪政的权威同解放黑奴联系了起来。在这里，美国信条被重新进行了普适化的塑造，有色人种开始越来越被整合进人权民主的适用范围。而另一方面，伴随着南部诸州内部奴隶制度的废除，联邦的权力得到了空前的加强。在战争期间，为了更好地应付当时的困局，部分州权被收归联邦，这在相当大程度上加强了中央政府在美国宪政分权体制中的作用。如果将内战前美国的民主体制更多地视为一种消极的民主,由于政府的积极干预和鼓励,内战中和内战后的美国民主体制则更接近于一种积极民主。不过,由于总统权力在战争期间得到了很大的提升,林肯政府也受到了不少人的抨击,认为行政权的膨胀可能会损害公民的民主权利。大体而言,林肯对于美国宪政基本内涵的重塑主要体现在两个方面:首先是使越来越多的美国人得以成为美利坚民族的平等一员,从而冲破了过去的种族与宗教限制;其次是联邦主义的加强,特别是联邦权威和国家主义的加强。

作为一个早期移民的后代,林肯的政治思想带有浓厚的宗教色彩。在他的论述中,多次强调美国负有特殊的使命,而这一使命来源于美利坚民族与上帝的特殊契约。在他看来,美国人同上帝有一个国家契约,也因此美国人必须小心谨慎地不断地去探求时代的标记,从而更加准确地探求上帝的意图并以此来决定自己的行动。在这里,美国国家的命运被描绘成在上帝监督之下所进行的一场独特的实验。在这场实验中,美国人负有独特的责任去发现上帝的意旨。① 在林肯看来,上帝的意旨只有通过人民的力量才能真正获得揭示,而这种力量则集中体现于美国社会中围绕民主所进行的种种争论。与此同时,只有使这些民主的论争保证所有少数族群能够自由地和开放地表达,才能使真理最终获得显现。林肯认为,只有通过在日常生活和美国民主制的运行,人们才能发现自己真正的责任。通过将传统的宗教思想与美国宪政理想相联系,林肯论述了这一时期美国的公民宗教思想。②

大致而言,林肯的公民宗教思想主要表现在以下几个方面:第一美国的公民宗教首先体现在对《美国宪法》与联邦的维护。第二,在他看来,只有通过在日常生活中小心翼翼地求证,才能真正发现上帝的意旨和美国命运。他认为,真理总是隐藏于普通生活中最普通的事实之后。第三,在林肯看来,上帝意旨是同美国民主联系在一起的,只有通过民主才能真正体现上帝的意旨。在林肯的第一次就职宣言中,他指出,不管拥有永恒真理与正义的全能的万国之王站在北方或是站在南方一边,真理和正义通过美国人民的伟大力量,最终将取得胜利。第四,林肯相信他的

① 参见 Neely, Mark E. , *Last Best Hope of Earth*: *Abraham Lincoln and the Promise of America*, Cambridge, Mass. ; Harvard University Press, 1993。

② 公民宗教(Civil Religion)这一概念最早由卢梭在《社会契约论》中使用,但其并未给出一个明确的定义。按照约翰·克莱曼的定义,公民宗教指的是这样一套信仰仪式和象征体系,它把作为公民的人的角色以及人在时间、空间和历史长河中的社会地位与终极存在和意义的条件联系起来。在美国的语境下,这一概念在信仰层面被单一化,即强调国家信仰;在仪式层面则被普泛化,将一切与国家有关的象征性活动都视为公民宗教的仪式。所以此处其更接近于一个社会学概念,而非宗教学概念。在林肯这里,则主要表现为对美国基本信条与宪法精神的重新建构与加固。关于这方面的理论阐释可参见高师宁:"贝拉的宗教进化论与公民宗教说",《世界宗教资料》,1994 年第 3 期。

努力始终要对美国人民负责,而对美国人民负责正是对基督世界负责,正是对整个世界负责。这一点在林肯当选美国总统之后表现得特别明显。在林肯成为总统之前,他坚信只有通过大多数人参与的民主程序才能发现上帝的意旨。而当林肯成为美国总统并遭遇内战之后,林肯越来越将民主程序与他自己本身联系起来;也许是由于战争的需要,随着总统权力的扩张,林肯越来越相信自己的行为正在揭示上帝的意旨。①

1861 年 2 月 11 日,林肯离开自己的家乡前往华盛顿的前夜,美国正在变成一个分裂的国家。此时,南方的 7 个州已经宣布脱离联邦。林肯深知自己当选总统本身就是美国分裂的前兆和表现。在刚刚结束的 1860 年大选中,林肯获得了绝大多数北方民众的支持,而南方却几乎没有人投他的票。在前往华盛顿的途中,他有意接近沿途的居民和一些地方性的政治组织,以获得更多支持和对美国社会的了解。林肯对整个美国社会的分裂感到深深的忧虑,他写道:"我们仍然被联系在一起。我相信基督、文明和爱国主义。我深深地眷恋我的祖国。尽管我们中的一些人可能在一些问题上存在分歧,但我们都被统一在一个联盟之下。我们都相信联盟的存在,也都相信我们伟大旗帜上的每一颗星。请允许我说出自己的感受,让我们中间不要再有如此之大的分歧。"②不过,在此时到底什么东西才能真正将整个美国重新凝聚起来呢? 正如许多美国历史学家后来反复指出的那样,这种重新的凝聚必须依赖于美国政治社会运行机制的重大变革,这就是要重塑《美国宪法》的精神和美国民族主义,而不能仅仅是与南方各州达成妥协。

正如要理解早期美国的历史就必须了解建国之父们对《美国宪法》和《独立宣言》的阐释,要了解现代美国历史就要深入挖掘美国内战对美利坚民族的重塑。让我们将目光聚焦在 19 世纪中叶内战爆发前后的美国,让我们回头打量那个年代的政治家们是如何重新定义了自由、正义和平等的概念。正如美国联邦法院的一位大法官所指出的那样,联邦在内战中生存下来,宪法的精神却发生了改变。他写道,"在宪法原来的位置上,产生了新的更有前途的支撑正义与平等的基础——第14 条修正案。对于美利坚民族来说,通过内战的洗礼,一个新的支撑国家的基础诞生了"③。在这里我们所做的就是要检视林肯在这样一个历史剧变的过程中到

① Melvin B. Endy,"Jr,Abraham Lincoln and American Civil Religion:A Reinterpretation",*Church History*,June,1975,pp.230 – 231.

② Daniel J. Elazar,"The Constitution,the Union and the Liberties of the People",Publius,Vol.8,No.3,Summer,1978,p.145.

③ Herman Belz,"Abraham Lincoln and American Constitutionalism",*The Review of Politics*,Spring,1988,p.169.

底发挥怎样的作用。尽管林肯并没有在有生之年亲眼目睹宪法第 14 条修正案的生效，但他在这一过程中却扮演了最为重要的决定性的角色。如同建国之父们一样，林肯在一场大危机中登上了美国的历史舞台。此时，美国联邦本身和宪法的基本精神正在受到前所未有的挑战和质疑。对于美国的建国之父们来说，他们已经为所有的美国人民设计了一个万世皆准的宪法。

　　终其一生，林肯始终坚称自己所做的工作只是为了保存建国之父们的基本精神。在这里，我们将要进行更加深入的探讨，以发现林肯所说的美国信条是否真的没有发生改变。必须指出的是，我们所要做的并非是将林肯与美国建国之父们彻底割裂开来，而是要发现林肯在哪些方面改变了美国的自由主义传统与民族主义的基本形态。对于林肯来说，身处一个大危机的时代，他首先要面对联邦本身的分裂这一问题。在他的第一次就职宣言中，林肯指出，"所有个人和少数民族的权利都在《美国宪法》中得到了体现"。面对南方各州对联邦的质疑，林肯反驳道："没有任何法律能够在制定的时候就会预想到日后出现的种种问题，而这也正是美国社会在种种问题上产生争论的根源。但这些争议都应该通过和平的手段在宪法的框架内得到解决。"①林肯写道，"没有任何一部宪法会具体规定自己的灭亡，除非使用宪法以外的手段和工具将之摧毁"。在内战当中，林肯几次转向《美国宪法》寻求自己行动的根据，在他看来，正是宪法的存在才赋予他保卫联邦的权力。② 如同早期的美国政治家一样，林肯将美国看成是人类民主的伟大实验，只有保卫了美国的存在，才能真正继续这场前所未有的民主进程。面对南方各州的分离行动，林肯更加明确地呼吁坚持宪法的准则。1861 年 2 月，在他前往华盛顿赴任的途中，林肯宣称："我们都表示要尊重宪法，南方人仍将享有他们在过去 70 年间所享有的权利。所有的人都有义务投身于宪法、联邦和这个国家自由的永续发展。"③在 1864 年的总统大选中，面对民主党人可能当选的传言，林肯写道："无论谁在 11 月通过宪法的程序当选总统，他都应该在 3 月 4 日就任。如果人民决定立即结束战争以拥有和平，并且不惜丧失自己的国家和自由，那么按照宪法的程序，我们也应该这样做。"④林肯宣称，"亲爱的同胞，让我们不要有任何危害宪法精神、损害联邦完整

　　① Abraham Lincoln, Roy P. Basler et al. , edited. , *The Collected Works of Abraham Lincoln*, Vol. 4, New Brunswick, N. J. ; Rutgers University Press, 1953, p. 267.

　　② Abraham Lincoln, Roy P. Basler et al edited, *The Collected Works of Abraham Lincoln*, Vol. 4, New Brunswick, N. J. ; Rutgers University Press, 1953, pp. 264 – 265.

　　③ Abraham Lincoln, Roy P. Basler et al edited, *The Collected Works of Abraham Lincoln*, Vol. 4, New Brunswick, N. J. ; Rutgers University Press, 1953, p. 220.

　　④ Abraham Lincoln, Roy P. Basler et al edited. , *The Collected Works of Abraham Lincoln*, Vol. 8, New Brunswick, N. J. ; Rutgers University Press, 1955, p. 52.

性的言行"①。在此时的语境下,维护宪法更多地同维护联邦的生存联系了起来。

然而,美国内战的爆发却毫无疑问地使《美国宪法》的权威性受到了挑战。如何理解《美国宪法》的基本精神和美国信条就成为这一时期美国国内政治论争中最主要的内容之一。在同情南方的人们来看,联邦政府无权干涉各州的内部事务,只要地方州政府愿意,奴隶制度可以向美国蓄奴州以外的领土的扩张。而在林肯等人看来,奴隶制度在美国的扩张导致了对《美国宪法》和自由制度最根本的危害。面对国内的巨大分歧,林肯拒绝牺牲自己的原则。他写道:"在这样的条件下,总统并不一定必须去恢复国内和平。他所要做的只能是根据宪法赋予其的权力行事。如果一个总统只能首先向自己的敌人献媚,并且破坏自己的承诺和出卖自己的朋友,才能正式就任的话,那么所有的民选政府就应该寿终正寝。这样做不仅将毁掉一个人、一个党,也会毁掉整个政府。"②在他看来,他在这些事情上的立场并非只是事关个人的荣誉,而是维护宪法原则和形式的基本举措。此时,无论南方政府,还是北方政府都宣称自己站在宪法的一边。对此,林肯指出,只有人民的选择才是最终的法官。对于南方的指责,林肯承认在民主的条件下,多数也有可能犯下大错,甚至选举他作为美国总统的决定都有可能并不正确。然而即使这样,仍然要坚持多数决定的原则。他反问道:"如果多数不拥有决定之权,那么少数就一定会是正义和仁慈的吗?尽管存在种种可能出现的弊端,但我们还是要坚持多数决定的原则。"③

面对南北双方的激烈争执,林肯指出,通过宪法的渠道,最高法院可以成为裁决争议的重要手段。他相信,法院的裁决将获得政府所有部门的尊重,因而也应该获得所有人的尊重。与此同时,他写道:"政治的公民必须承认如果在重要的问题上,政府影响到所有人的政策要被最高法院以不可逆转的方式加以修正,在他们提起诉讼的时刻开始,他们就将失去自己再次作出决定的权利。"对于南方各州作出的退出联邦的决定,林肯认为其本质上属于无政府行为。在一篇文章中,林肯总结了自己对政府原则的基本看法,他写道:"通过宪法的制约与限制,多数的决定将得到一定制衡,它能够随着大众观念与情绪的变化而随时发生变化。而这也是自由人民唯一的真正主权的体现。在论争中,林肯始终强调,他的这一看法是同《独立

---

① Abraham Lincoln, Roy P. Basler et al edited. , *The Collected Works of Abraham Lincoln*, Vol. 4, New Brunswick, N. J. ; Rutgers University Press, 1953, p. 210.

② Abraham Lincoln, Roy P. Basler et al edited. , *The Collected Works of Abraham Lincoln*, Vol. 4, New Brunswick, N. J. ; Rutgers University Press, 1953, p. 200.

③ Abraham Lincoln, Roy P. Basler et al, edited. , *The Collected Works of Abraham Lincoln*, Vol. 4, New Brunswick, N. J. ; Rutgers University Press, 1953, p. 207.

宣言》所展示的思想一脉相承的。"①

　　林肯认为,法院等宪政工具首要维护的就是自由主义精神。还在 1854 年,当林肯抨击《堪萨斯—内布拉斯加法案》时,他就写道:"我们关于政府的理论就是普适的自由主义。正如《独立宣言》所指出的那样,所有人生来平等。"②1856 年,在一次谈话中,林肯又一次明确地指出:"我们关于公共政治看法的核心观念就是所有人之间的平等。"③在林肯看来,《独立宣言》中的平等指的是所有人至少在生命权、自由和对幸福的追求上是平等的,而这一原则又恰恰是所有自由社会所应该具有的基本标准。当联邦面临解体的危险时,林肯将自由主义原则界定为《独立宣言》最重要的原则。1861 年 2 月,当林肯阐释自己的政治主张时,他写道:"我十分担心联盟、宪法和人民的自由。它们应该永远与原初的观念相一致,特别是那些在几十年前的独立战争中吸引人们为之战斗的观念。在那场独立战争中,我们的先辈并非仅仅是为民族的独立而战,也是为了自由而战,特别是为全世界的自由而战。"④

　　然而,内战却使美国的自由主义受到了严重威胁。于是,在维护宪法原义的旗帜下,林肯对美国宪政精神进行了重新的解读。在林肯看来,《独立宣言》是《美国宪法》最重要的来源,也是美国信条最重要的体现。而《美国宪法》最重要的任务则是要建构一个尽可能完美的联邦政府,以通过这样一个政府更好地保护《独立宣言》中所体现的美国信条。在林肯看来,正是对美国信条的尊重才促成了美国的繁荣与发展。他将整个美国社会的基本体制比做一幅精美绝伦的油画,油画本身是美国信条所体现出的自由民主的基本原则,而《美国宪法》和联邦则被描绘成保护油画的镜框。在这里,联邦的存亡与自由民主原则本身被联系起来,只有维持联邦和宪法的权威才能够更好地保存和修饰自由民主原则。⑤

　　在林肯的论述中,美国《独立宣言》与宪法这些基本的文件都被进行了与以往大不相同的解读。在林肯看来,《独立宣言》是一份展示美国国家目的与民族抱负的最重要的文件。林肯认为,建国之父们在一开始就相信奴隶制度总有一天会从

　　① Abraham Lincoln,Roy P. Basler et al edited. ,*The Collected Works of Abraham Lincoln*,Vol. 4,New Brunswick,N. J. ;Rutgers University Press,1953,pp. 267 – 268.

　　② Abraham Lincoln,Roy P. Basler et al edited. ,*The Collected Works of Abraham Lincoln*,Vol. 2,New Brunswick,N. J. ;Rutgers University Press,1953,p. 245.

　　③ Abraham Lincoln,Roy P. Basler et al edited. ,*The Collected Works of Abraham Lincoln*,Vol. 2,New Brunswick,N. J. ;Rutgers University Press,1953,p. 385.

　　④ Abraham Lincoln,Roy P. Basler et al edited. ,*The Collected Works of Abraham Lincoln*,Vol. 4,New Brunswick,N. J. ;Rutgers University Press,1953,p. 240.

　　⑤ Abraham Lincoln,Roy P. Basler et al edited. ,*The Collected Works of Abraham Lincoln*,Vol. 4,New Brunswick,N. J. ;Rutgers University Press,1953,p. 168.

美国消失。林肯指出,《美国宪法》并未直接使用奴隶制度的字眼。他由此认为这是宪法最初的起草者有意进行了处理,以便为奴隶制度将来的废除作好准备。①

林肯还大大地增强了美国政府行政权和总统权的权威。正如美国历史学家所指出的那样,林肯在内战中拥有史无前例的受到制约大大减小的权力。一些历史学家还因此将林肯在内战中的行为称为宪政独裁。从某种意义上来说,林肯开创了现代美国总统制,这种体制强调行政权的优先,并在相当程度上要求总统对大众舆论与观念的操控,而非仅仅从《美国宪法》所硬性规定的权力出发。

长期以来,在历史学界一直存在着较大的争论,即林肯在美国内战的危机时刻所采取的种种强化行政权力的措施是否违反了《美国宪法》。在林肯看来,他并未在宪法允许的范围以外行事。1861年4月,在向国会辩解的过程中,林肯指出:"难道为了避免某一项法律遭到违背,而要坐看政府解体吗?"他指出,如果真的发生了政府解体,总统才真正是背弃了宪法授予他权力。在林肯看来,处于宪法允许的情况之下,由于叛乱的存在,即使是公民的人身基本权利也可以在一定条件下被冻结。②

在内战期间,由于情况的需要,联邦军队和警察的数量大大增加,美国国民所需支付的财政负担也因此大增。面对由此而来的批评,林肯反驳道,"这些举措,无论是否在严格的意义上符合法律,都是建立在大众要求和公共必要性之上的"。1862年5月,在一篇文章中,林肯详细地论述了自己对这一问题的看法。他写道,"对于我来说,这已经变成了一个有必要回答的问题,也就是说,我们是否应该仅仅利用国会所提供的途径、机构和过程,而坐视政府的毁灭;还是应该在紧急的情况下,使自己获得更多宪法给予的权力? 对于我来说,我将尽力使用所有可得之物来为现在与后世谋福"。林肯承认,在战争期间,联邦政府所采取的一些措施并没有法律的授权,但这些措施却帮助联邦政府免于遭到推翻,并且这些行动在原则上都是符合宪法的基本原则的。从这个意义上说,它们并非毫无宪法的依据。③

在林肯看来,宪法授权联邦政府在危机下拥有较平时更为广泛的权力。在他看来,当公共安全受到威胁,为了国家的防御与安全,联邦政府有权采取必要的措施。林肯认为,一个好的宪法应该为政府在危机时刻提供必要的权力。如果不能

① Abraham Lincoln, Roy P. Basler et al, edited., *The Collected Works of Abraham Lincoln*, Vol. 2, (New Brunswick, N. J.; Rutgers University Press, 1953, p. 353.; Abraham Lincoln, Roy P. Basler et al edited., *The Collected Works of Abraham Lincoln*, Vol. 3, New Brunswick, N. J.; Rutgers University Press, 1953, p. 307.

② Abraham Lincoln, Roy P. Basler et al edited., *The Collected Works of Abraham Lincoln*, Vol. 4, New Brunswick, N. J.; Rutgers University Press, 1953, p. 430.

③ Abraham Lincoln, Roy P. Basler et al, edited., *The Collected Works of Abraham Lincoln*, Vol. 5, New Brunswick, N. J.; Rutgers University Press, 1953, pp. 240 – 243.

达到这一要求,这一宪法的合法性及其所认可的政府将受到巨大的侵害。当然,过分巨大的行政权力可能会对法治精神造成戕害。在林肯看来,对于美国的宪政与民主来说,一个关键的问题是,在一场事关公共安全的内战危机中,如何使长期存在于非危机时刻的宪法,既能够保持对权力的制衡,又能够授予联邦政府以足够的权力。林肯认为,在现实的政治生活中,不可能找到彻底解决法治与行政裁量权之间矛盾的方法。特别是,在美国内战这样一场关系到国本的危机当中,对法治精神的过分坚持反而有可能危及法治本身。他认为,在这些关头,个人的临机专断有时是十分必要的。

1863年6月,林肯写道,"宪法在叛乱和遭到入侵的时刻的应用应该大异于它在和平时期与公共安全时期的应用。环境将在相当大的程度上决定宪法中规定的危机时刻的权力是否应该得到运用"①。此时,在美国国内,民主党人严厉地批评林肯的政治举措严重侵害了公民的基本权利和宪法的精神。对此林肯反驳道:"剥去那些将我描绘成一个争取个人独裁的话语的外衣,实际上争论只是围绕这样一个问题,即在叛乱和入侵发生的时刻,为了公共安全的需要,是否应该有人可以临机决断或是这个临机决断之权由谁来执行。宪法关注到这一问题可能出现,但却没有指明谁可以担当这个临机决断的任务。毫无疑问,当叛乱与入侵发生之时,决断总是要反复作出。在我看来,在目前的时局之下,根据宪法的授权,人们委托我们军队的总司令来负有决断之权。"②1864年在一封给朋友的信中,林肯再次表达了这一观点,即维护联邦和宪法生存的必要性给予总统通过各种必要的手段来维持宪法和联邦的存在的权力。③ 必须指出的是,尽管个人临机专断有时十分必要,但在林肯看来,宪法精神仍是维护联邦与美国民主制度存续最重要的纽带。在林肯的论述中,多次将对宪法的崇敬上升为一种政治性的的宗教。林肯写道:"让每一个美国人,每一个对后世抱有美好祝福的人,每一个对在独立革命中所流鲜血抱有崇敬的人,不要去丝毫伤害这个国家最重要的法律,而且也不要去容忍其他人对这个法律的触犯。当然另一方面,对宪法的崇敬也不应该因此导致对宪法一些具体形式的过分坚持。在这里,林肯所表达的是一种广义的宪政主义,即宪政本身必须随着过程的推移而发生必要的改变。另一方面,林肯也认为行政权力的扩大应

① Abraham Lincoln, Roy P. Basler et al, edited. , *The Collected Works of Abraham Lincoln*, Vol. 4, New Brunswick, N. J. ; Rutgers University Press, 1953 p. 302.

② Abraham Lincoln, Roy P. Basler et al edited. , *The Collected Works of Abraham Lincoln*, Vol. 6, New Brunswick, N. J. ; Rutgers University Press, 1953, p. 303.

③ Abraham Lincoln, Roy P. Basler et al edited. , *The Collected Works of Abraham Lincoln*, Vol. 6, New Brunswick, N. J. ; Rutgers University Press, 1953, p. 303.

该接受宪法的限制与民众的监督。他写道,如果他正确地应用自己的权力,人们当然会对此表示肯定;但倘若他滥用权力,民众也有权根据宪法所赋予的种种权利来对其加以制约。林肯在论述中反复写道,尽管宪法赋予总统以临机专断之权,但总统根据此一权力的行事注定将不断受到人们的质疑。而这也正是美国宪政与民主的最基本特点:它不会允许任何人利用临机专断来实现实际的个人专制。[1]

作为《美国宪法》与联邦的捍卫者,林肯成为塑造美国现代民族主义最重要的先驱之一。与欧洲大陆不同,美国现代民族国家与宪法的形成更多地出于早期人民的理性选择,而非千百年历史积淀而成的产物。在林肯看来,《美国宪法》与美国联邦的存续是维持民主自由体制的先决条件,而美国信条也只有通过美国才能真正发扬光大。在他看来,任何一部宪法都是国民性格的体现,而宪法本身的存续也只有依靠人民在种种社会政治生活中的坚持。对于宪法和美国精神的维持,只有依靠人民在日常生活中如同宗教般的坚持才能真正生存下去,也正是这种精神才能将美国人民凝聚在一起,才能真正形成美国基本的国家认同与现代意义上的民族主义。这种对于《美国宪法》与美国精神的执著,在林肯看来,就是一种政治性的宗教,其合法性也恰恰来源于民主自由本身。

第六节 未竟之业:林肯之后美国南部的重建及其局限性

对于美国内战以及其后的重建岁月来说,居于首位的任务已不仅是恢复美国宪政的运行,而是要在固有的已被打破的宪政基础上重新构建一种新的宪政机制。特别是,在美国南方,内战的结束使四百多万黑人奴隶获得自由,彻底动摇了内战前南方赖以生存的奴隶制种植园经济的基础。而刚刚获得解放的广大黑人的法律地位与公民权问题,则成为新的宪政制度必须加以解决的课题。在此情况下,由共和党控制的联邦国会从 1865 年至 1870 年,连续通过第 13、14、15 条三条宪法修正案,对美国宪政机制进行了重新建构。根据 1865 年的第 13 条宪法修正案,在美国及其所辖的领土上永远废除奴隶制度,这就从宪法的角度改正了美国建国以来对奴隶制度的暧昧态度。根据 1866 年的第 14 条宪法修正案,黑人将获得联邦及州的完全公民权,以及对其私人权利的平等法律保障。根据 1869 年的第 15 条宪法修正案,联邦和州政府被禁止以种族、肤色和早先的奴隶身份剥夺黑人的选举权。随后,依照第 13 条至第 15 条宪法修正案,联邦国会从 1870 年开始,陆续出台了一

---

① Bessette and Tulis, *The Presidency in the Constitutional Order*, Baton Rouge:Louisiana State University Press,1981,p. 25.

系列具体实施修正案的法规。如通过了 1875 年《民权法》等法案,禁止在公开场合实施种族歧视等。从内战结束到 1880 年,美国迎来了宪法重构的又一个高峰期,被历史学家称为构建美国第二个"联邦宪法"的时期。大致而言,这一时期美国宪政的重新建构,虽然没有改变宪法的基本原则,却对美国的宪政体制进行了一系列重要的变革,初步建立起对黑人人权的保护机制。

为了在新的宪政秩序下重建南方,还在内战期间,联邦军队就对占领下的南方地区进行了全面军事管制和重建。伴随南方叛乱政府的逐步瓦解,在联邦军队新收复的地区,出现了严重的权力真空。为了推进针对南方叛军的战争,重建联邦在南方的宪政统治,联邦军队临时承担起对南方的行政管理之责。一些联邦军队的高级将领被任命为全权统辖一州事务的军事州长,享有任命地方官吏、组建地方法院的权责。此时,由于联邦军队所到之处,南方种植园奴隶主大多闻风而逃,种植园的黑人奴隶不约而同地聚集起来,跟随在联邦军队之后,以不同的形式参加了对南方叛军的作战。为了将黑人更好地组织起来,保障对南方的作战,联邦军队在南方各州普遍强制实行了将黑人奴隶逐步转化为工资劳动者的"班克斯体制"。"班克斯体制"是一种处于奴隶制劳动与自由雇佣劳动制度之间的过渡体制。它要求奴隶必须继续在其所属的种植园内劳动,但种植园主同时应付给黑人工资以及给予各种自由的权利。"班克斯体制"是联邦政府通过军队的管理,对南方基本社会经济制度进行的重大改造,尽管其带有一定的过渡性质,且与《美国宪法》所鼓吹的文官治理原则有所区别,但它毕竟是美国历史上针对奴隶制度的一次具有革命意义的重大变革。

1864 年后,伴随内战残酷性、破坏性日益凸显,以谢尔曼为代表的联邦军队将领开始对南部同盟的后方,实施大规模、大纵深的全面扫荡和"焦土作战"。在海上,联邦军队全面控制了制海权,封锁了南部各个港口。到内战末期,战争的主要战场转移到南部各州,而南部各州的经济、民生也因此受到巨大破坏。经济的凋敝和民生的破败,使战后的南方各州社会动荡频仍,一些奴隶主和叛乱政府的旧官僚也乘势而起,对联邦军队在内战中刚刚取得的成果造成了巨大的威胁。如何尽快恢复南部各州的基本民生,成为摆在联邦政府面前的重要问题。对此,实际上早在 1863 年 12 月 8 日,林肯就发表了《大赦与重建宣言》,对南部各州的重建阐明了一条较为温和的路线,以尽快恢复南部的社会经济生活。但战争硝烟尚未完全散尽,林肯就遭到暗杀,这充分展现出此时美国国内政治矛盾的激烈和残酷。

历史往往以所有人都难以预料的方式发展。林肯被刺杀后,联邦改造南方奴隶制度的决心不仅没有减弱,共和党内的激进派反而进一步使获得了在国会更大的影响力。直至 19 世纪 80 年代初期,共和党内主张严厉对待南方奴隶制度的激进派,在联邦国会内部占据了明显的优势,因此,更加彻底地打击奴隶制度成为联邦国会这一时期的主要政策取向。不过,正如《美国宪法》所设计的那样,由于司法、行政、立法三权的分立,任何一个国家机关都难以在联邦内部任意推行自己的主张。林肯遇刺后,继任总统安德鲁·约翰逊对南方采取了较为宽大的政策,从而大大抵消了国会更加严厉制裁南方各州的努力。约翰逊是南方民主党人,但也是内战期间叛乱诸州中忠于联邦的唯一一位参议员,他的就职实际上是各派势力相互妥协的结果。1865 年约翰逊发表了《大赦宣言》,赦免了大多数提出赦免申请的南方叛乱分子。1866 年,约翰逊政府还宣布停止执行《没收法令》,将已没收的土地、财产还给了前奴隶主。约翰逊政府的一系列妥协政策,使联邦在内战中所取得的成果大打折扣,并因此使行政部门与国会的斗争更加激烈。

具体来说,首先,在约翰逊政府的默许、支持下,大批南部同盟旧官员与种植园主重新掌握了南部各州的政权。为了避免由共和党激进派控制的国会的干预,1865 年,约翰逊政府在国会休会期间,先后发表了 7 个州的重建宣言,使奴隶主利益集团全面控制了这些州的政权。其次,南部各州还纷纷参照内战爆发前的《黑奴法典》,制定了《黑人法典》,大大抵消了联邦在解放黑人奴隶方面所取得的进展。根据该法典,黑人被剥夺了选举权和拥有土地的权利。再次,内战的结束,使得因内战划分为南北两部分的民主党重又统一,日渐坐大,不断威胁共和党激进派在联邦国会的主导权。

以上情况的存在,使黑人的社会地位在战后并未得到明显的改善。根据得克萨斯州自由民局的不完全统计,从 1865 年至 1868 年,该州超过 1000 名黑人仅仅因口角等一些小事,遭到谋杀。① 值得关注的是,在内战结束后的初期,各种白人极端种族主义组织迅速在南方各州发展起来。1866 年成立的白人极端组织"三 K 党",就是这样一个臭名昭著的团体。在建立的最初阶段,"三 K 党"成为南方民主党领导人手中的工具。许多具有废奴主义思想的白人活动家和共和党人遭到暗杀、残杀,一时间,在南方部分地区弥漫的恐怖气氛甚至超过了内战时期。

在此情况下,以联邦国会内激进共和党人为代表的废奴主义者,利用国会的力量,颁布法令,对南方实施进一步军管。根据法令,南方叛乱的 10 个州被划分为 5 个军区,由相应的军事将领主持重建工作。从 1867 年开始,联邦国会先后通过了 4 个重建法案,确立了军队在南方重建中的主导地位,也使国会与行政机构斗争的天平进一步倒向了国会一边,有效维护了联邦政府在内战中取得的成果。与此同时,为了防止约翰逊政府再次通过有害于清除奴隶制度影响的政策,联邦国会还从

---

① Eric Foner, *Reconstruction: American's Unfinshed Revolution*, 1863 – 1877, New York, 1977, pp. 120 – 121.

1867 年起,先后通过《官吏任期法案》、《赦免法案》等文件。根据这些文件,在军管期间,总统将无权直接向负责实施军管的部队发号施令,除非得到当时军队最高实际指挥官格兰特的同意。这些法案进一步削弱了总统对军队的控制,使国会可以在重建中更加便利地控制军队。

内战最终对美国的自由主义宪政产生了重要的影响。首先,在困扰美国政治体制运行的州权与联邦权的关系上,强化联邦权力的主张最终占据了上风。内战前,南方各州主张,联邦是各州间缔结契约后产生的,州权应优于联邦权。北方诸州则主张,联邦的权力直接来自人民的赋予,直接对人民负责,州权应服从于联邦权。内战结束后,南部同盟被打垮,主张分离的势力受到重创。此后,联邦政府通过"得克萨斯州诉怀特案"等判例,最终确定各州无权自行要求从联邦分离出去。此外,根据宪法第 15 条修正案,美国任何州不得违背宪法原则否认任何公民的选举权,使对宪法的最终解释权完全集中到了联邦手中。到 19 世纪末,美国国内的法律体系逐步统一起来,巩固了美国的统一,为美国此后数十年的经济大发展,奠定了坚实的国内政治基础。其次,内战的胜利在很大程度上改善了黑人的人权状况,推动了美国国内的民主化和人权现代化进程。根据第 14 条宪法修正案,宪法中原先规定的 5 名黑奴以 3 人计算的条款被废除,任何州若故意以肤色、种族拒绝该州的一部分居民享有选举权,其在联邦众议院所享有的议席将按比例削减。尽管黑人等有色人种在内战后仍在美国社会遭遇各种各样的歧视,但内战毕竟开启、保证了美国宪政体制逐渐接纳黑人的进程,而这一进程也终在 20 世纪六七十年代达到高潮。

内战的胜利还为美国国内统一市场的形成与生产力的发展奠定了坚实的基础。为了加强国内的统一,林肯政府及其后继者还大规模修建铁路,而铁路的大规模修建也因此成为美国内部整合进一步加速的重要标志。从 19 世纪 60 年代至 1893 年,美国先后修建了 5 条大的横贯美洲大陆的铁路,总里程达到 7 万英里。国内统一的加强和奴隶制的废除,进一步解放了美国的生产力。到 19 世纪 90 年代末,美国的工业生产总值已跃居世界第一。伴随国力的迅速增长,美国开始加速实现约翰·亚当斯等建国之父们所鼓吹的完成在北美大陆扩张的天定命运。从 19 世纪 60 年代到 19 世纪 90 年代末又有 9 个州加入联邦,美国在北美大陆的扩张已经基本完成。随着美国工业力量的不断增长以及领土的迅速扩大,一个新的世界大国即将在 20 世纪初的国际政治舞台上扮演越来越重要的角色。

不过,美国内战仅仅通过战争这一外力,在短时期内消除了奴隶制经济赖以生存的主要制度土壤,却并未在日常生活和社会生活的基础上,消除种族制度的孑遗。许多南方人甚至北方白人仍然对黑人抱有较深的种族偏见。完全在美国社会消灭种族歧视与奴隶制度的影响,短时期内仍难以立即做到。此外,联邦政府也并未对南部的社会政治结构进行彻底的改造,南方民主党人和地方的白人种植园主,依然可以在南方的社会政治生活中发挥重要作用,从而使奴隶制度的孑遗可以继续存在。特别是,南部各州为了抵消联邦政府和国会赋予黑人的民主权利,还出台了各种不利于黑人参政的地方性法规。如一些南方州明确规定了选民参选的最低财产限度,许多黑人刚刚脱离奴隶地位,不可能拥有相当的财产,从而参政的空间大大缩小。实际上,即使在执政的共和党内部,也有很多人对废除黑奴制度持保留态度,真正推进废奴的仅仅是共和党内的一小部分人。而林肯的遇刺,也使得共和党内的民主派失去了全面推动废奴的依靠。正如美国政治史所反复展现的那样,当大规模的战争刚一结束,谋求妥协又一次成为美国各派政治势力的主要目标之一。曾经一度在内战中主导美国政局的共和党民主派在战争结束后的十余年内,逐渐式微,最终失去了对美国政局的主导权。直到一百年后的 20 世纪 70 年代之前,美国普通社会生活中的种族歧视依然随处可见,而作为黑奴制度孑遗的种族隔离制度也仍是困扰美国社会的一大问题。

实际上,内战对南方社会、经济不彻底的改造,在很大程度上导致了种族隔离制度在美国的蔓延。内战结束后,四百多万黑人获得自由,脱离了奴隶主的控制,然而,当黑人们进入美国主流社会时,却发现美国的普通民众与日常社会生活并未随战争的结束而发生根本改变。种族歧视和差异在日常生活依然无处不在,各族群间的隔阂仍旧严重。对于大多数黑人来说,在离开了长期居住的种植园奴隶屋后,他们在短时间内很难适应与白人的共处。而美国主流社会的白人也有意无意地排斥着黑人。在此情况下,从 19 世纪 70 年代开始,黑人独自居住的社区开始在美国的各大中城市内广泛建立起来,到 19 世纪 80 年代初,黑白隔离的二元社区模式已在美国基本形成。不仅如此,由于受教育水平较低,黑人所能从事的职业领域也相对狭窄,大多集中于重体力、服务业的领域。在此情况下,美国社会出现了明显的二元分化,黑人大多处于社会底层,且他们的社会生活大都与白人难有交集。比起残酷的奴隶制度,种族间的隔离要相对温和,但它仍将是长期阻止美国社会整合的一个严重的社会问题。

第四章　擎天的阿特拉斯:林登·约翰逊与美国在越南的干涉与战争

　　1908 年 8 月 27 日,林登·约翰逊生于得克萨斯的一个小农场主家庭,因而熟知那个时代美国西部农村生活的艰辛。由于从小生活清苦,他一直对社会中下阶层抱有深深的同情。他在青年时代,很早就开始独立为生活打拼。早年,他曾经做过教师,在他的学生里,有很多来自于拉美的移民,他因此深深地同情他们的处境。这也使他养成了对有色人种生存状况的关注。[①] 林登·约翰逊成长在一个浸礼教徒的家庭,他的父亲和祖父都曾在美国的国会中工作过,这对他日后选择从政的道路具有莫大的影响。1937 年,在妻子的帮助下,林登·约翰逊成功当选了美国国会的议员,成为当时美国政坛上最年轻的政治新星。那个时代正是罗斯福总统新政时期,林登·约翰逊也因此着迷于罗斯福总统的个人魅力和政治主张,他积极地参加罗斯福所倡导的新政,并以一个自由主义者自居。第二次世界大战爆发以后,林登·约翰逊加入美国海军并成为一名军官,参加了美国在南太平洋的军事行动。第二次世界大战结束以后,林登·约翰逊于 1948 年当选美国参议员,并于 1953 年成为美国有史以来最年轻的参议院少数党的领袖。第二年,民主党重新赢得了对参议院的控制,他也因此成为参议院多数党领袖。

　　在他担任参议院多数党领袖期间,林登·约翰逊显示出很高超的政治技巧,帮助艾森豪威尔政府顺利通过了一系列法案。由于在政治生活中崭露头角,1960 年林登·约翰逊被选为肯尼迪的竞选搭档,并在大选后成为肯尼迪政府的副总统。1963 年 11 月 22 日,由于肯尼迪遇刺身亡,林登·约翰逊成为美国总统。林登·约翰逊担任总统初期获得了很大的成功,民意支持率一度创下美国历史的新纪录。他设法通过了肯尼迪生前一直试图通过的民权法案与减税措施,并在此基础上提出了"伟大社会"的理念。林登·约翰逊宣称,所谓伟大社会,就是要使人类生命的意义与人类的劳动相匹配,真正实现每个人都能获得充分发展的目标。在 1964

---

　　① 　关于林登·约翰逊的早期经历对于其政治思想的影响,特别是对于他在美国民权运动中的基本理念的影响,可参见 Monroe Billington, "Lyndon B. Johnson and Blacks:The Early Years", *The Journal of Negro History*, Vol 62, No. 1, pp. 26 – 42。

年的总统大选里,林登·约翰逊又以前所未有的优势赢得了选举。

从1965年开始,"伟大社会"计划开始被林登·约翰逊付诸实施。从某种意义上来说,"伟大社会"计划就是三十年前罗斯福新政的一个翻版与扩大。在这个目标庞大的计划里,包括了一系列雄心勃勃的目标:扩大对教育的补贴,控制疾病的蔓延,扩大医疗保障,大规模地控制犯罪,进一步扩大人民所享有的民主权利。由于林登·约翰逊此时在美国国内享有很高的声望,国会在对他所提出的提案进行了少许修改之后,就迅速通过了他的提案。仅仅在1965年,就有数百万老人从新通过的法案中受益,得到了政府更好的照顾。与此同时,美国近二十年来在太空的探索也取得了长足的进步,1968年,三名美国宇航员成功登陆月球。林登·约翰逊在讲话中称赞道,这一成功已将整个世界带入了新的纪元。

从任何一个角度来看,林登·约翰逊的理念都表现了美国社会那个年代最富有乐观精神的民族主义风貌。他坚信美国的制度具有无与伦比的普适优越性,这种制度由美国所独创,理应扩展到全世界。他大大提升了美国政府对社会生活的干预,寄希望在罗斯福新政之后再次开创美国的另一个黄金时代。林登·约翰逊是一个典型的美国人,他待人真诚直爽,说话直言不讳。他坚信所有人之间都可以沟通,也都可以接受美国政治体制的价值观。在国际事务上,他继承了肯尼迪政府的外交政策,积极在世界各地插手。林登·约翰逊有一种天生的道德优越感。在他看来,美国负有在全世界保卫民主制度的当然之责,任何与之相对抗的力量都是邪恶专制的代表。在这个时期,美国外交中原有的审慎特点逐渐消失,取而代之的是一种溢于言表的志得意满。整个世界的图景也越来越被美国的政治家和学者们描绘和简化成苏联与美国、专制与民主的黑白二元对立。就这样,在20世纪的60年代初,美国社会进入了一个充满自信的年代。在这个年代里,几乎每一个美国人都对自己的前途充满信心,而林登·约翰逊就是其中最典型的代表。

然而从1965年开始,美国社会却进入了多事之秋。对于林登·约翰逊政府来说,它主要面临两场棘手的危机:在国内,美国的种族问题开始日益激化,黑人运动愈演愈烈;在国外,印度支那的危机开始迫使美国政府向海外投放越来越多的力量。对于美国社会内部所发生的一系列运动,林登·约翰逊政府试图通过"伟大社会"的实施来进行缓解。从1965年开始,美国政府着手施行了诸多计划,其中尤以反对贫困和种族歧视的项目最为著名。在维护正常社会秩序与法律规范的前提下,反对种族隔离与歧视成为这一时期美国政府重点实施的政策目标。

约翰逊政府的"滑铁卢"来自对第三世界民族解放运动的干预。在印度支那,尽管林登·约翰逊投入了大量人力和物力,但越南的形势却一路恶化,美国被迫陷入长期干涉的泥潭之中。到1968年初,美国国内围绕越南战争的争论日益激化。

在内外压力下,这年 3 月林登·约翰逊开始限制对北越的轰炸,试图寻求与北越进行和平对话。尽管如此,越南战争的挫败,使得约翰逊名誉扫地,他的"伟大社会"计划也被迫停止。由于饱受非议和各种困扰,林登·约翰逊退出了这一年的总统大选。

毫无疑问,林登·约翰逊政府的越南政策是失败的,但也正是林登·约翰逊本人使美国开始撤出越南战争。离开白宫以后,林登·约翰逊回到了他在得克萨斯的农场。1973 年 1 月 22 日,在一片非议声中,他与世长辞,年仅 64 岁。①

第一节 约翰逊民族主义思想的基本风貌:乐观主义、行动主义与美国伟大主义

第二次世界大战结束以后,由于在战争中赢得的巨大胜利,美国在世界上的地位达到了一个前所未有的历史高点。这一时期,无论从经济,还是从政治的角度来看,美国所具有的优势都是无与伦比的。此时,伴随着美国国内新科技革命的展开,美国的经济始终保持比较快速的增长。随着冷战的深入,以美国为首的西方阵营内部也基本完成了自身的整合。美国在世界上所拥有的话语权由此空前提升,以至于无论是在美国人自己眼中,还是在它的欧洲盟友眼中,美国都成了自由民主的代言人。美国的繁荣富强也已经成为检验一种生活模式和价值观的重要标杆。在这样的历史环境下,美国社会又一次进入了它的黄金时代。对于此时的美国人来说,乐观主义和行动主义是他们看待、应对内外事务的基点。对美国国家能力的自信成为许多美国人心中不言自明的首要社会共识。在这个共识里,美国及其所代表的一整套模式被看成是无所不能的,人们普遍相信美国社会能够实现长期的持续繁荣,美国社会所代表的模式也终将为人类所接受。在此基础之上,美国社会又形成了第二个共识。这个共识就是遏制苏联的全球性扩张,反对共产主义体制对所谓民主政权的颠覆。作为当时美国的新一代领导人,林登·约翰逊的民族主义思想也受到了此时美国社会氛围的影响,带有浓厚的意识形态色彩。

在二战结束后最初的十多年里,美国社会整体上是平静而稳定的。由于大战

---

① 不少历史学家认为,林登·约翰逊的个人性格特点也是造成其悲剧的重要原因。在他们看来,林登·约翰逊性格敏感脆弱,且缺少安全感,对于追求声望十分热衷。他对政府内部意见与社会舆论的控制最终导致了当时美国政府同公共舆论之间的尖锐矛盾。关于这方面的描述最典型的是罗伯特·卡罗的《通往权力之路》,可参见 Caro,Robert A.,*The Years of Lyndon Johnson: The Path to Power*,New York:Alfred a Knopf Inc.,1982;Caro,Robert A.,*The Years of Lyndon Johnson: Means of Ascent*,New York:Alfred a Knopf Inc. 1990;Caro,Robert A.,*Master of the Senate: The Years of Lyndon Johnson*,New York:Alfred a Knopf Inc.,2002。

刚刚结束不久,整个美国社会开始逐渐从战时体制转轨,此时的几位美国总统在国内事务上也基本采取了偏于保守的政策,没有对国家的社会经济生活采取过多的干预,也没有出台大的改革措施。在20世纪60年代前的十几年里,美国经济稳步增长,整个社会没有出现大的社会运动。麦卡锡主义和朝鲜战争虽然曾经在短时间内引起了不小的骚动,但美国社会很快又恢复平静。在已经形成的冷战共识之下,美国社会稳步地向前发展。然而,这一情况到20世纪60年代初发生了巨大的变化。

实际上,早在20世纪50年代末期,以加尔布雷斯为代表的自由主义改革派已经开始登上美国的历史舞台,他们猛烈地抨击美国社会中早已存在的诸多痼疾,例如种族隔离和贫困,希望通过自己的双手改善美国社会的状况,将美国真正建成一个符合美利坚民族自由主义理想的山巅之城。改革派的大多数成员在青年时代曾经经历了罗斯福新政,并深受影响,他们坚信政府应该在社会事务中扮演更加积极的角色,也认为美利坚民族能够依靠自己的力量实现持续的发展。肯尼迪就是其中的一员。1960年,在一片要求社会变革的呼声中,肯尼迪成为民主党的总统候选人。在此后的大选中,他形象清新,颇得年轻选民的青睐。肯尼迪坚信美利坚民族的伟大,坚决反对美国政府在推动社会进步方面无所作为,宣称整个国家都应该行动起来,以追求更为完美的状态。在很大程度上,肯尼迪的思想代表了那个时代美国社会中新生力量的政治诉求。他们深信,美利坚民族与个人一样,都拥有自己的伟大理想,也都应该不断追求自己的完善。与所有的年轻人一样,他们追求自我实现,提倡创新和自我超越,反对碌碌无为,并且对未来充满乐观情绪。

肯尼迪在美国大选中的胜出标志着美国社会的发展又翻开了崭新的一页。在大选中,肯尼迪喊出了让整个国家重新行动起来的口号,他相信总统应该以更加积极的态度担当美利坚利益的维护者。由于深受富兰克林·罗斯福的影响,肯尼迪相信一个对社会生活采取积极干涉政策的善意政府要远远强于那些无所作为的保守主义政府。尽管从第二次世界大战末期开始,美国的经济已经持续增长了将近二十年,但肯尼迪却并不满足,并对在他之前的艾森豪威尔政府提出了批评。在他看来,如果美国政府采取更加积极的政策,美国经济将会取得更大的发展。这种对美国充满信心的乐观主义非常充分地体现在肯尼迪所提出的新边疆主义之中;他充满自信地向世界宣布,美利坚民族将向一切未知的自然科学领域、一切尚未解决的战争与和平问题、一切贫困和偏见宣战。[1]

作为肯尼迪的副手,林登·约翰逊的思想深受肯尼迪的影响。此外,由于从小

---

[1] 西奥多·索伦森著,复旦大学世界经济研究所译:《肯尼迪》,上海译文出版社,1981年版,第74页。

出身贫寒,林登·约翰逊对美国社会中下层人民抱有深深的同情,渴望通过自己的努力帮助这些人实现自己的美国梦。在青年时代,林登·约翰逊曾经亲眼目睹了少数族裔与弱势群体在社会生活中的种种窘境,发誓要用自己的双手改变这一切。与肯尼迪一样,林登·约翰逊也深受罗斯福新政的影响,强调国家应该实施更加积极的政策解决社会问题,以实现美利坚的伟大理想,践行美国信条中的伟大理念。

不过,与其他美国政治家不同,林登·约翰逊出身美国社会的底层,凭着自己的努力逐渐登上美国政治的顶峰。但也因为如此,他对生活充满自信,坚信只要努力,个人与社会都会向更好的方向前进。还在 1958 年,林登·约翰逊就在公开的演讲中阐释了自己心目中的美国梦:第一,所有的美国公民,无论种族与贫富,都应该平等地参与到美国的民主过程当中,以实现美国信条的自由主义理想;第二,国家应该帮助解决社会中存在的问题,以促进整个美国社会的不断发展;第三,国家应该充分地挖掘社会中的人力资源,实现人们的潜能,使每个美国人都能够得到尽可能充分的发展;第四,反对浪费,推崇美德。① 当上美国总统以后,林登·约翰逊进一步将自己的政治理念加以发展,提出了"伟大社会"的构想。他指望通过美国政府的干预实现美国的全面进步,从而真正将美国社会变为一个超越人类社会诸多缺点的伟大社会。

同那时美国社会的整体氛围一致,行动主义和乐观主义是约翰逊民族主义思想中最典型的风格。他对自己和美国的未来充满信心,决心建立一个人类历史上从未达到过的伟大社会。在这个社会中,每个人的潜能都将得到最大的挖掘,每个人也都能够在最大限度上实现自我。这也是一个几乎没有瑕疵的社会,种族偏见和贫困失业将被降低到最低程度。而在自然科学领域,美国政府将大力支持太空计划,以把人类对宇宙的探索推向一个新的高峰。坚信美国拥有解决一切问题的能力是"伟大社会"计划最重要的思想出发点。在此意义上而言,"伟大社会"计划是罗斯福新政自由主义理念的进一步发展。

新政自由主义产生于美国历史上的经济大萧条时期。20 世纪 30 年代,美国面临巨大的经济危机,在这样的情况下,美国政府积极干预社会经济事务的发展,最终摆脱了自身的困境,并将美国推上了一个前所未有的历史高度。在这一过程中,传统意义上的自由主义意识形态被重新定义,新政自由主义在此后的三十年中成为影响美国社会的重要意识形态。到了 20 世纪的 60 年代初,随着美国经济的发展,自由主义改革派又一次开始在美国政坛上居于主流地位。只不过此时自由主义改革派提出了一个更加宏大,也更有挑战性的政治纲领——"伟大社会"计划,

---

① Lyndon Johnson,"My Political Philosophy",*The Texas Quarterly*,Vol. I,No. 4,Winter,1958,p. 12.

也为整个美利坚民族提出了一个更加恢宏的政治理想。

尽管林登·约翰逊继承了大部分肯尼迪政府的思想理念，然而在另一方面，由于不愿意长期笼罩在肯尼迪的阴影之下，林登·约翰逊试图提出一个更加自信的政治纲领。由于对未来充满自信，并渴望成为美国历史上最伟大的总统，约翰逊一直希望自己能够超越肯尼迪，乃至于富兰克林·罗斯福。所以，以上这些因素的综合作用最终促使林登·约翰逊提出了上述美国历史上最富有雄心然而也是最难以达到的政治纲领。当林登·约翰逊成为美国总统时，曾经有人怀疑一个来自南方的政治家能否真正继承肯尼迪总统的政策主张。然而事实却证明，林登·约翰逊不仅延续了前任政府的政策，而且将之上升到了前所未有的高度。

此时，美国社会也正在进入一个新的阶段。在美国国内，长期的经济繁荣使得美国民众对前途充满了信心，但美国社会旧有的社会问题仍然存在。在南部各州，种族歧视与隔离依然严重，各种弱势群体生活艰辛。从 20 世纪 50 年代末开始，美国国内的黑人民权运动日益高涨，越来越多的美国人再也不愿忍受种族隔离政策的继续存在。就是在这样的情况下，林登·约翰逊提出了"伟大社会"的计划，试图全面解决美国社会所面临的问题，实现美利坚民族的伟大理想。在当政期间，林登·约翰逊提出了比肯尼迪时期更为激进的《民权法案》，并在继任总统的第三天就声称要向贫困宣战。对于约翰逊来说，历史仿佛已经为他提供了一个追求历史声誉的最佳时机，同时也为美利坚民族提供了一个实现自己民族梦想的最佳机会。

在林登·约翰逊看来，自己的政策理所当然会得到民众的支持。他相信只要民众了解到这些政策所能够为他们带来的种种利益，就一定全力支持政府的政策。他对美国社会与美国政府的能力满怀信心，坚信这些政策一旦实施就一定会取得成果，他没有看到美国社会当中存在的对于实施这些政策的各种阻力。实际上，尽管"伟大社会"计划在实施的初期曾经受到美国民众的热烈响应，但随着时间的推移，特别是当这一计划的实施遇到这样或那样的困难时，当国家需要民众承担更多的负担与义务时，许多过去曾经支持过这一计划的人转而反对林登·约翰逊政府。尽管所有的人都愿意享受社会改革的成果，但当这些社会改革的弊端暴露出来以后，却没有人愿意为这些措施承担责任。对于林登·约翰逊来说，他可以说服社会精英，可以统一行政机关的步调，可以得到国会议员的支持，但却很难长期维持普通民众对改革的热情。直到他退休之后，仍然在不停地抱怨美国普通民众对自己政策的冷漠。在他看来，许多少数族群虽然享受到了改革的成果，却缺少对政府应有的感激与支持。

约翰逊民族主义思想的另一个特色则是对一致性原则的追求。在约翰逊看来，在美国社会的政治生活中存在着大量的多元性的竞争，这种竞争既可以帮助美国社会各群体之间加强沟通,从而达成更加合理的共识,也很有可能导致美国国家力量的分散和社会的混乱。林登·约翰逊强调要在多元政治生活中通过彼此之间相互的讨价还价和妥协,寻求美国社会的一致性。① 在约翰逊的政治思想当中,这种一致性表现在三个方面。首先是在具体问题上,美国社会中各个利益集团应该尽力追求达成一致,以求以最佳的效率解决问题,实现美利坚民族的理想。其次则是要整合整个美国社会的国家认同,使美国民众对于美国信条的认同成为建构国家一致性的基础。再次则是要在世界范围内追求一致性原则,即用自由民主的原则来完成对世界的改造。在约翰逊看来,世界上所有国家和民族都有对于基本人权和民主的追求,以及对自由的渴望,而对以美国为蓝本的自由主义制度的向往是人类社会进步的唯一基础。在这里,林登·约翰逊等人对于美国信条的自信就演化成美国对于世界进行干涉的合法性基础。如同在内政方面一样,林登·约翰逊继承了肯尼迪政府绝大部分的外交遗产。然而,由于在外交上缺少经验,林登·约翰逊的外交思想往往流于简单。在他的眼里,整个世界被简化为黑与白的对立,美国对印度支那的干涉被视为同共产主义的扩张之间的战争。

林登·约翰逊当选美国总统之后,他对于一致性原则的追求达到了前所未有的程度。在国内事务中,他利用自己的声望和选民的支持,特别是民主党人在国会大选中所取得的胜利,成功地使第 89 届国会变成了总统的橡皮图章。在这届国会中,以前许多不能通过的法案都得以以绝对多数的优势得到通过。在林登·约翰逊看来,同国会打交道就如同驯服动物一样,只有不断投以诱饵,才能使之按照自己的想法运转。② 在林登·约翰逊当政时期,美国政府对行政机关和舆论的控制也空前加强。在行政事务的决策上,约翰逊成立了几十个专门小组负责处理特定的问题。这些专门小组成员的身份对外保密,只有总统和少数几个人才能知晓。通过这些举措,他大大加强了总统的权威,使得行政机关对总统的依赖在美国历史上又达到了一个新的高峰。约翰逊大大加强了总统办公室的权力,强调政府官员对外的发言都要以总统办公室定出的标准为依据。他警告政府的官员和雇员不得擅自向外界发布非官方消息。由于总统对各种事务的强势干预,许多本该由行政部门独立解决的问题不得不拿到总统办公室会议上来讨论。到了林登·约翰逊政府的后期,白宫与媒体的矛盾日益激化,林登·约翰逊越来越相信媒体的负面报道

---

① Lyndon Johnson, "My Political Philosophy", *The Texas Quarterly*, Vol. I, No. 4, Winter, 1958, p. 18.

② Joseph A. Califano, Jr., *The Triumph&Tragedy of Lyndon Johnson: The White House Years*, Simon&Schuster, 1991, pp. 149 – 150; Doris Keams, *Lyndon Johnson and the American Dreams*, New York: Harper&Row, 1976, p. 238.

正在损害美国国内的政治基础和美利坚民族的团结。①此后，面对外界越来越激烈的批评，约翰逊最终选择退出下一届总统大选，而他的政治生命连同他所提出的"伟大社会"的主张，一起走到了尽头。

林登·约翰逊是一个典型的美国民族主义者，他梦想把美国社会建成一个人类有史以来最伟大的范本，并将其推广到整个世界。他对美国的政治军事权势十分自信，以至于达到了着迷的地步。然而无论是在国内政治生活当中，还是在对外事务中，林登·约翰逊都成为了一个失败者。究其原因，他所追求的目标已经远远超出了美国的国家能力以及他自己的能力。在林登·约翰逊的政治生涯中，展现出一种对于美国使命和信条的固守。在他看来，美国民族的伟大与光荣正来源于美国民众和政府在政治实践中的不断尝试。不过，与以往不同的是，林登·约翰逊这次所进行的种种尝试都最终归于失败。民族自信心的过度膨胀和民族主义高涨所催生出来的种种泡沫最终归于幻灭。

第二节 "伟大社会"计划与美国民族主义

传统上，美国信奉自由放任的自由主义政治经济学，政府对社会经济生活的干预一直受到美国社会内部的诸多质疑与牵制。然而，这种状况到20世纪的30年代发生了天翻地覆的变化。在经济危机所引起的内外交困之下，美国总统富兰克林·罗斯福接受了英国经济学家凯恩斯的政策主张，倡导政府对于社会的干预。凯恩斯主义的政治经济学认为，自由放任的市场经济并不能够实现完全的自我调节，相反却可能导致大规模的经济危机与社会动荡，因此，凯恩斯主义政治经济学力主政府应全面加强对经济生活的干预，增加公共工程开支，以此来解决当时社会中存在的严重的失业问题。罗斯福新政的实施将美国社会从经济危机的大萧条中解救出来，凯恩斯主义也因此成为占据美国学界与政界主流地位的显学。

肯尼迪成为美国总统之后，又提出了新边疆运动的自由主义改革纲领，进一步将美国政府对社会的干预扩展到了一个空前的程度。1963年11月林登·约翰逊继任美国总统之后，不仅全面继承了肯尼迪的主要政治经济纲领，并且将其发展到了一个新的高度。实际上，从20世纪30年代开始，美国进入了一个政治经济发展的黄金时期，而林登·约翰逊成为美国总统后所实施的一系列政策则将罗斯福新政所展示的政治理念推向了前所未有的极致，美国民族主义中的自信情绪也更加

---

① Rich E. Neustadt, "The Constraining of the President: The Presidency after Watergate", *New York Times*, Oct.,14,1973.

充分地表现出来。

到 20 世纪 60 年代初,美国又来到了重新选择发展方向的十字路口。尽管经济增长使美国国内的政治社会结构趋于稳定,然而与此同时,美国社会中所存在的种种问题依然没有得到解决。具体而言,其主要体现为:首先,美国社会中的种族问题依然严重,黑人运动也因而日益高涨。1963 年 4 月,由小马丁·路德金所领导的黑人运动持续三个多月席卷了全美的主要大中城市,种族问题仍然成为这一时期美国社会所面临的最尖锐的问题。其次,美国社会底层民众的生活依然贫苦,社会中的贫富差距有进一步扩大的趋势。此外,20 世纪 50 年代以后,资本主义各国都进入了快速发展的黄金时期,与美国的差距日渐缩小;在此情况下,美国必须适应这种新的形势,加快自己的发展。面对国内外形势的变化,林登·约翰逊总统提出了"伟大社会"的纲领,以期在政府的大规模干预之下,保持美国社会在全世界的持续领先。这时,林登·约翰逊所展现出的美国民族主义正是一种对于美国国家能力的过分自信与着迷。

一、《民权法案》、肯定性行动计划与美国种族矛盾的缓解

20 世纪 60 年代初,美国社会已经成为一个物质与精神财富都很丰富的丰裕性社会,在此基础上,林登·约翰逊试图在一个前所未有的程度上一举解决美国社会中已经存在的种种问题,以实现美利坚民族的更高理想。"伟大社会"计划就脱胎于美国历史上这样一个高歌猛进的时代。

美国学者裴敏欣曾将美国民族主义的基本风貌归纳为三个特点:美国民族主义基于政治理想,而非文化与种族优越感;美国民族主义是胜利诉求,而非像其他现代民族主义产生于对抗外部世界的大规模进入与入侵;美国民族主义带有一种向前看的历史风貌,而非其他国家民族主义对历史荣耀的沉浸。[①] 可以说,"伟大社会"计划本身正体现了美国民族主义的这些基本特征。"伟大社会"计划是美国总统所实施的美国历史上最雄心勃勃的社会政治与经济纲领,纲领在一系列领域提出的目标都大大超越了美国以前的历史时期,以真正实现美利坚民族的伟大理想。[②] 在社会福利与保障领域,在人民民权领域,在反贫苦计划方面,以及在环境保护等领域,"伟大社会"计划的提出与实施都在相当程度上促进了美国社会的整

---

① 参见裴敏欣著,门洪华译:"美国民族主义的悖论",《战略与管理》,2003 年第 3 期,第 51 ~ 55 页。

② 实际上,"伟大社会"计划是美国历史上一次规模宏大的自由主义社会经济大改革。其所涉及的领域遍及美国社会的方方面面,曾经创造出美国立法史上的一次高峰。它一改 20 世纪 50 年代以来美国社会在改革方面的举步不前,使整个美国社会的社会改革在 20 世纪 60 年代中期以后迅速取得了实质性的进展,是罗斯福新政以来美国历史上的又一次自由主义社会运动。

体性进步。作为计划的提出者和执行者,林登·约翰逊总统接受了罗斯福新政时代的凯恩斯主义政治经济学,信奉政府应该对国家经济社会发展进行干预,对美国的国家能力与前途充满信心。

首先是对种族问题的关注与解决。20世纪六七十年代是美国国内政治、社会状况出现明显变化的时期。从二战结束开始,黑人在美国社会的地位显著提高,开始不断进入美国政府、大公司、名牌大学的决策层。在此情况下,黑人要求提高自身政治社会地位的呼声此起彼伏。

可以看到,林登·约翰逊的美国梦虽然大多遭遇失败,但他对解决美国种族问题所作出的贡献却在美国历史上画上了浓重的一笔。尽管美利坚民族主义曾使美国深陷越战泥潭,但也在相当程度上推动了美国社会克服自身曾经存在的诸多弊病。因此,如果不能客观地看待美国民族主义思想的正反两面,就很难真正地全面理解美国社会。

作为一个典型的美利坚民族主义者,林登·约翰逊的论述充满了对美国伟大的自信。正是出于这一理念,林登·约翰逊将解决美国的种族问题看成是实现美国信条与美国民族主义抱负的必经之路。1965年3月15日,林登·约翰逊发表的全国性的电视讲话一直以来被认为是黑人人权解放运动中的一个里程碑。在这次讲话中,林登·约翰逊用颇具感情色彩的语言指出,历史已经发展到了这样一个阶段,美国人民应该抛弃自己陈腐的偏见与不公正,来保证黑人在美国社会中获得平等的经济权利、投票权和足够的住房,从而真正实现美国信条与美利坚民族的伟大。①

对于20世纪60年代的大多数美国人来说,美国社会所面临的最严重的问题仍然是其内部存在十分尖锐的种族矛盾。此时,虽然经过19世纪60年代的美国内战,黑人奴隶在美国社会中获得了自由的身份,但美国社会对黑人的歧视与压迫在日常生活中仍然随处可见。到1954年为止,美国的许多州仍然保留着宣扬种族隔离的法案,一些地区明确规定黑人与白人不能同坐一个车厢,甚至不能在一起读书。在就业领域,黑人所获得的报酬大大低于白人,大批失业的黑人青年也因而成为美国社会的沉重负担。在这种情况下,"伟大社会"纲领提出以后,林登·约翰逊政府立刻开始着手相关的立法步骤,以期改善与缓解美国社会中的种族问题,从而真正实现美利坚的伟大。在此期间,美国国会先后通过了三部民权法案,为提高黑人的社会地位起到了重要的作用。

---

① Monroe Billington, "Lydon B. Johnson and Blacks: The Early Years", *The Journal of Negro History*, Jan., 1977, p. 27.

实际上,肯尼迪政府已经开始着手准备提出新的民权法案,林登·约翰逊上台后继承了肯尼迪的政治遗产,并提出了更加激进的草案。1964 年 6 月,在经过长达五个月的辩论之后,民权法案终于得到通过,并于这一年的 7 月由约翰逊签署生效。这项法案总共有 11 项条款,是美国内战结束以后所通过的最全面也是最有影响力的民权法案。其主要内容主要有,禁止在公共场合和学校等处实行种族隔离;禁止在就业方面进行种族歧视,并成立公平就业委员会进行监管;禁止在选举中有任何歧视有色人种的举动与举措,保证少数民族与有色人种获得平等的选举权;禁止任何与联邦政府有关的福利计划含有种族歧视的条款。在美国历史上,1964 年的《民权法案》第一次保证黑人能够在社会生活的诸多方面享有平等的权利,彻底打破了美国内战后南方所遗留的种族隔离制度。① 对于整个美利坚民族的整合来说,这无疑是《解放黑奴宣言》发表以来的又一件大事。

1965 年 9 月 24 日,林登·约翰逊签署了《第 11246 号行政命令》,标志着肯定性行动计划正式开始实施。这项计划是美国政府为了改善黑人与妇女的社会经济状况,最终消除教育与就业领域的种族歧视问题所采取的一项措施。根据这时的一项调查,在同等条件下,黑人在就业领域获得工作的机会只及白人的一半,而工资也只有白人的 3/5。② 为了改变这种不公平的状况,美国政府强制在就业领域实行了配额制,即要求雇主必须雇用一定数额的黑人,否则就会受到一系列经济与法律上的制裁。为了使少数民族人口中就业人员的比例能够与其在全国人口中的比例持平(即实现所谓的平等代表制),林登·约翰逊政府建立了平等就业委员会,使之与联邦司法部、联邦法院等机构一起共同监管美国社会在就业与教育领域内种族平等问题。这项计划的实施,使得黑人在就业与教育领域的境况有了很大的改善,是美国民权运动史上最重要的里程碑之一。③

此后,为了进一步保证黑人在选举中的权利,美国国会又通过了《1965 年权利法案》,具体对黑人的选举权进行了保护。尽管受到了南部一些州的强烈反对,这些法案还是明确授权联邦司法部长对选举中各个地方涉及种族歧视方面的举动进

---

① Henry Commager, *Documents of American History*: Volume Two, Englewood Cliffs, N. J: Prentice-Hall, 1973, pp. 658 – 662.

② Nathan Glazer, *Affirmative Discrimination*: *Ethnic Equality and Public Policy*, New York: Harvard University Press, 1978, p. 48.

③ 肯定性行动计划在相当程度上缓解了美国的种族矛盾,但美国社会也因此出现了反向歧视问题。1974 年一名美国白人学生在其入学分数高于所有黑人学生竞争者的条件下,被所申请的大学拒绝录取。究其原因,主要是因为肯定性行动计划的实施,美国的大学都为黑人学生硬性保留了录取名额。该名白人学生并将这所大学告上法庭,认为这种不按公平竞争原则择优录取的做法实际上是一种对白人学生的反向歧视。相关内容可参见网址 laws. findlaw. com/416/us/312. html。

行监督。① 这项法案通过后,南部黑人参加选举的人数大大增加,也就是在这一年,黑人适龄人口登记参加大选的比例第一次在美国历史上接近了白人。为了进一步保证黑人的权利,1968 年美国国会又一次通过了《民权法案》,把对黑人权利的保护扩展到了北方各州。这项法令明确规定黑人应该在住房和人身安全等方面获得更多的保障,并将对在此方面涉嫌种族歧视的机构与个人采取惩罚性的措施。从 1963 年到 1968 年,美国社会基本上从法律制度上消除了种族隔离制度的遗留,林登·约翰逊政府从而在美国民权运动史上取得了仅次于林肯政府的地位。② 对于内部种族问题的缓解在相当大程度上增加了美国民族主义的认同基础,黑人以及其他有色人种也因而真正成为美利坚民族的平等一员。

可以说,在美国历史上,林登·约翰逊是继林肯之后在对黑人解放运动中作出最大贡献的总统,而 20 世纪 60 年代也因此成为美国历史上又一个黑人权利得到全面确认的年代。与林肯政府时期相比,林登·约翰逊政府所作出的最大贡献就在于其促使美国国会通过了一系列立法,真正在美国的社会生活中使得黑人获得了与其他种族一样的民权。尽管林登·约翰逊离开白宫之后,仍然留下了许多尚待解决的问题,但在 1963 年至 1968 年期间,黑人所获得的种种市民权利上的解放却成为美国历史上最为重要的一页。

二、反贫困计划与全面社会福利纲领的提出与实施③

(一)反贫困计划

1964 年 1 月 8 日,林登·约翰逊在向国会发表的国情咨文中充满自信地宣布:"今天,这个行政当局将会在这里向贫困展开无条件的宣战。……作为这个星球上最富裕的国家,我们能够赢得这一战争。……这场反对贫困的战争将不会仅仅在华盛顿展开,它将在从法院到白宫,从每一个私人家庭到每一个公共职位的所有领

---

① "Revolution of Civil Rights", *Congressional Quarterly Service*, 4th Washington D. C., 1968, pp. 69 – 70.

② Robert A. Divine, *The Johnson Years: Volume One*, Kansas: University of Kansas Press, 1987, p. 115.

③ 林登·约翰逊政府时期与富兰克林·罗斯福政府时期被看做是美国社会保障制度发展史上最重要的两个阶段。林登·约翰逊政府制定了美国历史上第一条贫困线,规定了政府进行资助的基本条件。在此基础上,林登·约翰逊发展了以前美国的社会保障思想,将社会保障看成是刺激经济增长和消费,建立丰裕性社会的重要手段。也正因为如此,林登·约翰逊政府制定了一个相对于那个时代来说,标准很高的贫困线。对于林登·约翰逊政府来说,它所要达成的目标已经不是罗斯福新政时期的缓解绝对贫困的问题,而是要解决处在温饱与富裕之间的相对贫困问题。1964 年 1 月 8 日,林登·约翰逊在向国会所作的第一个年度咨文中,公开宣称要消灭美国社会中的贫困,向美国民众提供更好的学校,更好的医疗,更好的培训手段和就业机会。一般认为,林登·约翰逊政府的这种政策不仅出于其信奉的凯恩斯主义,也来源于美国社会中此时普遍表现出来的自信和乐观主义情绪。关于林登·约翰逊政府在这一时期的社会福利计划,可参见黄安年:《当代美国的社会保障政策》,中国社会科学出版社,1998 年版,第 104～105 页。

域展开。"①在这里,林登·约翰逊将伟大社会纲领中的反贫困计划看成是一场战争,他写道,"我们将全面追捕贫困,无论它在哪里出现"②。正如许多历史学家所指出的那样,这一讲话深刻反映出约翰逊对贫困问题的简单化认知以及他的过度自信。③ 在一次讲话中,林登·约翰逊承认,"如果你检查我过去的记录,就会发现我是一个罗斯福新政的信仰者。说句实话,在我看来,肯尼迪总统有时可能有些保守"。④ 林登·约翰逊对美国的国家能力充满自信,在他看来,只要需要,美国政府可以解决它所想要解决的一切问题。他满怀信心地宣称,只要行善,就一定可以得到好的结果。在他看来,美国社会应该率先成为整个人类社会的典范,彻底解决人类所面对的三大敌人:贫困、疾病与无知。⑤

林登·约翰逊早就清醒地认识到,美国社会的种族问题实际上也就是贫困问题。只有真正消除了美国社会中的贫困与社会的两极差异,才能真正帮助黑人成为美国社会生活中平等的一员。缺少体面的工作和收入,黑人的民权运动很难真正取得成功。在林登·约翰逊的青年时代,他曾经亲眼目睹了黑人以及拉美裔等少数族群在日常生活中的艰辛,这使他更加相信只有解决黑人在美国社会中的生计,才能从根本上缓解美国社会的种族问题。通过实施一系列政策,林登·约翰逊政府希望可以缩小美国社会的贫富差距,改善美国社会中的贫困问题。

按照林登·约翰逊政府所实行的《经济机会法案》和其他一些措施,反贫困计划主要包括以下四个方面的内容。首先是改善贫民聚居区经济条件的计划。从1965 年开始,美国联邦政府拨款几十亿美元用于在这些地区开展公共事业,其中包括修路、改善水利工程和发展采煤等基础工业。其次是针对黑人青少年与儿童的教育计划。根据该项计划,联邦政府将对低收入家庭的学龄前儿童实施学龄前教育,并资助低收入家庭的高中生完成和推进自己的学业。此外,政府还向正在读书的黑人青年提供工作机会,帮助他们完成自己的学业。再次是职业训练和再训练计划。根据该项计划,政府负责向辍学或失业的青少年提供一定年限的职业训练机会,帮助他们在职业发展的过程中获得更多的机会。到 1967 年,上百万青年

① Carl M. Brauer, "Kennedy, Johnson and the War on Poverty", *The Journal of American History*, Vol. 69, June, 1982, p. 117.

② Carl M. Brauer, "Kennedy, Johnson and the War on Poverty", *The Journal of American History*, Vol. 69, June, 1982, p. 117.

③ 参见 John Braeman, *Change and Continuity in Twentieth Century America*, Columbia Univ. Press, 1964, pp. 81 – 143.

④ Carl M. Brauer, "Kennedy, Johnson and the War on Poverty", *The Journal of American History*, Vol. 69, June, 1982, p. 114.

⑤ Carl M. Brauer, "Kennedy, Johnson and the War on Poverty", *The Journal of American History*, Vol. 69, June, 1982, p. 115.

参加了这一计划,有力地缓解了美国社会中的青少年失业问题。最后是社区行动计划。按照该项计划,美国社会中的低收入人口应该最大限度地参加当地的社区行动计划,以通过自己的劳动摆脱贫困。美国政府将通过街道卫生站计划、日托站计划等措施吸引低收入人口参加社区的管理,并通过该项计划向低收入人口提供各种各样的帮助,以带动他们尽早摆脱贫困。①

（二）全面社会福利纲领的提出与实施

林登·约翰逊对美国信条充满自信,坚信通过自己的努力可以将美国建成人类历史上最伟大的山巅之城。他写道,"从我幼年时代开始就不相信'从未有过'这个词;今天我们将用自己的双手创造人类历史上诸多从未有过的记录"。②"伟大社会"计划的社会福利纲领继承了罗斯福新政以来的社会政策,进一步将这一时期的美国推向了福利国家的道路。林登·约翰逊梦想通过这些措施的实行,真正帮助美国人民获得体面的生活。整体而言,全面社会福利纲领的实施在相当程度上改善了美国民众的生活,特别是弱势群体与少数族裔在这项计划中获益最多。具体来说,其主要措施涉及以下五个领域。

（1）医疗卫生领域。1965年,美国颁布了有关医疗照顾与医疗援助的两个法案,规定凡满足参加社会医疗保障制度与铁路员工退休制度条件的年满65岁者,皆有资格享受90天的免费医院医疗护理与100天的院外家庭护理。林登·约翰逊政府还通过了四十多个相关法案、建立街道医疗站计划与护士训练计划。③

（2）教育领域。1965年,联邦政府通过了《中小学教育法》,这是美国历史上第一个联邦政府对中小学教育进行普遍资助的法案。同年,美国政府还通过了《高等教育法》,这也是美国历史上第一个向贫困大学生提供联邦奖学金与低息贷款的法案。④

（3）住房领域。1965年,美国颁布了《住房和城市发展法》,这项法案拨款75亿美元改善城市状况,并规定营建24万套低租公共住房用以提供给低收入群体。1966年,美国政府又拨款改造城市中的贫民窟,并计划到1970年止,为中低收入家庭再兴建170万套住房。

---

① 关于这方面的内容可以参见 Sar A. Levitan, Robert Targart, *The Promise of Greatness*, New York: Harvard University Press, 1976; Marvin Gettleman, *David Mermeistein, The Great Society Reader: The Failure of American Liberalism*, New York: Random House, 1967, 章嘉林:《变化中的美国经济》,学林出版社,1987年版。

② Joseph A. Califano, Jr., *The Triumph&Tragedy of Lyndon Johnson: The White House Years*, New York: Simon&Schuster, 1991, p. 341.

③ Privately Owned Housing Units in Major Federal Programes, 1935–1970, Historical Statistics of the United States, New York 1975, p. 73.

④ Vaughn D. Barnet, *The Presidency of Lyndon B. Johnson*, Kansas: University of Kansas Press, 1983, p. 222.

(4)税制改革。"伟大社会"计划中的税制改革实际上是肯尼迪政府时期一系列改革的继续。在林登·约翰逊的推动下,肯尼迪政府提出的减税法案在 1964 年 2 月得到国会批准,该法案全面削减了个人所得税与公司税。这项政策的实施在一定程度上刺激了美国国内的个人购买力,加强了国内投资,从而推动了美国经济的发展。①

(5)环境保护计划。随着美国经济的发展,到 20 世纪 60 年代初,美国国内的环境污染问题日益严重。在约翰逊政府的推动下,1964 年美国颁布了《全国自然环境区保护法》,在全国范围内兴建新的国家公园和游览区,同时建成了全国统一的自然保护区系统。与此同时,美国政府还在控制汽车尾气排放,防止土壤污染等一系列领域颁布了相应的法规。

由于各项福利计划的实施,美国政府的开支大幅度的增加。到 1969 年,美国政府用于各种福利补贴的费用超过 1271 亿美元,占当时美国国民生产总值的 40%以上。"伟大社会"福利计划的实施虽然在很大程度上改善了美国社会中中低收入民众的生活状况,但也给美国政府带来了沉重的压力,随着越南战争的深入,美国的国家能力与财政状况进入了一个颇为窘迫的状态。②

总之,林登·约翰逊政府所实行的"伟大社会"计划提出了一个前所未有的恢宏目标,通过这一计划的实施,美国政府希望可以将美国社会的发展推向一个更高的阶段,从而真正实现美国信条中所展现出的美利坚理想。它既是当时美国民族主义整体风貌的反映,也是林登·约翰逊政府具体政策推动的必然结果。伟大社会计划的实施,确实在一定程度上缓解了美国社会的固有矛盾,但随着追求目标的急剧膨胀,1966 年以后,林登·约翰逊政府已经越来越难以将"伟大社会"计划全面推进下去了。

第三节　林登·约翰逊政府的外交哲学与实践

林登·约翰逊的美国民族主义思想最集中地体现于其外交哲学与外交实践之中——他对美国声望的关注、对美国军事权势的着迷和对第三世界国家的轻视都充分反映了那个时代美国民族主义的基本风貌。20 世纪 60 年代初期以后,伴随着美国国力的增强,如同林登·约翰逊政府所实行的"伟大社会"计划一样,美国的

---

① 分别见刘绪贻:《战后美国史》,北京:人民出版社 1989 年版,第 227 页;黄安年:《二十世纪美国史》,河北人民出版社,1989 年版,第 298 页。
② 黄安年:《二十世纪美国史》,河北人民出版社,1987 年版,第 300 页。

外交触角开始伸向一个更广的领域，而美国在第三世界国家干预的急遽扩大就是其中最明显的一个标志。① 还在1960年，肯尼迪就公开指责前任的艾森豪威尔政府过于谨慎，没有在第三世界国家承担应尽的义务。他担心美国在第三世界国家的保守可能会最终导致苏联和共产主义更大的扩张，"我相信存在一种危险，历史将会表明，这是美国潮流正在结束，共产主义正在汹涌而来的时代"。② 林登·约翰逊入主白宫之后，美国外交政策中的干涉主义倾向达到了一个新的高度。与肯尼迪相比，林登·约翰逊思想中的美国民族主义倾向更加明显。由于二战时期的经历对他影响至深，他始终坚信美国应该对全世界承担起不可推卸的责任。在他的眼中，美国外交中最重要的目标就是向全世界推广美国的价值观与社会模式。他反对对所谓的共产主义扩张畏首畏尾，主张采取更加积极进取的政策。在担任美国副总统期间，林登·约翰逊曾有机会接触到外交的实际决策，并曾到多个国家访问，却没有独立处理外交事务的经历。

由于对美国本身充满信心，林登·约翰逊将他在"伟大社会"计划中所表现出的自信与抱负也扩展到了外交领域。在他看来，美国在国际事务中所面临的种种问题都可以用处理国内问题的模式加以解决。他继承了肯尼迪的基本外交政策，主张美国不应将自己的力量集中于欧洲等重点地区，而应向第三世界扩展，特别是要向第三世界国家输出美国的价值观与社会模式。③ 就林登·约翰逊政府来说，从一开始它的触角就伸向了从拉美到远东再到中近东的广大区域。在拉美地区，为了遏制古巴革命和苏联的影响，美国政府搞起了争取进步联盟，从农业、工业、住房等诸多领域加强对拉美国家的援助，试图通过"伟大社会"式的援助计划进一步巩固自己的后院，同时输出美国的社会模式。在中东地区，林登·约翰逊政府不惜与阿拉伯国家普遍交恶积极支持以色列，约翰逊成为美国历史上最亲以的总统之

---

① 林登·约翰逊政府在第三世界国家的政策与其对中国的认知有很大的关系。随着越南战争的进行，中国越来越被视为北越背后的支持者。在约翰逊政府看来，中国正在试图通过在印度支那的活动企图向外输出革命，而且与苏联政府相比，中国更不计自己行为的后果。在这种情况下，如果美国不采取断然的措施，将有可能影响到自由世界在整个东南亚，乃至于整个第三世界的利益。中国作为一个发展中的国家，其基本社会政治模式不应该被输出到其他第三世界的地区。关于这方面的论述可参见陶文钊等编著，《中美关系与东亚国际关系格局》，中国社会科学出版社，2003年版，第408～412页。

② Theodore Sorenson, ed., *Let the World Go Forth: The Statements, Speeches, and Writing of John F. Kennedy*, 1947 - 1963, New York: Dell, 1988, p. 331.

③ 在相当大的程度上，林登·约翰逊政府对第三世界国家的大规模干涉反映出近现代以来美国对外干预的一些普遍特征。这些特征包括将美国对外部世界干涉视为符合世界利益的当然行为，以及对第三世界国家的环境不能设身处地地加以理解，而仅仅将其简化为正义与邪恶之间的斗争。美国文化学者萨义德认为，美国社会在进行关涉外部世界的想象与认知时，往往仅是出于自身的喜好，而将美国自己的认知与情感强加给外部世界，缺少对于他者设身处地的设想。关于萨义德的思想，可参见瓦莱丽·肯尼迪著，李自修译，《萨义德》，江苏人民出版社，2006年版。

一。在南亚,美国不断插手印、巴国内事务,以加强对这两个南亚大国的控制,将它们作为防止中国在南亚次大陆扩张的棋子。在非洲,美国政府明确反对各种所谓的社会主义革命,并将其当成是共产主义威胁的又一铁证。

在林登·约翰逊政府的眼中,美国在第三世界负有不可推卸的责任,必须对所谓的共产主义扩张作出应有的回击。林登·约翰逊政府轻视第三世界国家的民族主义运动,将它们视为由苏联支援起来的一群乌合之众;终其一生,约翰逊始终难以理解第二次世界大战结束以后第三世界国家和地区所兴起的民族解放运动,而是将它们简化为共产主义意识形态的侵略与扩张。在整个 20 世纪的 60 年代,尽管美国政府也曾在第三世界取得了一些进展,但其经历整体上却是充满挫折与苦闷的。出于对美国自身模式的自信,林登·约翰逊不仅要在美国国内建立前所未有的"伟大社会",在国际事务上也采取了一种积极进取的态度,而这也就为美国日后所遭遇的种种挫折埋下了伏笔。①

一、美国在东南亚的扩张

林登·约翰逊政府继承了肯尼迪政府在东南亚的主要外交遗产,并将美国在这一地区的干涉推向了一个前所未有的程度。这一改变与约翰逊政府对中国的看法密切相关。此时,约翰逊政府在对华态度上日趋僵硬,将中国看成是比苏联还要危险的扩张主义者。1966 年 7 月 12 日,约翰逊发表美国亚洲政策的广播讲话,公开将中国抨击为亚洲不稳定的最根本来源,并坚称只有使用武力才能迫使中国在亚洲扩张的道路上后退。中苏分歧公开化之后,约翰逊对华的负面看法有增无减,认为中苏分裂正是中国推行扩张主义政策的结果。② 在这种情况下,遏制共产主义特别是中国在亚洲的扩张就被美国政府当作首要任务之一。这种政策特别显著地表现在美国政府对印度支那与印尼局势的干涉之中。

(1)美国在印尼的干涉。在当时的美国政府看来,印尼共产党已经成为中国政府在印尼扩张的代言人。1958 年印尼外岛的叛乱被镇压之后,印尼国内形成了苏加诺政府、印尼共产党和印尼陆军三者之间微妙的平衡。为了防止共产党在印尼的影响进一步扩大,当时的美国政府采取了两面政策:一方面,美国政府继续保持与苏加诺政府的各种关系,以防止其全面倒向中国与印尼共产党;另一方面,美国政府则加大了对印尼陆军的支持,将其看成是反对共产党扩张的重要资产。肯

---

① 关于林登·约翰逊的外交哲学可以参见林登·贝·约翰逊著,复旦大学西方经济研究所译:《约翰逊回忆录》上海人民出版社,1973 年版。

② 可参见 *FRUS*,1964 – 1968, Vol. 30, China, Document No. 27 Memorandum of Conversation, April 16, 1964。相关文件可查阅美国国务院网址 http://www.state.gov/r/pa/ho/frus。

尼迪当选以后,美国对印尼的政策更加朝向遏制印尼共产党的方向发展。此时,美国政府已经决心将印尼陆军变为印尼反共产党力量的中心。在纳苏蒂安的领导下,印尼陆军反华与反对共产党的倾向日益发展。

约翰逊当选美国总统之后,美国的强硬立场有了进一步的发展。在约翰逊政府看来,印尼的苏加诺政府蓄意与美国为敌,并与中国结成了政治联盟,企图将美国的影响力从东南亚驱逐出去。① 此后,美国更加积极地对印尼国内的局势进行干涉,并开始直接寻求通过印尼陆军采取行动,全面消除苏加诺与共产党人的影响。1964 年 11 月 19 日,美国中央情报局在一份名为《政治行动文件》的秘密文件中强调要寻求在印尼建立一个非共产党的联合政府。② 在这种情况下,进入 1965 年以后,印尼的局势日益紧张起来。1965 年 10 月 1 日凌晨,一部分亲印尼共产党的军队发动政变,以保护苏加诺政府为名向一部分右翼军队发起了进攻。此时,印尼陆军战略预备司令部司令苏哈托乘机镇压了这场政变,并对印尼共产党进行了血腥的清洗。

事件发生以后,美国政府迅速作出了反应。在其看来,必须鼓励和支持印尼陆军将共产党的力量彻底清除。根据腊斯克等人的提议,美国政府明确表示将根据印尼陆军与中国及印尼共产党决裂的程度来决定对印尼的援助。此时,为了在国内斗争中取得优势,苏哈托等人将美国的支持看成是取得胜利的关键。进入 1966 年以后,印尼的局势更加动荡,印尼陆军开始公开将中国称为印尼的敌人。③ 1967 年 3 月,在美国的援助和支持下,印尼临时人民协商会议宣布剥夺苏加诺的总统权力,同时委任苏哈托为新的总统。一篇腊斯克为林登·约翰逊所写的备忘录中写道:"对于我们来说,在这一地区的传统目标就在于使该国免于受到共产党的统治,同时防止其落入共产党中国的控制之中。由于 10 月 1 日的事件及其所造成的影响,这一目标已经得到了实现。"④

(2)美国在越南的干涉。真正使得林登·约翰逊政府陷入巨大困境的是在离美国数千里之外的印度支那。在这里,林登·约翰逊的外交哲学受到根本性的动摇。从 1964 年开始,林登·约翰逊开始着手实行"伟大社会"的改革纲领。他心中

---

① *FRUS*,1964 – 1968,Vol. XXVII,Mainland Southeast Asia;Regional Affairs,p. 286,相关文件可查阅美国国务院网址 http://www. state. gov/r/pa/ho/frus。

② 可参见 *FRUS*,1964 – 1968,Vol. XXVII,Mailand Southeast Asia;Regional Affairs,pp. 181 – 183,相关文件可查阅美国国务院网址 http://www. state. gov/r/pa/ho/frus。

③ 可参见 *FRUS*,1964 – 1968,Vol. XXVII,Mailand Southeast Asia;Regional Affairs,pp. 431 – 434,pp. 417,475,相关文件可查阅美国国务院网址 http://www. state. gov/r/pa/ho/frus。

④ 可参见 *FRUS*,1964 – 1968,Vol. XXVII,Mailand Southeast Asia;Regional Affairs,pp. 449 – 457,相关文件可查阅美国国务院网址 http://www. state. gov/r/pa/ho/frus。

十分明白美国在印度支那承担如此之大的义务将从根本上消耗掉本应用于国内改革的资源,并最终造成国内政治的分裂与纷争。那么,为什么在这样的情况下,美国政府还要支持这样一项代价昂贵的政策呢? 1970 年,在和他的传记记者多丽丝·基恩谈话时,林登·约翰逊充分阐明了他对这一问题的看法:"倘若我放弃在南越的战争,共产主义将迅速填补真空,而我和美国都将名誉扫地,成为懦夫与绥靖主义的代名词。……反对派将指责我将一个民主国家拱手让给共产主义。"①在林登·约翰逊看来,美国在越南的干涉与战争是一场关涉到印度支那自由民主命运的大事,因为整个世界正处在自由主义与共产主义的生死对决之中。在这样的思维之下,林登·约翰逊很难理解整个第三世界民族解放运动的实际内涵。此时,林登·约翰逊将美国冷战时期的遏制思想发展到了极致,在他的眼里,冷战中与共产主义发生的每一次冲突都将对未来产生影响;即使是在一个很遥远的地方发生的冲突,如果不能得到有效的解决,都会成为鼓励共产主义者进一步扩张的失败之举。林登·约翰逊对于绥靖含义的说明可以很清晰地表明他的基本看法,他打比方说:"如果你在某一天允许一个恶棍闯入你的花园,那么他在第二天就可能闯入你的卧室,而第三天他则可能强奸你的妻子。"②在林登·约翰逊看来,对共产主义者的任何让步都有可能导致其进行更大的侵略行为。在这种情况下,冷战初期美国曾经奉行的谨慎的遏制政策逐渐被全面进取的战略所取代,并最终导致了美国国力的相对衰竭。在林登·约翰逊那里,越南的战争被赋予了特殊的意义,南越政府能否存在下去被当成检验美国信心和自由主义模式优越性的试验。

林登·约翰逊的美国民族主义思想还反映在他对于美国政治军事权势的过分自信上。从罗斯福新政开始,历经杜鲁门的公平施政和约翰·肯尼迪的新边疆战略,到林登·约翰逊的时代,美国的国力一度达到了历史上的高点。充满自信的美国政治家们在国内鼓吹进行全面的社会改革,以实现种族平等和更多的国家福利;在国际事务领域,他们则要求承担更多的责任。作为富兰克林·罗斯福的追随者,林登·约翰逊希望自己也可以像前人那样取得广泛的成功,并在相当程度上实现对前辈的超越。然而,他此时却提出了一个远远超过美国自身能力的目标,希望可以在国内与国外都取得历史性的成就,而他最终遭受了失败。

二、美国在其他第三世界国家和地区的干预

20 世纪 60 年代正是美国对第三世界国家基本政策开始形成的时期。从肯尼

---

① Doris Kearn, "Lyndon Johnson and American Dreams", New York:Harper & Row,1977,pp. 263 – 264.

② Doris Kearn, "Lyndon Johnson and American Dreams", New York:Harper & Row,1977,p. 270.

迪时代开始,美国越来越走向全面进取的对外战略,林登·约翰逊不仅继承了这一外交遗产,而且将美国外交哲学中的民族主义思想推向了一个新的高度,这尤其表现在美国对第三世界的日益扩大的各种干涉之上。在中东,林登·约翰逊成为美国总统之后,发展了肯尼迪政府的中东政策,对以色列采取了超过以往的亲密政策。他曾对美国犹太人院外集团的一位领袖说,"你们失去了一位伟大的朋友(指美国总统肯尼迪),却有了一位更好的朋友(指他自己)"。① 此时,苏联在中东地区的扩张取得了很大的成效,埃及、伊拉克等国都先后改善了同苏联的关系。与此相对,美国却受制于越南战争难以自拔。在这种情况下,约翰逊政府越来越倚重于以色列在中东地区的作用。林登·约翰逊甚至认为,中东地区的争端实际上就是温和的阿拉伯国家同苏联代理人埃及之间的斗争,而这也成为此一时期美国制定中东政策的一个重要思想基点。为了不在所谓的苏联扩张面前后退,约翰逊政府更加明确地支持以色列在中东地区的扩张。在 1967 年发生的中东战争中,由于得到了美国的支持,以色列在 6 天时间里占领了 6.5 万平方公里的阿拉伯领土,并摧毁了埃及纳塞尔政府绝大部分的陆空力量。此后,中东地区进一步分裂,埃及、叙利亚、也门等国先后同美国断交,美国在中东地区更加陷于孤立。②

在拉美地区,林登·约翰逊政府的政策基点主要有两个:第一是要将拉丁美洲建成美国在第三世界的样板;第二就是遏制共产主义的扩张,防止出现第二个古巴。为了达到美国的战略目标,一方面约翰逊政府加强了同拉丁美洲各国的经济合作,建立了所谓的争取进步联盟;另一方面,在与拉美国家之间发生利益冲突时,约翰逊政府采取了更为强硬的政策。为了防止苏联和古巴势力在拉丁美洲的渗透与扩张,约翰逊政府对拉美国家进行了大规模的经济援助,以期在拉美各国建立起稳定的政府。从 1965 年开始,美国先后在农业、工业与住房等方面向拉美各国投入数十亿美元,帮助拉美各国建立起稳定的国内政治经济秩序。在美国的大力帮扶下,拉美国家的社会经济取得了一定的发展。到 20 世纪 60 年代的末期,拉美各国已经基本上初步完成了自己的工业化进程。

---

① 曾强:"美国以色列公共事务委员会与以色列",《以色列动态》,1992 年第 4 期,第 25 页。

② 在约翰逊的眼中,以色列俨然变成了民主制度在中东地区的山巅之城,为许多中东国家的政治发展提供了近在眼前的模式。此时,苏联在中东地区的扩展日益加强,以埃及纳塞尔政府为首的许多阿拉伯国家奉苏联为实现民族独立和发展的重要后援。1964 年 5 月赫鲁晓夫在访问埃及时公开赞扬埃及政府在社会主义的建设大道上取得了巨大的成绩。在林登·约翰逊政府看来,苏联在中东地区的扩张正在威胁美国在这一地区的国家利益,并极大地损害了美国在自由世界的声望。正是在这种情况下,林登·约翰逊政府大力加强了同以色列的合作。关于这方面历史的论述可分别参见 Yaacov Bar-Siman-Tov, *The United States and Israel Since 1948 : A Special Relationship in Diplomatic History* , New York : Spring Press, 1998;刘竞、张士智、朱莉:《苏联中东关系史》,中国社会科学出版社,1987 年版;林登·贝·约翰逊著,复旦大学西方经济研究所译:《约翰逊回忆录》,上海人民出版社,1973 年版。

与此同时,约翰逊政府在处理与拉美国家争端时采取了更加强硬的政策。1964年美国与巴拿马在巴拿马运河问题上发生了争执,当巴拿马政府要求进一步修改相关的条约时,遭到了约翰逊政府的强硬回绝。1965年5月2日,约翰逊政府还宣布了所谓的约翰逊主义,表示美国绝不能允许西半球再建立一个新的共产主义国家,美国政府有义务采取必要的举动制止共产主义在拉丁美洲的进一步扩张。为了防止在多米尼加出现另外一个古巴式的政权,1965年约翰逊政府还派兵占领了这个岛国。

非洲原本是被遗忘的大陆,但在林登·约翰逊政府时期,美国明显改变了自己在非洲的外交政策。20世纪60年代以后,非洲大陆各国内部出现了比较激烈的政治动荡。为了防止共产主义趁机在非洲大陆进行扩张,约翰逊政府继承了肯尼迪时代的政治遗产,加强了美国在非洲大陆的政治、经济与军事干预。约翰逊政府甚至提出要在非洲大陆实行类似于"伟大社会"的政治经济纲领,以稳定非洲大陆各国的政局。由于担心中国在非洲大陆进一步扩大影响,美国先后干预了索马里、加纳和刚果的国内政权更替,美国在非洲大陆的政治、经济、军事负担也进一步加大。

在南亚地区,1962年的中印边境冲突以后,出于冷战的需要,扶持印度开始成为美国政策的支点。此后,美国逐步以印度取代巴基斯坦,作为其在南亚的首要盟国。此时,以防御中国为幌子,美国向印度提供了大量军事援助。而这些援助大都在日后的印巴战争中发挥了重要的作用。美国决策者把巴基斯坦军政府的领导人越来越视为与共产党中国有着密切联系的第三世界民族主义者。1965年印巴战争爆发后,印度在战场上节节胜利,最终造成了巴基斯坦的肢解。然而,对于美国这个巴基斯坦的"长期盟友"而言,其在战争中的首要外交任务,竟然是防止中国的直接干预,以制止中国的共产主义扩张,在南亚引起"多米诺骨牌式"的连锁反应。在约翰逊政府的强大压力下,巴基斯坦最终宣布停火,接受了战争所造成的现实,而这也为未来的美巴矛盾埋下了伏笔。① 对约翰逊政府以及此后的历任美国政府而言,出于其全球战略的需要,印度已经成为美国在南亚制衡中国的棋子。与此同时,为了继续拉住巴基斯坦,使其不至于彻底倒向中国,美国继续游走于印度

---

① 林登·约翰逊时代实际上奠定了美国今天南亚政策的主轴,即将美印关系作为美国在这一地区最重要的双边关系。在这一时期,巴基斯坦同中国的关系对其与美国双边关系有重要影响。1963年12月约翰逊警告巴基斯坦的外交部长布托,周恩来访巴以及中巴两国可能表现出的亲密关系将极大影响美国国内对巴的看法以及对巴经济援助。1965年印巴战争之后,由于巴基斯坦同中国在战争中的一些合作,约翰逊政府越来越将印度视为抵抗中国在南亚影响力的重要屏障。关于这一时期的相关情况可参见Robert Mcmahon,"Towards Disillusionment and Disengagement in South Asia",in Warren I. Cohen, Nancy Bernkopf Tucher, eds. ,*Lyndon Johnson Confronts the World: American Foreign Policy, 1963 - 1968*, New York: Cambridge University Press, 1994。

与巴基斯坦之间,试图通过利用印巴间的矛盾获利。此外,从约翰逊政府时期开始,美国还不断通过政治、军事、经济等各种渠道向巴基斯坦传话,要求其与中国政府保持距离。而美国对于巴基斯坦同中国的关系心存疑虑,最终导致美巴这两个传统的盟国之间出现了难以弥补的裂痕。

相比于以往的时代,在林登·约翰逊政府时期,美国政府采取了更加积极的态势干涉第三世界国家的内部事务,然而由于对战后第三世界国家所兴起的民族解放运动缺乏必要的了解,美国在第三世界国家的干预虽然取得了一定的成效,却远远少于美国在此过程中遭受的损失。

第四节　美国在越南的干涉与美国民族主义

一、美国对越南干涉的起源

(一)二战后东亚地缘战略结构的巨变

东亚是冷战时期美国在对外战略实施过程中反复遭遇挫折的地区。冷战起源于欧洲,冷战争夺的焦点也在欧洲。在欧洲,根据雅尔塔体系,美苏两国基本划定了各自的势力范围,形成了较为固定的冷战格局。在东亚,二战结束后的最初阶段,美国迅速控制了大多数战略要地。此时,国民党政府领导下的中国成为美国战后构建东亚国际体系的主要依靠力量。然而,1949 年中华人民共和国成立,在广袤的东亚大陆上屹立起一个新的社会主义大国。这一地缘政治的巨大变化最终迫使美国不得不全面调整其在东亚的政策。为了遏制共产主义在东亚的蔓延,美国停止了对日本的民主改造,试图通过复兴日本,使其成为服从于美国亚太战略的马前卒。而中国则成为此后二十年间美国各届政府在东亚大陆的主要遏制对象。在整个 20 世纪 50 年代,中美之间在历经朝鲜战争、两次台海危机后,逐步形成了在东亚地区尖锐对立的态势,这成为日后导致越南战争的重要因素。为了防止臆想中的中国对外扩张,美国逐渐构筑起在西太平洋的环形防御体系。然而,长期将拥有广袤领土、众多人口的中国排除在区域机制之外,只能导致美国在东亚力图构建的国际体系严重不稳。

这一阶段,中美之间在朝鲜战争中爆发大规模军事冲突,使东亚地区的冷战一度升级为部分地区的严重热战。战争中的挫折也使美国意识到中国已经发生的巨大变化,不愿再与中国在这一地区发生大规模的直接军事冲突。在其后数十年间的美国东亚政策中可以看出,即使在越南战争中,美国政府也始终避免冲突的无限升级,以防止中美再次出现面对面的军事冲突。另一方面,美国也加深了对中国的疑惧,对与中国关系密切的东亚地区的民族、民主解放运动抱有深刻的敌意。

越南战争使二战后的美国再次在东亚卷入一场大规模的热战。它所造成的伤亡与美国在二战中的伤亡大体相当。更为重要的是,这场战争使美国由二战后初期的扩张顶峰跌落,最终迫使美国进行了历史上规模最大的一次战略调整。而20世纪六七十年代也因此成为美国内外战略全面调整的时期,对美国内外政治的发展产生了举足轻重的关键性影响。林登·约翰逊就是在此时登上美国历史的舞台,成为影响美国走向的重要政治家。

(二)越南战争的缘起

要对越南战争的成因、发展及结局进行深刻的探讨,必须对二战后各大国对印支半岛的争夺进行更加深入的研究。越南位于印支半岛的中心区域,蕴藏着丰富的矿产资源,历来是影响东南亚格局的关键性因素。19世纪末中法战争后,越南逐渐从中国的藩属国沦为法国的殖民地。为了摆脱法国的殖民统治,越南民众进行了长期、艰苦的斗争。到二战结束前夕,越南国内的民族、民主革命风暴已愈演愈烈,不断冲击着西方列强在印支半岛的殖民统治。日本战败后,法国为了恢复其所谓的"大国地位",不顾世界范围内高涨的民族解放运动风潮,试图重新控制越南。然而,世界这时已经发生了天翻地覆的变化。

(1)越共的兴起。在此时的东南亚已然出现了三股日益强大的新力量。第一是各国的民族、民主解放运动,第二是以苏联、中国为中心的社会主义革命运动,第三是以美国为代表的新帝国主义国家。与英、法等老牌殖民国家不同,二战后开始逐步在世界舞台上占据重要影响的美国,有着以下几个鲜明的特点:一是美国公开鼓吹民族自治,因而往往在殖民地半殖民地国家拥有更大的欺骗性。二是与英、法所推崇的现实主义外交不同,美国的对外政策往往带有道德主义和理想主义色彩,将拓展自由资本主义模式作为其天定使命。实际上,早在罗斯福总统去世前,他已经开始思考美国战后在越南等印支国家的政策。在罗斯福的预想中,作为英国的前殖民地,美国也曾努力争取过自己的独立民主,因此应该支持越南国内的民族、民主解放运动。他所设想的方式是,在越南实行以联合国为中心的托管。罗斯福认为,西欧殖民帝国主义带有强烈的邪恶性,应该被彻底废弃。在美国的自我想象中,其理所当然地应该成为二战后领导越南乃至整个东南亚重建的主导性力量。

然而,在东南亚,此时的民族、民主解放运动却自有其复杂性和独特性。而这些复杂性与独特性,将成为未来影响美国印支政策成功与否的关键因素。主要由于受到中国革命的影响,越南及大多数印支国家的民族、民主革命都与共产党所领导的阶级革命相互重叠、相互作用。在越南,此时的民族、民主革命运动内部分成了两大力量。即吴庭艳所领导的资产阶级民族、民主运动以及在中共和苏共支持下的胡志明领导的越南劳动党领导的力量。与美国所希望的恰恰相反,在越南以及绝大多数印支国家,真正在民族、民主解放运动中起到关键作用的政党是这些国家的无产阶级政党,这就使得美国在其后的政策实施中,始终面临一个难题:能否在贯彻其一直所标榜的支持民族、民主革命的同时,包容在这一革命中具有最大生机与活力的无产阶级政党? 在罗斯福总统当政的后期,美国政府曾经与胡志明领导下的越南共产党有过接触。然而,随着冷战的爆发,以及杜鲁门的上台,美国的印支政策很快发生了巨大的改变,出于意识形态的偏见,美国强烈地反对任何可能使共产党在这些国家执政的趋向。

实际上,越南劳动党已经成为当时越南国内政治生活中最有生气的一支力量。从 20 世纪 40 年代末开始,越共及其领导下的南方解放武装力量,开始有计划地在所控制的区域内推动土地改革。作为一个有着数千年历史的农业国家,农村问题与农民问题一直是决定越南国内政治发展的关键性因素。此时,根据越南劳动党通过的《土地改革纲领》和《土地改革法》,绝大多数越南农民都获得了自己的土地。这一举动不仅赢得了占越南人口绝大多数的农民的支持,也空前地解放了越南的农业,有力地支援了越南的抗美战争。

此外,与南越傀儡政权形成鲜明对比的是,越共高举爱国主义与民族解放的大旗,深得人民群众的爱戴。早在抗法战争期间,越共领导的游击战争已经赢得了人民的信任。越共领导人胡志明也因此成为越南人民心目中的民族英雄。政治上的优势使得越共领导下的武装力量在长期的战争中一直保持了很高的士气。一位美军高级指挥官曾经感慨,与南越军队相比,越共领导下的武装部队"纪律严明、训练有素,在战斗中顽强不屈"。①

(2)美国对越南政策的变化。1945 年底以后,美苏关系日益紧张,冷战的阴影也不断凸显。在此情况下,继任美国总统的杜鲁门逐步改变了美国印支政策的基调,将支持当地民族、民主运动的目标,日益转换为使印支政策服从于大的冷战政策的需要。反共开始成为美国印支政策的首要目标,杜鲁门政府抛弃了最初的逐步迫使法国人退出印支半岛的政策取向。对此,曾任杜鲁门政府国务卿的马歇尔多次公开表示,美国不愿看到法国在越南的殖民帝国被亲苏联的政治组织和势力所取代。② 与罗斯福时代相比,美国的印支政策出现了明显的倒退——对民族、民主解放运动的支持,开始为意识形态的考量所压倒。而美国的印支政策也将因此不断遭受巨大的冲击,并最终陷入美国二战后最大的一次战略困境之中。

---

① 迈克尔·麦克利尔著,苏克、严嘉译:《越战 1000 天》,成都出版社,1990 年版,第 253 页。
② *Foreign Relations of the United States*,1947,Vol. 6,pp. 67－68.

1949年新中国成立以后，美国对印支共产党的疑忌进一步加深，政策取向更加保守。此时，维持法国在印支半岛的存在，成为美国对印支政策的主要目标。杜鲁门政府不仅大力推动法国与当时越南的保大政权签署协议，共同防卫所谓的"共产主义威胁"，还向当时的法国殖民政府提供了大量援助。应该说，从20世纪40年代末至1954年前后，美国仍主要通过对法国殖民者的支持，间接干涉印支事务。

　　这一时期，朝鲜战争使美国在战场上遭受了巨大挫折。美国一方面对亚洲的共产主义运动更加忌惮，另一方面也不愿再次直接卷入军事冲突，杜鲁门政府出于以往的历史经验，在涉入其他地区的军事冲突时，基本采取了一种审慎的态度。同时，面对苏联在欧洲的咄咄逼人，美国政府一直避免在欧洲以外的地区投入过多的力量。然而，1953年以后，法国军队在越南战场上日益陷入危机。此时正值艾森豪威尔入主白宫，越南战场上急转直下的形势，迫使其不得不再次调整美国对越南的政策。1954年3月的奠边府战役后，法国在越南战场的主力部队基本已丧失殆尽。与此同时，在美国国内，《朝鲜停战协定》的签署并未被看成是外交的胜利，而被看做对共产主义扩张的一次重大妥协。美国国内的右翼势力因此不断鼓噪要在印支战场上采取更加强硬的政策，以挽回失去的颜面。在这种情况下，美国开始直接涉入越南战场。

　　1954年日内瓦会议后，美国逐渐取代法国成为干涉越南民族、民主解放运动的主要帝国主义国家。在日内瓦会议上，在战场上遭受重创的法国政府的首要目标，就是寻求尽快体面地退出印度支那，并希望与北越达成实质性的协议。然而，出于根深蒂固的意识形态的偏见，艾森豪威尔政府始终将印度支那视为自由主义阵营与共产主义阵营间激烈争夺的战场。在此情况下，日内瓦会议成为美国争取国际舆论的重要渠道。在会谈中，美国与英、法两国在越南问题上发生了严重的分歧。与英、法的现实主义外交政策不同，美国的政策首先是要在印支半岛阻止所谓的共产主义扩张。《日内瓦协议》的最终达成，实际上是各方势力妥协的结果。此后，法国迅速从印支半岛撤退，而美国则逐步拣起了法国人留下的烂摊子。对于美国的印支政策而言，日内瓦会议成为美国政策发生全面转变的重要节点。

　　从1954年到1960年的艾森豪威尔政府时期，是美国战后印支政策逐步成型的时期，也是从不直接干预走向直接涉入的过渡阶段。这一时期也是第三世界民族、民主运动风起云涌的时期。面对世界形势的变化，美国对待第三世界民族革命运动的态度也发生了根本的变化。尽管在艾森豪威尔政府的初期，美国竭力避免再次在亚、非、拉地区卷入战争，但也正是在此时，美国逐步形成了对待第三世界民族、民主革命的基调：一是只要有必要，美国就应抵御共产党借民族、民主解放运动进一步扩张；二是无论何时，只要有可能，美国都应该避免承认共产党的既得利益。

1954 年底,艾森豪威尔政府批准了代号为 NSC5429/5 的新的远东政策文件。这份文件最终勾勒出美国在此后十多年内的越南政策主线。文件认为,来自中国大陆的共产主义威胁正在不断向东亚其他地区蔓延,并对美国在这一地区的安全利益形成了首要的威胁。文件要求美国政府,在共产党向任何受东南亚集体防务条约组织(简称"东南亚条约组织")保护的地区发起攻击前,都必须采取适当的行动加以制止。[①]

于是,在此后的东南亚地区安全机制的构建中,出现了一个十分奇特的现象。尽管越南、柬埔寨、老挝三国并未加入"东南亚条约组织",但它们却可以在受到"共产主义威胁时",得到"东南亚条约组织"的援助。这一时期,美国的东南亚政策仍在如何平衡使用在欧洲与东亚的力量配置间徘徊。根据乔治·凯南等美国冷战大战略设计者的最初设想,美国及其欧洲盟国应将力量主要集中于欧洲等拥有重要战略价值的地区。然而,伴随冷战的蔓延和深化,在日益加深的意识形态偏见的催动下,美国对外的军事伸展逐渐超出了凯南等人的设计。

这一时期,艾森豪威尔提出了"多米诺骨牌理论",为其涉入越南战场辩护。与传统上美国一直将欧洲视为冷战的主要战场,不愿在欧洲以外的地区投入过多力量不同,"多米诺骨牌理论"认为,在东亚,任何一个地区或国家落入共产主义的"控制",必将导致其他地区和国家的激烈动荡,引起难以控制的"多米诺骨牌效应"。1954 年日内瓦会议的召开,更使美国政府忧心忡忡。因为在其看来,这次会议导致了越南的正式"分裂",使共产主义堂而皇之地控制了越南北方,并鼓励了东南亚其他国家的共产主义分子。也正是从日内瓦会议之后,美国开始正式取代法国,成为在越南拥有最强大军事存在的外国。1955 年美国成立驻越军事代表团,替代法国对南越军队进行训练。与此同时,艾森豪威尔政府还选定吴庭艳政权作为其在越南的代理人。

到艾森豪威尔政府末期,在东南亚,美国已逐渐冲破了相对审慎的政策取向。此时,以国务卿杜勒斯为代表的美国政府的主要领导人对亚非新兴民族主义国家中兴起的不结盟运动和中立主义思潮,日益感到不可理解和深深的疑虑。出于对中立主义的怀疑,尽管《日内瓦协议》明确要求越、老、柬三国保持中立,不得加入任何军事组织,美国却不断地采取各种方式突破公约的限制,从而使公约渐渐失去了其应有的约束力。在讲话中,杜勒斯多次声称,美国将联合东南亚盟国,共同遏制共产党中国的扩张。[②] 到 1960 年艾森豪威尔下台前夕,由于对老挝、柬埔寨不结

① *FRUS*,1952 – 1954,Vol. 12,pp. 1062 – 1073.
② *FRUS*,1952 – 1954,Vol. 13,p. 419.

盟政策的疑惧,美国中央情报局在老挝、柬埔寨开展了一系列秘密行动,企图迫使两国放弃中立的立场。然而,这些行动大多失败,并使柬、老两国的政府日益靠近中国。

艾森豪威尔政府对越南战场涉入的加强,是与当时的世界整体形势密切相关的。首先,伴随二战后世界格局的深刻调整,世界范围内民族、民主解放运动进入了一个新的高潮。在这次高潮中,以亚、非、拉第三世界国家为主要代表,社会主义思潮在世界范围内获得了更加普遍的认同,这一现象必然引起美国等西方国家的忌恨。其次,随着苏联、中国等社会主义国家的战后重建,社会主义阵营的整体实力得到了迅速提升,对第三世界国家的支援有所增强。在印度支那,赫鲁晓夫等人公开声称,苏联将坚决支持越南人民争取独立的战争。

为了抵抗它们眼中的共产主义的"扩张",在艾森豪威尔政府的纵容、支持下,吴庭艳政府公开违背《日内瓦协议》,并将南越公然置于"东南亚条约组织"的保护之下。尽管如此,在艾森豪威尔时期,由于当时美国政府中的主要领导人大多经历过二战与朝鲜战争,美国政府尚能将美国对印度支那的干涉维持在较低的水平之上。然而,肯尼迪当选总统后,美国在印度支那的政策发生了变化;出于对共产主义扩张的担忧,美国政府开始更加广泛地参与印支战争,并最终使美国继朝鲜战争之后,再次在远东卷入了残酷的地面战争。在肯尼迪政府看来,美国在印支的任何一点儿动摇,都将导致盟国对美国权势信任的下降,并鼓励共产主义者在东亚的扩张,以致引起"多米诺骨牌式"的连锁反应。时任美国国防部长的麦克纳马拉认为,南越被共产主义控制后,将严重动摇"东南亚条约组织"的根基,并破坏美国在其他地区承担义务的信用。[①]

对于美国而言,到肯尼迪上台前夕,美国的印支政策又已经到了急需调整的阶段。在南越,吴庭艳政府出现了严重的腐败现象,政局也由此不断发生动荡。更令美国政府难以容忍的是,出于自身的民族主义思想,吴庭艳对美国的干涉越来越表现出不愿容忍的姿态。到1960年8月,中央情报局已经制定出了在越南实施推翻吴庭艳政府的计划。根据计划,吴庭艳在放弃权力后,将被迫出国。在此情况下,到肯尼迪政府上台时,如何尽快颠覆吴庭艳,建立一个以美国为蓝本的亲美政府,就成为了美国在南越的一项重要任务。

对于充满自信的美国决策者而言,其对南越内政的干涉,将促使南越加速建立起一个更能抵御共产主义威胁的政权。然而,后来的历史演变却表明,美国的政策使其越来越陷入到更加难以自拔的困境之中。到1961年后,越共在南越战场上不

---

① 马克思·韦尔·泰勒:《剑与犁》,商务印书馆,1981年版,第554~555页。

断取得胜利,已经对美国在南越的利益构成了日益严重的威胁。面对国内外的双重危机,此时在南越当政的吴氏兄弟日益不满于美国人的控制。为了缓解危机、摆脱外来控制,从1963年起,吴氏兄弟开始秘密与北越及南越的民解接触,试图实现交战各方的"和平共处"。然而,令肯尼迪政府感到担忧的是,这些接触都是在绕过美国的情况下秘密进行的。此时,胡志明对吴氏兄弟提出的和解的条件也正是要求美国的军事力量立即无条件撤出越南。

在此情况下,肯尼迪政府进一步加快了在南越扶植新的代理人的行动。1963年底,在南越军队中反吴氏兄弟力量的支持下,吴庭艳被废黜并很快遭到枪杀。倒吴政变的成功使美国进一步深陷南越的政治旋涡,肯尼迪政府不得不向新建立起的政权提供更多援助,而美国对南越内政的肆意干预,也使得美国只能在直接参与越战这条路上越走越远。吴庭艳被杀不到一个月,肯尼迪也遭到暗杀。尽管这位英年早逝的总统未能亲身经历美国其后在越南的战争,但在他当政时期,美国对越政策的基调已基本成型。

肯尼迪将艾森豪威尔在南越的干涉进一步升级。与前任相比,面对20世纪50年代末至60年代初在第三世界出现的民族解放运动,肯尼迪充满疑虑,认为这些运动及其所影响下的游击战争,正在成为共产主义在世界进行扩张的主要方式之一,它们对"自由世界"的蚕食和鲸吞,"最终将造成美国的孤立、屈服或毁灭"。①

从1961年底开始,在肯尼迪的授意下,美国加强了在南越的军事行动,开始实施所谓的"特种战争"。在"特种战争"中,美军使用特种部队对南越的民解力量进行军事打击。为了弥补人数的不足,美军在战争中还广泛使用武装直升机、化学武器等技术兵器,试图瓦解"越共对南越的渗透"。到1963年底,美国在南越的军事人员已经超过1.6万人。②

与南越以后的军人政府不同,吴庭艳拥有比较多的民族主义思想,他不愿外部势力对南越事务进行过多干预,且受越南传统的封建专制思想影响较大。在他执政期间,南越政府在一定程度上还能依靠自己的力量,维持国家的基本运转。然而,政变后上台的军人政权尽管能对美国言听计从,却将维持国家正常运转的希望逐步转移到美国人身上,这成为推动美国日后深陷越战泥潭的重要因素。美国力图以自己的方式控制、影响南越政治的发展,却最终导致了美国在越南的失败。就美国在二战后的海外军事干涉而言,其一直存在着一个严重的两难困境:一方面,美国希望加强对被干涉国的控制,希望以自己的方式改造相关国家、地区,以最大

---

① *Public Papers of the Presidents of the United States*:*John F. Kennedy*,1961. pp. 19 – 27.
② 时殷弘:《美国在越南的干涉与战争》,世界知识出版社,1993年版,第117页。

程度地维护自身利益;另一方面,出于朝鲜战争的历史教训,美国又不愿在被干涉国家和地区投入过多力量,不愿承担过大的伤亡。在越南战争期间,这一矛盾变得日益突出。出于对以吴庭艳为代表的南越民族主义者的怀疑,从艾森豪威尔政府末期开始,美国不断强化对南越的控制;然而当这种控制为美国带来了沉重的海外责任和巨大牺牲后,美国又转而强化越南战争的"本土化"趋势。这恰恰说明美国过于恢宏的民族主义抱负大大超过了其所能承担的责任。

二、越南战争的全面升级与美国民族主义

(一)越战的升级

1963 年林登·约翰逊成为美国总统之后,基本上继承了肯尼迪在印度支那的外交遗产。此时,南越的政局进一步恶化,解放武装力量在南越的军事活动日益频繁。从 1963 年 12 月到 1964 年 3 月,麦克纳马拉两次前往越南,对南越前途作出了十分悲观的评价。在这种情况下,越来越多的美国政府官员认为,为了挽救越南的局势,美国应该增加对其的干预。① 1964 年 8 月的"东京湾事件"后,美国的政策开始出现明显的转变,国会授权约翰逊总统可以在美国武装力量受到攻击的情况下进行反击,并采取必要步骤保护东南亚集体防务条约的缔约国与保护国不受侵害。这一授权的决议被称为《东京湾决议》。根据《东京湾决议》,美国总统有权采取一切必要的措施,阻止共产主义在东南亚的"侵略"。《东京湾决议》成为约翰逊政府扩大对印支军事干预的空头支票。

这一年,林登·约翰逊在美国大选中获得压倒性胜利,这就使他得以着手重新评估美国在越南所面临的形势,1964 年 11 月 19 日,林登·约翰逊召集美国政府的高官讨论越南的局势,此时美国政府内部普遍相信,如果不对印支政策作出相应的调整,南越的陷落只是时间问题。对于林登·约翰逊来说,他正在面对一生中最重大的决策之一。时任美国远东事务助理的威廉·邦迪提出了可供美国政府加以选择的三种政策。按照邦迪的说明,选项 A 是美国继续目前的越南政策,继续维持美国对越南有限的经济和军事援助。按照美国政府的内部看法,这一选项很难扭转越南当下的局面。选项 B 则是美国要迅速增加在越南的存在,而这有可能使美国在越南陷入一场长期并且代价昂贵的战争。最终,美国政府内部在选项 C 上达成了比较一致的共识。按照这一选项,美国在越南的军事介入应该在必须的情况下,采取逐步增加的政策。在 1965 年,美国将开始对越南的报复性空中打击,而只有在万分必要的情况下,美国的地面部队才可以进入战斗。按照邦迪后来的说明,美

---

① 参见时殷弘:《美国在越南的干涉与战争》,世界知识出版社,1993 年版,第 151～177 页。

国政府希望此举可以通过最小的代价获取最大的成果。① 此时在美国政府内部，只有副国务卿乔治·鲍尔一人倾向于通过谈判，逐步撤出越南的战略选择。

此后，美国在越南的介入急剧扩大，报复性空中打击迅速演变成为对北纬17度分界线四周的大规模空中轰炸。1965年3月第一批3500名美国海军陆战队队员抵达越南，虽然名为保护美国的空军基地，却成为美国全面地面军事干预的第一步。② 4月，美国的国家安全行动备忘录328号又再次决定向越南派出另外的18000名到20000名士兵，并明确表示将更加积极主动地使用这些地面力量。③ 到1965年6月底，美国驻越南的部队约为95000人；到1967年，这个数字则迅速达到50万以上。正是在林登·约翰逊政府期间，美国对越南的有限援助迅速变为几乎没有终点的大规模介入。到这场干预行动结束时，美国消耗了超过2000亿美元的物质资源，并有57000名士兵失去了自己的生命。在此期间，美国国内也陷入了自南北内战以来时间最长，也最为严重的分裂之中。④

（二）美国在越南战场上困境的加深

到1968年，美国已深陷越战泥潭。面对越战所引发的严重的国内政治、经济危机，自肯尼迪、约翰逊以来的民主党政府在重重压力下，不得不开始考虑是否应调整在越南的政策。此时，从1965年开始的在越南不断升级的军事行动，使美国付出了巨大的代价，但收效甚微。到1968年初，美军每月在越南战场的伤亡人数将近3000人，每月耗资达20亿美元。对于约翰逊政府而言，其正面临着两方面日益增长的压力：一是军方要求继续增兵的压力，二是国内民众日益升高的反战呼声。以美军驻越司令威斯特摩兰为代表的军方强硬派认为，要彻底击败越共在南方的活动，必须全面提高战争强度，仅靠有限的地面战争将难以取得预想的效果。另一方面，美国国内民众的反战情绪不断增长。以青年学生为主的反战示威在美国校园内如火如荼地全面展开。

面对两方面的压力，约翰逊政府最终选择了维持现状的做法。他与国务卿腊斯克、国家安全事务助理乔治·邦迪等既反对向越南增兵，也不愿立即从越南撤军，陷入了政策选择上的两难境地。对于约翰逊而言，由于越战中遭遇的挫败，其就职时的高支持率已经成为了过眼云烟。而对于民主党来说，伴随1968年总统大

① Stanley Karnow，*Vietnam：A History*，New York：Penguin Books，1983，p. 397.

② *The Pentagon Papers*，Senator Gravel Edition，Boston：Beacon Press，1971，Vo l. 3，p. 429.

③ National Security Action Memorandum 328，April 6，1965. ，可参见 http://vietnam. vassar. edu/doc11. html.

④ Mitchell Lerner，"lyndon Johnson and America's Military Intervention in Southeast Asia"，in *Paths Not Taken：Speculations on American Foreign Policy and Diplomatic History*，*Interests*，*Ideals*，*and Power*，edited by Jonathan M. Nielson，Lodon Westport，Connecitcut，2000，p. 177.

选的临近,越南战争已经成为一场输不起的战争。为了回应国内要求和谈的压力,约翰逊政府希望,可以尝试着与越共进行谈判;如果不成,再将拖延谈判的责任,推给越共。

令约翰逊政府感到难堪的是,1968 年 1 月,越南人民军与南方民解武装力量发动了春季攻势。虽然在这场战役中,人民军与民解损失惨重,一万多人遭到全歼。但这场战役却清晰地表明,美国仍无法在可预见的将来取得胜利。单从军事层面的角度看,"春季攻势"只是一场令人遗憾的败笔。在战争中,解放力量阵亡人数远远超出美军,[①]以至于战争结束后,受到重创的民解力量被迫疏散,大规模的运动战被迫转向丛林游击战。此后,在南越的对美作战中,主要的战争任务都是由来自北越的部队承担。然而,任何一场战争的胜负都不能仅从纯粹军事的技术层面加以判断,尽管在战斗中取得了胜利,但"春季攻势"却对美军的士气造成了沉重的打击。在电视等媒体的转播中,南越政府越来越被描绘成难以承担越战责任的傀儡;而美国政府也因此一再受到民众的质疑。越来越多的美国人意识到,美国无法长期仅仅依靠自己的力量,维持南越反共政府的存在和稳定。

"春季攻势"在美国国内引起了强烈反响,要求约翰逊政府重新审议印支政策的呼声此起彼伏。此时,美国国内的舆论导向发生了明显的变化,绝大多数美国人开始公开反对现行印支政策。在此情况下,约翰逊政府急于找到脱困的途径,以在即将举行的总统大选中尽可能保住民主党的利益。此时,约翰逊政府将美国摆脱困境的希望寄托于同苏联的妥协上,因为在美国看来,相比于中国,苏联似乎更容易接受妥协与谈判。而苏联也明确向美方表示,愿意向北越转述约翰逊希望和谈的信息。在苏联的帮助下,1968 年 5 月,美越两国代表正式在巴黎举行谈判。但由于在撤军问题上南辕北辙,谈判很快陷入僵局。

就在此时,苏联政府公然出兵捷克,引起国际社会普遍关注。西方社会对此更是大加挞伐,认为苏联正在利用美国在越南的困局,加紧在东欧扩张,以控制更大的势力范围。曾经被约翰逊政府寄予厚望的"苏联通道",被事实证明根本难以推动美越和谈取得实质性的进展。一系列外交努力的失败,也使得约翰逊政府在越南问题上更加难以自拔。

到 1968 年底,越南战争已成为美国肩负的重大战略包袱。此时,美国持续多年的经济高速增长全面放缓。在西方阵营内部,伴随日本、欧洲经济的迅速恢复,主要西方盟国对美国的主导性支配地位提出了新的挑战。在欧洲,西德政府不顾美国政府的疑虑,积极酝酿同东德改善双边关系。法、英等国则不断争取在国际事

---

① 时殷弘:《美国在越南的干涉与战争》,世界知识出版社,1993 年版,第 260～262 页。

务上的自主权。在亚洲,日本一跃成为世界第三大经济体,其出口的工业品已严重冲击了美国的相关产业。此时,在整个世界上,反对美苏两超独自决定国际事务、要求东西两大阵营缓和关系的呼声,正在成为世界舆论的主流。

（三）美国与主要盟国在印支政策上的分歧

从20世纪60年代开始,世界形势出现了巨大的变化。此时,欧洲的德、法等国都对美国在西方阵营一超独霸的状态提出了质疑。在发展核武器问题上,德、法两国希望进一步摆脱美国的控制,发展自己的核力量。特别是在戴高乐主政下的法国,这一趋势尤为明显。在对苏政策上,德、法两国都主张改善同社会主义国家的关系,特别是要改善与中国的关系。在此情况下,美国控制世界事务的能力已经出现了明显的下降。

此时,美国在越南政策上的意识形态偏见进一步发展,甚至严重影响了其与英、法等主要盟国的合作。实际上,从20世纪50年代开始,英国对东亚的认知就与美国有着很大的不同。对于长期在亚、非、拉拥有广大殖民地的英、法等老牌殖民国家而言,其对于第三世界国家民族解放运动的复杂性有着深刻的理解。早在中华人民共和国成立之初,英国就与新中国建立了外交关系。在对华关系上,英国始终把中国与苏联相区别,将中国革命视为独立的民族解放运动,而非单纯的共产主义革命。在印支问题上,英国从麦克米伦政府开始,就一直对美国过多承担在东南亚的义务持谨慎态度。1964年约翰逊政府扩大对北越的轰炸后,当时的英国威尔逊政府就曾多次告诫美国不要轻易陷入越战的泥潭。威尔逊认为,越南的民族、民主解放运动并非起源于共产主义的意识形态,而是在越南社会有着深刻的历史、社会根源;美国政府试图依靠武力消灭南越的反抗力量是难以达成的任务,也难以得到国际社会的广泛支持。作为美国的盟友,威尔逊希望约翰逊政府能够通过谈判解决纷争。还在1966年10月,威尔逊就在与约翰逊的会谈中,劝说美国尽快从越南撤离。然而,约翰逊政府并未接受英国政府的劝告,对于英国的建议,约翰逊政府表现了前所未有的强硬。在与威尔逊的会谈中,约翰逊政府多次明确表示,美方不可能接受英国的和谈建议。①

在越南问题上的分歧,已经使美英关系出现了严重的裂痕。1966年7月,英国下院正式通过决议,要求英国政府不要参与美国对北越采取的军事行动。到1968年以后,伴随美国在越南战场上的困境日益凸显,英国又积极采取外交活动,推动美国迅速展开与越南方面的和谈。但这些努力最终都由于约翰逊政府的固执己见而落空。到约翰逊政府下台前夕,美英关系已经跌入了历史的低点。英国拒绝在

---

① *FRUS*,1964－1968,Vol.12,Document 268.

越南问题上继续向美方提供支持。

此后，随着越南战争的深入，约翰逊政府越来越在越南采取了一种近乎单边主义的政策。而这又使其遭到了更多的国内外批评。面对这一系列变化，美国最终在尼克松主义的指导下，对自己的盟国政策进行了全面的调整。实际上，伴随美国在西方阵营内部影响力的下降，美国及其盟国的关系正面临深刻的变动，传统的以美国为领导者的同盟将转变为更加平等的相互协商。

（四）通过美苏谈判解决越南问题的努力的落空

尽管肯尼迪上台伊始即与苏联在"古巴导弹事件"中发生严重对立，但"古巴导弹事件"的解决却使肯尼迪及其后的约翰逊政府认为，苏联在国际问题上的态度大体是理智和可以预期的。在约翰逊政府时期，美国将解决越南问题的希望寄托于同苏联的外交谈判之上。首先，在约翰逊政府的眼中，越南问题只是美苏冷战中的一个小环节；没有苏联的支持，越共将难以长期支持下去。在这一思维定式中，越南人民自身争取民族解放的正当诉求遭到了漠视。其次，从冷战爆发至20世纪60年代，美苏之间已经建立起比较成熟的外交渠道，从而使约翰逊政府可以希望，通过与苏联的外交沟通，推动越南问题的解决取得实质性进展。再次，相比于苏联，中国被认为是更加难以预料、难以应对的对手。

实际上，早在1964年8月美国国会通过授权总统可以对北越进行军事打击的《东京湾决议》时，美苏已就越南问题进行了秘密的接触。约翰逊曾明确向赫鲁晓夫表示，希望美苏共同防止印支战争的进一步升级，以维护地区局势稳定。此时，苏联政府出于自身战略利益的需要，不愿在越南战场上与美国公然直接对立，也同意与美国进行协调。1965年3月以后，约翰逊政府进一步升级了战争行为，发动了对北越进行大规模轰炸的"雷鸣行动"。在此情况下，苏联政府虽然在口头上对美国的行为进行了严厉的谴责，但当时的苏联部长会议主席柯西金仍私下向美国外交官表示，苏方愿与美国共同推进越南问题的和平解决。[①] 对于美苏而言，共同维持冷战大格局下东南亚形势的稳定，已经成为它们共同的战略利益。

对约翰逊政府来说，越南战场注定是一个令其万分沮丧的地方。到1965年5月，"雷鸣行动"虽然步步升级，但却未能软化北越立场。面对军事上的困境，约翰逊政府开始了代号为"五月花"的与苏联政府进行秘密接触的外交活动。此后，直到1968年3月，约翰逊政府对北越的大规模轰炸时断时续，但试图通过苏联渠道软化北越立场的外交努力一直没有停止。到1968年初，面对不断恶化的南越局势，约翰逊政府不得不加速寻求降低冲突的外交途径。1968年3月31日，约翰逊

① Iiya V. Gaiduk, "The Soviet Union and the Vietnam War", Chicago Ivan R. Dec, 1996, pp. 129～131.

发表电视讲话,宣布停止对北越的大规模轰炸。此时,约翰逊政府依然试图通过与苏联的外交途径解决越南问题。1968 年 5 月,在苏联的推动下,美国代表哈里曼与越南代表春水在巴黎进行了秘密外交谈判。但和谈很快就陷入了僵局。美国政府坚持,北越应立即停止对南越的渗透;北越代表则认为,美国应首先停止一切针对北越的军事行动。

历史证明,美苏两国并不能单独决定越南战场的走向。即使在南越,美国一手扶植起来的亲美政权也越来越不愿意唯美国马首是瞻。在北越,苏联则更加难以左右越共的政策走向。对于约翰逊政府而言,其始终未能深刻理解越南民族、民主解放运动的复杂性。约翰逊政府试图通过美苏合作、协调,解决包括越南问题在内的一系列第三世界民族、民主运动的努力,注定只是一个一厢情愿的梦想。

（五）约翰逊对华政策的调整及其局限性

美国内外形势的急剧变化,使得改善中美关系的呼声日益在美国学界、政界受到广泛关注。从 1967 年开始,时任参议院对外关系委员会主席的威廉·富布赖特等人多次在美国国会呼吁美国政府重新审议对华政策。富布赖特认为,处理越南问题的核心是如何处理中国问题。长期以来,美国政府将中国视为最危险、最具扩张性的共产主义国家,威胁甚至超过苏联,然而,这一论断在当时已经越来越难以与实际相符。① 以民主党参议院领袖曼斯菲尔德为代表的许多民主党的重要人物也指出,越南问题自有其内在逻辑,将中国视为造成美国越南困境的"主犯",是过于简单化的结论。

在内外因素的推动下,从 20 世纪 60 年代中期开始,美国对华政策出现了调整的迹象。1966 年下半年,约翰逊政府提出了在对华政策上,由全面遏制转向"遏制但不孤立"的政策取向。此时,中国正处于"文化大革命"造成的内乱之中,中国局势的动荡使得约翰逊政府一度认为中国国内的领导体制可能会因此出现变化。而中苏关系的紧张,也使美国希望借对华关系的缓和,使其在世界的力量对比中占据优势。然而,对于急于在越南战争中脱困的约翰逊政府,中国的变化并不令其感到乐观。到 1968 年初,以国务卿腊斯克为首的对华强硬派最终作出判断:中国的政治体制在短时期内难以出现变化,美国不能对此寄予过多的希望。

对此,在民主党内部,以中国问题专家富布赖特为代表的温和派提出了批评。在他们看来,"文化大革命"爆发后,中国国内政局的复杂变化表明,中国的政治体制正在经历许多微妙的转变;虽然这些变化目前还难以完全展现在世人面前,但随着时间推移,它们必将对中国的外交政策产生重要的影响;约翰逊政府不应仅仅将

---

① 富布赖特著,简新牙等译:《帝国的代价》,世界知识出版社,1991 年版,第 92～96 页。

中国视为共产主义意识形态笼罩下的铁板一块。① 特别是,许多美国的中国问题专家此时已经注意到,从 1968 年苏联入侵捷克斯洛伐克开始,中国在对外政策上正日渐将反对的重点,转向"苏联修正帝国主义"上。这些专家据此认为,美国应善加利用这一时机,推动中国在越南等问题上进一步软化其态度。

正如后来的历史所证明的那样,富布赖特等人的提议具有相当的洞见性,也成为其后尼克松政府改善对华关系的重要理论基础。然而,令民主党人感到尴尬的是,接受了这些观点并将其付诸实施的,并非民主党人自己的政府。实际上,对于当时的约翰逊政府来说,其对华政策依然笼罩在短视的意识形态之下。约翰逊政府长期秉持的简单化冷战思维,使其很难接受对越南问题的全面重估,更不可能接受对中国的作用作出新的评价。在约翰逊、腊斯克等人眼中,盼望中国的对美政策出现大的变化,是难以想象的;中美关系大格局只能从共产主义与"自由世界"的对决中才能理解。在此情况下,约翰逊政府一度试图调整对华政策的努力,很快就被其意识形态偏见所冲谈。对于约翰逊、腊斯克等人来说,调整对华政策仅仅是为了促使中国的政治体制出现更大动荡,并敷衍一下国内的反战声浪而已。

可以看到,在林登·约翰逊的眼中,中国始终是造成东南亚局势持续动荡的"罪魁祸首",是共产主义意识形态在东亚扩张的首要支持者,美国不可能与中国在越南问题上达成真正的谅解。尽管在他执政的末期,约翰逊曾多次承认,要解决美国在越南的困境,必须缓解美中在一系列问题上的尖锐对立;但约翰逊始终不愿与中国进行实质性的接触,因为他担心此举将使美国给世界留下软弱的印象,削弱美国在意识形态领域的公信力。此时,在约翰逊政府内部,以国务卿腊斯克为首的强硬派逐渐掌握了对外政策的主导权。1967 年以后,对美国印支政策有所怀疑的国防部长麦克纳马拉遭到撤换,美国调整对华政策的可能性也进一步减小。到此时,由于受制于狭隘的意识形态偏见,约翰逊政府已不可能对美国的对华政策作出较大的调整。

至此,可以看到,虽然到约翰逊政府执政末期,由于在越南战场上的一系列失败,约翰逊在国内的声望一落千丈,但受制于僵化的意识形态偏见,约翰逊不愿也不可能对美国的中国政策作出必要调整。在此情况下,民主党在 1968 年大选中的惨败也就指日可待了。

三、美国在越南战争中受挫的原因

在这场美国历史上规模空前的干涉战争中,林登·约翰逊的美国民族主义思

---

① George Herring, *American's Longest War*, McGraw – Hill Inc, 1996, pp. 160 – 194.

想得到了最充分的展现。在干涉的初期,林登·约翰逊政府决意对共产主义者的任何升级行动采取坚决的反击。在他们中间,乐观主义情绪十分明显。人们普遍相信取得在越南的胜利指日可待,落后原始的北越军事力量很难给美国带来致命的伤害。正是在这种自信的驱使下,美国政府的最高决策者们难以真正理解越南内战的真实原因,他们更没有看到自己正在面临一场全新的战争。由于越共的武装力量大部分集中于密林沼泽与崇山峻岭之中,美国军队很难复制过去在第二次世界大战中的经验。在这样的环境下,美国军队的重武器与机械化部队也难以得到全面的施展。正如历史上反复出现过的场景,过分的自信之后,就是极度的失望。到了1966年底,驻越美军的士气迅速低落。据估计,到战争结束的前期,超过一半的美军士兵吸食大麻,而吸食可卡因的美军士兵则超过了10%。[1] 对于约翰逊政府和绝大多数美国人来说,对越南抵抗力量的轻视和对战争困难的准备不足越来越成为在战争后期导致士气低落的重要因素。与大多数美国人最初的预料相反,他们所面对的越共力量不仅内部团结、士气高昂,而且训练有素、作战勇敢。即使在越共遭受重大损失的1967年到1969年,他们仍然能够保持很高的战斗热情。[2]

那么,美国政府为什么会作出现在看来如此错误的决策呢? 今天,许多人都将这一失误归罪于约翰逊本人的性格缺陷。然而,美国在越南的干涉与战争实际上是与当时美国社会的民族主义思潮以及大环境密不可分的。不仅仅是民主党,而且共和党都曾经主张美国应该在越南承担更多的义务。在1964年的总统大选中,共和党候选人参议员巴里·戈德华特在越南问题上的立场就比林登·约翰逊要强硬得多。在美国大规模干预的背后实际上是一整套带有美国特色的民族主义意识形态,它不仅仅影响了林登·约翰逊政府,也是美国社会的一个产物。从杜鲁门政府开始,遏制苏联和共产主义的扩张就成为美国历届政府制定决策的主要依据之一,在这种情况下,美国在越南的存在就不仅仅被认为关系到越南和亚洲本身,也被认为事关整个"自由世界"的未来。腊斯克曾经写道:"如果承诺不至于变得空洞无意,自由世界必须学会应付和反抗这种挑战。所以在越南的斗争的意义怎么强调也不过分。"[3]在美国政府看来,越南战争已经具有了世界意义,它是一场"自由世界"与"非自由世界"之间的斗争。不幸的是,由于对自身能力的过分自信以

---

① Fitzgerald, *Fire in the Lake*, New York: Vintage Books, 1972, pp. 563 – 64.

② Bruce Palmer, *The 25 – Year War: America's Military Role in Vietnam*, New York: Simon&Schuster, 1984, p. 43.

③ Rusk to Lodge, May 18, 1964, Johnson Papers, National Security Folder, Country File: Vietnam, Box 4 Memos, Vol. 17.

及对落后国家的轻视,美国政府没有意识到越南战争可能的艰巨性,更没有看到这实际上是一场第三世界国家争取国家独立和统一的民族解放运动。

从法越战争开始,越南战争就不是一场意识形态的争斗,而是整个第三世界国家争取独立的民族解放运动的一部分。与美国所扶植的南越政府相比,越共在领导素质和指挥能力上明显占优势。从成立伊始,面对强大的国内外敌人,越共就不得不在夹缝中求生存、谋发展,并不断调整策略。在抗法战争中,针对美国在技术装备上的巨大优势,劳动党提出了在长期的游击战、运动战中消耗敌人的战略战术。20世纪60年代以后,在国内外局势发生重大变化后,劳动党及时调整了战略战术,大批北方人民军进入南方参加作战,成为对美作战的主力。在外交上,劳动党中央敏锐地观察到美国国内矛盾的积聚,通过各种方式争取美国国内的进步民众。劳动党还积极地向一切可能的来源争取援助,从而保证了抗美战争的顺利进行。1968年以后,越美双方都在战争中受到巨大损失,人民迫切希望重新拥有一个和平的环境。面对这一变化,越共中央及时调整政策,积极与美方接触,适时签订了《巴黎协定》,将主要打击目标集中于南越政府,为自己赢得了政治上的主动。尼克松政府撤出在南越的军事力量后,越共根据形势的变化不断调整政策,以推动越南的最终统一。到1975年,伴随国内外形势的深刻变化,统一越南的条件日益成熟,越共最终实现了越南民族的完全统一与独立。历史证明,越共绝非约翰逊政府最初想象的,完全以共产主义意识形态为行动指南的中国的傀儡,而是真正代表了当时越南最广大人民利益的新兴的、成熟的民族主义的领导力量。美国对于越南国情以及越南共产党的简单化认识,只能导致其遭受冷战期间最为严重的外交、军事挫败。

由上述可见,冷战初期美国政府所设定的遏制战略不能适用于当时的印度支那。然而由于受到美国民族主义偏见的种种干扰,林登·约翰逊政府更倾向于将越南战争看成是国际共产主义运动的扩张计划。恰如凯南在20年前所指出的那样,几乎所有伟大的民主体制都很难理解国际权势斗争的复杂性与矛盾性,美国政府在历史上又一次将原本复杂的政治情势过于简单化了。按照遏制政策最初提出者凯南的看法,世界上只有五块地区真正关系到美国至关重要的国家利益,而偏远的印度支那并不在此列。然而在林登·约翰逊的眼中,美利坚民族在国际事务中的义务显然已经变得无所不包,似乎任何一个地区发生的危机都要求美国对其做出反应,这就大大透支了美国的国家力量。

林登·约翰逊的美国民族主义思想也体现在他所信奉的"多米诺骨牌理论"上。这一理论相信,东南亚国家之间相互联动,很容易造成相互之间的影响,而越南的陷落将会在很大程度上引起其他东南亚国家的连锁反应。美国政府相信,东南亚任何一地的丢失都会在短时间内给整个亚洲带来难以预料的影响,并进而带来整个第三世界的陷落。美国国防部的文件是这样描述越南丢失后东南亚可能出现的局势的:"对共产主义的调和将会去除美国以及反共产主义势力的影响,并将导致几乎所有东南亚地区受到共产主义的控制,或是受到那些现在虽然还不是,但将来很有可能成为共产主义国家的势力的控制。如果没有帮助,泰国也许还会坚持下去,但会受到严重的压力,甚至菲律宾也会变得岌岌可危。在西面,印度会受到威胁;在南面,澳大利亚和新西兰会受到威胁;在北面和东面,日本、韩国和中国台湾都将受到威胁。这些情况将在未来变得越来越严重。"①

对于林登·约翰逊政府来说,"多米诺骨牌理论"道出了越南丢失后可能对美国造成的各种象征意义上的巨大损害,而这是美利坚民族主义绝对难以容忍的。可以看到,以凯南主义为代表的遏制理论强调具有战略意义地区的丢失可能对美国实际利益造成的损害;而"多米诺骨牌理论"与美国民族主义思想则强调,即使是像越南这样一个缺少军事工业潜力的小国倘若丢失也将会对美国权势和信用造成巨大的损害。在约翰逊政府看来,象征性意义上的损害非同小可,它将向全世界发出错误的信号,如果听任越南接受命运的摆布,那么世界其他地区对美国的信心就会动摇,而美国承诺的国际责任也将大打折扣。最终的结果将是,不稳定与骚乱的扩大,甚至可能导致更大的战争。所以在这种情况下,美国只有战斗到底,保护它所谓的东南亚盟国。然而美国政府并没有看到越南的特殊性,没有看到整个越南实际上只不过是第三世界国家民族主义运动的一个组成部分,因而也就不能理解通过和平方式解决越南的问题不仅不会造成对美国威望上的损害,反而有助于完善其在第三世界的形象。

林登·约翰逊"多米诺骨牌理论"和美国民族主义思维方式的另一个特点是过分轻视各个地区之间的差异,看不到越南社会与文化、历史的特殊性。一位美国官员后来曾经在讽刺这种思想上的偏见时,对这种思维模式进行了总结,"既然所有的亚洲人看起来都差不多,那么所有的亚洲民族应该都干差不多的事"。② 这种简单化的思维模式实际上抹杀了亚洲民族间巨大的多样性与差异性。在这种思维方式的推演下,既然越南会落入共产主义的"泥沼",那么软弱的马来西亚人和泰国人一定也会步其后尘,成为共产主义"扩张"的"牺牲品"。在此时的美国政府看

① Mitchell Lerner, "lyndon Johnson and America's Military Intervention in Southeast Asia", in *Paths Not Taken: Speculations on American Foreign Policy and Diplomatic History, Interests, Ideals, and Power*, edited by Jonathan M. Nielson, Lodon Westport, Connecitcut, 2000, p. 178.

② James Thompson Jr., "How Could Vietnam Happen?" in Robert Manning and Michael Janeway, eds., *Who We Are: An Atlantic Chronicle of the United States and Vietnam*, New York: Little Bown, 1969, p. 198.

来,没有它的支持,这些国家将很难在共产主义扩张中站住脚。也因此,林登·约翰逊政府拒绝撤出印度支那,害怕此举将会使美国丢失整个东南亚地区。然而,后来的历史却证明这种假设是完全错误的。尽管美国最终失去了越南,但整个东南亚地区并没有发生多米诺骨牌式的倒塌。

林登·约翰逊误读了美国此前在国际事务上所受到的挫折,特别是,杜鲁门政府在中国问题上的失败及其对美国政府的冲击都成为林登·约翰逊心中挥之不去的梦魇。他写道:"我知道自从共产党掌握中国之日起,杜鲁门和艾奇逊就失去了他们的影响力。我相信,正是失去中国在很大程度上成就了麦卡锡。我也知道,所有这一切问题加起来,也比不过失去越南后可能出现的情况。"①正是出于这样的思维逻辑,林登·约翰逊最终选择了扩大美国军事干涉的道路。他的心里十分清楚,从越南撤出将会损害自己在国内政治中的声望,破坏自己为实现"伟大社会"计划所作出的努力。然而,林登·约翰逊所有的担心后来都被证明是错误的。实际上在1964年的总统大选中,他获得了超过61%的选民的支持,一度成为美国历史上最受欢迎的总统。此时,绝大多数美国人的注意力都被吸引在美国国内的民权运动之上。根据盖勒普此时所作的调查,直到1965年中期以前,63%的美国人还很少注意到越南这样一个遥远的国度。②此时民主党人在国会中已经取得了控制权,从"伟大社会"计划相关法案顺利得以通过就可以看出,林登·约翰逊在国内事务中的影响力实际上是非常稳定的。

对于林登·约翰逊政府来说,此时选择在越南进一步升级军事干预的行动反而是最不明智的。实际上,随着"伟大社会"计划在美国国内的展开,随着美国国内民权运动的剧烈震荡,美国政府本应在国内投入更多的资源,然而这一切都随着越南战争的全面升级被彻底打乱了。林登·约翰逊后来承认:"如果我离开自己心爱的女人——伟大社会,而去卷入到地球另一端的战争,我将在国内失去我的一切。失去我所有的计划。失去我资助挨饿受冻者的计划。失去我向有色人种与穷人提供教育与医疗保障的希望。"③随着美国在越南干涉的升级,林登·约翰逊政府在国内事务中的影响力大大减弱。到1967年,美国政府用于越南战争的开支超过了210亿美元,而用在"伟大社会"上的投入不到战争开支的十分之一。④ 对于美国政府和美国民众来说,此时的"伟大社会"计划已经变成了一个泡影,而这也

① Doris Kearn,"Lyndon Johnson and American Dreams",New York:Harper & Row,1977,pp. 252 - 253.

② John Muller,*War*,*President*,*and Public Opinion*,New York:John Wiley&Sons,1973,p. 35.

③ Doris Kearn,"Lyndon Johnson and American Dreams", New York:Harper & Row,1977,p. 251.

④ Robert Divine,*Since 1945*:*Politics and Diplomacy in Recent American History*,New York:Alfred A. Knopf,1985,pp. 155.

最终断送了林登·约翰逊的政治生命,林登·约翰逊式的美国民族主义思想最终导致了他的失败。正如一位美国历史学家所指出的那样:"透过产生于1948年的棱镜,美国政府观察了1962年的世界;而这也使得美国政府得出了一个根本与现实情势不相符的结论。……在美国政府的带领下,美国也进入了一个美国历史上前所未有的大败局。"①

四、越南战争的结束与中美关系的改善

越南战争的严重受挫,使得美国不得不在20世纪60年代末、70年代初面临二战后的首次大规模政策调整。此时,苏联的核战略力量已大体与美国持平。由于越南战争的拖累,美国经济也进入了缓慢发展的低速增长阶段。在欧洲,法国的戴高乐主义赢得了更多的关注和赞同。一时间,"欧洲是欧洲人的欧洲"成为国际关系中引人注目的口号。面对欧洲和世界形势的巨大变化,联邦德国总理勃兰特也明确提出了新的东方政策,希望美国减少对联邦德国外交政策的干预。在美国国内,反战情绪也不断高涨。在此情况下,刚刚上任的尼克松政府以现实主义理念为基础提出了尼克松主义。根据尼克松主义,美国将全面调整其在亚洲的基本政策。首先是美国将逐步减少对南越承担的责任。其次是要改善对华关系。

在经历了约翰逊政府时期的挫败后,新上台的共和党政府意识到,解决越南问题的关键在于中国。美国的对华认知也开始摒弃简单的意识形态偏见,更多地从现实主义视角出发。一般认为,尼克松主义的实质就是要重新认识美国在世界的地位,减少美国在世界承担的义务。在越南战场,尼克松开始全面推动战争的"越南化"。在策略上,尼克松提出,为解决越南问题,应采取"推动谈判"和"推进战争本土化"两项政策。面对战争的挫折,美国政府逐步减少了对南越政府的种种控制,开始将战争的责任转移给南越政府。为了顺利地完成美军从南越的撤离,尼克松政府先是升级了美国在印支半岛的军事行动。从1969年开始,美军全面扩大了对越南、柬埔寨、老挝三国的轰炸范围,甚至出动B-52轰炸机对河内、海防等北越的重要城市进行狂轰滥炸。

在增大军事打击力度的背后,尼克松政府加大了对北越的外交攻势,试图通过谈判,使美国能够"体面地"撤退。与约翰逊政府相反,尼克松深深地认识到第三世界民族、民主解放运动的复杂性,不再仅仅将其等同于所谓国际共产主义运动操

① Mitchell Lerner, "lyndon Johnson and America's Military Intervention in Southeast Asia", in: Jonathan M. Nielson, edited, *Paths Not Taken: Speculations on American Foreign Policy and Diplomatic History, Interests, Ideals, and Power*, London Westport: Connecitcut, 2000 p. 198.

纵下的扩张。尼克松和他的主要外交助手基辛格一道，认识到中国的重要性，并开始为改善中美关系作出切实的努力。经历了越南战争中的尖锐对立，在世界政治格局出现巨大变化后，中美两个世界大国的关系终于在 20 世纪 70 年代走向缓和并最终实现正常化。

第五章 结语:自由主义的当代扩展与美利坚民族主义

第一节 美国民族主义传统的基本色调:从约翰·亚当斯、亚伯拉罕·林肯到林登·约翰逊

与绝大多数国家不同,美国民族主义并非建立在共同血缘与种族认同之上,它是一种典型的政治性民族主义。这种政治性民族主义所认同的是某种共同的政治理念,并通过这种理念将来源如此不同的诸多族群整合在一起,形成新的国家认同。在这里,美国民族主义暗含的一个必然推论就是将美国国家的命运等同于自由主义的命运,进而将自由主义的命运又视为人类社会的终极归宿。在美国的民族主义传统中,一个最显著也是最经久的议题就是自由主义的不断重新建构与拓展,而这种建构则被与美利坚民族的命运联系在一起,从而使得美利坚民族主义传统获得了它眼中的合法性。不过也正因为如此,美国的民族主义传统染上了浓厚的意识形态色彩,而这也给美国本身带来了许多困扰与冲击。

另一方面,不可否认的是,美国民族主义传统与其他民族主义传统一样,不仅有对于现实利益的追求,也有着内在的追求权势政治的动力。但是必须指出,美国民族主义的一个显著特点不在于其对物质利益的现实追求,且更多地表现在美国民族主义传统与自由主义意识形态之间的关系上。

一、约翰·亚当斯:山巅之城、孤立主义与美国民族主义传统的最初建构

与绝大多数美国开国之父一样,约翰·亚当斯正是从自由主义与美国的结合出发来论述建立美利坚合众国的必然性与合法性的。在美国早期的思想家中,约翰·亚当斯的孤立主义思想最为明显。由于出生于一个信奉卡尔文新教的家庭,约翰·亚当斯从一开始就对英国旧大陆的专制主义与腐败深恶痛绝。翻开约翰·亚当斯的论著,随处可见的一个主题就是对于美国自由主义传统的歌颂。在约翰·亚当斯的早年生涯中,他执著于所生活的马萨诸塞州的历史风物与政治传统。在他看来,马萨诸塞州正是整个北美大陆自由民主体制的写照。

与大多数美国的建国之父们相比，约翰·亚当斯更喜欢从美国的历史源头与传统中去找寻美国的独特之处。在他看来，北美先民们的拓殖活动正源于他们对于旧大陆专制主义传统与宗教迫害的厌恶，并因此向上天发誓要找寻一块能够实现自己宗教与自由理想的乐土。在约翰·亚当斯的笔下，美国人民被视为上帝的选民，他们在人类历史上第一次获得了如此之好的机会在如此广大的一片领土上发展一个如此优越的民主制度。约翰·亚当斯热情地讴歌北美的先民，在他看来，这些先民们拥有超人的智慧和胆气，正是他们开创了人类历史上这样一个无与伦比的优越制度。与欧洲的旧世界相比，北美大陆没有封建主义的传统，也因此可以建立一个全新的制度。约翰·亚当斯非常珍视北美大陆自己的传统，在他看来，这种传统就是自由主义的传统。他热情地赞颂北美大陆的政治实践，认为这些实践在短短的时间内就创造了欧洲旧世界数千年里也无法创造的奇迹。正如其他的美国开国之父们一样，约翰·亚当斯也受到了浓厚的宗教思想的影响，这其中最明显的一个体现就是"山巅之城"的思想概念。在这样的思想概念之中，美国被视为超越人类社会弱点的一个伟大实验。

正是这种"山巅之城"的思想观念使得约翰·亚当斯最早提出了美国独立的政治主张。还在约翰·亚当斯的学生时代，他就表现出了浓厚的北美独立的政治思想。在他看来，北美大陆在过去将近两百年的政治实践中，建立了自己独特的政治传统。这种传统与欧洲旧世界根本不同，是一种人类历史上真正意义上的自由民主制度。在他看来，北美人民已经享受到的民主自由之花是英国普通百姓连做梦也难以企及的，而这也正是北美大陆最大的独特性与优越性之所在。然而，现在这种独特性与优越性却受到了巨大的威胁。这种威胁不是来自于别处，正是来自于欧洲旧世界的污染与侵袭，尤其来自于英国的种种不良干涉。在约翰·亚当斯看来，这种不良的干涉如果继续下去，迟早将污染美国的机体，给北美大陆带来专制腐败与阴谋诡计的种子。更为可怕的是，北美大陆将会因此而丧失自己的独特性与优越性，沦为欧洲旧世界阴谋诡计的牺牲品，并彻底辜负上帝对北美人民的期许。

为了防止这种恶果的出现，约翰·亚当斯很早就公开主张北美大陆的人民应该彻底脱离英国，谋求自己的独特存在。在他看来，北美大陆的人民与英国人民完全分属于两个根本不同的民族，北美独立是历史发展的必然结果。约翰·亚当斯也对自己的政治理念珍爱有加，在他看来，为此即使付出生命也在所不惜。

与那个时代的其他美国建国之父们一样，早期的约翰·亚当斯对邦权十分关注。在他最初的政治论述中，所有的基点都来自于对他所生活的马萨诸塞州的描写与论述。在他看来，北美大陆是人类社会的典范，而马萨诸塞州的政治实践更将为整个北美大陆树立榜样。在他对整个美国的政治设计当中，马萨诸塞州的政治传统被视为首要观察与探究的对象。从约翰·亚当斯的著述中也可以发现，许多日后贯穿于美国政治设计的原则实际上都来源于早期他对马萨诸塞州的探究。

在思想的基本风貌上，约翰·亚当斯是一个谨慎的乐观主义者。一方面，他坚信人类社会通过自己的努力终将取得持续的进步；另一方面，他也看到人性的弱点，认为若不对其加以制约，必将对美国社会造成巨大的危害。约翰·亚当斯是美国政治体制中分权制衡机制的最早设计者，也是最坚定的支持者。在他的制衡思想中，制衡被分为了三个层次：首先是联邦层面的行政、司法、立法等政府机构之间的三权分立与制衡；其次是州与联邦政府之间的制衡，以及地方政府与地方政府之间的制衡；第三个层次则是社会制衡，即社会各阶层之间的制衡，特别是精英阶层与百姓大众之间的制衡。在约翰·亚当斯看来，通过这些制衡可以制约人性中的弱点，防止暴民政治与寡头政治的出现。

约翰·亚当斯是一个联邦主义者，然而他所主张的联邦主义是一个受到多重制衡的联邦主义。当州权受到侵害时，约翰·亚当斯毫不犹豫地站在州权一边。正像这个时代的大多数美国政治家们一样，约翰·亚当斯对美国联邦主义的未来也没有明确的答案。尽管《美国宪法》已经制定，然而州权与联邦之间的划分仍然留有许多尚未分明的灰色地带。特别是当州权与联邦的权力发生根本对立时应该如何处理，仍然是其后数十年内难以解决的问题。直到美国的内战爆发以后，这个问题才开始有了一个明确的答复。

在外交思想上，约翰·亚当斯奉行孤立主义的精神，除了自由贸易外，不愿再过多地涉入欧洲事务，而这也正是其政治思想的自然延伸。在他看来，过多地与外部世界交往将会导致美国自身的腐败，引起美国特性的丧失。正是在约翰·亚当斯的那个时代，美国奠定了第一块民族主义与联邦主义的基石。只不过此时的美国民族主义主要是通过与欧洲旧世界的区隔来体现的，这种区隔奠定了美国历史上最初的身份认同，也在相当程度上导致了美国孤立主义。

二、亚伯拉罕·林肯：自由主义的重新定义与美国民族主义的固化

林肯所处的时代正是美国历史上的大危机时代，此时联邦面临分解的危险，《美国宪法》与国家的完整性正在受到严重的威胁。正是通过林肯的努力，美国社会重新定义了自由主义与美国信条的含义，加强了美国联邦的合法性。大致而言，林肯对美国历史所作的贡献主要表现在：首先是对美国联邦主义重新定义，自由主义的命运与联邦的命运被结合到了一起，形成了联邦与自由主义同体的美国民族主义观；其次是林肯对美国自由主义体制的重新定义。这主要表现在两个方面：第

一，自由主义的适用范围大大增加，黑奴制度的废除使得黑人日益被接纳进美国自由民主体制内部，而这一趋势在林登·约翰逊的时代达到了历史的高点。第二，经典自由主义的信条有所改变；此前，在美国社会中，政府被视为被动的"守夜人"，而个人与私人机构则被看作社会的基石。内战时期，美国经历了历史上最为残酷的一场战争和最严重的一场危机。在这种情况下，美国政府在内战时期广泛地涉入社会经济生活，在一定程度上修正了经典的自由主义理念。这种美国社会中的发展趋势到罗斯福新政时代发生质变，最终形成了美国历史上的新政自由主义理念，其影响于 20 世纪 60 年代中期达到了历史的最高点。

美国民族主义传统在林肯政府时期最显著的发展就是自由主义与联邦存亡成为一体。美国内战时期，由于南北双方的分裂，美国联邦政府生存的合法性已经变为美国社会政治生活中争论的焦点。对于林肯政府来说，在自由主义的原则之下，各州是否有权通过自决实现自己的分离就成为当时必须获得回答的重大问题。林肯认为，联邦的存亡不仅关系到普通美国民众的前途命运，也在相当程度上关涉到自由民主体制未来的命运。在他看来，联邦的解体将给美国伟大的自由民主实践带来灭顶之灾，人类社会实现自我突破的期许也将面临重大的挑战。在林肯总统的葛底斯堡演讲中，美国的天定命运、自由主义的未来与联邦的前途被联系在一起，三者的共生关系成为林肯论证联邦政府合法性的基础。

在这里，林肯重新定义了美国的联邦主义，州权的运用第一次被明确界定为不得与联邦相抵触，美国民众的政治认同感也开始由地方社会越来越转向联邦政府。如果翻开美国建国之父们的论述，他们对于联邦的论证往往都来自于对州权的考察；在他们看来，联邦之所以必要，正是由于这样可以更好地保护各州自身的利益。然而，林肯的论证与实践第一次赋予了联邦以本体的地位，即它本身并不一定完全依赖于州而存在，自由主义已经直接为联邦的合法性进行了确认。正是在这样的情况之下，美国社会内的全国性认同才开始真正地被全面建构起来，美国内部的政治整合也才能逐渐完成。

林肯所做的第二项重要工作则在于重新设定了自由主义的普适性范围，并因此扩大、巩固了美国民族主义与国家认同的基础。美国内战之前，黑人在美国社会中的地位是宪法规定的模糊地带。在南部诸州，由于黑奴制度的长期存在，黑人并没有被赋予自由与平等之权，在美国《独立宣言》中人生而平等的宣誓也因而仅仅被局限于白人之中。无论出于何种动机，林肯政府在美国内战时期的实践，第一次在美国历史上废除了黑奴制度，并开始将自由民主体制的适用范围扩展到黑人之中。这种变化，既是自由主义本身的巨大变化，也是美国民族主义传统的一次大转折。正是由于黑人得以开始融入美国主流的自由主义政治体制，美国的国民基础大大扩大了。黑人在未来的美国历史中将越来越作为平等的一员出现,他们也越来越被理所当然地认为是美利坚民族的一部分。正是在这种情况下,自由主义对美国社会的整合越来越强,以其为基石的美国民族主义传统也越来越成为一项包容性更加广泛的思想资源。

三、林登·约翰逊:美国民族主义传统的全面扩展

20世纪以后,美国逐渐摆脱了孤立主义的窠臼,越来越走向世界主义的对外战略。第一次世界大战以后,美国总统威尔逊曾经提出了重建欧洲和世界政治的政治纲领。尽管此后由于国内政治的影响,美国在一段时间内重回孤立主义,但威尔逊主义的提出却开始重新定义美国民族主义的坐标。在威尔逊看来,美国的天定命运已经不再是只局限于北美大陆一隅的山巅之城,美国应该更加积极主动地参与和改造世界政治,以使它更有利于民主的生存。从威尔逊之后,美国参与世界事务的程度越来越深。林登·约翰逊继承了富兰克林·罗斯福时代的世界观,并将其发展到一个新的高度。此时,美国对世界的责任与干涉被急剧放大,不仅欧洲是冷战的主要争夺地,遥远的第三世界小国也被视为美国自由民主模式的试金石。美国不仅在印度支那投入大量资源,也在非洲、拉美与中东地区展开了一系列的干涉行动。在这些广泛承担的国际义务背后,是美国社会内部强烈的乐观主义和行动主义精神。此时,林登·约翰逊对于美国国家能力的自信以及他所表现出的乐观主义精神成为这个时代最大的特色之一。

在林登·约翰逊的国际政治观中,美国模式被视为拥有普世价值的模式。在他的眼中,整个世界政治都被彻底简化了,在那里,只存在着以美国为代表的自由主义与以中国及苏联为代表的共产主义之间的所谓正邪之争。林登·约翰逊和当时的许多美国人一样,都不能理解第三世界国家所发生的民族主义运动,而仅仅将之视为美苏争霸的一个注脚。

按照凯南等冷战最初设计者的设想,美国应该主要关注西欧以及日本等重要的战略地区,对于其他方面则应该实行一定程度的收缩。① 然而在林登·约翰逊

---

① 1950年以后,保罗·尼采接替凯南成为杜鲁门政府的政策设计室主任,并在凯南遏制战略的基础上提出了全面遏制战略。同年,保罗·尼采向国家安全委员会提交了NSC68号文件。在这个文件中,扩大了凯南遏制战略的涉及范围,宣称目前对自由制度的攻击是全球性的,是在当前世界两极分化的背景下产生的;自由制度在任何地方的失败,都是全世界自由制度的失败。一个更为显著的变化就是,保罗·尼采明确提出要在实施全面遏制战略过程中不惜使用军事手段,美国要准备在任何必要的地方打一场有限的战争,这就极大地改变了凯南遏制理论中对政治、经济与文化手段的强调。从此以后,美国的全球战略越来越明显地超出乔治·凯南最初的遏制理论,开始将美国的触角伸向全世界;到林登·约翰逊时期,这种对外干预则达到了它的顶峰。关于保罗·尼采全面遏制理论的提出,可参见 David Callahan, *Dangerous Capabilities: Paul H. Nitze and the Cold War*, New York: H. Harper&Row, 1990。

的时代,美国政府大大突破了这一原先的假定。在拉美,林登·约翰逊提出了"伟大社会"计划式的援助设想,试图通过美国的干预改造拉美国家,彻底消除反美主义根源,杜绝再次出现第二个卡斯特罗式政权的可能性;在中东,林登·约翰逊当局不惜与阿拉伯国家普遍交恶,极力支持以色列,成为二战结束以后亲以的美国政府之一;在非洲,美国政府大大加强了援助的力度,使非洲从一个受到忽视的大陆变成美国关注的焦点之一;在东南亚,美国更是在印度支那投入了一场大规模的地面战争,耗资两千亿美元。不仅如此,美国还不顾英国等盟国的劝告,尽力加大美国在其他第三世界地区的干涉,从而使美国与其西方盟国之间的关系降到了一个历史性的低点。

在美国国内,林登·约翰逊更是提出了在美国历史上最富有雄心的计划——"伟大社会"计划。在林登·约翰逊看来,美国政府有能力通过自己的干预在美国社会消除贫困疾病、种族差异等社会问题。在林登·约翰逊政府的主持下,美国在几年内投入数百亿美元,试图将美国建设成为一个福利国家。通过这项计划,数百万人受到了免费教育,得到了低价住房和各种社会福利补贴。美国社会的贫富差距也因此大大地缩小了。不仅如此,林登·约翰逊政府时期,还是美国历史上黑人社会地位提高最迅速的一个时期。通过三个《权利法案》和社会肯定性行动计划的实施,种族隔离制度被彻底废除,黑人的基本民权得到了很大的保障,在历史上第一次可以全面享受到美国社会生活中的平等权利。林登·约翰逊也因此成为美国历史上继林肯总统之后的又一位在黑人民权运动作出重要贡献的总统。

尽管林登·约翰逊的"伟大社会"计划取得了一定成效,然而由于美国政府在国内外两个方面都提出了雄心勃勃的计划,美国的国家能力也因此达到了自己的极限。到 1965 年以后,美国政府的财政赤字问题越来越突出。在这种情况下,林登·约翰逊政府不得不大幅度地削减美国政府用于"伟大社会"计划的投入。到 1968 年,"伟大社会"计划的投入还不及美国战争费用的 1/10,许多领域的方案根本无法再继续下去。林登·约翰逊政府下台以后,"伟大社会"计划基本上已经流于破产。林登·约翰逊政府的政治哲学实际上反映了当时美国社会的主流思想,即崇拜美国的国家能力,并希望在国内和国外两个方面都成为世界政治的模板。此时,美国的民族主义已经达到了这样一个阶段,即对美国国家能力与美国信条的自信已经超出了现实。在林登·约翰逊之后,随着美国在各个领域所受重创的凸显,美国国内的冷战共识也开始受到了越来越多的质疑。另一方面,林登·约翰逊在黑人民权领域所作出的贡献也在相当程度上拓展了美国自由主义的内涵,从而使美国国内国家认同的合法性基础更加稳固。

第二节　世界普遍史是否可能——历史终结论与
自由主义的当代扩展

1992年，美国学者、著名社会学家与政治学家弗朗西斯·福山出版了《历史的终结与最后的人》一书。在这部著作里，福山力图回答这样的问题：20世纪90年代初所发生的东欧剧变与苏联解体是否出于历史的必然？近十几年来自由主义在全球的扩展是否代表了世界历史发展的必然趋势？会不会产生一个人类社会向自由民主制度汇聚发展的世界普遍史？

冷战结束以后，两极格局化为乌有，美国成为世界上最强大、最富足的国家。伴随而来的是，世界格局又一次出现了一家独大的局面。一方面，国际格局中对美国的制约因素有所减弱；另一方面，近十几年来美国经济的平稳发展又一次使美国的总体国家实力站在了历史的高点。那么，是否正如美国历史上无数政治家与学者所反复论证的那样，美国的模式与历史代表了人类社会的终极发展方向呢？①

要回答这一问题，首先必须理解美国的国家特性。与以往曾经存在过的霸权国家不同，美国本身在很多方面都是与众不同的。一方面，美国作为一个现代历史中的民族国家并非产生于共同历史与共同血缘之中。恰恰相反，纵观美国的历史，美国从来就是一个以多种族融合自诩的国家。另一方面，从两百多年前的建国之父们到今天的美国政治家，从来都把对自由主义的追求与护持当作美国国家与美利坚民族合法性的基础。一般而言，社会学家与政治学家们将民族主义大致分为两种类型，即政治性的民族主义与文化民族主义。就美国的民族主义而言，它更属于一个政治性的民族主义。然而，这种政治性的民族主义不仅建立在追求民族独立与民族自决的基础之上，更是建基于维护、拓展自由主义所体现的社会模式之上的。在美国历史上，没有对自由主义的追求，就不可能有建国之父们撰写的《独立宣言》；没有对自由主义的追求，就不可能有美国的南北战争，也不可能有美国今天基本的政治与外交价值取向。然而问题是，美国的自由主义模式是否真的代表了历史的方向，一个以自由主义为底蕴的世界普遍史是否真的存在。

如果说福山的历史终结论代表了对自由主义普适性的一种肯定，那么另一位同样著名的美国学者亨廷顿却提出了一个完全相反的理论范式。在这里，世界普遍史的存在受到了质疑。按照亨廷顿的理论架构，人类社会由多个并存的文明划分成诸如伊斯兰文明、儒教文明、西方文明等不同的板块，这些板块之间的分离与

---

① 相关内容可参见弗朗西斯·福山：《历史的终结及最后的人》，中国社会科学出版社，2003年版。

对立将是人类历史一个持久的主题。至少在可预见的年代里，以美国为代表的西方文明很难与其他文明共享同一的核心价值标准，对权威主义的崇拜仍将是一些东方文明与民族的重要特征。与日裔美国人福山不同，亨廷顿作为一个比较政治学家曾经对发展中国家的现代化进程作过深入的研究，他目睹了 20 世纪 50 年代以来亚非国家在现代化进程中的挫折与失败。与传统的西方政治学家不同，亨廷顿承认发展中国家的文化传统可以也应该成为现代化进程的重要资产，并据此否认了单一发展模式的存在。从思想的基本色调来看，亨廷顿更多地带有一种审慎的风格。在他看来，即使是美国社会本身也还没有完成整合的过程，又怎么可能以自己的模式去建构整个世界呢？他看到了美国社会中多元文化模式的并存，并依此类推到整个世界；对于亨廷顿来说，整个世界并不存在一个统一的模式。①

福山与亨廷顿的差别就成为美国学术界近年来的一个争论焦点：这个世界到底能不能有一个统一的模式？如果有，那么这个模式是否就是美国的自由模式？对于美国社会来说，对这个问题的回答具有十分重要的意义。在相当程度上，它关乎了美国国家信条与美国国家认同的合法性基础。对于美国而言，自从建国之初，美国的自由民主模式就被看成是人类社会突破自身弱点的希望所在，美国是光照人类前进的山巅之城。在美国历史上，无论是孤立主义还是世界主义，其争论的焦点仅仅在于美国是应该被动地成为一个为其他民族与国家模仿的山巅之城，还是应该主动地进入这个世界去改造和建构一个新的人类社会。美国模式的普适性从来都是美国社会普遍接受的信条，而也正是基于这种对美国信条的追求与坚持才建构了美国社会中最基本的国家认同。西方学者认为，美国的民族主义属于典型的政治性民族主义，是政治社会与市民社会共同建构的产物。

然而，亨廷顿对于西方模式与文化的定义和阐释，在相当大程度上质疑了美国信条的普适性，也质疑了美国国家认同与民族主义的合法性基础。正是基于此，他的理论在美国社会引起了巨大的争论，成为大多数主流学者批判的对象。在相当程度上讲，亨廷顿所提出的理论带有明显的文化多元主义倾向，它代表了美国社会学术界对美国自身身份认同建构模式的一种反思与批判。②

尽管存在这样或者那样的反思与批判，美国社会中的基本共识仍然在冷战后的时代得到了越来越多的加强。这种共识坚信美国信条的普适性，坚信美国在世界事务中所负有的特殊使命。冷战的结束曾经一度使美国社会重新寻找自己未来

---

① 相关的内容可参见塞缪尔·亨廷顿著，周琪等译：《文明的冲突与世界秩序的重建》，新华出版社，1999 年版。

② 对于亨廷顿的评介，可参见李慎之：《数量之下的恐惧》。http：//www. pinglun. org/Article/jujiao/1427. shtml。

的方向,然而"9·11"事件的发生却在相当大的程度上使这种迷惑感被驱散了,美国社会的基本共识又一次凸显出来。在此情况下,美国社会今天所发生的种种争议并非出于对这种共识的疑惑,而更多的是对实现这种共识具体方式与方法的争论。

在冷战结束后的初期,由于反共主义无法再像从前那样凝聚起美国国内的共识,美国并没有一个关于国际秩序的清晰蓝图。此时,各种新的全球性问题纷至沓来,其中诸如环境问题、毒品与艾滋病、地区冲突等等都在一定程度上分散了美国社会的注意力。在美国国内,有关国际主义与孤立主义、自由主义与保守主义以及理想主义与现实主义的各种论争在一些涉及美国外交战略的基本问题上分歧严重。这一时期,美国的对外战略更多受到外界的压力,特别是各式各样的地区冲突和人道主义灾难成为美国对外战略关注的主要焦点之一。这种基本的态势在"9·11"事件以后发生了重大的转变。"9·11"事件所带来的巨大灾难使美国社会在一夜之间迅速凝聚在一起,美国社会的民族主义情绪也在短时间内达到了一个新的历史高点。小布什总统在 2002 年 6 月 1 日发表的演说第一次阐明了布什主义的原则。在经历了冷战后最初的徘徊,反恐代替反共成为凝聚美国社会共识的基点。

在美国历史上,对外行为的动机主要建立在两个基础之上:第一个是扩张美国国家利益与美国霸权的现实政治(realpolitik)基础,另一个则是推广和促进美国的基本价值观与信条的理想主义政治(idealpolitik)基础。① 冷战结束以后,美国社会对于美国社会基本价值观的信心大大增强,而这也就成为导致美国对外干预行为的重要因素之一。此时,在冷战时期由于国家安全需要而一度被搁置和弱化的输出民主的目标又一次被凸显出来。而在"9·11"以后,这种输出民主的意识形态目标就与小布什政府的反恐战略联系了起来,成为美国在伊拉克与阿富汗国家重建战略的理论基础。在这样的情况下,美国的社会模式和基本信条被看做改造世界的依据。

对此,福山写道,历史终结并不是说生老病死这一自然循环会终结,也不是说重大事件不会再行发生或者报道重大事件的报纸从此销声匿迹,确切地讲,它是指构成历史的最基本原则和制度不可能再有前进,原因在于所有重大的问题都已经得到了解决。福山指出,马克思和黑格尔等曾相信,人类社会的发展是会有终点的,会在人类实现一种能够满足它最深切希望、最根本愿望的社会形态后不再发

---

① For a better understanding of Bush Doctrine, see Robert Jervis, "Understanding the Bush Doctrine ", *Political Science Quarterly*,118,(Fall 2003),pp. 365 – 388.

展;而在福山看来,美国信条与社会模式所代表的很有可能就是这样一种最后的社会形态。他承认,现实中的美国社会也存在这样和那样的问题,但这些问题恰恰是由于没有彻底地实行自由民主的原则所造成的。① 福山的思想在很大程度上代表了美国社会对于自己前途的信心和对美国社会模式的期许。按照这种思想和逻辑,既然自由主义的社会模式已经成为历史发展的终结形态,那么要根本解决人类社会今天所面临的种种问题,扩展自由民主体制在世界范围内的生存空间就成为一个必然的选择。

第三节　新保守主义笼罩下的美利坚民族主义与
自由主义理念

　　20 世纪 60 年代是美国历史发生重大转折的时期,新的政治哲学思潮开始在美国社会兴起,并因此深深地影响了美国日后数十年的历史。在 20 世纪 60 年代,美国社会经历了一段痛苦迷茫的岁月。此时,在自由主义思想的鼓励之下,美国社会内部的各种运动此起彼伏。从妇女解放运动到黑人民权运动再到后来的反战运动,它们都把自己的矛头指向了美国社会中固有的种种弊端。正是在这样的大背景下,美国社会旧有的政治共识与认同渐趋消融,美国社会中最基本的价值体系与政治观念也因之受到了巨大的冲击。伴随着美国在越战中所受到的种种挫折以及尼克松"水门"事件给美国政治体制带来的巨大冲击,美国社会陷入了迷惘。正如许多美国历史学家所指出的那样,在众多社会运动的冲击之下,这一时期美国社会的基本价值体系正在陷入空前的认同危机之中,许多美国人已经失去了他们对美国社会的自信。由于文化多元主义的流行,美国社会中一些传统的价值观也日益受到侵蚀,家庭与宗教的观念日益淡漠。就是在这样的情况之下,自从罗斯福新政以来,在美国社会中居于主流地位的新政自由主义意识形态本身开始发生了巨大的转变。

　　面对美国社会中的危机,许多曾经的自由主义者和社会运动的积极分子开始反思自己的行为。在他们看来,20 世纪 60 年代在美国社会所发生的一系列社会运动虽然名义上是要坚持和扩展美国的自由主义理念,但却在实际上肢解和伤害了美国社会的自由主义精神。他们认为,美国社会中所发生的追求多样性运动不仅没有缓解旧有的矛盾,反而在相当程度上导致了美国社会内部基本道德水准的下降。尽管他们支持黑人等少数族裔的民权运动,但却抨击这些运动的恶性发展破

---

① 可参见 Francis Fukuyama, *The End of History and the Last Man*, New York:Free Press,2006。

坏了美国社会的基本纽带。越战后期,随着政府权威的衰落,美国社会在许多方面开始表现出无政府的状态。面对这样的状况,这些曾经的自由主义者和社会运动的积极分子逐渐与20世纪60年代的社会运动分道扬镳,转而与旧有的保守主义势力融合,希望可以重新恢复美国的自信与团结,从而成为美国新保守主义的早期建构者与践行者。

20世纪80年代以后,随着里根政府的上台,新保守主义①开始越来越显著地影响美国社会政治经济的发展,20世纪90年代以后,整个美国社会也因之更加趋向保守主义的一面。正是在这一过程中新保守主义的政治哲学表现出了它的基本特点。大体而言,它主要表现在两个方面。首先,在基本理论范式上,美国社会的保守主义政治哲学实际上是从属于美国社会的根本意识形态的,也就是从属于美国信条和广义上的自由主义理念。在美国社会当中,保守主义所争论的仅仅是实现美国信条的基本途径。当对20世纪60年代所发生的社会运动感到失望以后,许多过去的民权活动家便转向了新保守主义的一边。其次,新保守主义的兴起的基本目标是加强美国的基本认同与价值观。正是20世纪60年代美国社会当中围绕冷战的基本共识发生破灭,才促使美国社会中的精英分子越来越认识到维护美国基本价值观的重要性。在他们看来,对于美国这样一个多种族共存的移民国家来说,整个社会在基本价值观上的认同具有特殊的重要性,因为这正是将美国塑造成现代民族国家的基本力量之一。正如美国学者史密斯所指出的那样,美国的民族主义是一种政治性的民族主义,它来源于对基本政治原则的认同和追求。从这个角度讲,新保守主义对美国社会基本价值观的执著正是美国民族主义的重要表现之一。于是新保守主义者就成为美国基本自由民主价值观最激进的当代守望者。

对此,2006年,被人们普遍描绘成新保守主义者的小布什在国情咨文中强调美国对于世界自由民主所负的重大责任时,宣称:"这个世界每迈向自由一步,我们的国家就更加安全;所以,我们将勇敢地在自由的指引下行动。并非是一个遥不可及的梦想,自由的前进是我们这个时代的伟大进步。……美国拒绝由孤立主义所带来的虚幻的享乐;我们这个民族曾经为欧洲带去自由,曾经解放了死亡的集中

---

① 一般认为,原美国芝加哥大学教授列奥·施特劳斯(Leo Strauss)是美国新保守主义思想最重要的政治哲学奠基人。他原是德裔犹太人,后来移民美国。他强调对自然权利(也有人译作自然正当)的追求,认为其可以超越自然、历史与国家的界限;当主权国家国内法律与人类社会中的自然权利发生冲突时,对自然权利的维护应该取得优先的地位。此外,列奥·施特劳斯还强调社会的团结与活力只有在与敌人的斗争中才能真正显现出来。从小布什政府的外交战略仍然可以看到施特劳斯政治哲学的重要影响。相关内容可参阅 Ann Norton,*Leos Strauss and the Politics of American Empire*,N. Y:Yale University Press,2004。

营,曾经帮助民主力量揭竿而起,曾经目睹了邪恶帝国的垮掉……我们还将接受历史的召唤……"①

大致而言,新保守主义影响下的美国外交表现出了以下三个重要的特征:首先是非黑即白的敌友划分,其次是对美国基本价值观的自我圣化,最后是对美国霸权与军事安全的追求。在这里,美国在世界范围内所享有的霸权被看成是世界的福音。根据美国新保守主义代表人物克里斯托尔与卡根的表述,美国作为一个世界上最强大的国家,肩负着辅导全人类追求完美目标的责任。作为自由民主体制的化身,美国能够而且也应该领导人类社会走向一个用自由和正义建构出来的世界。②

"9·11"事件发生以后,美国社会的民族主义情绪在瞬间迸发出来。与之相伴随,新保守主义思想在美国社会中的影响达到了一个前所未有的高点,美国民众对小布什政府的支持也因而在短时间内达到了新的高度。在许多美国人眼中,这一事件已经被赋予了世界性的意义,如同冷战时代一样,美国正在领导一场针对恐怖主义与专制主义的战争。

与传统的保守主义理念不同,新保守主义者更加具有进取性,强调自由民主作为普适性的原则能且应该被扩展到全世界。新保守主义者强调美国身负神圣的使命;而在当时小布什总统发表的演讲中总是可以发现将上帝与美国国家命运联系在一起的话语,并以此来证明美国政府对外战略的合法性。在新保守主义者的眼中,美国从来就是一个独一无二的例外之国。他们认为,美国应该在世界范围内建立起仁慈的全球霸权体系,并将这种体系看成是防范世界秩序发生混乱和崩溃的唯一可靠措施。大致而言,这种霸权体系将主要由四个部分来支撑:①美国军事力量在全球范围内的投射,②美国在世界经济体系中的重要作用,③美国观念与文化在世界范围内的巨大影响力,④以及世界主要国家对美国外交战略的认同。在此基础上,美国应该尽力促使整个世界朝着自由民主的方向发展,因为这与美国的国家安全利益息息相关。③

新保守主义的大行其道与美国社会的基本特质有关。美国华裔学者裴敏欣指出,美国是一个以思想观念为基础的民族主义占统治地位的国家。这种对自由民

---

① See President Bush's State of Union Address in 2006, http://www. washingtonpost. com/wp - dyn/content/article/2006/01/31/AR2006013101468. html.

② William Kristol and Robert Kagan, "Towards a Neo - Reaganite Foreign Policy", in *Foreign Affairs*, July/August 1996, pp. 18 - 28.

③ 关于这方面的论述很多,且特别显见于小布什政府几年来发表的各种讲话之中。可参见 William Kristol and Robert Kagan, "Towards a Neo-Reaganite Foreign Policy", in *Foreign Affairs*, July/August 1996, pp. 18 - 28.; Hoshua Muravchik, "The Bush Manifesto", Commentary, Dec, 2002, pp. 23 - 30。

主价值观的追求后来日益演变成为美国至上主义或美国例外主义，强调美国的政治体制、价值观与文化都优于其他国家；美国作为人类社会的拯救者，负有向外部世界推广其制度以及改造世界的神圣责任。① 绝大多数美国民众认为，美国社会的基本价值观和生活方式向全球扩散是有益的。正是这种美国独特的民族主义形式催生了新保守主义这样的政治哲学，而新保守主义的扩展又在一定程度上加强了美国国民的国家认同与民族主义。② 正如王缉思先生在论述美国民族主义时所指出的那样，任何一个民族的民族主义都包含着若干非理性的因素。比如民族主义通常包含这样一种信念，自己的民族是可爱的、伟大的、爱好和平的、乐善好施的，自己的民族强大起来是全世界之福；美国民族主义也当然有着这样的特点。只不过，美国的这种特点并非建立在种族与文化的优越感之上，而是建立在对自身价值观的自负之上的。③ 应当承认，美国的民族主义如同它在其他国家的孪生兄弟一样，也带有追求物质私利的一面，然而它最典型的特征却体现在其与意识形态的紧密关联之上。

毫无疑问，美国民族主义的独特性必然产生许许多多的政治现象，而新保守主义正是其中之一。然而纵观从约翰·亚当斯到林肯再到林登·约翰逊乃至今天的美国历史，尽管个人经历迥然不同的国务家在不同的历史时期面对不同的历史问题，但在他们为自己的行为和政策寻找合法性的时刻，第一个也是最重要的理由就是要维护和扩展美国社会的基本政治价值观。在约翰·亚当斯的时代，正是对自由民主的追求和对欧洲旧专制主义的痛恨，美国的建国之父们书写了美国历史上最伟大的两部作品，《独立宣言》与《美国宪法》。在美国内战的最危急时刻，林肯总统将联邦的命运同自由主义的命运和黑奴制度的消亡结合起来，又一次在美国历史上印证了美国国家存在的合理性，重塑了美国的国家认同与民族主义。在冷战的时代，正是由于对意识形态的狂热，美国陷入了印度支那的泥潭。而在小布什政府所发动的反恐战争之中，又何尝不是带有这种自我圣化的意识形态狂热呢？对于美国这个由许许多多不同种族所组成的移民国家来说，对自由主义意识形态的顶礼膜拜从来都是凝聚国家认同和建构民族身份的最重要的黏合剂。

---

① Minxin Pei，"The Paradoxes of American Nationalism"，*Foreign Policy*，May/June 2003，p. 34.
② 根据调查，79% 的接受调查的美国人相信美国价值观在全球推广是有益的；而在西欧，相应的支持率只有 40%，从一个侧面说明了美国人自我认知与国际现实之间的巨大落差。转引自裴敏欣："美国民族主义的悖论"，www. zisi. net/htm/ztlw2/whyj/2005 – 05 – 11 – 21490. htm。
③ 参见王缉思："美国霸权的逻辑"，《美国研究》，2003 年第 3 期，第 7 ~ 30 页。

第四节　自由主义意识形态与美国霸权的软权力支撑

对于霸权国家来说，软权力是一项不能回避的手段与资源。这种并非直接依靠军事或经济等手段的物质力量来达成国家目标的能力，就被国际关系学术界称为力量的第二层面。最早对国际关系中软权力这一概念进行明确阐释和界定的是美国学者约瑟夫·奈。他认为，所谓软权力指的是通过吸引而非强迫手段来达到自己目标的能力，它源自于一个国家文化、政治观念和政策战略对其他国际关系行为体的吸引力。① 在国际关系的学术界，早期的学者们也都曾经或多或少地触及这一问题。1939 年，英国著名的国际关系学者卡尔在其著名的《二十年危机》一书中就曾将国家权力分为三个部分，即军事力量、经济力量和支配舆论的力量。此后，汉斯·摩根索在其的《国际纵横策论》一书中将政治权力影响力的来源分为三个部分，也就是期望惠益、惧怕损害以及尊敬和爱戴人或机构。他写道，通过这种影响力，人们的意志自动顺从于某一个人或某一个机构体制的意志。② 大体来说，在现代国际社会，一国的软权力主要有三个来源，即文化的辐射能力、政治价值观和外交政策。

在后冷战时代的国际社会中，软权力更多的是依靠观念的吸引力，通过设置国际社会中的议事日程以及行为体自身意识形态和制度的影响力，来对合作者的合作行为加以鼓励。在当今的国际社会中，国际机制已经成为一国发挥自己软权力的最重要通道之一。第二次世界大战结束以后，在美国的主导下，各个重要领域内的国际机制相继被建立起来，其中较为著名的有联合国与国际货币基金组织。美国不仅在这些国际机制的建构、运行中发挥了重要的作用，也通过这些国际机制实现了自己的国家利益，其在国际事务中的软权力曾达到历史的高点。然而小布什政府上台以后，却一度抛开了这些已存的国际机制，采取单边主义的外交政策，从

---

① 软权力这一概念最早是由约瑟夫·奈于 1990 年在其所著《注定领导：变化中的美国力量本质》（*Bound to Lead: The Changing Nature of American Power*）一书中明确提出并加以定义的。在这本书中，奈对美国文化、价值观和意识形态的作用给予了一个很高的地位，从一个角度说明了美国霸权在国际体系中的独特性。不过，约瑟夫·奈对小布什政府的单边主义外交政策持否定的态度，认为其损害了美国霸权的软权力基础，并于 2004 年在美国《外交》杂志上发表了"美国软实力的衰落"一文（"The Decline of America's Soft Power", *Foreign Affairs*, May/June, 2004, pp. 16 - 20），该文在美国学术界与政界引起了较大的反响。

② 分别见爱德华·卡尔著，秦亚青译：《20 年危机（1919—1939）：国际关系研究导论》，世界知识出版社 2005 年版，第 108 页；汉斯·摩根索著，卢明华等译：《国际纵横策论——争强权，求和平》，上海译文出版社，1995 年版，第 38 ~ 40 页。

而对美国的软实力造成了相当的损害。①

毫无疑问,作为当今世界上独一无二的霸权国家,也作为一个以政治价值观整合起来的国家,美国自身软权力的兴衰必然会在相当程度上反映出当时美国的基本状况。在对外事务中,对于许多美国人来说,美国自身的政治体制与价值观具有无可比拟的优越性,肩负着人类社会克服自身弱点的使命。在许多美国人的自我期许中,美国被描绘成国际社会中一个理所当然的领导国家。至少从20世纪40年代以来,美国基本主导了国际机制的建构。从联合国的成立到世界贸易组织再到西方七国首脑会议,美国已经成为现存国际机制最大的创建者和参与者。美国社会的基本价值观与政治体制也伴随着美国国力的增强成为许多国家效仿和向往的对象。在大众文化领域,美国好莱坞所生产的各种影片日渐成为世界范围内流行文化的追捧对象。在学术领域,美国的大学和各种科研机构在世界范围内名列前茅,吸引了大批各国的学术精英。对于软权力在维持美国霸权中的重要作用,美国学者布热津斯基指出,单纯的物质力量并不足以支撑美国的霸权,美国应该成为世界范围内道义价值观的样板,并向世界积极扩展美国的道义与理想。②

在国内事务方面,美国社会在一系列领域所取得的巨大成就也使许多美国人抱有深深的民族自豪感。这种民族自豪感的形成源于美国民众发自内心的骄傲,带有明显的乐观主义精神,成为美国霸权重要的国内基石。王缉思先生指出,尽管许多美国人也会对自己国家所存在的种种问题有着诸多批评,但当代美国人却几乎从不以任何外国为榜样,或者认为美国人的丑恶行为超过其他国家。换句话说,他们看到了美国的恶,却看不到有比美国更好的国家。他们更不会因为批评美国而站在美国的敌人一边。美国的民族主义确实是由民间自发推动的而不是政府促进的。③ 在这样的情况下,美国自身的强大和富足就成为美国软权力的另一个重要来源。大致而言,这种软权力主要反应在以下两个方面。首先是美国社会内部的共识往往十分牢固而划一,不易改变。尽管美国社会的开放和多元毋庸置疑,但在这多元共存的表面之下,美国社会的主流认同又是极其一致的。体现在《美国宪法》与《独立宣言》之中的自由主义意识形态受到绝大多数美国人的认同,成为美

---

① 约瑟夫·奈认为,如果一个霸权国家可以在国际体系中塑造出与自己国家利益和价值观相符合的国际机制,那么其本身对外行为的合法性就会大大增加;另一方面,作为代价,霸权国家本身也将受到相应国际机制的制约。(相关内容可参见 Joseph S. Nye, Jr., *Soft Power: The Means to Success in World Politics*, New York: Public Affairs, 2004). 然而"9·11"后美国国内民族主义的上升使其并不愿意继续受制于原本由自己所主导创立的国际机制,从而在相当程度上损害了美国原有的软权力。不过这一情况也充分说明了软权力在现代国际关系中的局限性。

② 参见布热津斯基:《失去控制:21世纪前夕的全球混乱》,中国社会科学出版社,1995年版,第219页。

③ 参见王缉思:"美国霸权的逻辑",《美国研究》,2003年第3期,第7~30页。

国社会当中不容挑战的原则。在这种情况下,即使是美国社会中的保守主义思想,其所争取的也无非是对美国信条和美国自由主义传统的保守。而在美国政治光谱的另一端,美国左派力量,其所争取的也大多只是实行更加激进的自由主义原则。与大多数国家不同,美国国内的政治论争很少会导致大的政治动荡,即使是政治光谱的最右端也与极左力量之间在最根本的政治原则上拥有共同之处。在美国国内政治生活中,在绝大多数时间里,政治生态平衡都仅仅是在温和的保守主义与温和的自由主义之间往复振荡。然而这种在政治认同上的高度整合状态也使得许多美国人在关注外部世界之时往往倾向于使用一种简单化的黑白两分法,而很难设身处地地理解他国文化与情况。

其次是对外来移民的宽容、接纳,以及美国的软权力还体现于美国本身对其他国家和地区的吸引力。至少在近一百年来,美国一直是世界上最大的移民接受国家。美国社会的吸引力不仅体现在其能够为人民提供更多的物质与精神生活享受,也体现在美国人民在美国社会当中所享有的种种自由民主权利。四年一度的美国大选,不仅给了各国人民了解美国政治具体运行状况的机会,也使人们可以看到美国人民在美国社会中所享有的种种自由。在过去的半个世纪里,美国成为国际制度的最大创建者和受益者,从世界银行到世贸组织,美国都将自身的政治原则和组织体制投射到各种国际机制之中。每年,美国的各个大学和研究机构都将接受数以万计的海外留学人才,他们不仅在美国学习各种先进的科学技术,也在美国学习政治与法律。正如学者们所指出的那样,在很大程度上,美国社会已经成为许多发展中国家推进现代化过程中的学习榜样。毫无疑问,自由民主制度并非美国的原创,但也正是美国社会的实践才真正在人类历史上第一次在洲际规模的大陆上建立了一个比较完善的民主制度。在这种情况下,美国已经成为今天世界上拥有最强大软权力的国家。

在许多美国人的逻辑当中,自由主义是与美国的强大息息相关的,而自由主义的普适性也因之被当成美国国家力量中最重要的一部分。纵观战后的历史,自由主义制度在全球的扩展大多与美国有关,而实现自由主义的全球性扩展也成为美利坚民族最重要的抱负之一。冷战结束以后,美国社会当中的自信心与乐观主义也随之达到了一个新的历史高度。在许多美国学者与美国政治家的笔下,自由主义制度被视为人类社会历史发展的终点,历史终结论也一度成为显学。然而,在此后的十几年间,美国国家的软权力不仅没有上升,反而在相当大的程度上出现了下降的趋势。根据近年来对20个国家的上万名受访者所作的一项调查,美国在国际社会的声望有所下降,在穆斯林国家中这种趋势尤其明显,许多民众认为美国过分的强势外交战略将有可能对本国的安全造成极大的不利影响;而美国在法国、德国、俄罗斯等欧洲国家和拉美国家的支持度也大幅下降了15%。① 毫无疑问,与过去相比,美国在海外的国家形象大大降低了。

对自由主义的尊重曾经为美国赢得了世界上许多国家的敬意,然而,今天也正是对自由主义意识形态普适性的过分追求使得美国饱受批评。在这些语境下,美国被描绘成一个过分追求意识形态目标的帝国,为了实现自己的利益不惜牺牲多边主义的原则。正如约瑟夫·奈所指出的那样,美国今天的软权力正在遭受严重的侵蚀。那么为什么会出现这种状况呢? 这只能从美国社会深层次的特性和矛盾出发加以考察。在美国最基本的国家认同与民族主义思想当中,对自由主义的追求成为其中最为重要的特征之一。在美国人的政治观念中,自由主义已经不仅被看成是一般意义上的意识形态,也被看成是维系美利坚民族生存与运转的最重要的纽带。在美国民族主义的话语当中,由美国社会模式所体现出的自由主义意识形态是人类实现自我超越的最佳途径,而实现自由主义在美国乃至整个世界的普适性扩展也就成为美国民族主义中最伟大的历史使命之一。"9·11"事件发生以后,美国民族主义中的这种抱负又一次被激发了出来,美国不仅要彻底打败敌人,还要把过去的对手改造成为自己眼中的同类。于是,在"9·11"事件之后,在美国社会所表现出的民族主义情绪中,既有对所受伤害的巨大反弹,也有早已怀抱的改造世界理想的喷发。只不过,这些情绪都通过"9·11"事件所带来的巨大冲击被迅速地展现了出来。

美国的强大和美国的基本国家特性曾经促使美国在历史上多次在国际事务之中采取一种带有利他性的外交态势,并因而构建了当今绝大多数最重要的国际制度。然而"9·11"后民族主义情绪的涌现,再加上美国在世界上独一无二的综合实力,在很大程度上促使美国摆脱自己所创设的各种国际制度而采取更加直接和赤裸裸的方式来追求自身的国家利益。也就是说,美国却越来越倾向于单边主义的外交风格。美国民族主义的膨胀正在相当程度上试图将国际社会中的美国扩展为美国治下的世界。

这种民族主义的急剧膨胀在相当程度上引来了国际社会的反弹,也在相当程度上伤害了作为美国霸权重要支柱的软权力,美国作为一个世界范围内霸权国家的合法性亦因之大大削弱。作为世界上最强大的国家,美国仍然需要在国际机制的约束下生存。正如一枚硬币的两面,美国现在的反恐战争不仅会带来了自由主义在世界范围内的扩展,也必将大大增加了美国霸权的负重。

---

① Madeleine K. Albright, "Bridges, Bombs or Bluster", *Foreign Affairs*, Sep/Oct, 2003, p. 8.

参 考 文 献

中文参考文献(含译著)

西方政治思想与政治哲学

马凤林:《新浪漫主义:现实存在与理想寄托》.湖北美术出版社,2005。

欧阳英:《走进西方政治哲学:历史、模式与解构》,中央编译出版社,2006。

徐大同总主编,王乐理主编:《西方政治思想史》第一卷,天津人民出版社,2006.

徐大同总主编,丛日云主编:《西方政治思想史》,第二卷,天津人民出版社,2006.

徐大同总主编,高建主编:《西方政治思想史》,第三卷,天津人民出版社,2006。

徐大同总主编,吴春华主编:《西方政治思想史》,第四卷,天津人民出版社,2006。

徐大同总主编,马德普主编:《西方政治思想史》,第五卷,天津人民出版社,2006。

张桂琳:《西方政治哲学:从古希腊到当代》,中国政法大学出版社,2004。

张铭、张桂琳:《孟德斯鸠评传》,法律出版社,1999。

[德]费希特著,李理译:《论法国革命》.贵州人民出版社,2001。

[德]费希特著,梁志学等译:《对德意志民族的演讲》,辽宁教育出版社,2003。

[德]J. G. 赫尔德著,姚小平译:《论语言的起源》,商务印书馆,1998。

[德]马克斯·韦伯著,李修建、张云江译:《新教伦理与资本主义精神》,九州出版社,2007。

[德]斐希特著,程始仁译:《知识学基础》,商务印书馆,1936。

[德]伊曼努尔·康德著,邓晓芒译:《实用人类学》,上海人民出版社,2005。

[法]卢梭著,方华文主编:《社会契约论》(英汉对照典藏版),陕西人民出版社,2006。

[法]卢梭原著,黄文娟编:《爱弥儿》,海峡文艺出版社,2003。

[法]孟德斯鸠著,张雁深译:《论法的精神》,台湾商务印书馆股份有限公司,1998。

[法]让－雅克·卢梭著,成慧译:《忏悔录》,内蒙古人民出版社,2005。

[法]让－雅克·卢梭著,邹琰译:《一个孤独漫步者的遐想》,花城出版社,2005。

[法]托克维尔著,董果良译:《论美国的民主》,沈阳出版社,1999。

[法]伊曼努尔·康德著,张永奇译:《实践理性批判》,九州出版社,2007。

[美]弗朗西斯·福山著,黄胜强、许铭原译:《历史的终结及最后之人》,中国社会科学出版社,2003。

[美]弗朗西斯·福山著,刘榜离、王胜利译:《大分裂:人类本性与社会秩序的重建》,中国社会科学出版社,2002。

[美]塞缪尔·亨廷顿著,周琪等译:《文明的冲突与世界秩序的重建》,新华出版社,2002。

[美]塞缪尔·亨廷顿、彼得·伯杰主编,康敬贻等译:《全球化的文化动力:当今世界的文化多样性》,新华出版社,2004。

[美]塞缪尔·亨廷顿著,程克雄译:《我们是谁:美国国家特性面临的挑战》,新华出版社,2005。

[英]柏克著,何兆武等译:《法国革命论》,商务印书馆,1998。

自由主义与美国自由主义

江宜桦:《自由主义、民族主义与国家认同》,扬智文化事业公司,1998。

刘军宁:《共和·民主·宪政:自由主义思想研究》,上海三联书店,1998。

李剑鸣:《大转折的年代:美国进步主义运动研究》,天津教育出版社,1992。

钱满素:《美国自由主义的历史变迁》,三联书店,2006。

袁柏顺:《寻求权威与自由的平衡:霍布斯、洛克与自由主义的兴起》,湖南人民出版社,2006。

[以]耶尔·塔米尔著,陶东风译:《自由主义的民族主义》,上海译文出版社,2005。

民族主义与美国民族主义

房宁、王炳权:《论民族主义思潮》,高等教育出版社,2004。

刘中民、左彩金、骆素青:《民族主义与当代国际政治》,世界知识出版社,2006。

徐迅:《民族主义》,中国社会科学出版社,2005。

张爽:《美国民族主义:影响国家安全战略的思想根源》,世界知识出版社,2006。

[美]本尼迪克特·安德森著,吴叡人译:《想象的共同体:民族主义的起源与散布》,上海人民出版社,2005。

[美]杜赞奇著,王宪明等译:《从民族国家拯救历史:民族主义话语与中国现代史研究》,社会科学文献出版社,2003。

[美]海斯著,帕米尔等译:《现代民族主义演进史》,华东师范大学出版社,2005。

[英]安东尼·D.史密斯著,龚维斌、良警宇译:《全球化时代的民族与民族主义》,中央编译出版社,2002。

[英]安东尼·史密斯著,叶江译:《民族主义:理论,意识形态,历史》,上海人民出版社,2006。

美国文化、美国民主与美国宗教

陈毓钧:《美国民主的解析》,允晨文化事业公司,1994。

董小川:《20世纪美国宗教与政治》,人民出版社,2002。

黄明哲等:《梦想与尘世:二十世纪美国文化》,东方出版社,1999。

何珊珊、向菲编译:《美国宪法》,中国民主法制出版社,2006。

刘国平:《美国民主制度输出》,社会科学文献出版社,2006。

刘澎:《当代美国宗教》,中国社会科学出版社,2001年。

汪波:《美国外交政策的政治文化分析》,湖北人民出版社,2001。

王晓德:《美国文化与外交》,世界知识出版社,2000。

张茗:《从美国民主到法国革命:托克维尔及其著作》,上海社会科学院出版社,2006。

[美]爱德华·萨依德著,王志弘等译:《东方主义》,立绪文化事业有限公司,2004。

[英]齐亚乌丁·萨达尔著,马雪峰、苏敏译:《东方主义》,吉林人民出版社,2005。

何宗强著,王缉思研究员指导:《宗教与美国政治关系综论》,中国社会科学院博士学位论文,2004。

国际关系史、美国外交史与国际关系理论思想

时殷弘:《新趋势、新格局、新规范》,法律出版社,2000。

时殷弘:《美国在越南的干涉和战争:1954～1968》,世界知识出版社,1993。

时殷弘:《现当代国际关系史:从16世纪到20世纪》,中国人民大学出版社,2006。

时殷弘:《国际政治:理论探究·历史概观·战略思考》,当代世界出版社,2002。

倪世雄等:《当代西方国际关系理论》,复旦大学出版社,2001。

王缉思:《国际政治的理性思考》,北京大学出版社,2006。

王缉思主编:《高处不胜寒:冷战后美国的全球战略和世界地位》,世界知识出版社,1999。

王绳祖主编:《国际关系史》,世界知识出版社,1995。

资中筠主编:《战后美国外交史:从杜鲁门到里根》,世界知识出版社,1994。

[美]比米斯著,叶笃义译:《美国外交史》第1分册,商务印书馆,1985。

[美]比米斯著,叶笃义译:《美国外交史》,第2分册,商务印书馆,1987。

[美]丹尼尔·J.布尔斯廷著,时殷弘等译:《美国人,殖民地历程》,上海译文出版社,1997。

[美]费正清著,张理京译:《美国与中国》,左岸文化,2003。

[美]费正清著,傅光明译:《观察中国》,世界知识出版社,2001。

[美]费正清、[美]赖肖尔著,陈仲丹等译:《中国:传统与变革》,江苏人民出版社,1992。

[美]亨利·基辛格著,顾淑馨、林添贵译:《大外交》,海南出版社,1998。

刘飞涛著,时殷弘教授指导,《美国现实政治思想及其实践——亚历山大·汉密尔顿、亚伯拉罕·林肯、西奥多·罗斯福》,中国人民大学博士学位论文,2006。

张帆著,王缉思研究员指导,《冷战时期美国的国家安全与国内民主》,中国社会科学院博士学位论文,2001。

美国外交与外交思想

顾建学著,倪世雄教授指导:《从遏制政策转向"新干涉主义":战后国际体系变动中美国对外政策演变的分析》,[博士论文]。

关中:《意识形态和美国外交政策》,台湾商务印书馆股份有限公司,2005。

任晓、沈丁立主编:《自由主义与美国外交政策》,上海三联书店,2005。

王晓德著:《美国文化与外交》,世界知识出版社,2000。

[美]迈克尔·H.亨特著,褚律元译:《意识形态与美国外交政策》,世界知识出版社,1999。

[美]沃尔特·拉塞尔·米德著,曹化银译:《美国外交政策及其如何影响了世界》,中信出版社,辽宁教育出版社,2003。

约翰·亚当斯、林肯与林登·约翰逊

郭圣铭:《美国独立战争》,商务印书馆,1984。

栾民先、赖云青编写:《美国独立战争》,明天出版社,1992。

罗瑞华:《美国南北战争》,商务印书馆,1963。

王金虎:《南部奴隶主与美国内战》,人民出版社,2006。

刘文涛:《伟大的解放者林肯》,中国社会科学出版社,1999。

裴石鹰等编译:《美利坚之心——林肯传》,湖南文艺出版社,1995。

刘祚昌:《美国独立战争简史》,华东人民出版社,1954。

王心裁编著:《林肯传》,湖北辞书出版社,1996。

宋云伟著,何顺果教授指导:《论美国重建时期联邦制的变化》,北京大学博士论文,2003。

[美]巴斯勒编,朱曾汶译:《林肯集,演说信件杂文林肯—道格拉斯辩论:1832—1858》,三联书店,1993。

[美]戴尔·卡耐基著,戴光年译:《林肯传》,哈尔滨出版社,2006。

[美]戴尔·卡耐基著,姜明峰译:《人性的光辉:你所不知道的林肯》,中国妇女出版社,2006。

[美]戴维·凯泽著,邵文实、王爱松译:《美国悲剧:肯尼迪、约翰逊导演的越南战争》,昆仑出版社,2001。

[美]戴维·麦卡洛著,袁原、戴晓峥译:《约翰·亚当斯:美国第二任总统》,中国社会科学出版社,2003。

[美]卡尔·桑德堡,谢叔斐译:《草原时代的林肯》,今日世界出版社,1975。

[美]托马斯著,周颖如等译:《林肯传》,商务印书馆,1995。

[美]小阿瑟·M.史勒辛格主编,[美]贝瑟尼·凯利·帕特里克著,周娟译,《亚伯拉罕·林肯》,现代教育出版社,2005。

[美]小阿瑟·M.史勒辛格主编,[美]哈尔·马科维奇著,林璐译:《约翰·亚当斯》,现代教育出版社,2005。

[美]亚伯拉罕·林肯著,朱曾汶译:《林肯选集》,商务印书馆,1983。

[美]约翰·F.沃克、哈罗德·G.瓦特著,刘进、毛喻原译:《美国大政府的兴起》,重庆出版社,2001。

[美]约翰·帕特里克·迪金斯著,闫翠玲、曲丽赢译:《被遗忘的总统:约翰·亚当斯传》,安徽教育出版社,2006。

英文文献

论 文

Bruce E. Altschuler, "Lyndon Johnson: Campaign Innovator?" Political Science and Politics, Mar. ,1991, pp. 42 - 45.

Bruce Miroff, "John Adams: Merit, Fame, and Political Leadership", The Journal of Politics, Feb. ,1986, pp. 116 - 132.

C. Bradley Thompson, "John Adams and the Spirit of Liberty", American History, Sep. ,1999, pp. 373 - 381.

C. Bradley Thompson, "John Adams and the Coming of the French Revolution", Journal of the Early Republic, Autumn, 1996, pp. 361 - 387.

C. Bradley Thompson, "John Adams's Machiavellian Moment", The Review of Politics, Summer, 1995, pp. 389 - 417.

Charles J. Tull, "Review: The Johnson Style of Diplomacy", Reviewed Work(s): Lyndon B. Johnson and the World by Philip L. Geyelin, The Review of Politics, Jul. , 1968, pp. 376 - 378.

Constance B. Schulz, "John Adams on The Best of all Possible Worlds", Journal of the History of Ideas, Oct. ,1983, pp. 561 - 577.

David M. Barrett, "The Mythology Surrounding Lyndon Johnson, His Advisers, and the 1965 Decision to Escalate the Vietnam War", Political Science Quarterly, Winter, 1988, pp. 637 - 663.

David M. Barrett, "Secrecy and Openness in Lyndon Johnson's White House: Political Style, Pluralism, and the Presidency", The Review of Politics Winter, 1992, pp. 72 - 111.

David Meschutt, "The Adams - Jefferson Portrait Exchange", American Art Journal, Spring, 1982, pp. 47 - 54.

Dorothy M. Robathan, "John Adams and the Classics", The New England Quarterly, Mar. ,1946, pp. 91 - 98.

Gabor S. Boritt; Mark E. Neely, Jr. ; Harold Holzer, "The European Image of Abraham Lincoln," Winterthur Portfolio, Summer, 1986, pp. 153 - 183.

Gerard Clarfield, "John Adams: The Marketplace, and American Foreign Policy", The New England Quarterly, Sep. ,1979, pp. 345 - 357.

Harry Pratt Judson, "Lincoln's Nomination to Congress, 1846", The American

Historical Review, Jan. ,1896, pp. 313 – 314.

Herman Belz, "Abraham Lincoln and American Constitutionalism", The Review of Politics, Spring, 1988, pp. 169 – 197.

James D. Lockett, "Abraham Lincoln and Colonization: An Episode That Ends in Tragedy at L' Ile a Vache, Haiti, 1863 – 1864", Journal of Black Studies, Jun. ,1991, pp. 428 – 444.

Jay B. Hubbell, "Lincoln's First Inaugural Address", The American Historical Review, Apr. ,1931, pp. 550 – 552.

John E. Ferling, "Oh That I Was a Soldier: John Adams and the Anguish of War", American Quarterly, Summer, 1984, pp. 258 – 275.

John Feriling, "John Adams: A Diplomat", William and Mary Quarterly, Apr. , 1994, pp. 227 – 252.

John R. Howe, Jr. , "John Adams's Views of Slavery", The Journal of Negro History, Jul. ,1964, pp. 201 – 206.

Joyce Appleby, "The Jefferson – Adams Rupture and the First French Translation of John Adams' Defence", The American Historical Review, Apr. ,1968, pp. 1084 – 1091.

John E. Paynter, "The Rhetorical Design of John Adams's 'Defence of the Constitutions of. . . America' ", The Review of Politics, Summer, 1996, pp. 531 – 560.

Kenneth M. Stampp, "Lincoln and the Strategy of Defense in the Crisis of 1861", The Journal of Southern History, Aug. ,1945, pp. 297 – 323.

Linda K. Kerber; Walter John Morris, "Politics and Literature: The Adams Family and the Port Folio", The William and Mary Quarterly, Jul. ,1966 pp. 450 – 476.

Louise Taper; Barry Taper, "The Making of 'The Last Best Hope of Earth' ", The Journal of American History, Jun. ,1995, pp. 142 – 144. Lynn Hudson Parsons, "Continuing Crusade: Four Generations of the Adams Family View Alexander Hamilton", The New England Quarterly, Mar. ,1964, pp. 43 – 63.

Ludwell H. Johnson, "Lincoln's Solution to the Problem of Peace Terms, 1864 – 1865", The Journal of Southern History, Nov. ,1968, pp. 576 – 586.

Monroe Billington, "Lyndon B. Johnson and Blacks: The Early Years", The Journal of Negro History, Jan. ,1977, pp. 26 – 42.

Neil Schmitz, "Refiguring Lincoln: Speeches and Writings, 1832 – 1865", American Literary History, Spring, 1994, pp. 103 – 118.

Reinhard H. Luthin, "Abraham Lincoln becomes a Republican", Political Science

Quarterly, Sep. ,1944, pp. 420 – 438.

Reinhard H. Luthin, "Abraham Lincoln and the Massachusetts Whigs in 1848", The New England Quarterly, Dec. ,1941, pp. 619 – 632.

Robert E. Burns, "Review: The Presidency of the 'Great Society'", Reviewed Work(s): The Presidency of Lyndon B. Johnson by Vaughn David Bornet, The Review of Politics, Jan. ,1985, pp. 136 – 138.

Robert E. McGlone, "Deciphering Memory: John Adams and the Authorship of the Declaration of Independence", The Journal of American History Sep. , 1998, pp. 411 – 438.

Rush Welter, "The Adams – Jefferson Correspondence, 1812 – 1826", American Quarterly, Autumn, 1950, pp. 234 – 250.

Stephen G. Kurtz, "The French Mission of 1799 – 1800: Concluding Chapter in the Statecraft of John Adams", Political Science Quarterly, Dec. ,1965, pp. 543 – 557.

Stephen G. Kurtz, "The Political Science of John Adams: A Guide to His Statecraft", The William and Mary Quarterly, Oct. ,1968, pp. 605 – 613.

Timothy H Breen, "John Adams's fight against innovation in the new England Constitution 1776", The New England Quarterly, Dec. ,1967, pp. 501 – 520.

W. Fitzhugh Brundage, "Review: A Contrarian View of Abraham Lincoln as the Great Emancipator", Reviewed Work(s): Forced into Glory: Abraham Lincoln's White Dream by Lerone Bennett Jr. , The Journal of Blacks in Higher Education, Spring, 2000, pp. 129 – 131.

William J. Murphy, Jr. , "John Adams: The Politics of the Additional Army, 1798 – 1800", The New England Quarterly, Jun. ,1979, pp. 234 – 249.

William S. Corlett, Jr. , "The Availability of Lincoln's Political Religion", Political Theory, Nov. ,1982, pp. 520 – 540.

论 著

［美］Anastaplo, George, Abraham Lincoln: a constitutional biography (Lanham: Rowman & Littlefield Publishers, 1999).

［美］Bernstein, Irving, Guns or butter: the presidency of Lyndon Johnson (New York: Oxford University Press, 1996).

［美］Bill Adler, America's founding fathers: their uncommon wisdom and wit (Lanham, Md. : Taylor Trade Pub. ,2003).

［美］Blight, David W. , Beyond the battlefield: race, memory & the American Civil

War(Amherst: University of Massachusetts Press,2002).

　　[美]Bowen, Catherine Drinker, John Adams and the American Revolution(New York: Grosset & Dunlap,1950).

　　[美]Brands, H. W. , The wages of globalism: Lyndon Johnson and the limits of A-merican power(New York: Oxford University Press,1995).

　　[美]Brown, Ralph Adams. , The presidency fo John Adams(Lawrence, Kan. : Univ. Pr. fo Kan. ,1975).

　　[美]Busby, Horace W. , The thirty – first of March: an intimate portrait of Lyndon Johnson's final days in office, with a preface by Scott Busby and an introduction by Hugh Sidey(New York: Farrar, Straus and Giroux,2005).

　　[美]Califano, Joseph A. , The triumph & tragedy of Lyndon Johnson: the White House years(New York: Simon & Schuster,1991).

　　[美]Charles M. Hubbard. , Lincoln Symposium(2001: Lincoln Memorial Univer-sity):Lincoln reshapes the presidency(Macon, GA: Mercer University Press,2003).

　　[美]Cohen, Nancy, "The reconstruction of American liberalism, 1865 – 1914" (Chapel Hill:University of North Carolina Press,2002).

　　[美]Cochran, David Carroll, The color of freedom: race and contemporary Ameri-can liberalism(Albany: State University of New York Press,1999).

　　[美]Cuomo, Mario Matthew, Why Lincoln Matter: today more than ever(Orlando: Harcourt,2004).

　　[美]Current, Richard Nelson. , Speaking of Abraham Lincoln: the man and his meaning for our times(Urbana: University of Illinois Press,1983).

　　[美]Diggins, John P. John Adams(New York: Times Books,2003).

　　[美]DiLorenzo, Thomas J. , The real Lincoln: a new look at Abraham Lincoln, his agenda, and an unnecessary war(Roseville, Calif. : Prima,2002).

　　[美]Dumbrell, John, President Lyndon Johnson and Soviet communism(Manches-ter; New York, N. Y. : Manchester University Press; New York, NY: Distributed exclu-sively in the USA by Palgrave,2004).

　　[美]Filler, Louis, Crusaders for American liberalism(Yellow Springs, Ohio: Anti-och,1961).

　　[美]Fornieri, Joseph R. , Abraham Lincoln's political faith(DeKalb: Northern Il-linois University Press,2003).

　　[美]Gettleman, Marvin E. , The Great Society reader: the failure of American liberalism(New York: Random House,1967).

[英]Gienapp,William E. ,Abraham Lincoln and Civil War America: a biography (Oxford: Oxford University Press,2002).

[美]Grant,James,John Adams: party of one(New York: Farrar,Straus and Giroux,2005).

[美]Greenstone,J. David. ,The Lincoln persuasion: remaking American liberalism(Princeton,N. J. : Princeton University Press,1993).

[美]Guelzo, Allen C. , Abraham Lincoln: redeemer President (Grand Rapids, Mich. : W. B. Eerdmans,1999).

[美]Hasian,Marouf Arif. ,In the name of Necessity: military tribunals and the loss of American civil liberties(Tuscaloosa: University of Alabama Press,2005).

[英]Haycraft,William R. (William Russell) ,Unraveling Vietnam: how American arms and diplomacy failed in Southeast Asia(N. C. : McFarland & Co. ,2005).

[美]Horton,Carol A. Race and the making of American liberalism,Oxford,England,New York: Oxford University Press,2005.

[美]Hurtgen,James R. ,The divided mind of American liberalism(Lanham,Md. : Lexington Books,2002).

[美]H. W. Brands. ,The foreign policies of Lyndon Johnson: beyond Vietnam (College Station,Tex. : Texas A&M University Press,1999).

[美]John A. Andrew. ,Lyndon Johnson and the Great Society(Chicago: Ivan R. Dee,1998).

[美]John L. Thomas. ,Abraham Lincoln and the American political tradition(Amherst: University of Massachusetts Press,1986).

[美]Johnson,Lyndon B. (Lyndon Baines) ,Michael Beschloss edited,Reaching for glory: Lyndon Johnson's secret White House tapes,1964 – 1965(New York: Simon & Schuster,2001).

[美]Jonathan M. Nielson and Walter LaFeber,Paths not taken: speculations on American foreign policy and diplomatic history, interests, ideals, and power (Conn. : Praeger,2000).

[美]Jones,Howard,Abraham Lincoln and a new birth of freedom: the Union and slavery in the diplomacy of the Civil War (Lincoln: University of Nebraska Press, 1999).

[美]LaFeber,Walter. The deadly bet: LBJ,Vietnam,and the 1968 election(Lanham, Md. : Rowman & Littlefield Publishers, 2005).

[美] Lawson, Melinda, Patriot fires: forging a new American nationalism in the Civil War North (Lawrence: University Press of Kansas, 2002).

[美] Lincoln, Abraham, Merwin Roe. edited, Speeches & letters of Abraham Lincoln, 1832 – 1865 (London: J. M. Dent & Co. ; New York: E. P. Dutton & Co. , 1923).

[美] Lincoln Abraham, Philip Van Doren Stern edited The life and writings of Abraham Lincoln, "Lincoln in his writings", by Allan Nevins (New York: The Modern Library, 1940).

[美] Lincoln, Abraham, The collected works of Abraham Lincoln: second spplement, 1848 – 1865 (New Brunswick: Rutgers Univ. Press, 1990).

[美] L. H. Butterfield. , Diary and autobiography of John Adams, Cambridge (Mass. : The Belknap Pr. of Harvard Univ. Pr. , 1961).

[美] Madrid, letters of the Abraham Lincoln brigade from the Spanish Civil War (New York: Routledge, 1996).

[美] Mapp, Alf J. (Alf Johnson), The faiths of our fathers: what America's founders really believed (Lanham, Md. : Rowman & Littlefield, 2003).

[美] Mansch Larry D, Abraham Lincoln, President – elect: the four critical months from election to inauguration, Jefferson (N. C. : McFarland & Co. , 2005).

[美] McCullough, David G. , John Adams (Lawrence: University Press of Kansas, 2000).

[美] McNamara, Peter. , The noblest minds: fame, honor, and the American founding (Peter McNamara. , Lanham: Rowman & Littlefield Publishers, 1999).

[美] McMaster, H. R. , Dereliction of duty: Lyndon Johnson, Robert McNamara, the Joint Chiefs of Staff, and the lies that led to Vietnam (H. R. McMaster. New York: HarperCollins, 1997).

[美] Mooney, Booth, The Lyndon Johnson story (London: Bodley, Head, 1964).

[美] Neely, Mark E. , The last best hope of earth: Abraham Lincoln and the promise of America (Cambridge, Mass. : Harvard University Press).

[美] Neely, Mark E. , The fate of liberty: Abraham Lincoln and civil liberties (New York: Oxford University Press, 1991).

[美] Pinsker Matthew, Lincoln's Sanctuary: Abraham Lincoln and the Soldiers' Home (New York; Oxford: Oxford University Press, 2005).

〔美〕Richard Alan Ryerson, John Adams and the founding of the Republic, Boston: Massachusetts Historical Society: Distributed by Northeastern University Press, 2001.

〔美〕Robert J. Taylor, editor; Mary – Jo Kline, associate editor; Gregg L. Lint, assistant editor, Papers of John Adams(Cambridge, Mass. : Belknap Press of Harvard University Press, 1977).

〔美〕Schwartz, Thomas Alan, Lyndon Johnson and Europe: in the shadow of Vietnam(Cambridge, Mass. : Harvard University Press, 2003).

〔美〕Susan – Mary Grant and Peter J. Parish. , Legacy of disunion: the enduring significance of the American Civil War(Baton Rouge: Louisiana State University Press, 2003).

〔美〕Thompson, C. Bradley. , John Adams and the spirit of liberty(Lawrence: University Press of Kansas, 1998).

〔美〕Thomas W. Cowger and Sherwin J. Markman. , Lyndon Johnson remembered: an intimate portrait of a presidency(Lanham, Md. : Rowman & Littlefield, 2003).

〔美〕Vandiver, Frank Everson, Shadows of Vietnam: Lyndon Johnson's wars(College Station: Texas A&M University Press, 1997).

〔美〕Wall, James T. , The boundless frontier: America from Christopher Columbus to Abraham Lincoln(Lanham, Md. : University Press of America, 1999).

〔美〕Warren I. Cohen, and Nancy Bernkopf Tucker, Lyndon Johnson confronts the world: American foreign policy, 1963 – 1968 (Cambridge, New York: Cambridge University Press, 1994).

〔美〕Watson, W. Marvin(William Marvin), Chief of staff: Lyndon Johnson and his presidency(New York: Thomas Dunne Books, 2004).

〔美〕William D. Pederson and Frank J. Williams, Franklin D. Roosevelt and Abraham Lincoln: completing perspectives on two great presidencies(Armonk, N. Y. : M. E. Sharpe, 2003).

〔美〕Wilson, Douglas L. , Lincoln before Washington: new perspectives on the Illinois years(Urbana: University of Illinois Press, 1997).

〔美〕Young, James P. , Reconsidering American liberalism: the troubled odyssey of the liberal idea(Boulder, Colo. : Westview Press, 1996).

后　记

　　时光飞逝，岁月如梭，转眼间就到了毕业的时节。回首来时路，不由感慨万分。还记得五年前当我第一次跨入人大校门时，我的导师时殷弘教授希望我能够独立选定自己的学位论文题目。经过几许彷徨与思考，我最终确定了现在的题目。按照时老师最初对我提出的要求，我应该选取五名左右的人物与案例来完成论文。由于时间和精力上的限制，我最终只完成了对三位人物的研究，这不能不说是一种遗憾，也希望自己在将来可以把这项研究议题深入下去。无论是在研究的准备阶段，还是在研究的进行与完成阶段，时老师的指导都对我的研究起到了巨大的推动作用。从论文写作的视角，到对参考文献的把握，再到论文成型后对文字的修改，时老师都对我提供了无私的帮助。不仅如此，时老师对学术研究的执著与为人的直率、谦和，也使我在自己的学习和生活中获益匪浅。在此特向我的导师时殷弘教授表示深深的感谢。

　　多年以来，我国学术界对美国的研究往往拘于对现实时事的探讨，政策取向十分明显。这种情况的出现体现了我国学术界学以致用的优良传统，然而，对美国社会与文化的深刻挖掘却越来越少。如果对美国的研究仅仅停留在时事政策分析的层面，就很难真正理解美国社会的基本特性，也很难从深层把握美国内外政策的变动。此外，由于缺少对于美国社会与文化的深层理解，仅仅满足于对西方国际关系理论的生搬硬套，我国的国际关系学界一直处于比较尴尬的境地。一方面，照搬西方国际关系理论使得我们自己的研究工作不得不长期处在简单的模仿阶段；另一方面，由于缺少对美国社会与文化的更深层次的理解，对西方国际关系理论的研究也大多流于表面的探讨。正是在这种情况下，我才决心将自己的关注点转到对美国社会与文化深层特性的研究上来。因为只有在真正地理解了美国社会与文化的基本特性之后，才能够加强我们对于西方学术范式的理解，也才能在此基础上构建出中国特色的国际关系理论。

　　从我自身来讲，在写作过程中，主要遇到了两方面的难题。第一个难题就是由于自己的水平有限，对美国社会与文化特性的把握往往不够深刻。这一选题的写作涉及历史、文化、哲学等诸多方面，如果自己的学养能够再提高一些，许多地方完全可以得到更加深刻的挖掘。第二个难题则是时间上的限制，由于日常的琐碎工作，挤占了太多时间，无论是资料搜集，还是后期的写作，都是在匆忙之中进行的，这不能不说是一大遗憾。尽管如此，我还是尽最大的努力，尽可能好地完成了自己先前所设定的目标。就我而言，作为一个学术界的后辈，研究工作其实才刚刚起步。我愿在今后的日子里继续努力，将自己的研究工作进一步推向更高的目标。

在多年的学习生活中，我要感谢很多人。包括我的父母和老师，也有我的同事、同学。特别要感谢我的父母，感谢他们在已经年近六十的情况下，还要继续帮助我推进自己的研究。从自己进入学校大门的那一刻算起，到现在整整24年过去了，这么多年来对于我的父母来说，是多么艰辛的一段历程。如今，我已经从当初不懂事的孩童变成了三十而立的成年人，我将在今后的工作和学习中，继续努力，不辜负长辈的期望，把自己的学术事业更加坚定地继续下去。

付　宇

2009 年 6 月于北京寓所